中國古典文學基本叢書

王維集校注（修訂本）

第三册

〔唐〕王　維　撰
陳鐵民　校注

中華書局

〔一〕開元十四年（七二六）孟夏四月作於長安或洛陽，説見《年譜》。鄭五：名未詳。新都：唐縣名，即今四川新都縣。序：文體的一種。至唐初，親友離别，贈言勉勵，於是便有贈序。

〔二〕邠：唐州名，治所在今陝西邠縣（今作彬縣）。本曰豳州，「開元十三年，改豳爲邠」（《舊唐書・地理志》）。右：古稱西方爲右。扶風：指岐州，治所在今陝西鳳翔。《舊唐書・地理志》：「鳳翔府，隋扶風郡。武德元年，改爲岐州。」二句意謂，邠人之居地，東有京兆，西接扶風。

〔三〕上，趙殿成曰：「疑是山字或川字之訛。」

〔四〕寢園：帝王陵園。據《元和郡縣志》卷一載，唐高祖、太宗、高宗、中宗、睿宗之陵寢俱在京兆府，西漢諸帝陵寢亦然。

〔五〕《七月》之什：《詩・豳風・七月》序：「《七月》，陳王業也。周公遭變故，陳后稷先公風化之所由，致王業之艱難也。」正義曰：「作《七月》詩者，陳先公之風化，是王家之基業也。……經八章，皆陳先公風化之事。」二句即用其意，謂《七月》詩中所陳述的周代先公風教的遺風在邠地（古豳邑即在其境内）已蕩然無存。

〔六〕五陵：《漢書・原涉傳》：「郡國諸豪及長安五陵諸爲氣節者，皆歸慕之。」注：「五陵謂長陵（高帝）、安陵（惠帝）、陽陵（景帝）、茂陵（武帝）、平陵（昭帝）也。」按，漢代皇帝每立陵墓，都把四方富家豪族及外戚遷至陵墓附近居住，故曰「五陵之豪」。

〔七〕命：命令，教令。紀：綱紀法度。

王維集校注卷八

編年文（開元）

送鄭五赴任新都序〔一〕

郊人前京兆，右扶風〔二〕，居上谷間〔三〕，與寢園接〔四〕。《七月》之什，蕩無遺風〔五〕；五陵之豪〔六〕，雜居其地，故有黠吏惡少，犯命干紀〔七〕。政寬則以姦病人，操急則以事中吏〔八〕。鄭子爲邑也，絃歌之化〔九〕，洋溢四封〔一〇〕；雷霆之威，燀赫百里〔一一〕；下車按捕〔一二〕，盡致法焉〔一三〕；繡衣不帷〔一四〕，風俗大治〔一五〕。苟以文墨抵罪〔一六〕，除名爲人，削跡于野〔一七〕。杜陵解印〔一八〕，時賣故侯之瓜〔一九〕；彭澤無官，詎有公田之黍〔二〇〕？牽衣肘見，步雪履穿〔二一〕，獲戾由忠〔二二〕，是貧非病〔二三〕。屬聖朝龍旂鑾輅，登封告成之事畢〔二四〕；蒼玉黄琮，郊天祀地之禮備〔二五〕。天下無事，海内乂安〔二六〕。盡登仁壽之域〔二七〕，猶下哀憐之詔〔二八〕：萬方有罪，與之更新〔二九〕；百寮失職〔三〇〕，使復其位。降邑宰爲輿尉〔三一〕，從綰墨而解褐〔三二〕。

〔八〕以姦病人：以姦行使民受苦。人，即民，避唐諱改，下「除名爲人」同。操急：掌控嚴厲。中：中傷，攻擊陷害。二句述邠州地區之難治。

〔九〕爲邑：指在邠地任縣令。絃歌：見《贈房盧氏琯》注〔四〕。

〔一〇〕四封：四境。

〔一一〕燀（chǎn産）赫：聲勢盛大，顯赫。李白《古風》三十三：「憑陵隨海運，燀赫因風起。」百里：約指一縣之地。《白氏六帖事類集》卷二一：「雷震百里，縣令象之，分土百里。」

〔一二〕下車：指初到任。按捕：指審查、逮捕黠吏惡少。

〔一三〕致法：謂用刑法。《史記·吕不韋傳》：「王不忍致法。」

〔一四〕繡衣：着繡衣，隱指鄭「出討姦猾」，參見《送丘爲往唐州》注〔七〕。不帷：不張掛車帷，用後漢賈琮事，參見《送封太守》注〔六〕。不，底本原作「下」，據宋蜀本、明十卷本改。

〔一五〕大，底本原作「之」，趙注：「之，疑是以字之誤。」此從《全唐文》。

〔一六〕苟：不審慎。文墨：指文書寫作上的差錯。抵罪：因犯罪而受到處罰。

〔一七〕除名：除去官員的名籍。削跡：消除車輾的痕迹，引申指匿跡、隱居。《莊子·漁父》：「丘再逐於魯，削迹於衛。」《藝文類聚》卷三六魏繁欽《角里先生訓》：「黄綺削迹南山，以集神器之贊。」

〔一八〕杜陵：見《晦日遊大理韋卿城南别業四首》其二注〔一〕。此句疑用蕭育事。《漢書·蕭育傳》謂育杜陵人，「爲茂陵令，會課育第六，而漆令郭舜殿，見責問，育爲之請，扶風怒曰：『君課第六裁自脱，何暇欲爲左右言？』及罷，出傳召茂陵令詣後曹（注：「如淳曰：賊曹決曹皆後曹。」），當以職事對（注：「忿其爲漆令言，故欲以職事責之。」）。育徑出曹，書佐隨牽育，育案佩刀曰：『蕭育杜陵男子，何詣曹也（注：「自言欲免官而去，但是杜陵一白衣男子耳，何須召我詣曹乎？」）？』遂趨出，欲去官」。

〔一九〕「時賣」句：見《老將行》注〔二三〕。

〔二〇〕「彭澤」二句：蕭統《陶淵明傳》：「（淵明）爲彭澤（在今江西湖口縣東）令……公田悉令吏種秫（黏穀，可釀酒），曰：『吾常得醉於酒，足矣。』妻子固請種秔，乃使二頃五十畝種秫，五十畝種粳。」詎，豈。二句謂鄭已去縣令之職。

〔二一〕牽衣肘見：《莊子・讓王》：「曾子居衛……三日不舉火，十年不製衣，正冠而纓絶，捉衿而肘見，納履而踵決。」步雪履穿：《史記・滑稽列傳》：「東郭先生久待詔公車，貧困饑寒，衣敝履不完，行雪中，履有上無下，足盡踐地，道中人笑之，東郭先生應之曰：『誰能履行雪中，令人視之，其上履也，其履下處仍似人足者乎？』」穿，破敗。二句寫鄭的貧困潦倒。

〔二二〕獲戾由忠：謂由於忠誠無私而獲罪。《文選》袁宏《三國名臣序贊》：「正以招疑，忠而獲戾。」戾，罪。忠，底本原作「中」，此從宋蜀本。

〔二三〕是貧非病：《莊子・讓王》：「子貢乘大馬，中紺而表素，軒車不容巷，往見原憲，原憲華冠（釋文：

「以華木皮爲冠。」）縱履（謂履無跟），杖藜而應門，子貢曰：『嘻，先生何病！』原憲應之曰：『憲聞之，無財謂之貧，學而不能行謂之病，今憲貧也，非病也。』子貢逡巡而有愧色。」

〔二四〕屬（zhǔ燭）：適值，恰好。 龍旂：畫龍爲飾的旗。《詩·周頌·載見》：「龍旂陽陽，和鈴央央。」鄭箋：「交龍爲旂。」此指天子的儀仗。 鑾輅：天子的車駕。 鑾，《全唐文》作「鸞」。 登封：登山行封禪之禮。 告成：謂告其成功於上天。《後漢書·祭祀志》云：「群臣上言，即位三十年，宜封禪泰山。」注：「《東觀書》載太尉趙憙上言曰：『……陛下……功成治定，群司禮官，咸以爲宜登封告成。』」《祭祀志》又云：「登封之禮，告功皇天，垂後無窮，以爲萬民也。」按，《舊唐書·玄宗紀》曰：「（開元十三年）冬十月……辛酉，東封泰山，發自東都。十一月……己丑，日南至，備法駕登山，仗衛羅列嶽下百餘里……上與宰臣、禮官昇山。……甲午，發岱嶽。」二句即指開元十三年玄宗東封泰山事。

〔二五〕蒼玉黄琮：《周禮·春官·大宗伯》：「以玉作六器，以禮天地四方：以蒼璧禮天，以黄琮禮地……」鄭注：「禮神者，必像其類，璧圜像天，琮八方像地。」郊：祭天曰郊。按，古封泰山，都需在泰山上祭天，在泰山下的某小山上祀地（見《華嶽》注〔三〕、〔一五〕），此二句亦指其事而言。

〔二六〕乂安：太平。《史記·平津侯主父偃傳》贊：「是時……海内乂安，府庫充實。」

〔二七〕「盡登」句：《漢書·王吉傳》：「臣願陛下承天心，發大業……敺一世之民，躋（登）之仁壽之域。」又《董仲舒傳》：「堯舜行德則民仁壽。」《論語·雍也》：「知者動，仁者静；知者樂，仁者壽。」句謂天子行德政，百姓皆仁而壽考。

〔二八〕「猶下」句：指玄宗在東封泰山禮畢之後頒布大赦詔令。《册府元龜》卷八五：「（開元十三年）十一月壬辰，以封禪禮畢……大赦天下。」

〔二九〕與之更新：給予他們改過自新的機會。《後漢書·袁紹傳》：「蠲除細故，與下更新。」

〔三〇〕寮：通「僚」。

〔三一〕邑宰：縣令。　輿尉：《左傳》襄公三十年：「廢其輿尉。」正義：「服虔云：輿尉，軍尉，主發衆使民。」按，輿尉即主持徵役之官，非唐時縣尉之職，此處蓋借作縣尉用。

〔三二〕綰墨：繫墨，謂佩墨綬。「綰」底本原作「館」，此從《全唐文》。按，漢縣令用墨綬（參見《漢書·百官公卿表》），此句蓋謂鄭由前縣令而解褐出仕。

龍星始見〔一〕，馬首欲西〔二〕。搢紳先生〔三〕，居多結友〔四〕，諸曹列署，且有同時〔五〕。時工部侍郎蕭公〔六〕，詞翰之宗〔七〕，德義之府〔八〕。弱年筮仕〔九〕，一命聯官于奉常〔一〇〕；幾日左遷，六人同罪于外郡〔一一〕。籯金盛業，克傳丞相文儒〔一二〕；萬石高風〔一三〕，彌重故人賓客。賦詩寵别〔一四〕，贈言誡行。騎登棧道，館于板屋〔一五〕。劍門中斷〔一六〕，蜀國滿于二川〔一七〕；銅梁下臨〔一八〕，巴江入于萬井〔一九〕。黄鸝欲語，夏木成陰，悲哉此時，相送千里。

〔一〕龍星始見：謂時值孟夏四月。《左傳》桓公五年：「龍見而雩。」杜注：「龍見，建巳之月（四月），蒼龍宿之體，昏見東方。」龍，蒼龍，東方角、亢、氐、房、心、尾、箕七宿之總稱；龍見，非謂七宿盡現，角、亢兩宿黄昏時現于東方，即可謂之龍見，是時正當孟夏建巳之月。

〔二〕馬首欲西：謂鄭欲西行入蜀赴任。

〔三〕搢紳：插笏于紳。搢，插；紳，束腰的大帶。古之仕者或儒者，垂紳插笏，故稱士大夫或儒者爲搢紳。《莊子·天下》：「其在於《詩》、《書》、《禮》、《樂》者，鄒魯之士，搢紳先生，多能明之。」

〔四〕居：平時。結友：結爲朋友。

〔五〕諸曹：義同「列署」。古時分職治事的官署或部門，謂之曹。趙注謂「諸曹」指功曹、倉曹、户曹、兵曹、法曹、士曹等六參軍，非是。列署：《文選》何晏《景福殿賦》：「屯方列署，三十有二。」吕延濟注：「列署，百官諸曹。」二句意謂，許多官署或部門，且有與鄭同時登第授官之友。

〔六〕工部侍郎：工部副長官，正四品下。蕭公：趙注：「按《唐書·蕭嵩傳》：嵩子華，當嵩罷相時，擢給事中，久之，爲工部侍郎，天寶末爲兵部侍郎。」按，嵩罷相在開元二十一年十二月（見《新唐書·宰相表》），華爲工部侍郎約在開元末或天寶初，這就與上文所述封泰山事不合，且嵩家亦無「六人同罪于外郡」之事，故蕭公當非謂華，趙説誤。《舊唐書·蕭至忠傳》：「（至忠）弟元嘉，工部侍郎。」蕭公蓋即指元嘉，説詳後。

〔七〕詞翰之宗：衆所宗仰的詞章名家。

〔八〕德義之府：語出《國語·晉語四》：「夫先王之法志，德義之府（府庫）也。」句謂蕭公富有德義。

〔九〕筮仕：古人將出仕，先占吉凶，謂之筮仕。後因稱入官爲筮仕。

〔一〇〕一命：周代官秩由一命到九命，分九個等級，一命是最低的一個等級。參見《周禮·春官·大宗伯》、《典命》。此指初出仕爲最低級之官。奉常：官署名，即太常寺。高宗龍朔二年（六六二）改爲奉常寺，咸亨元年（六七〇）復舊，掌邦國之禮樂、郊廟、社稷等事。參見《唐六典》卷一四。句謂蕭初出仕時與鄭並官于奉常。據此句，可知蕭即「諸曹列署」中與鄭同時登第授官之友。

〔一一〕「幾日」二句：《舊唐書·蕭至忠傳》：「先天二年，復爲中書令。……未幾，左僕射竇懷貞、侍中岑羲及至忠……等與太平公主謀逆事洩，至忠遽遁入山寺，數日，捕而伏誅，籍没其家。」蕭家幾日之間，六人同獲罪左遷外郡，蓋受至忠株連之故。岑羲得罪伏誅後，親族亦遭放逐，事正與此同。岑參《感舊賦》曰：「由是我汝南公（岑羲）復得罪於天子。當是時也……去鄉離土，隳宗破族；雲雨流離，江山放逐。愁見蒼梧之雲，泣盡湘潭之竹；或投於黑齒之野，或竄於文身之俗。」

〔一二〕籯（yíng 盈）金盛業：指經學之業。《漢書·韋賢傳》：「賢爲人質朴少欲，篤志於學，兼通《禮》、《尚書》，以《詩》教授，號稱鄒魯大儒。……本始三年，代蔡義爲丞相。……少子玄成，復以明經歷位至丞相，故鄒魯諺曰：遺子黄金滿籯，不如一經。」注：「如淳曰：『籯，竹器，受三、四斗，今陳留俗有此器。』……師古曰：『……筐籠之屬是也。』」克：能。丞相：謂蕭至忠。中宗時已官至丞相。文儒：指博學的儒者。《論衡・效力》：「使儒生博觀覽，則爲文儒；文儒者，力多於儒生。」《晉書・儒林傳》序：「逮于孝武，崇尚文儒。」二句指元嘉像至忠一樣通經，是博學的儒者。

〔一三〕萬石高風：《史記・萬石張叔列傳》云：「萬石君名奮……姓石氏。……恭謹無與比。……孝景帝季年，萬石君以上大夫祿歸老于家，以歲時爲朝臣，過宮門闕，萬石君必下車趨，見路馬，必式焉。子孫爲小吏來歸謁，萬石君必朝服見之，不名。……上時賜食於家，必稽首俯伏而食之，如在上前。」此指蕭公有萬石君恭謹重禮之高風。

〔一四〕寵：敬辭。

〔一五〕棧道：在險絶的山巖上架木而成的道路。板屋：見《送李太守赴上洛》注〔五〕。

〔一六〕劍門中斷：見《送崔五太守》注〔一〇〕。

〔一七〕二川：即二江，參見《送崔五太守》注〔一一〕。句謂蜀國之地布滿于二川之間。

〔一八〕銅梁：見《送李員外賢郎》注〔三〕。

〔一九〕巴江：古書中關於巴江的説法不一。此處當指嘉陵江（銅梁山臨嘉陵江），參見《送崔五太守》注〔一三〕。

故右豹韜衛長史賜丹州刺史任君神道碑并序〔一〕

君諱某，字某，其先奚仲之後，于周爲上卿，世有薛，列于諸侯〔二〕；氏則任，鬱爲著族〔三〕。後有官于京兆者，子孫因家焉，今爲萬年縣人也。遠祖某，漢河東太守〔四〕，曾祖某，周清河太守〔五〕，光復舊職，異世而同符〔六〕。祖某，隋梁州南鄭縣令〔七〕，父某，皇石州離石縣令〔八〕，不墜象賢〔九〕，一門而二鳧舄〔一〇〕。皆爲政以德〔一一〕，遺愛在人〔一二〕，能高其門，必有興者〔一三〕；雖不當代，果生達人〔一四〕。君離石府君之第某子也〔一五〕，膺一賢之期〔一六〕，鍾累葉之善〔一七〕，忠孝自得，稟乎天姿〔一八〕；《詩》禮輔成，潤以庭訓〔一九〕。文含四始〔二〇〕，雕蟲之技附庸〔二一〕；武有七德〔二二〕，啼猿之術居外〔二三〕。明經者皓首，弱歲成儒〔二四〕；達法者腐脣〔二五〕，端居曉吏〔二六〕。以鄉貢明經擢第〔二七〕，解褐益州新都縣尉〔二八〕。居無何，丁母憂。廬以長號〔二九〕，淚少于血〔三〇〕；杖而後起〔三一〕，骨餘于形〔三二〕。彈琴不成，從先王之禮〔三三〕；捧筐便慟〔三四〕，有終身之哀。服闋，授左金吾衛兵曹參軍〔三五〕，轉左衛録事參軍〔三六〕，又遷右豹韜衛長史。王樂爲用〔三七〕，率武夫以扞城〔三八〕；人愛其才，稱君子之爲衛〔三九〕。方將冠章甫之冠，衣縫掖之衣〔四〇〕，奏議雲臺〔四一〕，論政赤墀，一見天子，必爲之前席〔四二〕；三説大臣，必爲之解印〔四三〕。若端委以相〔四四〕，六合盡宅心于帝庭〔四五〕；授鉞董戎〔四六〕，八蠻可傳首于魏闕〔四七〕。然後挂冠東都〔四八〕，拂衣五湖〔四九〕，高蹈烟虹〔五〇〕，笑謝珪組〔五一〕。天命不祐，沮我良策〔五二〕，春秋若干，以某年月日寢疾，卒于永興里第〔五三〕。某年月日，葬于京兆神禾原〔五四〕，禮也。

〔一〕約作于開元十八年，説見本篇第二段注〔九〕。右豹韜衛：即右威衛，唐十六衛（負責宫禁宿衛的禁軍）之一。諸衛官屬各有長史一人，從六品上。《唐六典》卷二四：「左右威衛……光宅元年改爲左右豹韜衛，神龍元年復爲左右威衛。」底本注：「右，一本作左。」丹州：唐州名，治所在今陝西宜川。《舊唐書・地理志》：「丹州……天寶元年改爲咸寧郡，乾元元年復爲丹州。」題下注語底本原無，據宋蜀本、述古堂本補。

〔二〕「其先」四句：《左傳》定公元年：「薛之皇祖奚仲居薛，以爲夏車正，奚仲遷于邳，仲虺居薛，以爲湯左相。」《元和姓纂》卷五：「黄帝廿五子，十二人各以德爲姓，一爲任氏，六代至奚仲，封薛。」《新唐書・宰相世系表》：「任姓出自黄帝少子禹陽，受封于任，因以爲姓。十二世孫奚仲爲夏車正，更封于薛。又十二世孫仲虺爲湯左相。太戊時有臣扈，武丁時有祖巳，皆徙國于邳。祖巳七世孫成侯，又遷于摯，亦謂之摯國。漢有御史大夫廣阿侯任敖，世居于沛，其後徙居渭南。」周，趙殿成曰：「疑是殷字或商字之訛。」《全唐文》作「商」。按，《左傳》隱公十一年正義曰：「譜云：薛，任姓，黄帝之苗裔奚仲封爲薛侯……仲虺居薛，以爲湯左相，武王復以其胄爲薛侯。齊桓霸諸侯，黜爲伯。」薛周初復受封爲諸侯，則稱「奚仲之後，于周爲上卿」，當不誤也。上卿，宋蜀本作「卜正」。《左傳》隱公十一年：「滕侯、薛侯來朝，爭長。滕侯曰：『我，周之卜正也；薛，庶姓也，我不可以後之。』」則爲卜正者實滕侯也。薛，故地在今山東滕州市東南，戰國初爲齊所滅，成爲田嬰、田文的封地。此字底本原作「功」，從宋蜀本改。

〔三〕鬱：繁盛。

〔四〕河東：郡名。漢時治所在安邑（今山西夏縣東北）。

〔五〕清河：郡名。北周時治所在武城（今河北清河西北）。

〔六〕光，底本原作「先」，趙校曰：「疑是克字之訛。」此從《全唐文》。符：符合。二句指任君之遠祖、曾祖與其先祖同爲諸侯（古或稱郡守爲諸侯）。

〔七〕梁州：隋時治所在南鄭（今陝西漢中）。

〔八〕石州：唐時治所在離石（今山西離石）。

〔九〕墜：失。象賢：《書·微子之命》：「殷王元子，惟稽古崇德象賢。」蔡傳：「謂其後嗣子孫，有象先聖王之賢者。」《禮·郊特牲》：「繼世以立諸侯，象賢也。」鄭注：「賢者子孫，恒能法其先父德行。」

〔一〇〕鳧舄（xì細）：《後漢書·方術列傳上》載：王喬爲葉縣縣令，有神術，每月初一、十五，常自縣中入都朝見天子，「帝怪其來數而不見車騎，密令太史伺望之，言其臨至，輒有雙鳧從東南飛來。于是候鳧至，舉羅張之，但得一隻舄（鞋）焉」。以「鳧舄」指縣令本此。

〔一一〕爲政以德：語本《論語・爲政》：「爲政以德，譬如北辰，居其所而衆星共之。」

〔一二〕遺愛在人：《晋書・樂廣傳》：「然每去職，遺愛爲人所思。」《南史・蕭引傳》：「吾家再世爲始興郡，遺愛在人。」人，民。

〔一三〕「能高」二句：《漢書・于定國傳》：「始定國父于公，其閭門壞，父老方共治之，于公謂曰：『少高大門閭，令容駟馬高蓋車。我治獄多陰德，未嘗有所冤，子孫必有興者。』至定國爲丞相，永（定國子）爲御史大夫，封侯傳世云。」二句即用其事，謂其先人能行德政，子孫必有興者。

〔一四〕不當代：即「不當世」。此指身無貴位。達人：顯達之人。此二句意本《左傳》昭公七年：「聖人有明德者，若不當世（有明德而不當大位），其後必有達人。」

〔一五〕府君：對已故者的敬稱，多用于碑版文字。

〔一六〕膺：當。一賢之期：《孟子・公孫丑下》：「五百年必有王者興，其間必有名世者（指輔佐聖王的賢者）。」《舊唐書・員半千傳》：「員半千，本名餘慶……少與齊州人何彦先同師事學士王義方，義方嘉重之，嘗謂之曰：『五百年一賢，足下當之矣。』因改名半千。」句謂身值五百年出一賢者之時。

〔一七〕鍾：聚，集。

〔一八〕稟：領受。天姿：天生的品性資質。

〔一九〕潤：滋潤，沾惠。以：于。庭訓：《論語・季氏》：「（孔子）嘗獨立，鯉（孔子之子）趨而過庭。曰：

『學《詩》乎？』對曰：『未也。』『不學《詩》，無以言。』鯉退而學《詩》。他日，又獨立，鯉趨而過庭。曰：『學禮乎？』對曰：『未也。』『不學禮，無以立。』鯉退而學禮。」二句意謂，依父教學習《詩》禮，從中得惠，輔助成立。

〔二〇〕四始：《毛詩序》：「是謂四始，《詩》之至也。」正義：「四始者，鄭（玄）答張逸云：『《風》也，《小雅》也，《大雅》也，《頌》也。此四者，人君行之則爲興，廢之則爲衰。』又（鄭）箋云：『始者，王道興衰之所由。然則此四者是人君興廢之始，故謂之四始也。』」句謂就「文」而言，能掌握《詩》之精義。

〔二一〕雕蟲之技：謂辭賦小技。揚雄《法言·吾子》：「或問：『吾子少而好賦？』曰：『然。童子雕蟲篆刻。』俄而曰：『壯夫不爲也。』」附庸：附屬。

〔二二〕武有七德：《左傳》宣公十二年：「夫武，禁暴、戢（止）兵、保大、定功、安民、和衆、豐財者也，故使子孫無忘其章。……武有七德，我無一焉，何以示子孫？」

〔二三〕啼猿之術：指高超的射藝。《淮南子·説山》：「楚王有白蝯（猿），王自射之，則搏矢而熙，使養由基射之，始調弓矯矢未發，而蝯擁柱號矣。」

〔二四〕此二句謂通曉經術者皆年老頭白，而任君却年少即成儒者。

〔二五〕腐脣：指因長期誦讀法令規章至使嘴脣糜爛傷損。《漢書·東方朔傳》：「今子大夫修先王之術，慕聖人之義，諷誦《詩》、《書》、百家之言，不可勝數，著於竹帛，脣腐齒落，服膺而不釋。」

〔二六〕端居：平時，平素。句謂任君平時在家即通曉吏事。

〔二七〕鄉貢：唐代以科舉取士，士人由學館貢至尚書省受試者，謂之生徒；在家自學，經府州考試合格，由府州貢至尚書省受試者，謂之鄉貢。明經：唐試士之常科主要有進士與明經，明經初試帖一大經及《孝經》、《論語》、《爾雅》，每經帖十條，取通五條以上者；二試口問經之大義十條，取通六條以上者；三試答時務策三道，取粗有文理者與及第。參見《唐六典》卷四、《通典》卷一五。

〔二八〕新都：見上篇一段注〔一〕。縣，底本原無此字，據宋蜀本補。

〔二九〕廬：守墓用的小屋。古禮遇君父、尊長之喪，即於墓旁築廬居住。《荀子·禮論》：「齊衰，苴杖，居廬，食粥，席薪，枕塊，所以爲至痛飾也。」此處作動詞用，指居廬。

〔三〇〕淚少于血：形容極其悲痛。《韓非子·和氏》：「和乃抱其璞而哭於楚山之下，三日三夜，泣盡而繼之以血。」

〔三一〕杖而後起：《禮記·檀弓上》：「君子之執親之喪也，水漿不入於口者三日，杖（動詞，拄杖）而後能起。」

〔三二〕骨餘于形：骨多于形，言因哀傷而極度消瘦，骨露于外。「餘」宋蜀本作「飾」。

〔三三〕「彈琴」二句：《禮記·檀弓上》：「子夏既除喪而見（見於孔子），予之琴，和之而不和，彈之而不成聲，作（起）而曰：『哀未忘也，先王制禮，而弗敢過也。』」不成，即不成聲。

〔三四〕捧筐：謂捧筐以祭。筐，方形竹器，可用來盛祭品。《周禮·春官·司巫》：「祭祀則共匰主，及道布，及葅館。」鄭注：「葅之言藉也，祭食有當藉者；館所以承葅，謂若今筐也。」賈疏：「筐，所以盛葅者也。」《左傳》隱公三年：「苟有明信……筐、筥、錡、釜之器，潢、汙、行潦之水，可薦於鬼神，可羞於王公。」

〔三五〕左金吾衛：唐十六衛之一。官屬有兵曹參軍二人，正八品下。

〔三六〕左衛：十六衛之一。官屬有録事參軍一人，正八品上。

〔三七〕句謂君王樂於使其爲己效力。

〔三八〕扞城：保衛。《左傳》成公十二年：「此公侯之所以扞城其民也。」疏：「所以蔽扞其民若如城然。」

〔三九〕君子之爲衛：言君子任宿衛之事。《晋書·劉超傳》：「會帝崩，穆后臨朝，遷射聲校尉。時軍校無兵，義興人多義隨超（超嘗爲義興太守），因統其衆以宿衛，號爲君子營。」

〔四〇〕章甫之冠、縫掖之衣：指君子有道藝者之服。《禮記·儒行》：「魯哀公問於孔子曰：『夫子之服，其儒服與？』孔子對曰：『丘少居魯，衣逢掖（同「縫掖」）之衣；長居宋，冠章甫之冠，丘聞之也，君子之學也博，其服也鄉（須依所居之鄉），丘不知儒服。』」鄭注：「逢猶大也，大掖之衣，大袂襌衣（寬袖單衣）也，此君子有道藝者所衣也。」章甫，殷時冠名，宋爲殷人後裔，故有章甫之冠。

〔四一〕雲臺：見《少年行四首》其四注〔一〕。

〔四二〕前席：移坐而前。《史記・屈原賈生列傳》：「賈生徵見……上因感鬼神事，而問鬼神之本，賈生因具道所以然之狀，至夜半，文帝前席。」

〔四三〕「二說」二句：用蔡澤說范雎事。《史記・范雎蔡澤列傳》載，燕人蔡澤西入秦，見秦相范雎，說以「功成不去，禍至於身」之理，雎以爲善，因薦澤於昭王，且謝病，自請歸相印，昭王遂命澤代雎爲秦相。

〔四四〕端委：古時之禮服。《左傳》昭公元年：「吾與子弁冕端委，以治民、臨諸侯，禹之力也。」注：「端委，禮衣也。」此指著端委。

〔四五〕六合：天地四方。宅心：歸心。《文選》劉琨《勸進表》：「純化既敷，則率土宅心；義風既暢，則遐方企踵。」

〔四六〕授鉞：古時命將出征，須擇吉日于太廟舉行授兵典禮，由天子親自授給將軍斧鉞。《淮南子・兵略》：「凡國有難，君自宮召將，詔之曰：『社稷之命在將軍，即今國有難，願請子將而應之。』將軍受命，乃令祝史太卜齋宿三日，之太廟鑽靈龜卜吉日，以受旗鼓。君入廟門，西面而立，將入廟門，趨至堂下，北面而立，主親操鉞，持頭，授將軍其柄，曰：『從此上至天者，將軍制之。』復操斧，持頭，授將軍其柄，曰：『從此下至淵者，將軍制之。』」此指受命爲將。董戎：統率軍隊；底本原作「以董」，從宋蜀本、述古堂本、明十卷本改。

〔四七〕八蠻：其説不一。《書・旅獒》：「惟克商，遂通道于九夷八蠻。」傳：「九、八，言非一，皆通道路，無遠不服。」《爾雅・釋地》：「九夷八狄七戎六蠻，謂之四海。」疏：「《風俗通》云：君臣同川而浴，極爲簡慢。蠻者慢也，其類有八。李巡云：一曰天竺，二曰咳首，三曰僬僥，四曰跛踵，五曰穿胸，六曰儋耳，七曰狗軹，八曰旁春。」此處泛指邊疆地區各少數民族。傳首：傳送首級。魏闕：《吕氏春秋・審爲》：「身在江海之上，心居乎魏闕之下。」此指朝廷。

〔四八〕挂冠東都：指棄官隱居。《後漢書・逸民列傳》：「逢萌，字子慶……遂去之長安，學通《春秋》經，時王莽殺其子宇，萌謂友人曰：『三綱絶矣，不去禍將及人。』即解冠挂東都城門，歸將家屬浮海，客於遼東。」注：「《漢宫殿名》：東都門，今名青門也。《前書音義》曰：長安東都城北頭第一門。」「東都」底本原作「東郡」，此從述古堂本。

〔四九〕拂衣五湖：謂隱居五湖。語本謝靈運《述祖德二首》其二：「高揖七州外，拂衣五湖裏。」五湖，見《送丘爲落第歸江東》注〔二〕。

〔五〇〕高蹈：謂隱居。《晋書・賀循傳》：「或有遐棲高蹈，輕舉絶俗。」烟虹：雲烟長虹。鮑照《望孤石》：「蚌節流綺藻，輝石亂煙虹。」此指高山之上。

〔五一〕謝：辭。珪組：喻官爵。珪爲瑞玉，古有爵者賜以珪；組即繫珪之絲帶。《晋書・張軌傳》論：「縮累葉之珪組，賦絶域之深賨。」

〔五二〕沮：終止，阻止。

〔五三〕永興里：長安坊名，在丹鳳門街東來庭坊之南，屬萬年縣（與長安縣同治京都長安城中，轄長安城東偏）管轄。參見《長安志》卷八。

〔五四〕神禾原：在萬年縣南。《讀史方輿紀要》卷五三：「神禾原，在（西安）府南三十里，下臨樊川（在萬年縣南三十五里）。」「禾」宋蜀本、述古堂本等俱作「和」，非是。

嗣子曰某，善繼先志，克成厥家〔一〕；多藝多才，實英實選〔二〕；匪□實寶〔三〕，十城之價〔四〕；不以力聞〔五〕，萬夫之敵〔六〕。命同御座，漢帝以恩待故人〔七〕；超將中軍，先軫以才登元帥〔八〕。以某年月日，從駕謁五陵〔九〕，天子若曰：「自古明王，因心以孝〔一〇〕，待人由己以施物〔一一〕，故休戚共，憂樂同也〔一二〕。其贈羽林將軍任某父使持節丹州諸軍事〔一三〕、丹州刺史。」敬其事則命以始〔一四〕，寵其身以及其親。明主所以盡心〔一五〕，忠臣所以盡力，故羊舌職悦是賞也〔一六〕。陳力異代，官成聖朝〔一七〕；修文下泉〔一八〕，名在天爵〔一九〕。前賢陰德〔二〇〕，雖遺慶于後昆〔二一〕；胤子揚名〔二二〕，乃大顯于先父。養則致樂〔二三〕，没而有稱〔二四〕。昔也爲士，享惟將軍之食〔二五〕；今則典邦〔二六〕，葬亦諸侯之禮。皇帝命之，太史書之〔二七〕，報昊天之恩〔二八〕，曾舉世未有，豈與夫手樹行檟〔二九〕，躬廬長松〔三〇〕，負土成墳〔三一〕，傭身以葬〔三二〕，匹夫之孝，同年而語哉？

〔一〕克：能。

〔二〕實英實選：實爲英選之意。英選，才智出衆的人。《禮記·禮運》「由此其選也」疏：「由，用也；此，謂禮義也。用此禮義教化，其爲三王中之英選也。」又「與三代之英」疏：「案《辨名記》云：倍人曰茂，十人曰選，倍選曰俊，千人曰英，倍英曰賢。」上「實」字底本原作「安」，據宋蜀本、述古堂本、明十卷本改。

〔三〕匪：非。

〔四〕十城之價：語本庾信《傷王司徒褒》：「名高六國共，價重十城連。」

〔五〕不以力聞：言有力而不肯以有力之名聞於天下。《吕氏春秋·慎大覽》：「孔子之勁，舉國門之關，而不肯以力聞。」注：「勁，彊也。孔子以一手捉城門關，顯而舉之，不肯以有力聞於天下。」事又見《淮南子·道應》、《列子·説符》。

〔六〕萬夫之敵：《三國志·蜀書·關張馬黄趙傳》評曰：「關羽張飛，皆稱萬人之敵，爲世虎臣。」

〔七〕「命同」二句：《晉書·王導傳》：「時元帝爲琅邪王，與導素相親善。導知天下已亂，遂傾心推奉，潛有興復之志。帝亦雅相器重，契同友執。……及帝登尊號，百官陪列，命導升御牀共坐。導固辭，至于三四，曰：『若太陽下同萬物，蒼生何由仰照！』帝乃止。」趙殿成曰：「漢字疑誤。」二句謂任君之子受到天子的特殊恩遇。

〔八〕「超將」二句：《左傳》僖公二十八年：「二月，晉郤縠卒。原軫（即先軫）將中軍（即爲元帥），胥臣佐下軍，上德也。」杜注：「先軫以下軍佐超（越級升擢）將中軍，故曰上德。」此以先軫喻任君之子，言其超拜羽林將軍。

〔九〕謁五陵：五陵指唐高祖獻陵（在今陝西三原縣）、太宗昭陵（在陝西醴泉縣）、高宗乾陵（在陝西乾縣）、中宗定陵（在陝西富平縣）、睿宗橋陵（在陝西蒲城縣）。參見《元和郡縣志》卷一。《舊唐書・玄宗紀》：「（開元十七年）十一月……辛卯，發京師。丙申，謁橋陵。……戊戌，謁定陵。己亥，謁獻陵。壬寅，謁昭陵。乙巳，謁乾陵。戊申，車駕還宮。大赦天下……內外官三品已上加爵一等，四品已下賜一階，五品已上清官父母亡者，依級賜官及邑號。」據此，本篇當作于開元十七年十一月之後，今姑繫于十八年。

〔一〇〕若：乃。因心：謂有愛親之心。《詩・大雅・皇矣》：「維此王季，因心則友。」傳：「因，親也。善兄弟曰友。」箋：「王季之心，親親而又善於宗族。」疏：「維此王季，有因親之心，則復有善兄弟之友行。言其有親親之心，復廣及宗族也。」以：而。

〔一一〕由己以施物：由自身而推及他人。

〔一二〕此二句謂，故臣下能與之共休戚、同憂樂。

〔一三〕羽林將軍：唐有左右羽林軍，各置大將軍一人（正三品），將軍二人（從三品），掌統領北衙禁兵，督攝天子儀仗。參見《唐六典》卷二五。使持節諸軍事：《通典》卷三三：「大唐武德元年，改郡爲州，改太守爲刺史，加號持節，後加號爲使持節諸軍事，而實無節，但頒銅虎符而已。」

〔一四〕「敬其」句：語本《左傳》閔公二年：「故敬其事則命以始（杜注：「賞以春夏。」），服其身則衣之純。」意謂敬慎其事則當賞之於春夏。

〔一五〕所以：猶可以、能够。

〔一六〕「故羊」句：《左傳》宣公十五年：「晉侯賞桓子（荀林父）狄臣千室（荀林父敗赤狄于曲梁），故賞之），亦賞士伯以瓜衍之縣，曰：『吾獲狄土，子之功也。微（無）子，吾喪伯氏（荀林父）矣（郯之敗，晉侯將殺林父，士伯諫止之，故云）。』羊舌職説（悦）是賞也，曰：『《周書》所謂「庸庸（用可用）祗祗（敬可敬）」者，謂此物（類）也夫。士伯庸（認爲可用）中行伯（荀林父），君信之，亦庸士伯，此之謂明德矣。文王所以造周，不是過也。故《詩》曰「陳錫哉周」，能施也（此言能施恩於百姓）。率（循）是道也，其何不濟？』」此借用其語，稱頌天子的封賞合乎情理。

〔一七〕陳力：猶言發揮其才力。《論語·季氏》：「陳力就列，不能者止。」二句指任君陳力於武后之世（右豹韜衛爲武后時禁軍的名稱），受封於玄宗之朝。

〔一八〕修文下泉：言其有才而早卒。傳説晉蘇韶卒後現形，謂其兄弟曰，顔淵、卜商，現于地下爲修文郎。見《太平御覽》卷八八三、《太平廣記》卷三一九引晉王隱《晉書》。後因稱文士有才華而早卒爲「地下修文」。

〔一九〕天爵：《孟子·告子上》：「有天爵者，有人爵者。仁義忠信，樂善不倦，此天爵也；公卿大夫，此人爵也。」句指任君有仁義忠信等美德。

〔二〇〕陰德：暗中做的有德于人的事。《漢書・丙吉傳》：「臣聞有陰德者，必饗其樂，以及子孫。」

〔二一〕雖：惟。遺，宋蜀本、明十卷本、《全唐文》俱作「貽」。後昆：後代子孫。

〔二二〕胤：嗣，底本原作「嗣」，此從宋蜀本、述古堂本、明十卷本、奇字齋本。

〔二三〕養：指生時被奉養。致樂：謂盡量使其歡樂。《孝經・紀孝行》：「孝子之事其親也，居則致其敬，養則致其樂。」

〔二四〕稱：名號。句指任君死後受封贈。

〔二五〕士：戰士，戰鬪者。《荀子・王霸》：「王者富民，霸者富士。」上句謂任君從前在軍中任職，下句謂只享受將軍（指其子）的祭祀。

〔二六〕典邦：主管一國的政務，即爲諸侯。實指被追贈爲州郡長吏。漢時郡與國（諸侯王國）地位大致相當，故後世遂稱州郡長吏爲諸侯。

〔二七〕太史：指史官。漢有太史令，掌天文曆法，兼負責修史。唐之太史令則專掌天文曆法，而別立史館，置史官以修國史。參見《舊唐書・職官志》。

〔二八〕「報昊」句：指報答父母的無窮之恩。《詩・小雅・蓼莪》：「父兮生我，母兮鞠我……欲報之德，昊天罔極（言其恩之大，如天無窮）。」

〔二九〕檟（jiǎ甲）：即榎，一名山楸。古多用以製棺槨，或植于墓前。《左傳》哀公十一年：「（子胥）將死，曰：『樹吾墓檟，檟可材也，吴其亡乎！』」

〔三〇〕句謂親自於墓旁松下築廬而居。

〔三一〕負土成墳：《後漢書·祭遵傳》：「（遵）喪母，負土起墳。」《晉書·山濤傳》：「濤年踰耳順，居喪過禮，負土成墳，手植松柏。」

〔三二〕傭身以葬：謂己身受雇爲人勞作，以葬父母。《搜神記》卷一：「漢董永……父亡，無以葬，乃自賣爲奴，以供喪事。主人知其賢，與錢一萬，遣之。永行三年喪畢，欲還主人，供其奴職。道逢一婦人曰：『願爲子妻。』遂與之俱。……永曰：『蒙君之惠，父喪收藏。永雖小人，必欲服勤致力，以報厚德。』主曰：『婦人何能？』永曰：『能織。』主曰：『必爾者，但令君婦爲我織縑百疋。』於是永妻爲主人家織，十日而畢。」

君少有大略，長而能賢〔一〕。安于仁，樂于善。厚生以儉〔二〕，守智以愚〔三〕。視事所及，筆硯盈庭。其力文也，容膝之外〔四〕，圖書滿屋。其嗜學也，八體之能，右軍曾未知翰〔五〕；五弦之妙〔六〕，中散何擅于琴〔七〕？以禮庇身，以清守官。惟邦之彦〔八〕，惟國之翰〔九〕。夫人河東裴氏〔一〇〕，始以某爲光禄也〔一一〕，封河東郡君〔一二〕，及是，又贈河東郡太君〔一三〕。子之忠，由母之教〔一四〕，母以子貴〔一五〕，不亦宜乎？司文者執簡以往〔一六〕，刊石旌德。其詞曰：

〔一〕能賢：見《暮春……于韋氏逍遥谷讌集序》末段注〔四三〕。

〔二〕厚生：使人民生活富足。《書・大禹謨》：「正德，利用，厚生，惟和。」疏：「厚生謂薄徵徭，輕賦税，不奪農時，令民生計温厚，衣食豐足。」

〔三〕守智以愚：《荀子・宥坐》：「孔子喟然而歎曰：『吁，惡有滿而不覆者哉！』子路曰：『敢問持滿有道乎？』孔子曰：『聰明聖知（智），守之以愚……』」此用其意，謂有智而不外露，如愚拙之狀。

〔四〕容膝：指立足之地。《韓詩外傳》卷九：「今如結駟列騎，所安不過容膝；食方丈於前，所甘不過一肉。」

〔五〕八體：秦代統一文字，廢除不符合秦文的六國文字，定書體爲八種，謂之八體。許慎《説文解字・叙上》：「自爾秦書有八體：一曰大篆，二曰小篆，三曰刻符，四曰蟲書，五曰摹印，六曰署書，七曰殳書，八曰隸書。」八體中大篆、小篆、蟲書、隸書爲字體，其餘四種則就書所施用之處而名，如用於兵器者，謂之殳書，施於符信者，謂之刻符。曾：乃。翰：筆，指書法。二句謂任君擅長諸體書，連王右軍（羲之）也比不上。

〔六〕五弦：指琴。古爲五弦，故稱。《禮記・樂記》：「昔者舜作五弦之琴，以歌《南風》。」又樂器有名五弦者。《新唐書・禮樂志》：「五弦如琵琶而小，北國所出，舊以木撥彈，樂工裴神符初以手彈。」

〔七〕中散：即嵇康，善琴，嘗作《琴賦》。《晉書·嵇康傳》：「康早孤，有奇才……與魏宗室婚，拜中散大夫。常修養性服食之事，彈琴詠詩，自足於懷。……初，康嘗游于洛西，暮宿華陽亭，引琴而彈。夜分，忽有客詣之，稱是古人。與康共談音律，辭致清辯，因索琴彈之，而爲《廣陵散》，聲調絶倫，遂以授康，仍誓不傳人，亦不言其姓字。」

〔八〕惟邦之彦：《詩·鄭風·羔裘》：「彼其之子，邦之彦（才德傑出的人）兮。」

〔九〕惟國之翰：見《京兆尹張公德政碑》末段注〔三〕。

〔一〇〕河東：郡名，始置於秦。東晉義熙十四年之後，治所設在今山西省永濟市蒲州鎮。唐時改名蒲州。

〔一一〕某：謂任君之子。光禄：官署名。掌邦國酒醴、膳羞之事，置卿一人，從三品；少卿二人，從四品上。此指爲光禄少卿。

〔一二〕河東郡君：唐制，四品官之母、妻，得封爲郡君。《舊唐書·職官志》：「四品母、妻，爲郡君。」

〔一三〕郡太君：唐制，母以子封者，爵號加太字。《舊唐書·職官志》：「其母邑號，皆加太字，各視其夫、子之品。」

〔一四〕由，宋蜀本、述古堂本俱無此字。

〔一五〕母以子貴：《公羊傳》隱公元年：「子以母貴，母以子貴。」

〔一六〕司文者：唐祕書省有著作局（高宗時嘗改爲司文局），置著作郎（高宗時嘗改爲司文郎中）二人，佐郎（高宗時嘗改爲司文郎）四人，掌修撰碑志、祝文、祭文等。參見《新唐書・百官志》。執簡以往：謂持已記事之簡而往，語本《左傳》襄公二十五年：「大史書曰：『崔杼弑其君。』崔子殺之。……南史氏聞大史盡死，執簡以往。」

薛侯之裔兮代濟其美，不隕其名〔一〕。是生碩德兮爲世作程〔二〕，忠不祐孝不福兮早謝休明〔三〕。身爲士兮子爲卿，又將羽林兮統天兵〔四〕。天子寵兮爲崇榮，贈我武符兮賜我專城〔五〕。青松寂寂兮晝無人聲，狗不吠兮雞不鳴〔六〕。蒼茫千古兮孰云旌〔七〕？賴孝子兮揚音英〔八〕。

〔一〕代濟其美不隕其名：語本《左傳》文公十八年：「此十六族也，世濟其美，不隕其名。」疏：「世濟其美，後世承前世之美；不隕其名，不墜前世之美名。」

〔二〕是：此。碩德：大德。《晋書・索襲傳》：「索先生碩德名儒，真可以諮大義。」程：標準，模範。《文選》蔡邕《陳太丘碑文》：「含光醇德，爲士作程。」李善注：「毛萇《詩傳》曰：程，法也。」

〔三〕忠不祐孝不福：謂任君忠孝而未得福祐。早謝休明：早辭明世之意。休明，美而明，此指休明之世。潘岳《西征賦》：「當休明之盛世，託菲薄之陋質。」明，底本原作「名」，此從宋蜀本、述古堂本。

〔四〕又，述古堂本、明十卷本、奇字齋本俱作「文」，趙殿成改作「大」，此從宋蜀本。天兵：王師。

〔五〕武符：即虎符。唐人避諱，謂虎爲武。漢制，予郡守銅虎符（見《故西河郡杜太守輓歌三首》其一注〔七〕）。唐代改用銅魚符。專城：見《送崔五太守》注〔一五〕。

〔六〕「狗不」句：語本《漢書・武五子傳》：「（燕）王自歌曰：『歸空城兮，狗不吠，雞不鳴。横術何廣廣兮，固知國中之無人。』」注：「此歌意言身死之後國當空也。」以上二句描寫任君墳上的空寂之狀。

〔七〕孰：何。云：助詞，無義。句謂任君卒後，年代久遠，爲何旌表？

〔八〕音英：猶聲華，即聲譽。

京兆尹張公德政碑并序〔一〕

雲從龍，風從虎，氣應也〔二〕；聖人作〔三〕，賢人輔，德同也。君臣同德，天地通氣，以康九有〔四〕，以遂萬類〔五〕。惟皇御極二十載〔六〕，光格四表〔七〕，至于海隅日出〔八〕，越小大邦〔九〕，蠻貊師長〔一〇〕，罔不欽于成憲〔一一〕，以承天休〔一二〕。然天子猶日省三揖列辟〔一三〕，日聽萬方輿頌〔一四〕，懼人有未化，賢有未登〔一五〕，故敭仄陋兼乎十等〔一六〕，選宗室及乎九族〔一七〕，任事以觀材，積時以觀行，乃得我賢京兆焉。

〔一〕作于開元二十二年（七三四），説見《年譜》。京兆尹：唐京兆、河南等府各置尹一員，從三品，掌專總府事。張公：《舊唐書·后妃傳》云：「肅宗張皇后……祖母竇氏，玄宗母昭成皇太后之妹也。昭成爲天后所殺，玄宗幼失所恃，爲竇姨鞠養。景雲中，封鄧國夫人，恩渥甚隆。其子去惑、去疑、去奢、去逸，皇姨弟也，皆至大官。……去逸生后，天寶中，選入太子宫爲良娣。」《新唐書·后妃傳》亦云：「玄宗幼失昭成，母視（竇）姨，鞠愛篤備。帝即位，封鄧國夫人，親寵無比。五息子，曰去惑、去疑、去奢、去逸、去盈，皆顯官。」按，本篇曰：「夫公于國爲外戚，于帝爲外弟（表弟）。」參照上述記載，張公無疑當是竇氏五子中的一人。《山右金石記》卷五《虞鄉令張遵墓誌銘》云：「祖去奢，銀青光禄大夫、京兆尹。」知「京兆尹張公」即張去奢。西安碑林有韋述撰《張去奢墓誌銘》（亦見《唐代墓誌彙編》天寶一一〇），稱去奢字士則，卒于天寶六載，年六十。題下「并序」二字底本原無，據宋蜀本、述古堂本補。

〔二〕「雲從」三句：言同類相感、同氣相應，以喻君臣之遇合。《易·乾》：「同聲相應，同氣相求，水流濕，火就燥，雲從龍，風從虎，聖人作而萬物覩。」孔疏：「龍是水畜，雲是水氣，故龍吟則景雲出，是雲從龍也；虎是威猛之獸，風是震動之氣，此亦是同類相感，故虎嘯則谷風生，是風從虎也。」

〔三〕作：興起。

〔四〕康：安。九有：《詩·商頌·玄鳥》：「方命厥后，奄有九有。」毛傳：「九有，九州也。」

〔五〕遂：成。萬類：《文選》張華《答何劭二首》其二：「洪鈞陶萬類，大塊稟群生。」李周翰注：「萬類，萬物也。」

〔六〕御極：謂帝王登位。二十載：蓋舉其成數而言。自先天元年（七一二）八月玄宗即位至維作此文之時，已有二十二載。

〔七〕光格四表：語本《尚書·堯典》：「（堯）允恭克讓，光被四表，格于上下。」孔傳：「允，信。克，能。光，充。格，至也。既有四德，又信恭能讓，故其名聞充溢四外，至于天地。」

〔八〕海隅日出：《尚書·君奭》：「丕冒海隅出日，罔不率俾。」孔疏：「德教大覆四海之隅，至於日出之處，其民無不循我化可臣使也。」

〔九〕越小大邦：《尚書·酒誥》：「越小大邦用喪，亦罔非酒惟辜。」孔傳：「於小大之國所用喪亡，亦無不以酒爲罪也。」孔疏：「小大之國，謂諸侯之國有小大也。」此處指唐以外的其他國家。越，於。

〔一〇〕蠻貊（mò莫）：泛指四夷。《禮記·中庸》：「是以聲名洋溢乎中國，施及蠻貊。」師長：《尚書·盤庚下》：「邦伯師長百執事之人。」疏：「師訓爲衆，衆長，衆官之長。」趙注：「右丞蓋借作君長字用矣。」

〔一一〕罔：無。欽：敬。成憲：成法，指唐既定的法律。《尚書·説命下》：「監于先王成憲，其永無愆。」孔傳：「視先王成法，其長無過。」

〔一二〕以承天休：《尚書·湯誥》：「各守爾典，以承天休。」孔傳：「守其常法，承（奉）天美道。」

〔一三〕省：審察。三揖：《周禮・秋官・司儀》：「詔王儀南鄉（向）見諸侯，土揖庶姓，時揖異姓，天揖同姓。」鄭注：「庶姓，無親者也。土揖，推手小下之也。異姓，昏姻也。時揖，平推手也。……天揖，推手小舉之。」蓋謂諸侯來朝，向天子行禮時，天子對他們分別行土、時、天之揖禮以作答。又《左傳》哀公二年：「君夫人在堂，三揖在下。」杜注：「三揖，卿、大夫、士。」蓋卿、大夫、士向天子行禮時，天子須還揖，故稱卿、大夫、士爲三揖。列辟：趙注：「司馬相如《封禪文》：『歷選（數）列辟，以迄于秦。』李善注：『辟，君也。』班固《典引》：『德臣列辟，功君百王。』李周翰注：『列辟，百官也。』」按，《文選》班固《典引》蔡邕注云：「言漢之德能臣古之列辟，其功又爲百王之君也。」則《典引》之「列辟」與《封禪文》之「列辟」實同，皆謂歷代之君。然此處若以「歷代之君」釋「列辟」，於上下文義則扞格難通，故本篇之「列辟」意當同於「百辟」，既可指諸侯，又可泛指公卿大臣（參見《送李睢陽》注〔二〕）。此句有二解：一謂天子猶每日省察、接見公卿大臣（「三揖」用《周禮》之義）；一謂天子猶每日審察百官（「三揖」用《左傳》之義）。

〔一四〕輿頌：同輿誦，謂衆人之言。《國語・晉語三》：「惠公入而背外內之賂，輿人誦之曰……」韋注：「輿，衆也。不歌曰誦。」

〔一五〕登：進用。

〔一六〕故，明十卷本、奇字齋本作「明」。敭仄陋：語出《尚書・堯典》：「明明揚側陋。」孔傳：「明舉明人在側陋者，廣求賢也。」孔疏：「揚亦舉也。……側陋者，僻側淺陋之處。意言不問貴賤，有人則舉。」歇，古「揚」字。仄陋，同側陋。十等：《左傳》昭公七年：「天有十日，人有十等。……故王臣公，公臣大夫，大夫臣士，士臣皁，皁臣輿，輿臣隸，隸臣僚，僚臣僕，僕臣臺。」

〔一七〕九族：異説紛紜，或謂指自高祖至玄孫的同姓親族；或謂指異姓親族，即父族四，母族三，妻族二；又有兼内外姻戚而釋之者。觀上下文義，此處蓋指異姓親族而言。

夫京兆號爲難理。清静病于不給〔一〕，刀筆拘于守文〔二〕；或以軟弱廢，或以賊殺劾〔三〕；把宿負淺爲丈夫〔四〕，用鉤距蓋非長者〔五〕。我則異于是。大道難名〔六〕，大理無法〔七〕。閉關于任數，巧算不能知〔八〕；堅壁于畫一，善政不能下〔九〕。摧宿豪如薙草無愠色〔一〇〕，視大權如歷塊無傲容〔一一〕。百司之務，總以奇而得正〔一二〕；五方之人，雜異教而同理〔一三〕。受命之始，先聲已振〔一四〕，黠吏惡少，聞風改行〔一五〕。及乎鳴騶詣府〔一六〕，登堂坐定，縣尹掾史〔一七〕，以次上謁〔一八〕，守正之人其氣高〔一九〕，含章之人其詞大〔二〇〕，見容色而聞號令，小人戚而君子泰〔二一〕。日者櫟陽男子〔二二〕，閭里爲豪，借客報仇〔二三〕，聚人爲盜。或白日手刃〔二四〕，或黄塵袖鎚〔二五〕；政寬則以身先諸偷〔二六〕，操急則以事中長吏〔二七〕。貳過不已〔二八〕，萬計自脱。公命吏縛之，立死鈴下〔二九〕，于是人入闔室，若遇大賓焉〔三〇〕。

〔一〕静，底本原作「凈」，此從宋蜀本、述古堂本、明十卷本。不給：不足。句謂清静無爲則苦于不足應付。

〔二〕刀筆：指用刀筆判案，懲治黠吏惡少。守文：遵守成法。文，法律條文。拘于守文：爲須遵守成法所約束。

〔三〕賊：殺。句謂京兆尹有的因殺人被劾。

〔四〕把宿負：用張敞事。《漢書·張敞傳》載：「敞守京兆尹。自趙廣漢誅後，比更守尹，如（黄）霸等數人，皆不稱職，京師寖廢，長安市偷盗尤多……敞既視事，求問長安父老偷盗酋長數人，居皆温厚，出從童騎，閭里以爲長者，敞皆召見責問，因貰（緩）其罪，把（執持）其宿負（舊日的愆負、過失），令致諸偷以自贖。偷長曰：『今一旦召詣府，恐諸偷驚駭，願壹切受署（注：「自言願權補吏職也。」）。』敞皆以爲吏，遣歸休。置酒，小偷悉來賀，且飲醉，偷長以赭（赤土）汙其衣裾，吏坐里閭閱出者，汙赭則收縛之，一日捕得數百人。……由是枹鼓稀聞，市無偷盗。」淺爲丈夫：猶言作爲一個男子是淺薄的。語本《左傳》襄公十九年：「宣子出，曰：『吾淺之爲丈夫也。』」

〔五〕用鉤距：《漢書·趙廣漢傳》載：廣漢守京兆尹，「尤善爲鉤距，以得事情。鉤距者，設欲知馬賈（價），則先問狗，已問羊，又問牛，然後及馬，參伍其賈，以類相準，則知馬之貴賤，不失實矣。唯廣漢至精能行之，它人效者，莫能及也。」鉤距，王先謙補注云：「鉤若鉤取物也，距與致同，鉤距謂鉤而致之。」長者：指德高望重的人。

〔六〕大道難名：大道難於叫出它的名稱。《老子》一章：「道可道，非常道；名可名，非常名。」四十一章：「大音希聲，大象無形，道隱無名。」道，大抵指事物存在和變化的最普遍原則、規律。

〔七〕大理：大治。無法：謂順時變化，無一定之法。《史記·太史公自序》：「有法無法，因時爲業；有度無度，因物與合，故曰聖人不朽，時變是守。」

〔八〕閉關：閉關而守，意近下文之「堅壁」。任數：用術（謀略，心計）。《管子·任法》：「聖君任法而不任智，任數而不任説……然後身佚而天下治。」二句意謂，堅持用術治理，連巧于算計者也不能知其術。

〔九〕堅壁：堅固其壁壘，堅守。畫一：《史記·蕭相國世家》：「百姓歌之曰：『蕭何爲法，顜（使平正）若畫一；曹參代之，守而勿失，載其清淨，民以寧一。』」索隱：「畫一，言其法整齊也。」下：使下。二句意謂，堅持爲法平正畫一，公認的善政也無法使它遜色。

〔一〇〕宿豪：久爲世人所知的豪强。《漢書·王尊傳》：「長安宿豪大猾，東市賈萬，城西萬章……等，皆通邪結黨，挾養奸軌。」薙（tì惕）：除去野草。無愠色：《論語·公冶長》：「令尹子文三仕爲令尹，無喜色；三已之，無愠色。」愠，惱怒。

〔一一〕大權：重大的權力。如歷塊：言視爲平常，猶如越過一小塊土地一般。《漢書·王褒傳·聖主得賢臣頌》：「縱馳騁騖，忽如影靡，過都越國，蹶如歷塊。」注：「如經歷一塊，言其速疾之甚。」傲，宋蜀本作「撽」。

〔一二〕務，宋蜀本作「務」。以奇而得正：指處理各種事務，善施用奇謀而又合于正道。奇正本是軍事術語，奇謂出奇制勝，正指正面對陣交鋒。《孫子・勢篇》：「戰勢不過奇正，奇正之變，不可勝窮也。」得，猶合。《莊子・繕性》：「四時得節，萬物不喪。」以上二句《唐文粹》作「百司之吏，總一德以咸服」。

〔一三〕雜異教：雜用異教，不純用儒術。同理：同樣得到治理。

〔一四〕先聲已振：謂未及到任，聲威已先震動京兆。《史記・淮陰侯列傳》：「兵固有先聲而後實者，此之謂也。」

〔一五〕改，宋蜀本、《唐文粹》作「族」。

〔一六〕鳴騶：參見《瓜園詩》注〔七〕。府：京兆府。

〔一七〕縣尹：縣的長官。掾史：官府屬吏的通稱。

〔一八〕上謁：謂請求進見。謁，古通名之刺。《漢書・霍光傳》師古注：「上謁，若今參見尊貴而通名也。」

〔一九〕守正：篤守正道。「守正之人」指張公。下「含章之人」同。

〔二〇〕含章：含美於內。《易・坤》：「含章可貞。」疏：「章，美也。……唯内含章美之道待命乃行可以得正，故曰含章可貞。」詞大：言詞正大。

〔二一〕戚：憂懼，不安。泰：安寧，安詳。

〔二二〕日者：指從前，往日。櫟（yuè月）陽：唐京兆府屬縣，治所在今陝西西安市臨潼區北。

〔二三〕借客報仇：《漢書·朱雲傳》：「少時通輕俠，借客報仇。」注：「借，助也。」

〔二四〕手刃：指持刀。《三國志·蜀書·費禕傳》：「禕歡飲沉醉，爲（郭）循手刃所害。」

〔二五〕黄塵袖鎚：指在塵土飛揚的道路上袖中暗藏鐵鎚。《史記·魏公子列傳》：「朱亥袖四十斤鐵椎（鎚），椎殺晉鄙。」

〔二六〕以身先諸偷：以自身爲衆盜賊之先導。

〔二七〕「操急」句：見《送鄭五赴任新都序》首段注〔八〕。

〔二八〕貳過：重犯同樣的過錯。《論語·雍也》：「不遷怒，不貳過。」

〔二九〕鈴下：鈴閣之下。鈴閣謂將帥治事之所。又用以指官府。干寶《搜神記》卷七：「太興四年，王敦在武昌，鈴下儀仗生花……説曰：『《易》説：「枯楊生花，何可久也？」今狂花生枯木，又在鈴閣之間……』」《晉書·羊祜傳》：「鈴閣之下，侍衛者不過十數人。」鈴，宋蜀本、述古堂本、明十卷本、奇字齋本俱作「領」。

〔三〇〕「于是」二句：《南史·何子平傳》：「（子平）幼持操檢，敦厲名行，雖處闇室，如接大賓。」大賓，貴賓。

前年不登〔一〕，人顑太甚〔二〕，野無遺秉〔三〕，路有委骨〔四〕，天子不忍征于不粒〔五〕，賦于無衣，六軍從衛，以臨東諸侯〔六〕，息關中也。帝曰：「咨〔七〕！天其降威〔八〕，人罔畏罪〔九〕，台恐寇盜迺邑〔一〇〕，矧曰蕩析離居〔一一〕，惟爾克濟〔一二〕，撫兹方夏〔一三〕。」公拜稽首，思塞休命〔一四〕。布慈惠之政，不以利淫〔一五〕；振雷霆之威，其或宥過〔一六〕。饔人減雙雞之膳，圉人省五馬之秣〔一七〕；陶不獻服〔一八〕，圬不塓館〔一九〕；自身已往〔二〇〕，振廩同食〔二一〕。雖人煙不動〔二二〕，道殣相望〔二三〕，不思濫以苟生〔二四〕，咸守教以就死〔二五〕，是不可能也。先是，王公或專南山之利，司農涸昆明之池〔二六〕，收赤岸澤〔二七〕，將爲田以便官，至是悉奏罷之。舟鮫衡麓之守廢，蒲荷薪蒸之産入〔二八〕，自郊徂邑，室有魚飱〔二九〕，斬陰伐陽〔三〇〕，市多山木，人得以贍。惟涇有防〔三一〕，比歲多決〔三二〕，近縣疲于輸役〔三三〕，他山匱于度材〔三四〕，公命刮朽壤，填巨石，辦大木，去編菅〔三五〕，其始告勞〔三六〕，乃終有慶〔三七〕。匠石日減功萬〔三八〕，藏史日省錢億〔三九〕，農始竟耒〔四〇〕，女始安織。于是台背黄髮之老曰〔四一〕：「我有田疇，鍾秉其畝〔四二〕；我有子弟，顔閔其行〔四三〕；鄉黨以睦，惸失其獨；道路有禮，汰無與争〔四四〕；酒先養老〔四五〕，賄不問吏〔四六〕；既無吠犬〔四七〕，亦無奸人。臨年餘資〔四八〕，幸蒙惠化〔四九〕，其曷以臻兹〔五〇〕？」君子曰：「此天子至公，内舉不避親〔五一〕，錫汝明尹張公之力也〔五二〕。」

〔一〕前年：前一年，即開元二十一年。不登：歉收。《舊唐書·玄宗紀》曰：「（開元）二十一年……

是歲，關中久雨害稼，京師饑。」《張去奢墓誌銘》：「當是時也，東盡虢略，西連隴坻，秋稼不登，人多菜色。」

〔二〕顇：憔悴。

〔三〕遺秉：遺漏在地裏的成把之禾。《詩・小雅・大田》：「彼有遺秉，此有滯穗。」「秉」《唐文粹》作「糠」。

〔四〕委骨：《文選》鮑照《蕪城賦》：「委骨窮塵。」李善注：「委猶積也。」

〔五〕不粒：絶糧。粒，穀粒。《顔氏家訓・涉務》：「三日不粒，父子不能相存。」此指絶糧之人。

〔六〕「六軍」二句：六軍，軍隊的統稱。從衛，隨從、護衛。東諸侯：東方的諸侯國。《左傳》成公十六年：「郤犨將新軍，且爲公族大夫，以主東諸侯。」按，《舊唐書・玄宗紀》云：「（開元）二十二年春正月……己巳，幸東都。」二句即指此事而言。

〔七〕咨：表示歎息。

〔八〕天其降威：《尚書・大誥》：「天降威，知我國有疵。」疏：「王肅云：天降威者，謂三叔（管叔、蔡叔、霍叔）流言，當誅伐之，言誅三叔是天下威也。」此指天降災害。其，底本原作「之」，此從宋蜀本、述古堂本、《唐文粹》等。

〔九〕此句指饑荒年月，人民鋌而走險，没有怕犯罪受制裁的。

〔一〇〕台（yí怡）：我。《尚書・説命上》：「台恐德弗類，兹故弗言。」盜，宋蜀本、明十卷本作「益」。迺邑：汝邑，指京兆府。

〔一一〕矧（shěn 審）：況，況且。曰：助詞。蕩析離居：播蕩離散，去其居宅。《尚書·盤庚下》：「今我民用蕩析離居，罔有定極。」此處指百姓因饑荒而流亡他鄉。

〔一二〕克濟：能救助。

〔一三〕撫兹方夏：《尚書·武成》：「誕膺天命，以撫方夏。」孔傳：「大當天命，以撫綏四方中夏。」此處以「方夏」指京師之地。又「方夏」，《唐文粹》作「西土」。

〔一四〕塞：答，報答。《漢書·終軍傳》：「陛下……獻享之精交神，積和之氣塞明，而異獸來獲，宜矣。」注：「塞，答也。明者明靈，亦謂神也。」句謂思欲報答天子的美命。

〔一五〕不以利淫：不用來施利於淫（邪惡不正）人。「利淫」爲動賓結構，與下「宥過」對文。

〔一六〕宥：寬免，赦免。二句即寬猛相濟之意。

〔一七〕饔人：主管割烹之事的官吏。雙雞之膳：《左傳》襄公二十八年：「公膳日雙雞，饔人竊更之以鶩（家鴨）。」圉（yǔ 宇）人：主管養馬的官吏。五馬：漢太守駕車用五匹馬。此指府尹駕車用的馬。秣：飼料。二句指荒年張公自減膳、省秣。

〔一八〕陶：即復陶。《左傳》襄公三十年杜注：「復陶，主衣服之官。」

〔一九〕圬不塓館：《左傳》襄公三十一年：「圬人以時塓館宫室。」圬（wū 烏），謂圬人，即泥瓦工。塓（mì 覓），塗刷。

〔二〇〕身：自己。已往：以下。

〔二一〕振廩同食：《左傳》文公十六年：「自廬以往，振廩同食。」杜注：「振，發也。廩，倉也。同食，上下無異饌也。」振廩，開倉。

〔二二〕雖：惟，只是。人煙不動：謂住户絶糧，炊煙不起。

〔二三〕道殣相望：謂餓死于路者極多。《左傳》昭公三年：「道殣相望，而女富溢尤。」殣（jìn晋），餓死，餓死的人。

〔二四〕濫：越軌。《論語·衛靈公》：「君子固窮，小人窮斯濫矣。」句謂饑民不想爲越軌之事以苟且偷生。

〔二五〕守教：遵守教令，不做違法之事。

〔二六〕司農：唐有司農寺，掌邦國倉儲薪草及苑囿園池等事。涸：使乾涸。昆明之池：見《恭懿太子輓歌五首》其五注〔一〕。

〔二七〕赤岸澤：《通鑑》卷一七四：「自應門至於赤岸澤。」胡注：「赤岸澤，在長安北，同州（今陝西大荔）南。」宋蜀本、述古堂本、明十卷本俱無「赤」字。

〔二八〕「舟鮫」二句：《左傳》昭公二十年：「山林之木，衡鹿守之；澤之萑蒲，舟鮫守之；藪之薪蒸（柴禾，粗曰薪，細曰蒸），虞候守之；海之鹽、蜃，祈望守之。」杜注：「衡鹿、舟鮫、虞候、祈望皆官名也。言公專守山澤之利，不與民共。」舟鮫，《唐文粹》作「舟漁」；楊伯峻《春秋左傳注》謂「舟鮫」

爲「舟鮁」之誤，漁與鮁通，《魯語下》有舟虞，蓋即舟鮁。鹿，同麓，《説文》：「麓，守山林吏也。」守，看管。入，謂入於民。

〔二九〕魚飧：魚做的食物。《公羊傳》宣公六年：「（晋靈公）使勇士某者往殺之（指趙盾），勇士入其大門……俯而窺其户，方食魚飧。勇士曰：『……子爲晋國重卿，而食魚飧，是子之儉也……』」飧（sūn 孫），熟食。

〔三〇〕斬陰伐陽：《周禮·地官·山虞》：「仲冬斬陽木，仲夏斬陰木。」鄭注：「鄭司農云：『陽木春夏生者，陰木秋冬生者……』玄謂陽木生山南者，陰木生山北者。」

〔三一〕涇：水名，即今涇河。源出甘肅，東南流至陝西高陵南入渭水。防：隄。

〔三二〕比歲：連年。

〔三三〕輸役：提供服勞役的人。輸，底本原作「力」，此從述古堂本、明十卷本。

〔三四〕度：通「剫」，砍木，治木。《左傳》隱公十一年：「山有木，工則度之。」

〔三五〕編菅：《左傳》昭公二十七年：「或取一編菅焉，或取一秉秆焉。」杜注：「編菅，苫也。」菅，多年生草本植物，古人用它編簾子蓋屋頂，此處「編菅」指修隄用的草簾，因其不如木料經久耐用，故去之。

〔三六〕告勞：訴苦。

〔三七〕乃終有慶：語出《易·坤》：「東北喪朋，乃終有慶。」疏：「初雖離群，乃終久有慶善也。」

〔三八〕匠石：名石的匠人。《莊子·徐無鬼》：「郢人堊慢其鼻端，若蠅翼，使匠石斲之。」此處借指工匠。功：事。

〔三九〕藏（zàng 葬）史：國家府庫的官吏。藏，藏物之所，府庫。史，副貳之官。

〔四〇〕竟末：完成耕種之事。竟，《唐文粹》作「學」。

〔四一〕台背黄髮：《詩·魯頌·閟宫》：「黄髮台背，壽胥與試。」鄭箋：「黄髮台背，皆壽徵也。」台，通「鮐」，鮐背即駝背。老，《唐文粹》作「耆」。

〔四二〕鍾：《左傳》昭公三年：「釜十則鍾。」杜注：「六斛四斗。」秉：《儀禮·聘禮》：「十斗曰斛，十六斗曰籔，十籔曰秉。」此句謂每畝産糧甚多。

〔四三〕顔閔：顔淵、閔子騫。《史記·仲尼弟子列傳》：「孔子曰：受業身通者，七十有七人，皆異能之士也。德行，顔淵、閔子騫……」

〔四四〕鄉黨：鄉里。惸（qióng 窮）：無兄弟者或孤苦無依之人。汰：通過，經過。以上四句，趙殿成校曰：「顧玄緯本（奇字齋本）作『鄉黨以睦，惸子失其獨；道路有禮，祀汰無與爭』，今改從唐文粹本。」按，宋蜀本、述古堂本、明十卷本等俱同《唐文粹》，趙校是。

〔四五〕酒先養老：《孔子家語·觀鄉射》：「酒者，所以養老，所以養病也。」

〔四六〕賄：財物。問：饋贈。《詩·鄭風·女曰雞鳴》：「知子之順之，雜佩以問之。」句指官吏秉公執事，不受賄賂。

〔四七〕既無吠犬：謂吏不擾民，境内安寧。《後漢書·劉寵傳》：「（寵）拜會稽太守，山民愿朴，乃有白首不入市井者，頗爲官吏所擾，寵簡除煩苛，禁察非法，郡中大化。徵爲將作大匠，山陰縣（會稽郡屬縣）有五、六老叟，龐眉皓髮，自若邪山谷間出，人齎百錢以送寵。寵勞之曰：『父老何自苦？』對曰：『山谷鄙生，未嘗識郡朝，它守（郡守）時，吏發求民間，至夜不絶，或狗吠竟夕，民不得安；自明府下車（到任）以來，狗不夜吠，民不見吏，年老遭值聖明，今聞當見棄去，故自扶奉送。』」吠犬，《唐文粹》作「吠狗」，《全唐文》作「犬吠」。

〔四八〕臨年：到達一定的年紀。此指老年。《文選》李陵《答蘇武書》：「上念老母，臨年被戮。」句謂暮年生活富足，有餘財。

〔四九〕幸，《唐文粹》作「竊」。惠化：仁德、教化。《三國志·魏書·盧毓傳》：「遷安平、廣平太守，所在有惠化。」

〔五〇〕曷：何，何故。臻兹：至此。

〔五一〕「内舉」句：語本《韓非子·説疑》：「聖王明君則不然，内舉不避親，外舉不避讎。」

〔五二〕錫：賜。尹，底本原作「君」，此從宋蜀本、明十卷本、《唐文粹》、《全唐文》。

夫公于國爲外戚，于帝爲外弟。重組累印，珥香貂者七葉〔一〕；奉車駙馬〔二〕，乘朱輪者十人〔三〕。勝衣則綺襦紈袴〔四〕，通籍則玉墀青瑣〔五〕；動則兩驂如舞〔六〕，坐則五鼎成列〔七〕，文軒楚製〔八〕，素女趙舞〔九〕。而公儼兮其若客，淡兮其無味〔一〇〕。心在四教〔一一〕，語稱七德〔一二〕，目視六籍〔一三〕，口誦《九歌》〔一四〕；懷君子令德之忠〔一五〕，保詩人錫類之孝〔一六〕；悌有過于共被〔一七〕，慈有踰于含食〔一八〕。惡衣以居，公服不敢降也〔一九〕；屈體下士，王綱不敢替也〔二〇〕。協二姓之好，以正人倫，旁無嬖御〔二一〕；分一人之憂，以審官政，下多英傑〔二二〕。若夫皇帝敬問之詔〔二三〕，御札自書，天王命賜之衣〔二四〕，上宮所製〔二五〕，勞勤則中使接武〔二六〕，計議則走馬來朝，豈惟衆臣重其經術〔二七〕，爲吏雜以儒雅而已〔二八〕？

〔一〕重組累印：謂累世爲官。組，佩印用的綬帶。「珥香」句：《文選》左思《詠史八首》其二：「金張藉舊業，七葉珥漢貂。」金張，指金日磾、張湯家。《漢書·金日磾傳》贊：「七世内侍，何其盛也。」《張湯傳》：「安世（張湯子）子孫相繼，自宣元以來，爲侍中中常侍諸曹散騎列校尉者，凡十餘人。功臣之世唯有金氏、張氏親近寵貴，比於外戚。」戴逵《釋疑論》：「張湯酷吏，七世珥貂。」七葉，七世，李善注：「自武至平也。」珥（ěr耳）貂，冠旁插貂尾爲飾。李善注引董巴《輿服志》曰：「侍中中常侍冠武弁，貂尾爲飾。」二句謂張家累世爲貴官。

〔二〕奉車駙馬：《漢書·百官公卿表》：「奉車都尉，掌御乘輿車；駙馬都尉，掌駙馬（謂掌副車之馬，天子的侍從之車曰副車），皆武帝初置，秩比二千石。」《新唐書·百官志》：「奉車都尉，掌馭副車，有其名而無其人，大陳設則他官攝。駙馬都尉，無定員，與奉車都尉皆從五品下。」按，奉車駙馬，皆天子的侍從之臣，又魏晋以後，凡尚公主者，必拜駙馬都尉。據史傳記載，張氏五兄弟中有尚公主者。《舊唐書·后妃傳》云：「去盈尚玄宗女常芬公主。」《新唐書·后妃傳》同。又一説去奢尚常芬公主。岑仲勉《唐史餘瀋》卷二云：「開元十九年，《常芬公主食實封制》：『今年九月丁巳，出降張去奢。』（《詔令》四二）……余按《會要》亦去奢，《英華》三百訛裴去奢。」按，西安碑林《張去奢墓誌銘》稱拜駙馬都尉者乃去盈，又謂去奢「夫人南安龐氏」，則尚主者以作「去盈」爲是。

〔三〕朱輪：古代貴官所乘之車。其車輪漆成紅色，故名。《漢書·楊敞傳》附楊惲報孫會宗書：「惲家方隆盛時，乘朱輪者十人。」

〔四〕勝衣：謂兒童稍長。綺襦紈袴：《漢書·叙傳》：「在於綺襦紈袴之間，非其好也。」注：「紈，素也；綺，今細綾也，並貴戚子弟之服。」

〔五〕通籍：《漢書·魏相傳》：「（霍）光夫人顯及諸女，皆通籍長信宫。」注：「通籍，謂禁門之中皆有名籍，恣出入也。」謂記名于門籍，得出入宫門。又唐人亦稱仕宦爲通籍，謂通其名籍於朝。司空圖《退居漫題七首》其五：「詩家通籍美，工部與司勳。高賈雖難敵，微官偶勝君。」此以仕宦喻爲詩，言詩家中杜甫、杜牧猶如仕宦之美者，其詩之高賈（價）已雖難敵，而官位則偶勝之。青瑣：見《上張令公》注〔四〕。此句意謂，仕宦則出入皇宫。

〔六〕兩驂如舞：《詩·鄭風·大叔于田》：「執轡如組，兩驂如舞。」疏：「其兩驂之馬與兩服馬，和諧如人舞者之中於樂節也。」按，古代一車駕四馬，居中的兩匹稱服，在旁的兩匹曰驂。

〔七〕五鼎：《漢書·主父偃傳》：「丈夫生不五鼎食，死則五鼎亨耳。」注：「張晏曰：五鼎食，牛羊豕魚麋也。」「五鼎食」爲貴族顯宦之家方有的排場。

〔八〕文軒：雕飾華美之車。《墨子·公輸》：「今有人於此，舍其文軒，鄰有敝轝而欲竊之。」楚製：楚地的樣式。《漢書·叔孫通傳》：「通儒服，漢王憎之，迺變其服，服短衣楚製。」注：「製謂裁衣之形製。」

〔九〕素女：傳説中的神女名。《史記·封禪書》：「太帝使素女鼓五十弦瑟。」趙殿成曰：「此借用其字，作美女稱。」趙舞：參見《濟上四賢詠三首·成文學》注〔四〕。

〔一〇〕儼兮其若客：《老子》十五章：「古之善爲士者，微妙玄通，深不可識。夫唯不可識，故强爲之容：豫焉若冬涉川，猶兮若畏四鄰，儼兮其若客。」河上公注：「如客畏主人，儼然無所造作也。」儼，莊重貌。淡兮其無味：《老子》三十五章：「道之出口，淡乎其無味。」王弼注：「道之出言，淡然無味。」二句謂張公莊重淡泊，不傾意于富貴之家的各種享受。

〔一一〕四教：儒家以《詩》、《書》、禮、樂（四術）教士，謂之四教。《禮·王制》：「樂正崇四術，立四教，順先王《詩》、《書》、禮、樂以造士。」

〔一二〕七德：《國語·周語中》：「尊貴、明賢、庸勳（任用有功之人）、長老、愛親、禮新、親舊……若七德離判，民乃攜貳。」韋注：「七德，謂尊貴至親舊。」

〔一三〕六籍：即《詩》、《書》、《禮》、《樂》、《易》、《春秋》六經，參見《文選》班固《東都賦》李善注。

〔一四〕《九歌》：《楚辭·離騷》：「奏《九歌》而舞《韶》兮，聊假日以媮樂。」王逸注：「《九歌》，九德之歌，禹樂也。」

〔一五〕令德之忠：《左傳》成公十年：「君子曰：『忠爲令（美）德。』」

〔一六〕錫類之孝：《詩·大雅·既醉》：「孝子不匱，永錫爾類。」謂孝子行孝，無有竭盡之時，故能以此孝道長賜予汝之族類。

〔一七〕共被：言兄弟同被而寢，相親之至。《後漢書·姜肱傳》：「肱與二弟仲海、季江，俱以孝行著聞，其友愛天至，常共卧起。」注：「謝承書曰：肱性篤孝，事繼母恪勤，母既年少，又嚴厲，肱感《凱風》之孝，兄弟同被而寢，不入房室，以慰母心也。」

〔一八〕含食：用晉郗鑒事。《世説新語·德行》：「郗公（鑒）值永嘉喪亂，在鄉里甚窮餒，鄉人以公名德，傳共飴之，公常攜兄子邁及外甥周翼二小兒往食。鄉人曰：『各自饑困，以君之賢，欲共濟君耳，恐不能兼有所存。』公於是獨往食，輒含飯著兩頰邊，還吐與二兒，後並得存，同過江。」

〔一九〕公服：《通鑑》卷一七四胡注：「《五代志》：後周之制，諸命秩之服曰公服，其餘常服曰私衣。隋唐以下，有朝服，有公服。朝服曰具服，公服曰從省服。」朝服是朝會時所著的禮服，公服則是官吏的常服。降：脱去。《左傳》僖公二十三年：「公子懼，降服而囚。」杜注：「去上服，自拘囚以謝之。」二句意謂，在家也穿公服，不著貴戚子弟的華麗之衣。

〔二〇〕替：廢棄。

〔二一〕二姓：締結婚姻的男女兩家。《禮·昏義》：「昏禮者，將合二姓之好。」此指李、竇兩家。人倫：統治者所説的人與人之間應有的關係。《孟子·滕文公上》：「使契爲司徒，教以人倫：父子有親，君臣有義，夫婦有别，長幼有叙，朋友有信。」嬖（bì敝）御：猶嬖幸，謂賤而得君之寵幸者。以上三句皆指天子而言。

〔二二〕一人：指天子。官政：國家的政事。此三句則指張公而言。

〔二三〕敬問之詔：《晉書·王導傳》：「初，（成）帝幼沖，見導，每拜。又嘗與導書，手詔則云『惶恐言』，中書作詔則曰『敬問』，於是以爲定制。」

〔二四〕天王：指天子。蔡邕《獨斷》卷上：「天王，諸夏之所稱，天下之所歸往，故稱天王。」

〔二五〕上宫：天子之宫。

〔二六〕勞勤：勤勞政事。接武：本謂行路足跡前後相接，即所謂細步。武，足跡。《禮·曲禮上》：「堂上接武，堂下步武。」後泛指人或事前後相接。

〔二七〕衆臣重其經術：用漢雋不疑事。《漢書·雋不疑傳》云：「（不疑）治《春秋》……進退必以禮。……始元五年，有一男子……詣北闕，自謂衛太子，公車以聞，詔使公卿將軍中二千石雜識視。……丞相御史中二千石至者，立莫敢發言，京兆尹不疑後到，叱從吏收縛。或曰：『是非未可知，且安之。』不疑曰：『諸君何患於衛太子！　昔蒯聵（衛靈公太子）違命出奔（蒯聵得罪於靈公而出奔晉），輒（蒯聵子，靈公卒後嗣位）距而不納（靈公卒後，晉欲納蒯聵於衛），《春秋》是之。衛太子得罪先帝，亡不即死，今來自詣，此罪人也！』遂送詔獄。天子與大將軍霍光聞而嘉之曰：『公卿大臣當用經術，明於大誼。』繇是名聲重於朝廷，在位者皆自以不及也。」

〔二八〕雜以儒雅：《漢書·張敞傳》曰：「（敞）治京兆，略循趙廣漢之迹，方略耳目，發伏禁姦，不如廣漢；然敞本治《春秋》，以經術自輔，其政頗雜儒雅（指儒家思想），往往表賢顯善，不醇用誅罰。」

且公之升聞于天〔一〕，非一朝一夕之漸也〔二〕，亦所以稱職于累官〔三〕，著聲于所在。其丞祕書也〔四〕，闕文遺簡，多在大家，深爲子孫之藏，密有緘縢之固〔五〕，公不憚權貴，或抵或誘〔六〕，盡歸天閣〔七〕，官書備焉。其牧郢也〔八〕，人有不若德〔九〕，戮之不爲暴；人有不保居〔一〇〕，撫之不爲諂。存者考其事壯其食以畜之〔一一〕，行者緝其宮藝其樹以待之〔一二〕。此邦之人既優，他邦之人又重焉〔一三〕，未盈一歲，遂增萬户。其守汾也〔一四〕，仍歲大旱〔一五〕，郡祠介推〔一六〕，雖屢舞僊僊〔一七〕，而靈應未若〔一八〕，公命束緼取火〔一九〕，伐樹寘薪，釃酒而祝曰〔二〇〕：「有功于人，祀爲明神；無德而禄，禍亦覆餗〔二一〕。自絳以來〔二二〕，人實祀子，純犧大璧不敢愛〔二三〕，必以薦也〔二四〕；童兒季女不敢黷〔二五〕，必以敬也。神既靡答，人將安仰？若亭午而雨〔二六〕，則樹其鷺羽，執此騂毛〔二七〕；不然者，火燎將至〔二八〕，焮天鑠地〔二九〕，靈衣且爲煨燼〔三〇〕，豐屋將爲茂草，爾其圖之！」言未畢而雲興，拜未起而雨降，周于闔境，不入他郡〔三二〕，雖封疆咫尺，而彼竭我盈〔三三〕。

〔一〕升聞于天：上聞于天。《大戴禮記・用兵》：「升聞皇天，上神歆焉。」《孔子家語・執轡》：「升聞于天，上帝俱歆，用永厥世，以豐其年。」此指爲天子所聞知。此四字之上《唐文粹》多一「德」字。

〔二〕漸：緩進。《易・坤》：「臣弑其君，子弑其父，非一朝一夕之故，其所由來者漸矣。」

〔三〕所，《全唐文》無此字。

〔四〕丞祕書：爲祕書丞。唐祕書省（掌管邦國經籍圖書的官署）置丞一人，從五品上，掌判省事。

〔五〕緘縢（téng 滕）：繩索。《莊子・胠篋》：「將爲胠篋探囊發匱之盜而爲守備，則必攝緘縢，固扃鐍。」此指以繩索結束。

〔六〕抵：觸犯。誘：誘導。

〔七〕天閣：即天禄閣。《文選》王儉《褚淵碑文》：「俄遷祕書丞。贊道槐庭，司文天閣。」張銑注：「司，主也。言主文史之任於天禄之閣也。」《三輔黄圖》卷六：「天禄閣，藏典籍之所，《漢宫殿疏》云：『天禄、騏麟閣，蕭何造，以藏祕書，處賢才也。』」此處借指唐祕閣。

〔八〕牧郢：任郢州（治所在今湖北鍾祥）之長吏。去奢曾官郢州刺史，見西安碑林《張去奢墓誌銘》。

「郢」下《唐文粹》多一「人」字。

〔九〕若德：順德而行。《尚書・康誥》：「弘于天若德。」疏：「用天道爲順德也。」

〔一〇〕保居：安居。《尚書・旅獒》：「生民保厥居。」

〔一一〕考：成。壯：盛。畜：養。

〔一二〕緝：整治。宫：房屋。藝：種植。

〔一三〕重：推崇，崇尚，《唐文粹》作「至」。

〔一四〕汾：汾州，治所在今山西汾陽。《張去奢墓誌銘》曰：「出爲郢、沁二州刺史。楚俗輕剽，魏地隘陿，導德齊禮，二方一變。」沁州治所在今山西沁源縣。按，據墓誌，郢州屬楚，沁州當屬魏，《元和郡縣志》卷一三：「汾州，《禹貢》冀州之域……春秋時爲晋地，後屬魏，謂之西河。」「沁州，《禹貢》冀州之域，春秋時其地屬晋，戰國時屬韓。」又《詩・魏風・葛屨》小序：「魏地陿隘，其民機巧趨利。」知屬魏者爲汾州，非沁州，則去奢所任，應以作汾州刺史爲是。

〔一五〕仍歲：累歲。

〔一六〕介推：即介之推，春秋晋人。《左傳》僖公二十四年載：晋文公賞賜隨其流亡之人，不及介推，推「遂隱而死。晋侯求之不獲，以緜上爲之田，曰：『以志吾過，且旌善人。』」杜注：「西河界休縣（今山西介休市）南有地名緜上。」又《史記・晋世家》云：文公使人召介推，「則亡，遂求所在，聞其入緜上山中。於是文公環緜上山中而封之，以爲介推田，號曰介山」。按，介山在唐汾州介休縣内，今山西介休市東南，《太平寰宇記》卷四一謂山上「有子推（即介推）塚并祠存」。

〔一七〕屢舞僊僊：《詩·小雅·賓之初筵》：「舍其坐遷，屢舞僊僊。」疏：「僊僊，舞貌也。」此指祭神時跳舞。

〔一八〕未若：不如，不及。

〔一九〕束緼取火：《漢書·蒯通傳》：「（里母）即束緼請火於亡肉家。」注：「緼，亂麻。」緼，底本原作「藴」，此從《全唐文》。

〔二〇〕釃（shī尸）酒：斟酒。陸機《晋平西將軍孝侯周處碑》：「王渾登建業宫釃酒，既酣……」釃，底本原作「釀」，此從宋蜀本、述古堂本、《全唐文》。

〔二一〕覆餗（sù速）：謂不能勝其任而敗事，必災及己身。《易·鼎》：「鼎折足，覆公餗，其形渥，凶。」疏：「餗，糁也，八珍之膳，鼎之實也。……鼎足既折，則覆公餗也。渥，沾濡之貌也。既覆公餗，體則渥霑也，施之於人，知小而謀大，力薄而任重，如此必受其至辱，災及其身也，故曰其形渥，凶。」

〔二二〕絳：春秋晋都。晋穆侯自曲沃（今山西曲沃）遷都于絳（今山西翼城東），孝侯時改名翼；後景公遷都新田（今山西曲沃西南），改名新絳，又單稱絳，而謂翼爲故絳。此處以絳代指晋。

〔二三〕純犧：《文選》宋玉《高唐賦》：「進純犧，禱璇室。」吕延濟注：「純犧，謂純色犧牲也。」大璧：璧之大者。

〔二四〕薦：進獻。

〔二五〕季女：少女。黷：通瀆，輕慢。

〔二六〕亭午：正午。《文選》孫綽《遊天台山賦》劉良注：「亭，至也。……一曰，亭午即直午之意。」

〔二七〕樹其鷺羽：《詩·陳風·宛丘》「坎其擊鼓，宛丘之下。無冬無夏，值其鷺羽。」毛傳：「值，持也。鷺鳥之羽，可以爲翿。」鄭箋：「翿，舞者所持以指麾。」樹，建立，設置。騂（xīn辛）毛：即騂旄（毛與旄通）。《左傳》襄公十年：「昔平王東遷，吾七姓從王，牲用備具，王賴之，而賜之騂旄之盟。」杜注：「平王徙時，大臣從者有七姓……主爲王備犧牲，共（供）祭祀。王恃其用，故與之盟，使世守其職。騂旄，赤牛也。舉騂旄者，言得重盟，不以犬雞。」《禮記·檀弓》謂周人尚赤，故犧牲用赤色牛。二句意謂，則以歌舞、犧牲祀神。

〔二八〕火燎：火炬。

〔二九〕焮天：形容火盛。焮，燒灼。鑠：熔化。

〔三〇〕靈衣：神靈之衣。《楚辭·九歌·大司命》：「靈衣兮被被，玉佩兮陸離。」煨燼：灰燼。

〔三一〕入，宋蜀本作「及」。

〔三二〕彼竭我盈：語本《左傳》莊公十年：「彼竭我盈，故克之。」

嘻！若記能事，載盛德，渭川之竹不足簡〔一〕，終南之木不足軸〔二〕。夫訓人至于禮義曰德，安人免于阽危曰功〔三〕。德者上賞于上〔四〕，下頌于下〔五〕。長老孜孜，願刊于石，以予學于舊史，來即我謀〔六〕；且維與人編户〔七〕，與人爲伍，與人出入〔八〕，與人言語，知風俗之淳弊，識政化之源本。屬詞媿文〔九〕，書事蓋實。詞曰：

〔一〕渭川之竹：《史記·貨殖列傳》：「故曰……齊魯千畝桑麻，渭川千畝竹……此其人皆與千户侯等。」渭川，渭河，其地古時盛産竹。簡：動詞，製成竹簡。

〔二〕軸：製成軸。按，古之帛書或紙書，皆長卷，上有軸，以便卷舒。

〔三〕阽（diàn店）危：臨近危險。

〔四〕于上，宋蜀本作「于下」。

〔五〕于下，宋蜀本作「于上」。

〔六〕來即我謀：語本《詩·衛風·氓》：「匪來貿絲，來即我謀。」即，就。

〔七〕人：即「民」，避唐諱改爲「人」。下同。編户：編入户籍。《漢書·高帝紀》：「諸將故與帝爲編户民。」注：「編户者，言列次名籍也。」

〔八〕出入：相互往來之意。

〔九〕屬詞：連綴字句爲文章。媿文：自謙之詞，猶言有辱於文。

五代相韓〔一〕，七葉侍漢〔二〕；及我聖朝，亦生邦翰〔三〕。大道無形〔四〕，貞蠱以幹〔五〕；含章不耀〔六〕，在割能斷〔七〕。情僞萬端〔八〕，吾道一貫〔九〕。帝選賢尹，無以易張；金印紫綬〔一〇〕，京兆之良〔一一〕。佩我鳴玉〔一二〕，冠我兩梁〔一三〕；天子休命〔一四〕，拜手以將〔一五〕。寬而愛人，立滅暴彊。明明天子〔一六〕，哀此南畝〔一七〕，將息西人，遂覲東后〔一八〕。我教我訓，我鎮我守，茫茫三秦〔一九〕，則罔餬口〔二〇〕。守死以義〔二一〕，徇生不苟〔二二〕。王曰外弟，視人不佻〔二三〕。何以寵之？手書以詔。何以問之〔二四〕？賜衣而朝。俾人華胥〔二五〕，致君帝堯。刻石作頌，永世彌昭〔二六〕！

〔一〕五代相韓：《史記・留侯世家》：「留侯張良者，其先韓人也。大父開地，相韓昭侯、宣惠王、襄哀王；父平，相釐王、悼惠王。……韓破，良家僮三百人，弟死不葬，悉以家財求客刺秦王，爲韓報仇。以大父、父五世相韓故。」

〔二〕七葉侍漢：指張湯家而言。參見前注。

〔三〕邦翰：國家的棟樑之臣。《詩・大雅・崧高》：「維申及甫，維周之翰。」毛傳：「翰，幹也。」鄭箋：「申，申伯也；甫，甫侯也；皆以賢知入爲周之楨幹之臣。」

〔四〕大道無形：《淮南子・詮言》：「大道無形，大仁無親，大辯無聲。」意謂最高的道是無形的。此處借用其語，喻指張公身具大道而不露形迹，與下「含章不耀」意近。

〔五〕貞蠱以幹：謂堪任貞正之事。貞，正。蠱，事。《易·蠱》云：「幹父之蠱，有子，考無咎，厲終吉。」注：「以柔巽之質，幹父之事，能承先軌，堪其任者也。」指有子而賢，堪任其父之事。又云：「幹母之蠱，不可貞。」言男女異務，子幹母之事，不可爲正。

〔六〕含章：含美於内。不耀：不炫耀，不顯露。

〔七〕在割能斷：喻行事有決斷。《晋書·袁宏傳》：「精金百汰，在割能斷，功以濟時，職思静亂。」

〔八〕情僞：真僞，真僞情況。《左傳》僖公二十八年：「晋侯在外十九年矣……民之情僞，盡知之矣。」

〔九〕吾道一貫：《論語·里仁》：「子曰：『參乎！吾道一以貫之。』……曾子曰：『夫子之道，忠恕而已矣。』」

〔一〇〕金印紫綬：漢制，三公、將軍用金印紫綬，京兆尹秩二千石，用銀印青綬（見《漢書·百官公卿表》）。唐制，諸珮綬者，「二品、三品紫綬」（《舊唐書·輿服志》），京兆尹從三品，繫珮當用紫綬；又，唐官印皆以銅爲之（見《宋史·輿服志》），此處「金印」蓋指府尹之銅章。

〔一一〕良，宋蜀本、述古堂本、《唐文粹》俱作「章」。

〔一二〕鳴玉：唐制，五品以上官員有玉珮，行走時玉珮作聲，故曰「鳴玉」。

〔一三〕兩梁：《後漢書·輿服志》：「進賢冠……公侯三梁（冠上横脊），中二千石以下至博士兩梁。」《舊唐書·輿服志》：「進賢冠，三品以上三梁，五品以上兩梁。」漢京兆尹當冠進賢兩梁冠，此處蓋就漢制言之。

〔一四〕天子休命：《尚書·説命下》：「敢對揚天子之休命。」休命，美善的命令。

〔一五〕拜手：見《送陸員外》注〔五〕。將：奉行。《詩·大雅·烝民》：「肅肅王命，仲山甫將之。」

〔一六〕明明：明察貌。《漢書·韋玄成傳》：「明明天子，俊德烈烈。」

〔一七〕南畝：指南畝之人，即農夫。

〔一八〕遂覲東后：《尚書·舜典》：「歲二月，東巡守，至于岱宗……肆覲東后。」孔傳：「遂見東方之國君。」句指玄宗東幸洛陽。

〔一九〕三秦：項羽破秦入關後，三分秦關中之地，封秦三降將爲王，是爲三秦（見《史記·項羽本紀》）。故地在今陝西省一帶。

〔二〇〕餬口：《左傳》隱公十一年：「寡人有弟，不能和協，而使餬其口于四方。」餬，以薄粥塗物。餬口，謂以薄粥供口食。此言百姓富足，無以薄粥供口食者。

〔二一〕守死：堅持到死而不變。《論語·泰伯》：「篤信好學，守死善道。」以：于。

〔二二〕徇生：求生。不苟：不隨便。

〔二三〕視人不恌：語本《詩·小雅·鹿鳴》：「我有嘉賓，德音孔昭，視民不恌，君子是則是傚。」毛傳：「恌，愉（通「偷」，輕薄）也。」鄭箋：「視，古示字也。……可以示天下之民，使之不愉於禮義，是乃君子所法傚，言其賢也。」佻，同「恌」，《左傳》昭公十年引《鹿鳴》之文正作「佻」。

〔二四〕問：饋贈。

〔二五〕俾：使。華胥：見《奉和聖製天長節賜宰臣歌應制》注〔七〕。

〔二六〕永世：世世代代。彌昭：廣爲傳揚。

宮門誤不下鍵判〔一〕

安上門應閉〔二〕，主者誤不下鍵。

對〔三〕：設險守國〔四〕，金城九重〔五〕；迎賓遠方，朱門四闢〔六〕，將以晝通阡陌，宵禁姦非。眷彼閽人〔七〕，實司是職。當使秦王宮裏，不失狐白之裘〔八〕；漢后廄中，唯通赭馬之跡〔九〕。而乃不施金鍵，空下鐵關〔一〇〕。將謂堯人可封〔一一〕，固無狗盜之侶；王者無外〔一二〕，有輕魚鑰之心〔一三〕。過自慢生，陷茲詿誤〔一四〕。而抱關爲事〔一五〕，空欲望于侯嬴〔一六〕；或犯門有人，將何禦于臧紇〔一七〕？固當無疑，必寘嚴科〔一八〕。

〔一〕判：斷獄之詞。唐制，六品以下文官的銓選，須試判。《通典》卷一五：「自六品以下旨授……凡旨授官，悉由於尚書，文官屬吏部，武官屬兵部，謂之銓選。唯員外郎、御史及供奉官則否。」注：「供奉官，若起居、補闕、拾遺之類，雖是六品以下官，而皆敕授，不屬選司（吏部）。開元四年，始有此制。」按，敕授官的選授不屬吏部（即不必參加吏部的銓選），而由宰相進擬奏可而授之。根據《唐六典》卷二、《新唐書·百官志二》的記載，六品以下敕授官（又稱常參官）計有：起居郎、起居舍人、通事舍人、諸司員外郎、侍御史、太常博士、左右拾遺、監察御史。説詳拙作《制舉——唐代文官擺脱守選的一條重要途徑》(載《文學遺産》二〇一二年第六期)。《通典》卷一五又云:「凡選,始於孟冬,終於季春。其擇人有四事,一曰身,二曰言,三曰書(注:「取其楷法遒美。」),四曰判(注:「取其文理優長。」)。……凡選,始集而試,觀其書判;已試而銓,察其身言;已銓而注,詢其便利而擬其官。」據《文苑英華》卷五四五載,時同對此判者,尚有吕令問、姚震,可見此判乃維預文官之選時所撰,非真爲斷獄而作。考王維自開元二十三年授右拾遺後,即一直任擺脱守選的六品以下常參官和五品以上官,無需再參加吏部的銓選與試判,所以這一判詞的具體寫作時間,當在開元二十三年以前。篇題《全唐文》作《對宫門誤不下鍵判》。

〔二〕安上門:唐長安皇城南面三門之一。《長安志》卷七:「皇城……南面三門,正南曰朱雀門,東曰安上門,西曰含光門。」

〔三〕對,《全唐文》無此字。

〔四〕設險守國:《易·坎》:「王公設險以守其國,險之時用大矣哉。」國,指都城。

〔五〕金城:《史記·秦始皇本紀》:「自以爲關中之固,金城千里。」索隱:「金城,言其實且堅也。」

〔六〕朱門四闢:《書·舜典》:「闢四門。」傳:「開闢四方之門未開者。」

〔七〕眷:顧。閽人:《周禮·天官·冢宰》:「閽人,王宫每門四人。」注:「閽人,司昏晨以啓閉者。」

〔八〕「當使」二句：《史記·孟嘗君列傳》：「（秦昭王）囚孟嘗君，謀欲殺之。孟嘗君使人抵昭王幸姬求解，幸姬曰：『妾願得君狐白裘（集解：「韋昭曰：以狐之白毛爲裘，謂集狐腋之毛，言美而難得者。」）。』此時孟嘗君有一狐白裘，直千金，天下無雙，入秦，獻之昭王，更無他裘，孟嘗君患之。偏問客，莫能對，最下座有能爲狗盜（僞裝成狗進行偷盜）者，曰：『臣能得狐白裘。』乃夜爲狗以入秦宮藏中，取所獻狐白裘至，以獻秦王幸姬。幸姬爲言昭王，昭王釋孟嘗君。」

〔九〕后：君主。赭（zhě者）馬：赤色良馬。古之良馬，如驊騮、棗騮（紫騮）、赤騮、赤驃等，皆赭馬。《史記·秦本紀》「驊騂」，集解云：「郭璞曰：色如華而赤，今名馬驃赤者爲棗騂（騮）。騂，赤馬也。」二句意謂，當使宮外之凡馬，不得混入宮中。

〔一〇〕而，底本原作「是」，此從《文苑英華》、《全唐文》。金鍵、鐵關：《老子》二十七章：「善閉無關楗而不可開。」宋范應元注：「楗，拒門木也。……横曰關，豎曰楗。」關即門栓，楗亦作鍵。關鍵均有以金屬製成者，此即所謂「金鍵」、「鐵關」。又「鍵」亦指門鎖。《方言》卷五：「户鑰，自關而東，陳楚之間，謂之鍵。」空：只。

〔一一〕堯人可封：見《奉和聖製登降聖觀與宰臣等同望應制》注〔八〕。

〔一二〕王者無外：謂王者以整個天下爲家。《公羊傳》僖公二十四年：「冬，天王出居于鄭。王者無外，此其言出何？」

〔一三〕魚鑰：見《奉和聖製十五夜燃燈繼以酺宴應制》注〔五〕。

〔一四〕註(guà 卦)誤：註亦誤義。《顔氏家訓·雜藝》：「儻值世網嚴密，强負此名，便有註誤。」

〔一五〕抱關：見《夷門歌》注〔六〕。

〔一六〕侯嬴：事見《夷門歌》注釋。此句意謂，空欲仰慕、追蹤侯嬴，而忘記自己分内應做之事。

〔一七〕犯門：違禁强行打開城門。臧紇：《左傳》襄公二十三年：「孟氏又告季孫。季孫怒，命攻臧氏。乙亥，臧孫斬鹿門(魯國都南城東門名)之關以出奔邾。」臧孫即臧紇，亦稱臧武仲，春秋魯國大夫。

〔一八〕寘：同「置」。嚴科：嚴法。徐陵《讓五兵尚書表》：「其宜屏錮，用寘嚴科。」

暮春太師左右丞相諸公于韋氏逍遥谷讌集序〔一〕

山有姑射〔二〕，人蓋方外〔三〕；海有蓬瀛〔四〕，地非宇下〔五〕；逍遥谷天都近者〔六〕，王官有之〔七〕。不廢大倫，存乎小隱〔八〕，跡崆峒而身拖朱紱〔九〕，朝承明而暮宿青靄〔一〇〕，故可尚也。先天之君〔一一〕，俾人在宥〔一二〕，歡心格于上帝〔一三〕，喜氣降爲陽春。時則有太子太師徐國公〔一四〕、左丞相稷山公〔一五〕、右丞相始興公〔一六〕、少師宜陽公〔一七〕、少保崔公〔一八〕、特進鄧公〔一九〕、吏部尚書武都公〔二〇〕、禮部尚書杜公〔二一〕、賓客王公〔二二〕，黼衣方領〔二三〕，垂璫珥筆〔二四〕，詔有不名〔二五〕，命無下拜〔二六〕。熙天工者〔二七〕，坐而論道〔二八〕；典邦教者〔二九〕，官司其方〔三〇〕。相與察天地之和，人神之泰，聽于朝則雅頌矣〔三一〕，問于野則賡歌矣〔三二〕。酒曰猗哉〔三三〕，至理之代也〔三四〕！吾徒可以酒合讌樂〔三五〕，考擊鐘鼓〔三六〕。退于彤庭〔三七〕，選辰擇地〔三八〕，右班劍〔三九〕，驂六騶〔四〇〕，畫輪載轂〔四一〕，羽幢先路〔四二〕，以詣夫逍遥谷焉〔四三〕。

〔一〕作于開元二十五年（七三七）春，説見《年譜》。太師：指太子太師，參見《故太子太師徐公輓歌四首》其一注〔一〕。左右丞相：即尚書左右僕射，參見《和僕射晋公扈從温湯》注〔一〕。韋氏逍遥谷：見《同盧拾遺韋給事東山别業二十韻》注〔一〕。「序」體最初是對某部著作或某一詩文進行説明的文字，後來又演化出贈序、序記一類以「序」名篇的作品。本文主要記宴飲盛會，其性質實際上是記事，與序跋文、贈序文都不同，我們可稱之爲序記（清姚鼐《古文辭類纂》認爲此類文章應歸在雜記類）文。

〔二〕姑射：傳説中的一座仙山。《莊子·逍遥遊》：「藐姑射之山，有神人居焉，肌膚若冰雪，淖約若處子，不食五穀，吸風飲露，乘雲氣，御飛龍，而遊乎四海之外，其神凝，使物不疵癘而年穀熟。……堯治天下之民，平海内之政，往見四子藐姑射之山、汾水之陽，窅然喪其天下焉。」《山海經·海内北經》：「列姑射在海河州中。」郭注：「山名也。山有神人。河州在海中，河水所經者。《莊子》所謂藐姑射之山也。」又《東山經》云：「盧其之山……又南三百八十里，曰姑射之山，無草木，多水。」袁珂《山海經校注》謂藐姑射之山即姑射之山亦即列姑射山。至於《莊子》稱藐姑射之山在汾水之陽，則不必信以爲真。《釋文》云：「案汾水出太原，今莊生寓言也。」

〔三〕人：謂姑射山之人。方外：世外。《莊子・大宗師》：「孔子曰：彼游方之外者也，而丘游方之内者也。」

〔四〕蓬瀛：見五律《早朝》注〔七〕。

〔五〕宇下：屋檐下，喻附近。《左傳》哀公二十七年：「大國在敝邑之宇下，是以告急。」

〔六〕天都：見《終南山》注〔二〕。

〔七〕王官：天子之官。《左傳》成公十一年：「若治其故，則王官之邑也。」

〔八〕大倫：指人與人之間最重要的等級名分關係。《孟子・公孫丑下》：「内則父子，外則君臣，人之大倫也。」小隱：謂隱於山林。《文選》王康琚《反招隱詩》：「小隱隱陵藪，大隱隱朝市。」二句指未曾去官而隱於山林。

〔九〕跡崆峒：謂追尋崆峒仙人的蹤跡，即隱居學仙之意。參見《田園樂七首》其一注〔三〕。朱紱：見《寓言二首》其一注〔二〕。

〔一〇〕承明：見《同崔員外秋宵寓直》注〔三〕。靄：雲氣。

〔一一〕先天之君：行事在天之前的聖明君主，參見《送祕書晁監還日本國》注〔七〕。

〔一二〕在宥：任其自由自在之意。《莊子・在宥》：「聞在宥天下，不聞治天下也。在之也者，恐天下之淫其性也；宥之也者，恐天下之遷其德也。」郭注：「宥使自在則治，治之則亂也。……故所貴聖王者，非貴其能治也，貴其無爲而任物之自爲也。」成疏：「宥，寬也。在，自在也。」

〔一三〕格：感通。《尚書·説命下》：「格于皇天。」

〔一四〕有，底本原無此字，據宋蜀本、述古堂本、明十卷本等補；《全唐文》「有」下又多一「若」字。徐國公：即蕭嵩，見《故太子太師徐公輓歌四首》其一注〔一〕。

〔一五〕稷山公：即裴耀卿，裴「絳州稷山人」，曾封稷山縣開國男。裴開元二十一年拜黄門侍郎、同中書門下平章事，二十二年爲侍中，二十四年十一月爲尚書左丞相，罷知政事。參見《舊唐書·玄宗紀》、兩《唐書》本傳。

〔一六〕始興公：張九齡。見《獻始興公》注〔一〕。

〔一七〕少師：太子少師，正二品，掌教諭太子。宜陽公：即韓休。《舊唐書》本傳云：「開元二十一年……拜黄門侍郎、同中書門下平章事。……十二月，轉工部尚書，罷知政事。二十四年，遷太子少師，封宜陽子。」

〔一八〕少保：太子少保，正二品，掌教諭太子。崔公：即崔琳。《舊唐書·崔神慶傳》：「開元中，神慶子琳等皆至大官，群從數十人，趨奏省闥。……琳位終太子少保。」《新唐書·崔神慶傳》：「（琳）累遷太子少保。天寶二年卒。」

〔一九〕特進：文散官，正二品。鄧公：張暐。開元元年，封鄧國公，二十年，加特進，見《舊唐書·張暐傳》。

〔二〇〕吏部尚書：吏部正長官，正三品。武都公：即李暠。《新唐書》本傳云：「（開元）二十一年，以工部尚書持節使吐蕃……還，以奉使有指，再遷吏部。」《舊唐書》本傳云：「暠風儀秀整……累封武都縣伯。俄爲太子少傅，病卒。」《舊唐書・玄宗紀》：「（開元二十七年四月乙酉）吏部尚書李暠爲太子少傅。」孫逖《太子少傅李公墓誌銘》：「唐之宗盟，有若武都公者，諱暠。」

〔二一〕杜公：即杜暹。《舊唐書》本傳曰：「（開元）二十年，上幸北都，拜暹爲户部尚書，便令扈從入京。行幸東都，詔暹爲京留守。……俄代李林甫爲禮部尚書，累封魏縣侯。」按，《舊唐書・玄宗紀》謂開元二十二年五月，林甫「爲禮部尚書、同中書門下平章事」，二十四年七月，「爲兵部尚書，依舊知政事」；又《李林甫傳》稱林甫「爲禮部尚書、同中書門下三品」後，「尋歷户、兵二尚書，知政事如故」；另《新唐書・宰相表》謂林甫于開元二十三年十一月爲户部尚書，暹代林甫爲禮部尚書，當即在是時。

〔二二〕賓客：太子賓客，正三品，掌侍從規諫太子。王公：謂王丘。《舊唐書》本傳曰：「（開元）二十一年……（韓）休作相，遂薦丘代崔琳爲御史大夫。丘既訥於言詞，敷奏多不稱旨。俄轉太子賓客，襲父爵宿預男。」

〔二三〕黼（fǔ府）衣：一種繡有半黑半白花紋的禮服。《漢書・韋賢傳》師古注：「黼衣，畫爲斧形而白與黑爲彩也。」方領：見《送韋大夫東京留守》注〔二三〕。

〔二四〕垂璫珥筆：見《上張令公》注〔二〕、〔三〕。

〔二五〕不名：見《故太子太師徐公輓歌四首》其一注〔五〕。

〔二六〕命無下拜：《左傳》僖公九年：「王使宰孔賜齊侯胙……齊侯將下拜。孔曰：『且有後命，天子使孔曰：「以伯舅耋老，加勞，賜一級，無下拜！」』」句指天子對諸大臣給予特殊的禮遇。

〔二七〕熙：廣，弘大。《尚書·舜典》：「有能奮庸熙帝之載。」孔傳：「訪群臣有能起發其功，廣堯之事者。」天工：上天的職能。見《送韋大夫東京留守》注〔一〇〕。熙天工者：指天子。

〔二八〕坐而論道：《周禮·冬官》：「或坐而論道，或作而行之……坐而論道，謂之王公（注：「天子諸侯。」）；作而行之，謂之士大夫。」注：「論道，謂謀慮治國之政令也。」

〔二九〕典邦教者：指大臣。典邦教，《唐文粹》作「掌邦典」。

〔三〇〕司其方：各掌其一方面之事。

〔三一〕雅頌：皆《詩》六義之一，常用以指正聲、治世之音。《毛詩序》：「故《詩》有六義焉：一曰風……五曰雅，六曰頌。……雅者，正也，言王政之所由廢興也。……頌者，美盛德之形容，以其成功告於神明者也。」《漢書·禮樂志》：「隆雅頌之聲，盛揖讓之容。」

〔三二〕賡歌：《尚書·益稷》：「（舜）乃歌曰：『股肱喜哉，元首起哉，百工熙哉（孔傳：「元首，君也。股肱之臣喜樂盡忠，君之治功乃起，百官之業乃廣。」）。』皋陶拜手稽首……乃賡載歌曰：『元首明哉，股肱良哉，庶事康哉（孔傳：「賡，續；載，成也。帝歌歸美股肱，義未足，故續歌。」）。』」此指稱美君主及輔臣之辭。

〔三三〕猗：歎美之詞。

〔三四〕至理之代：至治之世。

〔三五〕吾徒：我輩。酒：飲酒。合：聚會，述古堂本作「食」。

〔三六〕考：擊。

〔三七〕彤庭：見《奉和聖製天長節賜宰臣歌應制》注〔五〕。句謂從朝廷下班。

〔三八〕選，述古堂本、《唐文粹》、《全唐文》俱作「撰」。

〔三九〕班劍：雕畫花紋的木劍。班，通「斑」。古時由隨從武士執之，以爲儀仗。《文選》王儉《褚淵碑文》云：「給班劍二十人。」劉良注：「班劍，謂執劍而從行者也。」又云：「給節羽葆鼓吹班劍爲六十人。」李周翰注：「班劍，木劍無刃，假作劍形，畫之以文，故曰班也。」又任昉《齊竟陵文宣王行狀》曰：「虎賁班劍百人。」李善注：「《晋公卿禮秩》曰：諸公及開府位從公者，給虎賁二十人，持班劍焉。」

〔四〇〕驂：驂乘，使陪乘。六騶：《左傳》成公十八年：「程鄭爲乘馬御，六騶屬焉。」杜注：「六騶，六閑（閑即馬厩，古時天子十二閑，諸侯六閑）之騶（主駕之官也）。」此處泛指主管車馬的人。

〔四一〕畫輪：車名。《晋書·輿服志》：「畫輪車……自靈獻以來，天子至士遂以爲常乘。」參見《上張令公》注〔四〕。轂：飾。《淮南子·兵略》：「轂以銀錫。」注：「箭以銀錫飾之也。」「轂轂」謂轂上有文飾。

〔四二〕羽幢：以羽毛爲飾的幢，作儀仗用。幢，《説文》曰：「旌旗之屬。」先路：引路先行。《離騷》：「乘騏驥以馳騁兮，來吾道夫先路。」

〔四三〕此句底本原無「谷」字，從《全唐文》校補。

神皋藉其緑草〔一〕，驪山啓于朱户〔二〕，渭之美竹，魯之嘉樹〔三〕，雲出其棟〔四〕，水源于室〔五〕。灞陵下連乎菜地〔六〕，新豐半入于家林〔七〕。館層巔〔八〕，檻側逕〔九〕，師古節儉，惟新丹堊〔一〇〕。巖谷先曙，羲和不能信其時〔一一〕；卉木後春，勾芒不能一其令〔一二〕。花逕窈窕〔一三〕，蘅皋漣漪〔一四〕。騶御延佇于叢薄〔一五〕，佩玉升降于蒼翠〔一六〕。于是外僕告次〔一七〕，獸人獻鮮〔一八〕，樽以大罍〔一九〕，烹用五鼎〔二〇〕。木器擁腫，即天姿以爲飾〔二一〕；沼毛蘋蘩〔二二〕，在山羞而可薦〔二三〕。伶人在位，曼姬始縠〔二四〕，齊瑟慷慨于座右〔二五〕，趙舞徘徊于白雲〔二六〕。衮旒松風〔二七〕，珠翠烟露〔二八〕，日在濛汜〔二九〕，群山夕嵐。猶有濯纓清歌〔三〇〕，據梧高詠〔三一〕，與松喬爲伍〔三二〕，是羲皇上人〔三三〕。且三代之後〔三四〕，而其君帝舜，九服之内〔三五〕，而其俗華胥〔三六〕，上客則冠冕巢由〔三七〕，主人則弟兄元愷〔三八〕，合是四美〔三九〕，同乎一時，廢而不書，罪在司禮〔四〇〕。竊賢楚傅，常諧茅堂之居〔四一〕；仰謝右軍，忽序蘭亭之事〔四二〕。蓋不獲命，豈曰能賢〔四三〕？

〔一〕神皋：《文選》任昉《齊竟陵文宣王行狀》：「神皋載穆，轂下以清。」李周翰注：「神皋，良田也，謂京畿之内也。」藉：襯墊，鋪墊。句謂京畿之地緑草遍野已可坐卧其上。

〔二〕「驪山」句：韋氏別業在驪山，故云。「驪山」二字宋蜀本作「遠」。啓，開，舒展，展現。朱户，指別業的門。

〔三〕渭之美竹：見上篇第六段注〔二〕。魯之嘉樹：《左傳》昭公二年：「晋侯使韓宣子來聘（至魯聘問）……既享，宴于季氏。有嘉樹焉，宣子譽之。」二句指韋氏別業有美竹嘉樹。

〔四〕其，《唐文粹》、《全唐文》俱作「于」。

〔五〕源于，《唐文粹》、《全唐文》俱作「環其」。

〔六〕灞陵：在今陝西西安市東北。菜地：即采地。指韋氏別業。

〔七〕新豐：在今陝西西安市臨潼區東北。家，明十卷本作「冢」，《全唐文》作「泉」。

〔八〕館層巔：築館於高山之巔。《文選》謝靈運《過始寧墅》：「葺宇臨迴江，築觀基曾巔。」劉良注：「曾，高也。言築觀于高山之巔。」層、曾古通用。

〔九〕句謂立柵欄於狹窄的小路上。

〔一〇〕丹堊（è扼）：指油漆粉刷。丹，紅漆。堊，白土。《古今注》卷上：「闕，觀也。……其上皆丹堊，其下皆畫雲氣仙靈奇禽怪獸，以昭示四方焉。」句謂只是將別業重新油漆粉刷。

〔一一〕羲和：神話中太陽的御者。《離騷》：「吾令羲和弭節兮，望崦嵫而勿迫。」王逸注：「羲和，日御。」二句意謂，巖谷上天亮得早，似乎羲和駕車載日出行的時間不確定。

〔一二〕卉木，宋蜀本作「丹木」，《唐文粹》、《全唐文》作「芳卉」。勾芒：木神。《禮記·月令》：「孟春之月……其帝大皞，其神勾芒。」鄭注：「勾芒，少皞氏之子曰重，爲木官。」二句意謂，山間的草木，春天到得晚，似乎木神發布的號令不一致。

〔一三〕花，《唐文粹》、《全唐文》俱作「桃」。窈窕：深邃貌。

〔一四〕蘅皋：長着香草的沼澤。《文選》曹植《洛神賦》：「爾迺税駕乎蘅皋，秣駟乎芝田。」李善注：「蘅，杜蘅也。皋，澤也。」劉良注：「蘅皋，香草之澤也。」漣漪，述古堂本、《唐文粹》俱作「超忽」。

〔一五〕驂御：駕馭車馬者。延佇：久立等候。《離騷》：「悔相道之不察兮，延佇乎吾將反。」叢薄：草木叢生之地。《淮南子·俶真》：「獸走叢薄之中。」高注：「聚木曰叢，深草曰薄。」

〔一六〕句指「諸公」下車後開始登山。「佩玉」指「諸公」身上繫着玉佩。

〔一七〕外僕：指韋家居外服事之僕。《左傳》昭公十三年：「子産命外僕速張（注：「張幄幕。」）於除（注：「除地爲壇，盟會處。」）。」告次：謂請「諸公」休息。

〔一八〕獸人獻鮮：《左傳》宣公十二年：「子有軍事，獸人無乃不給於鮮？敢獻於從者。」獸人，《周禮·天官·獸人》：「獸人，掌罟田獸（鄭注：「以罔搏所當田之獸。」），辨其名物。冬獻狼，夏獻麋，春秋獻獸物。」此處泛指負責捕獸的人。鮮：指鮮獸肉。

〔一九〕樽：盛酒器。大罍（léi雷）：《周禮·春官·鬯人》鄭注：「大罍，瓦罍。」《爾雅·釋器》邢疏：「罍者，尊（樽）之大者也。……飾罍皆得畫雲雷之形。」

〔二〇〕五鼎：見上篇第四段注〔七〕。

〔二一〕擁腫：今通作「臃腫」，指木上多贅疣。《莊子·逍遥遊》：「吾有大樹，人謂之樗，其大本擁腫而不中繩墨。」天姿：指木料的天然材質。

〔二二〕沼毛蘋蘩：《左傳》隱公三年：「苟有明信，澗溪沼沚之毛，蘋蘩薀藻之菜……可薦於鬼神，可羞於王公。」沼，池塘。凡地所生曰毛。蘋，多年生草本植物，生淺水中。蘩，白蒿，菊科多年生草本植物。

〔二三〕山羞：山中出産的食物。《文選》王僧達《祭顔光禄文》：「王君以山羞野酌，敬祭顔君之靈。」薦：進獻。

〔二四〕位：指宴會的座位。曼姬：美女。《史記·司馬相如傳·子虚賦》：「於是鄭女曼姬，被阿緆……垂霧縠。」正義：「文穎云：『鄭國出好女。曼者，其色理曼澤也。』」縠（hú胡）：薄紗。此指着薄紗。

〔二五〕齊瑟：曹植《箜篌引》：「秦箏何慷慨，齊瑟和且柔。」瑟在齊國很流行，故稱「齊瑟」。《戰國策·齊策一》：「蘇秦爲趙合從，説齊宣王曰：『……臨淄（齊都）甚富而實，其民無不吹竽鼓瑟。』」

〔二六〕趙舞：見《濟上四賢詠三首·成文學》注〔四〕。白雲：指高山上。

〔二七〕衮旒：古代貴官的禮服和禮帽。衮，古代帝王及上公的禮服（見《禮記·王制》鄭注）。後亦泛指貴官的禮服。《文選》陸機《答賈長淵》：「魯公（賈謐，字長淵）戾止，衮服委蛇。」白居易《閒庾七左降因詠所懷》：「衮服相天下，儻來非我通。布衣委草莽，偶去非吾窮。」旒，冕冠前後懸垂的玉串。唐制，五品以上官員冕上有旒（見《舊唐書·輿服志》）。

〔二八〕珠翠：指「伶人」、「曼姬」的飾物。

〔二九〕濛汜：同「蒙汜」，日所入之處。《楚辭·天問》：「出自湯谷，次于蒙汜。」王逸注：「汜，水涯也；言日出東方湯谷之中，暮入西方蒙水之涯也。」《文選》張衡《西京賦》：「日月於是乎出入，象扶桑與濛汜。」

〔三〇〕濯纓清歌：《楚辭·漁父》：「漁父莞爾而笑，鼓枻而去。乃歌曰：『滄浪之水清兮，可以濯吾纓；滄浪之水濁兮，可以濯吾足。』」此歌又載于《孟子·離婁上》。

〔三一〕據梧：見《故人張諲……頃以詩見贈聊獲酬之》注〔六〕。

〔三二〕松喬：赤松子與王子喬，皆古仙人。《文選》班固《西都賦》：「庶松喬之群類，時遊從乎斯庭。」李善注：「《列仙傳》曰：赤松子者，神農時雨師也……又曰：王子喬者，周靈王太子晋也，道人浮丘公接以上嵩高山。」

〔三三〕羲皇上人：伏羲時代以上的人。陶淵明《與子儼等疏》：「常言：五六月中，北窗下卧，遇涼風暫至，自謂是羲皇上人。」

〔三四〕三代：夏、商、周。

〔三五〕九服：見《奉和聖製天長節賜宰臣歌應制》注〔八〕。句謂整個天下之内。

〔三六〕華胥：見《奉和聖製天長節》詩注〔七〕。

〔三七〕冠冕巢由：仕宦之隱士。巢由：巢父、許由。參見《送韋大夫東京留守》注〔三〕。

〔三八〕弟兄：指韋恒、韋濟，參見《同盧拾遺韋給事東山别業二十韻》注〔一〕、〔一五〕。元愷：《左傳》文公十八年謂高辛氏有才子八人，稱爲八元；高陽氏有才子八人，謂之八愷。後人因稱天子的輔佐大臣爲元愷。張説《奉酬龍門北溪作》：「野失巢由性，朝非元愷才。」

〔三九〕合，底本原無此字，據宋蜀本、述古堂本、明十卷本等補。

〔四〇〕司禮：即禮部。唐高宗龍朔二年改爲司禮，咸亨元年復舊。見《唐六典》卷四。也指主管禮儀的人。

〔四一〕賢，《唐文粹》、《全唐文》作「思」。楚傅：指韋孟。《漢書·韋賢傳》：「其先韋孟，家本彭城，爲楚元王傅（即太傅），傅（輔佐）子夷王及孫王戊（注：「官爲楚王傅而歷相三王也。」）。戊荒淫不遵道，孟作詩風諫。後遂去位，徙家于鄒，又作一篇。……其在鄒詩曰：『……爰戾（至）于鄒，鬋（剪）茅作堂。我徒我環，築室于牆。』」二句謂己私下以韋孟的去職歸隱爲賢，常走訪隱者的茅屋。

〔四二〕仰：向上，上。謝：慚，説見《詩詞曲語辭匯釋》。右軍：即王羲之。羲之嘗官右軍將軍。《晉書·王羲之傳》：「嘗與同志宴集於會稽山陰之蘭亭，羲之自爲之序以申其志。……或以潘岳《金谷詩序》方其文，羲之比於石崇，聞而甚喜。」二句謂己忽作此序，自慚比不上右軍的作《蘭亭序》。

〔四三〕豈曰能賢：《左傳》隱公三年：「先君以寡人爲賢，使主社稷。若棄德不讓，是廢先君之舉也，豈曰能賢？」杜注：「言不讓則不足稱賢。」楊伯峻《春秋左傳注》云：「能賢，蓋當時常語，謂能稱爲賢者也。」「賢」字下宋蜀本、述古堂本俱多「云云」二字。此二句意謂，此序蓋未得「諸公」之命而自作，豈能稱爲賢者？

爲崔常侍謝賜物表〔一〕

臣某言：總管闞敬之至〔二〕，奉九月十五日敕，吐蕃贊普公主信物金胡瓶等十一事〔三〕，伏蒙恩旨，特以賜臣。捧戴慚惶〔四〕，以抃以躍〔五〕。臣幸居無事〔六〕，待罪西門〔七〕，恭守嘉謨〔八〕，欽承成憲〔九〕。王師不戰，無汗馬之勞〔一〇〕；堯屋可封，何理人之有〔一一〕？實無異効，特降殊恩，竊用勤以忘家〔一二〕，志不顧命〔一三〕，分膏草野〔一四〕，以報萬一。無任感戴戰越之至〔一五〕。

〔一〕作於開元二十五年（七三七），説見《年譜》。崔常侍：即河西節度副大使知節度事崔希逸，參見《送岐州源長史歸》注〔一〕。

〔二〕總管：趙注曰：「《唐書·百官志》：『武德初，邊要之地，置總管以統軍，加號使持節，蓋漢刺史之任。七年，改總管曰都督。』開元、天寶時無此官矣，此所云總管者，未詳其義。」按，此處總管，或用舊稱，蓋即指都督。又《舊唐書·職官志》云：「凡諸軍鎮，每五百人置押官一人，千人置子總管一人，五千人置總管一人。」闞敬之：不詳。

〔三〕贊普：吐蕃謂君長爲贊普。《新唐書・吐蕃傳》：「其俗謂彊雄曰贊，丈夫曰普，故號君長曰贊普。」公主：即金城公主。嗣雍王守禮女，中宗景龍四年正月出降吐蕃贊普，玄宗開元二十八年薨。參見《舊唐書・玄宗紀》、《吐蕃傳》。信物：作爲盟誓的憑證之物。金胡瓶等：據《舊唐書・吐蕃傳》及《通鑑》載，吐蕃兵數敗于唐，頻遣使請和，開元十八年九月，上令忠王友皇甫惟明及内侍張元方出使吐蕃。「惟明、元方等至吐蕃，既見贊普及公主，具宣上意。贊普等欣然請和……令其重臣名悉獵隨惟明等入朝，上表曰：『……伏望皇帝舅遠察赤心，許依舊好，長令百姓快樂。如蒙聖恩，千年萬歲，外甥終不敢先違盟誓。謹奉金胡瓶一、金盤一、金椀一、馬腦盃一、零羊衫段一，謹充微國之禮。』金城公主又別進金鵝盤盞雜器物等」（《舊唐書・吐蕃傳》）。事：猶「件」。

〔四〕捧戴：謂敬受所賜之物。

〔五〕抃（biàn卞）躍：鼓掌跳躍，以示歡欣。

〔六〕幸居無事：猶言幸運地居於天下無事之世。

〔七〕待罪：「爲官」的謙稱。意謂身居其職而力不勝任，必將獲罪。《史記・季布傳》：「臣無功竊寵，待罪河東（時布爲河東守）。」西門：謂唐西方之門户，即河西、隴右一帶地區。

〔八〕嘉謨：指天子的嘉善之謀。《法言・孝至》：「或問忠言嘉謨，曰：『……謨合皋陶謂之嘉。』」

〔九〕欽：敬。成憲：見《京兆尹張公德政碑》首段注〔一〕。

〔一〇〕王師不戰：史載自開元二十五年三月崔希逸破吐蕃後至二十六年三月，河西無戰事。汗馬，宋蜀本作「用兵」。

〔一一〕「堯屋」句：見《奉和聖製登降聖觀與宰臣等同望應制》注〔八〕。屋，宋蜀本作「俗」。此二句謂，天子聖明，國多賢人，自己豈有治民之功？

〔一二〕用勤：猶言效勞。

〔一三〕志不顧命：語本《後漢書·馬皇后紀》：「吾少壯時，但慕竹帛，志不顧命。」注：「言少慕古人書名竹帛，不顧命之長短。」志，立志；宋蜀本作「忠」。

〔一四〕分（fèn奮）：料想，甘願。膏草野：《漢書·蘇武傳》：「空以身膏草野，誰復知之？」膏，動詞，肥。「以身膏草野」，謂用自己的身體使草野肥美，即犧牲自己的生命之意。

〔一五〕無任：不勝。感戴：感激愛戴。戰越：惶懼失容。

送懷州杜參軍赴京選集序〔一〕

國自有初，以節守西門者〔二〕，得自召吏選客〔三〕，故我常侍崔公，以貳車迎杜侯于杜陵而咨之矣〔四〕。舍之門下，衣儒者之服；立于軍中〔五〕，説諸侯之劍〔六〕。猗元帥之理也〔七〕，行有賁育〔八〕，鐵馬成群〔九〕，而雄戟罕耀〔一〇〕，角弓載櫜〔一一〕，秉王者師〔一二〕，不邀奇功。樓庭籍甚〔一三〕，高冠長劍〔一四〕，拜命雲臺〔一五〕，在是行也。群公自出轅門，驂騑滿路〔一六〕，置酒欲飲，高歌自悽，寂寥孤城，惆愴朔管〔一七〕，飛雪蔽野，長河始冰。吾子勉之！慷慨而別。

〔一〕懷州：唐州名，治所在今河南沁陽市。參軍：官名。唐州郡佐吏有録事、司功、司倉、司户、司兵、司法、司士參軍，品秩在從七品上至從八品下之間。參見《舊唐書·職官志》。按，唐自開元十八年，實行文職六品以下前資官的守選制，其主要的内容是：六品以下文官任職期滿後，須等待一定的年限（守選），才允許再次參加吏部的銓選。尋繹文義，杜參軍係在任懷州參軍秩滿後的守選期間，應常侍崔公（崔希逸）之召而至河西幕中備顧問者，待守選期滿，杜復欲自河西入京參加吏部銓選，王維因作此文送之。選集：「選」指官吏的銓選。唐代官吏，五品以上由宰相負責銓選，而後聽制授其官。六品以下由吏部及兵部負責銓選（文官屬吏部，武官屬兵部）。吏、兵部之選，每年舉行一次，赴選者應在規定的時間内集于長安或洛陽，接受課試考核，合格者，由吏、兵部擬定應選授的官職，再報宰相審定後上聞。關于選人集于長安的時間，《通典》卷一五曰：「凡選，始于孟冬，終於季春。」《新唐書·選舉志》云：「選人……以十月會于省，過其時者不叙。」據此，知本文當作于十月間，文曰「長河始冰」，正是初冬景象。又開元二十六年十月希逸已卒，維亦已回京（參見《年譜》），故本文當作于二十五年（七三七）十月維在河西之時。

〔二〕「以節」句：唐初，邊要之地的總管、都督，多加號使持節；又玄宗時於邊地置節度使，皆賜以旌節，故曰「以節」。參見《通典》卷三二、《新唐書·百官志》。西門，見上篇注〔七〕。

〔三〕「得自」句：《通典》卷三二謂採訪使僚屬有判官等，「皆使自辟召，然後上聞，其未奉報者稱攝。其節度、防禦等使僚佐辟奏之例，亦如之」。

〔四〕貳車：古大夫之副車。《國語·魯語下》：「大夫有貳車，備承事也；士有陪乘，告奔走也。」韋注：「貳，副也。」侯：對他人的尊稱，猶言「君」；宋蜀本作「改」。咨：徵詢。

〔五〕中，《全唐文》作「門」。

〔六〕「説諸」句：《莊子·説劍》：「（莊子）曰：『有天子劍，有諸侯劍，有庶人劍。』……（趙文王）曰：『諸侯之劍何如？』（莊子）曰：『諸侯之劍，以知勇士爲鋒，以清廉士爲鍔（劍刃），以賢良士爲脊，以忠聖士爲鐔（環），以豪桀士爲夾（把）。此劍值之亦無前，舉之亦無上，案之亦無下，運之亦無旁，上法圓天，以順三光，下法方地，以順四時，中和民意，以安四鄉。此劍一用，如雷霆之震也，四封之内，無不賓服而聽從君命矣，此諸侯之劍也。』」此句即用其意，謂談論安天下之事。

〔七〕猗：歎詞。元帥：指崔希逸。此處元帥猶言主帥，非官名。理：治，指治軍。

〔八〕行：行列，行伍。賁育：《漢書·司馬相如傳》：「捷言慶忌，勇期賁育。」注：「孟賁，古之勇士也，水行不避蛟龍，陸行不避豺狼，發怒吐氣，聲響動天。夏育，亦猛士也。」

〔九〕鐵馬：《文選》陸倕《石闕銘》：「鐵馬千群，朱旗萬里。」李善注：「鐵馬，鐵甲之馬。」

〔一〇〕雄戟：即三刃戟。《史記·司馬相如傳·子虛賦》：「建干將之雄戟。」清胡紹煐《文選箋證》曰：「《説文》：『鏌釾，大戟也。』亦謂之鏝胡。……《方言》云：『凡戟而無刃，東齊、秦、晉之間謂其大者曰鏝胡。』……戟之無刃而大者謂之鏌釾，則有刃而大者謂之干將。《方言》又云：『三刃枝，宛、郢謂之匽戟。』郭注：『今戟中有小孑刺者，所謂雄戟也。』……然則干將有刃爲雄戟，鏌釾無刃，當爲雌戟。猶劍之號莫邪者雌，號干將者雄矣。」孚耀：謂少炫耀。

〔一一〕載櫜（gāo高）：《詩·周頌·時邁》：「載戢干戈，載櫜弓矢。」載，語助詞。櫜，收藏。

〔一二〕秉：執掌。王者師：王者的軍隊。王者，用《論語》、《孟子》之義，指仁君。《論語·子路》：「如有王者，必世而後仁。」《孟子·盡心上》：「王者之民，皞皞如也。」

〔一三〕籍甚：盛大，盛多。《漢書·陸賈傳》：「名聲籍甚。」《文選》王儉《褚淵碑文》：「風流籍甚。」劉良注：「籍甚，言多也。」此言樓庭中送別者甚多。

〔一四〕高冠長劍：語本《後漢書·宦者傳》序：「若夫高冠長劍，紆朱懷金者，布滿宮闈。」此寫送別者之裝束。

〔一五〕拜命：拜官任職。雲臺：見《少年行四首》其四注〔一〕。此指朝廷。句指此行當授職而還。

〔一六〕騑：同驂。參見《京兆尹張公德政碑》第四段注〔六〕。

〔一七〕惆愴：悲傷。朔管：《文選》謝莊《月賦》：「聆臯禽之夕聞，聽朔管之秋引。」李善注：「朔管，羌笛也。《説文》曰：『管，十二月（按，今本《説文》作「十二月之音」）。』位在北方，故云朔也。」吕向注：「朔管，謂北胡之笛也。」

爲崔常侍祭牙門姜將軍文〔一〕

維大唐開元二十五年，歲次丁丑，十一月辛未朔四日甲戌〔二〕，左散騎常侍、河西節度副大使攝御史中丞崔公，致祭于故姜公之靈。嗚呼！天子命我〔三〕，建旗西門〔四〕，帶甲十萬〔五〕，鐵騎雲屯〔六〕。横挑强胡〔七〕，飲馬河源〔八〕。嗟爾勇健，表爲牙門。牙門伊何？全齊大族〔九〕。四方有事，誓死鳴轂〔一〇〕。前有血刃，後有飛鏃，其氣益振，大呼馳逐。翩翩白馬，象弧雕服〔一一〕，戈舂其喉〔一二〕，矢集其目〔一三〕。

〔一〕開元二十五年十一月作于河西。牙門：《通典》卷二九曰：「牙門將，冠服與將軍同，魏文帝黄初中置，明帝以胡烈爲之。又王隱《晋書》云：『陸機少襲父爲牙門將，吴人重武官故也。』晋惠帝特置四部牙門，以汝南王祐爲之。蜀以趙雲爲之。」趙注曰：「唐時無此官名，疑是軍中私署之職，如押衙、虞候之類，一時稱謂爾爾。」按，此處疑指牙將、牙官之類。《通鑑》唐永泰元年：「（郭）子儀使牙將李光瓚等往説之。」胡注：「牙將者，牙前將領，統元帥親兵。」又廣德二年：「子儀使牙官盧諒至汾州。」胡注：「節鎮、州、府皆有牙官、行官，牙官給牙前驅使，行官使之行役出四方。」姜將軍：無考。

〔二〕「十一月」句：古時署日之法，皆先稱某月朔，而後言某日，漢人文中已有此制。

〔三〕我，底本原作「之」，此從述古堂本、《全唐文》。

〔四〕建旗：樹立旗幟。《通典》卷三二：「（節度使）行則建節，府樹六纛（大旗）。」句指爲河西節度使。

〔五〕帶甲：披甲的將士。十萬：據《通鑑》卷二一五載，河西節度使統兵七萬三千人，「十萬」乃約舉成數而言。

〔六〕雲屯：喻盛。陸機《從軍行》：「胡馬如雲屯，越騎亦星羅。」

〔七〕横挑强胡：《文選》司馬遷《報任少卿書》：「且李陵提步卒不滿五千，深踐戎馬之地，足歷王庭，垂餌虎口，横挑彊胡……」李善注：「臣瓚曰：挑，挑敵求戰也，古謂之致師。」横（hèng亨去聲），意外地。「横挑」指出奇兵誘敵出戰。

〔八〕河源：見《送岐州源長史歸》注〔四〕。

〔九〕全齊大族：整個齊國的大族。指牙門姓姜氏。齊之始祖吕尚姓姜氏，故云。《史記·齊太公世家》：「太公望吕尚者，東海人也。……本姓姜氏，從其封姓，故曰吕尚。」

〔一〇〕誓死鳴轂：見《老將行》注〔二二〕。

〔一一〕象弧雕服：鮑照《擬古八首》其三：「幽并重騎射，少年好騎逐。氈帶佩雙鞬，象弧插彫服。」象弧，飾以象牙的弓。雕服，雕畫有花紋的盛箭器具。服，通箙。

〔一二〕戈舂其喉：《左傳》文公十一年：「獲長狄僑如，富父終甥椿其喉以戈，殺之。」椿，通「舂」，撞，擣。

〔一三〕矢集其目：《左傳》襄公二年：「楚君以鄭故，親集矢於其目。」「集」《全唐文》作「注」。

嗚呼！天下無事，今上好文，爾有餘勇〔一〕，莫敢邀勳。腰鞬白首〔二〕，蹉跎塞雲；死于裨將〔三〕，誰統前軍〔四〕？家本秦人，靈車東騖。長天積雪，邊城欲暮。麾下行哭〔五〕，前旌抗路〔六〕。身有寶劍，不佩而去；轅有代馬〔七〕，悲鳴躅顧〔八〕。嗚呼！我誠軍吏，令送爾歸。既素我服，亦朱其衣〔九〕。黠虜未滅，壯士長辭。牢醴以祭〔一〇〕，太息歔欷〔一一〕。尚饗〔一二〕。

〔一〕餘勇：《左傳》成公二年：「齊高固入晉師，桀（舉）石以投人，禽之而乘其車，繫桑本焉，以徇（巡行）齊壘，曰：『欲勇者賈余餘勇！』」

〔二〕腰鞬（jiān肩）：腰間佩鞬（藏弓矢之具）。徐陵《與齊尚書僕射楊遵彦書》：「安所謂俛眉頓膝，歸奉寇讎，佩弭腰鞬，爲其皁隸？」此指在軍中服役。

〔三〕裨將：副將。《漢書·項籍傳》：「籍爲裨將。」注：「裨，助也，相副助也。」

〔四〕前軍：軍隊之前鋒。

〔五〕行哭：且行且哭。

〔六〕前旌：儀仗中前行的旌旗。庾信《三月三日華林園馬射賦》：「行漏抱刻，前旌載鳶。」又「旌」也可能指銘旌，即靈車前的旗幡，上書死者的姓名、官號。抗路：舉於路。

〔七〕代馬：代郡（西漢治所在今河北蔚縣西南）所産良馬。《文選·古詩十九首》李善注引《韓詩外傳》曰：「詩曰：『代馬依北風，飛鳥棲故巢。』皆不忘本之謂也。」（今本《韓詩外傳》無此條）又，《文選》曹植《朔風詩》：「願騁代馬，倏忽北徂。」劉良注：「代馬，胡馬也。」

〔八〕悲鳴跼顧：《文選》潘岳《寡婦賦》：「龍轜（喪車）儼其星駕兮，飛旐翩以啓路。輪按軌以徐進兮，馬悲鳴而跼顧。」劉良注：「跼顧，跪跼顧眄不前也。」

〔九〕上句謂己著白色喪服，下句言令死者著朱衣。唐制，四品五品官員服緋（朱衣），參見《舊唐書·輿服志》。

〔一〇〕牢：祭祀用的犧牲。

〔一一〕太息：出聲長歎。

〔一二〕尚饗：語出《儀禮·士虞禮》，即希望死者來享用祭品之意，後世祭文多用此二字作結語。

讚佛文〔一〕

竊以真如妙宰〔二〕，具十方而無成〔三〕；涅槃至功〔四〕，滿四生而不度〔五〕。故無邊大照，不照得空有之深〔六〕；萬法偕行〔七〕，無行爲滿足之地〔八〕。惟兹化佛〔九〕，即具三身〔一〇〕，不捨凡夫，本無五藴〔一一〕。實藉津梁法相〔一二〕，脱落塵容〔一三〕，始于度門〔一四〕，漸于空舍〔一五〕，然後金剛道後〔一六〕，爲三界大師〔一七〕；玉毫光相〔一八〕，得一生補處〔一九〕。

〔一〕據文中述及崔常侍（崔希逸），可知本篇當作于維居河西期間。

〔二〕真如：見《謁璿上人》注〔一七〕。妙宰：高妙的主宰。

〔三〕十方：指東、南、西、北、東南、西南、東北、西北、上、下十方。《宋書·訶羅單國傳》：「眉間白毫，普照十方。」方，述古堂本、明十卷本作「力」，疑非。「具十方」指真如無所不在。此就真如爲一切事物之本質而言。無成：謂不成就事物。《易·坤》：「地道無成，而代有終也。」疏：「其地道卑柔，無敢先唱成物，必待陽始先唱而後代陽有終也。」此指真如寂滅無爲。就真如所顯示的萬有之空性而言。晋道安《合放光光贊略解·序》：「真際（同真如）者，無所著也，泊然不動，湛爾玄齊，無爲也，無不爲也。」《大乘百法明門論疏》卷下：「法性本來常自寂滅，不遷動義，名爲真如。」

〔四〕涅槃：見《登辨覺寺》注〔八〕。至功：最高之功德。

〔五〕四生：六道衆生的四種形態：卵生、胎生、濕生（由濕氣而生，如腐肉中蟲、厠中蟲等）、化生（無所依託，借業力而出現者，如諸天神、餓鬼等）。參見《增一阿含經》卷一七、《俱舍論》卷八。

「滿四生」謂涅槃充滿于六道衆生，即「一切衆生悉有佛性」（《涅槃經·獅子吼菩薩品》）、「一切衆生莫不是佛，亦皆泥洹（即涅槃，爲成佛之標誌）」（晋道生《法華經疏》，見《祐録》卷一五）之意。度：謂使人「離俗」、「出離生死」；底本原作「庶」，趙殿成曰：「疑是廣字之訛。」此從述古堂本、明十卷本、《全唐文》。「不度」謂涅槃不能度衆生，須衆生自悟、自度。

〔六〕大，宋蜀本作「天」。空有：見《與胡居士皆病寄此詩兼示學人二首》其一注〔四〕。二句謂故其光廣照一切，不如不照之得空有的深微之理。「不照」即無爲之旨。所謂空有的深微之理，即指當非空非有，亦空亦有。

〔七〕萬法：泛指一切事物和現象。行：一切事物和現象的生起和變化活動。《俱舍論頌疏》卷一：「造作、遷流二義名行。」

〔八〕無行：《菩薩瓔珞經》卷五：「諸法不生不滅，無過去、當來、今現在，是謂無行。」即諸法空寂之意。滿足之地：圓滿具足之境。《大乘入楞伽經》卷五：「於三昧門不入涅槃，若不持者，便不化度一切衆生，不能滿足如來之地，亦則斷絶如來種姓。」

〔九〕化佛：變化之佛，謂佛菩薩爲度脱世間衆生，能以神通力變現種種不同之身。《法集經》卷一：「化佛者，諸佛如來及諸菩薩，得示現一切色身三昧。彼諸佛菩薩成就自在，大慈大悲，皆能示現化佛色身度諸衆生，是名化佛。」

〔一〇〕三身：指三種佛身。有種種不同説法，《大乘義章》卷一九謂爲法身（「顯法成身，名爲法身」），法指人先天具有的佛性)、報身(指以法身爲因,經過修習而獲得佛果之身)、應身(即變化身,指佛爲利樂衆生而變現之色身及其他種種幻化身)。

〔一一〕凡夫:世間之俗人。五藴:見《胡居士卧病遺米因贈》注〔五〕。按,五藴狹義指現實的人(佛教稱人是五藴的和合體,色藴即身,他四藴即心),此句蓋謂,佛本無世間人的色身與精神世界(即下文所謂「塵容」)。

〔一二〕津梁:指起橋梁作用的事物。《宋書·雷次宗傳》:「棲誠來生之津梁,專氣暮年之攝養。」法相:義同法性、真如。《摩訶般若波羅蜜經·序品》:「佛所説法于中學者,能證諸法相。證已有所言説,皆與法相不相違背。」底本原作「相法」,據宋蜀本、明十卷本等改。句謂實借助于以法相爲津梁。

〔一三〕塵容:塵俗之容。孔稚珪《北山移文》:「焚芰製而裂荷衣,抗塵容而走俗狀。」

〔一四〕度門:猶法門。指通過習修佛法獲得佛果的門户。《諸佛要集經》卷上:「其度門者,宣暢諸法究竟本末。」

〔一五〕漸:漸進。空舍:喻没有世俗的欲求和思想的境界。《維摩經·佛道品》:「善心誠實男,畢竟空寂舍。」《注維摩經》卷七:「(鳩摩羅)什曰:『障蔽風雨莫過于舍,滅除衆想莫妙于空,亦能絶諸問難,降伏魔怨,猶密宇深重,寇患自消。亦云有非真要,時復暫遊;空爲理宗,以爲常宅也。』(僧)肇曰:『堂宇以蔽風霜,空寂以障塵想。』(道)生曰:『……可以庇非法風雨而障結賊之患，是舍之理也。』」

〔一六〕金剛：梵語的意譯，即金剛石。佛教常用以喻堅固、鋭利，能摧毁一切。《涅槃經·金剛身品》：「如來身者，是常住身，不可壞身，金剛之身。」句指在獲得堅利如金剛，能摧破一切煩惱的佛道之後。

〔一七〕三界大師：《釋氏要覽》卷上：「佛稱三界大師者，《瑜伽論》云，能化導無量衆生，令入寂滅；又云，摧滅邪穢外道，出現世間，故號大師。」三界，佛教把世俗世界劃分爲欲界、色界、無色界，謂之三界。

〔一八〕玉毫光相：即佛之眉間白毫相（佛三十二相之一）。《法華經·序品》：「爾時佛放眉間白毫相光。」《慧琳音義》卷一一：「言玉毫者，如來眉間白毫毛也。皓白光潤，猶如白玉，佛從毫相，放大光明，照十方界，故云玉毫瑞色也。」據《大智度論》卷四載，佛眉間之白毫，長達一丈五尺，平時卷縮；由這裏放出的光稱毫光、眉間光。句指具玉毫光相。

〔一九〕一生補處：菩薩修行之極位。菩薩修行有自一地至十地十個階位，一生補處更在第十地之上，由此位可進而補爲佛。《菩薩瓔珞經》卷六云：「十地菩薩具足三禪……不如一生補處菩薩摩訶薩。何以故？一生補處三禪非十住（十地）三禪所及。……一生補處菩薩修三禪行……不如如來至真等正覺須臾之間念三禪得其功德。」《法苑珠林》卷八云：「《因果經》云：爾時善慧菩薩功行滿足，位登十地，在一生補處，近一切種智（佛智）……期運當至當下作佛。」句謂得承繼爲佛。

左散騎常侍攝御史中丞崔公第十五娘子〔一〕，于多劫來〔二〕，植衆德本〔三〕，以般若力〔四〕，生菩提家〔五〕。含哺則外葷羶〔六〕，勝衣而斥珠翠〔七〕。教從半字〔八〕，便會聖言〔九〕；戲則剪花，而爲佛事〔一〇〕。常侍公頃以入朝天闕，上簡帝心〔一一〕，雖功在于生人〔一二〕，深辭拜命〔一三〕；願賞延于愛女〔一四〕，密啓出家。白法宿修〔一五〕，紫書方降〔一六〕，即令某月日，敬對三世諸佛〔一七〕，十方賢聖，稽首合掌〔一八〕，奉詔落髮。久清三業〔一九〕，素成菩薩之心〔二〇〕；新下雙鬟〔二一〕，如見如來之頂〔二二〕。綺襦方解，樹神獻無價之衣〔二三〕；香飯當消〔二四〕，天王持衆寶之鉢〔二五〕。惟娘子舍諸珍寶，塗彼戒香〔二六〕，在微塵中，見億佛刹〔二七〕，如獻珠頃〔二八〕，具六神通〔二九〕。伏願以度人設齋功德〔三〇〕，上奉皇帝聖壽無疆，記椿樹以爲年〔三一〕，土宇無垠〔三二〕；包蓮花而爲界，又用莊嚴〔三三〕。

〔一〕娘子：年輕婦女的通稱。韓愈《祭周氏姪女文》：「……祭於周氏二十娘子之靈。」此指崔希逸之女。

〔二〕多劫：指出生以前的極長時間。《釋迦氏譜》：「劫是何名？此云時也。若依西梵名曰劫波，此土譯之名大時也，此一大時其年無數。」

〔三〕植衆德本：謂立衆善性功德。德本，猶言善根。《維摩經·弟子品》：「時維摩詰即入三昧，令此比丘自識宿命，曾于五百佛所植衆德本，迴向阿耨多羅三藐三菩提。」

〔四〕般若：梵語的音譯，意譯「智慧」。爲六度（六種到達涅槃彼岸的途徑）之一。《大智度論》卷四三：「般若者，秦言智慧也。一切諸智慧中最爲第一，無上、無比、無等，更無勝者，窮到盡邊。」

〔五〕菩提：梵語的音譯，意譯「覺」。指對佛教「真理」的覺悟。《成唯識論述記》卷一：「梵云菩提，此翻爲覺，覺法性故。」「菩提家」謂覺悟佛道之家，指崔家。

〔六〕含哺：言爲嬰兒時。《莊子·馬蹄》：「含哺而熙（嬉），鼓腹而遊。」成疏：「人民含哺而熙戲，與嬰兒而不殊。」外：排除。

〔七〕勝衣：見《京兆尹張公德政碑》第四段注〔四〕。

〔八〕教從半字：《涅槃經》卷五：「譬如長者，惟有一子，心常憶念，憐愍無已，將詣師所，欲令受學，懼不速成，尋便將還。以愛念故，晝夜殷勤，教其半字，而不教誨毘伽羅論。何以故？以其幼稚，力未堪故。」半字，即梵字之字母，共四十七個，古印度「六歲童子學之」（《寄歸傳》卷四）。毘伽羅論，即五明（印度佛教教授學徒的五種學問）中的聲明（聲韻學和語文學），古印度兒童「七歲之後，漸授五明大論」（《大唐西域記》卷二）。句謂自幼時始。

〔九〕聖言：指佛菩薩之言。

〔一〇〕剪花：指剪紙作花形。佛事：指誦經祈禱、拜懺禮佛等事。

〔一一〕上簡帝心：《論語·堯曰》：「帝臣不蔽，簡在帝心。」鄭玄注：「簡閲在天心，言天簡閲其善惡也。」意謂天帝臣僕的善惡不可隱蔽，爲天帝所簡閲考察。此指功過善惡，上爲天子所簡閲考察。

〔一二〕生人：生民。

〔一三〕拜命：指拜官任職。

〔一四〕願，宋蜀本作「賴」。

〔一五〕白法：見《黎拾遺昕裴秀才迪見過秋夜對雨之作》注〔三〕。

〔一六〕紫書：天子的詔書。古時詔書封以紫泥，故稱紫書。衛宏《漢舊儀》卷上：「皇帝六璽，……皆以武都紫泥封。」

〔一七〕三世：佛教以過去、現在、未來爲三世。《增一阿含經》卷四八：「沙門瞿曇恒説三世。云何爲三？所謂過去、將來、現在。」

〔一八〕稽首：古時一種跪拜禮。合掌：又稱合十，即兩掌相合置于胸前，以表示敬意，是佛教徒的一種禮節。《法華經·譬喻品》：「即從座起……一心合掌，曲躬恭敬，瞻仰尊顔。」

〔一九〕三業：《大毗婆沙論》卷一一三：「三業者，謂身業（行動）、語業、意業。」清三業：謂使一切身心活動清淨。佛教以身心遠離一切罪惡與煩惱爲清淨。《俱舍論》卷一六：「暫永遠離一切惡行煩惱垢，故名爲清浄。」

〔二〇〕菩薩：梵語「菩提薩埵」的略稱。《翻譯名義集》卷一引法藏之釋曰：「菩提，此謂之覺；薩埵，此曰衆生。以智上求菩提，用悲下救衆生。」指求無上菩提，利益衆生，于未來成就佛果的修行者。薩，宋蜀本作「提」。

〔二一〕此句指落髮。

〔二二〕如來之頂：《大薩遮尼乾子所説經》卷六：「何者是如來三十二大丈夫相？……三十二者，沙門瞿曇（即釋迦牟尼）頭相高顯無見頂者。」《法華經》卷七：「如來甚希有，以功德智慧故，頂上肉髻光明顯照。」句指「娘子」削髮後，似已成佛。

〔二三〕綺襦：綢衣。「樹神」句：《法苑珠林》卷三五云：「世尊告文殊大衆言：我初踰城入山學道……有樹神現身，手執僧伽梨（佛教比丘穿的一種衣服），告我言：『悉達（即悉達多，釋迦牟尼出家前的本名）太子，汝今修道定得正覺，過去迦葉涅槃時，將此布僧伽梨大衣付囑於我，令善守護，待至仁者出世，令我付悉達。』」又云：「佛告文殊師利……我初踰城離父王宫四十里，到彼叢林……彼樹神現身告我言：『汝今修道，定得金色身，爲三界大師，迦葉佛涅槃時，付囑我珠函并絹僧伽梨，令我轉付囑汝。』……我即開函……迦葉佛遺教，並在此中。……迦葉佛書云：『我初成道時，大梵天王施我，彼絲是化出之，非是繰繭（言非是抽理蠶繭所成），梵天王施經絲，堅牢地神王施緯絲，由彼二施主，共成一法衣，由是義故，今持施我。我自成道已來，常披此衣，未曾損失，今付悉達。』」此句即用其事，謂「娘子」出家後定得佛果。

〔二四〕香飯當消：《維摩經·菩薩行品》：「爾時阿難白佛言：『世尊，今所聞香，自昔未有，是爲何香？』佛告阿難，是彼菩薩毛孔之香。于是舍利弗語阿難言：『我等毛孔，亦出是香。』阿難言：『此所從來？』曰：『是長者維摩詰，從衆香國取佛餘飯，于舍食者一切毛孔皆香若此。』阿難問維摩詰：『是香氣住當久如？』維摩詰言：『至此飯消。』曰：『此飯久如當消？』曰：『此飯勢力至于七日，然後乃消。又阿難，若聲聞人未入正位，食此飯者，得入正位，然後乃消；已入正位，食此飯者，得心解脱，然後乃消。……譬如有藥，名曰上味，其有服者，身諸毒滅，然後乃消。此飯如是滅除一切諸煩惱毒，然後乃消。』」句指「娘子」一切煩惱當已滅除。

〔二五〕「天王」句：《大唐西域記》卷八曰：「佛在樹下結跏趺坐，寂然宴默，受解脱樂，過七日後，方從定起。時二商主行次林外，而彼林神告商主曰：『釋種太子，今在此中，初證聖果，心凝寂定，四十九日，未有所食。隨有奉上，獲大善利。』時二商主各持行資麨蜜奉上，世尊納受。……商主既獻麨蜜，世尊思以何器受之。時四天王從四方來，各持金鉢，而以奉上。世尊默然而不納受，以爲出家不宜此器。四天王捨金鉢，奉銀鉢，乃至頗胝（即頗黎、玻璃，指天然水晶石）、瑠璃、瑪瑙、車渠（瑪瑙一類的寶石）、真珠等鉢，世尊如是皆不爲受。四天王各還宫，奉持石鉢，紺青映徹，重以進獻。世尊斷彼此故，而總受之。次第重疊，按爲一鉢，故其外則有四際焉。」此句即用其事，指「娘子」當得佛果。天王，佛教稱護法神。

〔二六〕戒香：以香喻戒法，因曰戒香。《戒香經》：「世間所有諸華香，乃至沈檀龍麝香，如是等香，非徧聞，唯聞戒香徧一切。」《華嚴經》卷六二：「常轉布施輪，恒塗淨戒香。」句指「娘子」出家持守戒法。

〔二七〕「在微」二句：晉譯《華嚴經》卷三一曰：「一切諸佛，於一微塵中，普現三世一切佛刹（佛國、佛土）。」《華嚴經》卷四六曰：「一切諸佛，皆悉能于一微塵中示現衆刹，與一切世界微塵數等。」見，同「現」。二句指「娘子」當能成佛，具佛之法力。

〔二八〕獻珠頃：《法華經》卷四謂：有娑竭羅龍王女，年始八歲，于刹那頃，成菩提道。智積菩薩「不信此女子于須臾頃便成正覺」，「時龍王女忽現于前。……舍利弗語龍女言：『汝謂不久得無上道，是事難信，所以者何？女身垢穢，非是法器，云何能得無上菩提？……』爾時龍女有一寶珠，價直三千大千世界，持以上佛，佛即受之。龍女謂智積菩薩、尊者舍利弗言：『我獻寶珠，世尊納受，是事疾不？』答言：『甚疾。』女言：『以汝神力，觀我成佛，復速于此。』當時衆會，皆見龍女，忽然之間，變成男子，具菩薩行，即往男方無垢世界，坐寶蓮華，成等正覺，三十二相，八十種好，普爲十方一切衆生演説佛法。……智積菩薩及舍利弗，一切衆會，默然信受。」

〔二九〕六神通：神通爲梵文的意譯，指通過修持禪定所得到的神秘靈力。六神通爲神境智證通（能飛天入地，往來自在）、天眼智證通（能見一切世間種種形色）、天耳智證通（能聞見世間種種聲音）、他心智證通（能知六道衆生心中所想之事）、宿住隨念智證通（能知自身及六道衆生之宿命與所作之事）、漏盡智證通（斷盡一切煩惱惑業，永遠擺脱生死輪迴）。前五通凡夫亦可達到，第六通惟聖者（阿羅漢、菩薩與佛）可得。參見《俱舍論》卷二七。

〔三〇〕度人：濟度衆生，到達涅槃彼岸。此指度人爲僧。設齋：布施飲食以餉僧侶。功德：佛家語，一般指念佛、誦經、布施等善事。

〔三一〕「記椿」句：謂壽命同於椿樹。《莊子·逍遥遊》：「上古有大椿者，以八千歲爲春，八千歲爲秋，此大年也。」

〔三二〕土宇：領土。

〔三三〕「包蓮」句：指成爲蓮華藏世界。參見《青龍寺曇壁上人兄院集》注〔二〇〕。用：以，因此。莊嚴：佛書每以莊嚴形容蓮華藏世界之美善。《華嚴經》卷一〇：「華藏世界海，法界等無别。莊嚴極清浄，安住於虚空。」此二句言使唐之土宇成爲安樂的浄土。

常侍公出爲法將〔一〕，入拜台臣〔二〕，身在百官之中〔三〕，心超十地之上〔四〕。夫人以文殊智〔五〕，本是法王〔六〕；在普賢心〔七〕，長爲佛母〔八〕。郎君娘子等，住誠性爲孝順〔九〕，用功德爲道場〔一〇〕；將遍衆生之慈〔一一〕，迴同一子之想〔一二〕；又願普同法界，盡及有情〔一三〕，共此勝因，俱登聖果〔一四〕。

〔一〕法將：佛家語，指能維護佛法之人。《彌勒下生經》：「大智舍利弗，能隨佛轉法輪，佛法之大將。」《大唐西域記》卷一二：「印度學人咸仰盛德，既曰經笥，亦稱法將。」此指信奉佛法之將領。

〔二〕台臣：宰輔大臣。唐玄宗《集賢書院成送張説上集賢學士賜宴得珍字》：「集賢招衮職，論道命台臣（時張説爲中書令）。」按，此處「台」蓋借爲「臺」。是時希逸兼任左散騎常侍、御史中丞（參見《全唐文》卷三〇九孫逖《授崔希逸河南尹制》），御史中丞爲御史臺副長官，左散騎常侍屬門下省，唐時又稱東臺，故云「入拜臺臣」。

〔三〕中，宋蜀本、述古堂本、明十卷本俱作「尊」。

〔四〕十地：指菩薩十地，即菩薩修行的十個階位：歡喜地、離垢地、發光地、焰勝地、難勝地、現前地、遠行地、不動地、善慧地、法雲地。參見《成唯識論》卷九。

〔五〕文殊：佛教菩薩名，文殊師利的略稱。他是釋迦牟尼佛的左脅侍，專司「智慧」。

〔六〕法王：謂佛。《大智度論》卷七：「佛爲法王，菩薩爲法將。」

〔七〕在：存。普賢心：普賢，菩薩名，釋迦牟尼佛的右脅侍，專司「理」德。《華嚴經》卷五三：「菩薩摩訶薩發十種普賢心，何等爲十？所謂發大慈心，救護一切衆生故；發大悲心，代一切衆生受苦故；發一切施心，悉捨所有故；發念一切智爲首心，樂求一切佛法故；發功德莊嚴心，學一切菩薩行故……發般若波羅蜜究竟心，巧觀一切法無所有故，是爲十。若諸菩薩安住此心，疾得成就普賢善巧智。」

〔八〕長爲佛母：《華嚴經》卷七五：「此世界中，有佛母摩耶。」摩耶，全稱摩訶摩耶，又曰摩耶夫人，相傳是釋迦牟尼的生母。《華嚴經》卷七六云：「（摩耶夫人）答言：佛子，我已成就菩薩大願智幻解脱門，是故常爲諸菩薩母。佛子，如我于此閻浮提（佛經所稱四大部洲之一）中迦毘羅城浄飯王家（摩耶夫人乃迦毘羅衛國浄飯王之后），右脅而生悉達太子……如今世尊，我爲其母。往昔所有無量諸佛，悉亦如是，而爲其母。……如此世界賢劫之中，過去世時，拘留孫佛、拘那含牟尼佛、迦葉佛及今世尊釋迦牟尼佛，現受生時，我爲其母。未來世中，彌勒菩薩，從兜率天將降神時……亦爲其母。如是次第……在賢劫中，于此三千大千世界，當成佛者，悉爲其母。」孝順父母。

〔九〕住：持，守。《佛遺教經·制心》：「汝等比丘，已能住戒，當制五根。」誡性：同戒性，即戒體。《成唯識論述記》卷九：「性者體義，一切法體，故名法性。」《四分律行事鈔資持記》卷上一下：「戒體者，所謂納聖法于心胸。」指對于戒法的信念和奉持戒法的意志。句謂把保守戒體當作

〔一〇〕用功德，宋蜀本、述古堂本、明十卷本、奇字齋本俱作「用德」，底本作「用□德」，此從《全唐文》。道場：謂成道之途徑。《維摩經·菩薩品》：「三十七品（七類三十七種趨向涅槃的途徑）是道場。」句謂以行善事作爲通向涅槃的途徑。

〔一一〕將：行。句謂施行遍及衆生的慈愛。

〔一二〕迴：猶甚、全。迴同，《全唐文》作「迴向」。一子之想：《大般涅槃經》卷五：「（如來）恒于衆生生

一子想，而爲演説無上法故。善男子，譬如長者多有財寶，唯有一子，心甚愛重，情無捨離，所有珍寶，悉用示之，如來亦爾，視諸衆生，同于一子。」又卷一云：「（如來）於諸衆生生大悲心，平等無二，如視一子。」句謂同佛一樣，視衆生如己之獨子。

〔一三〕法界：佛教名詞，指萬有的本體、本源和本質。尤其指成佛的原因。與「真如」、「空性」義同。《辯中邊論》卷上：「此中説所知空性，由無變義説爲真如，真性常如，無轉易故。……由聖法因説爲法界，一切聖法緣此生故。此中界者，即是因義。」真如無所不在，故曰「普同」。有情：梵語「薩埵」之意譯，亦稱衆生、有情衆生，指人及一切有情識的生物。此二句謂，又願真如悉及於衆生，即衆生皆獲致真如之意。

〔一四〕勝因：殊勝的善因。《佛説無常經》：「勝因生善道，惡業墮泥犁。」登：成。聖果：猶正果、佛果。《楞嚴經》卷一：「皆由執此生死妄想誤爲真實，是故汝今雖得多聞，不成聖果。」二句謂願衆生共有真如之善因，俱成佛果。

西方變畫讚并序〔一〕

法身無對〔二〕，非東西也〔三〕；浄土無所〔四〕，離空有也〔五〕。若依佛慧，既洗滌于六塵〔六〕；未捨法求〔七〕，猷如幻于三有〔八〕，故大雄以不思議力〔九〕，開方便門〔一〇〕。我子猶疑，未認寶藏〔一一〕；商人既倦，且息化城〔一二〕。究竟達于無生〔一三〕，因地從于有相〔一四〕。

〔一〕此文亦述及崔常侍,寫作時間當同上篇。西方:指阿彌陀佛之西方浄土(佛所居之世界曰浄土),又稱西方極樂世界。《佛説阿彌陀經》:「爾時佛告長老舍利弗:從是西方過十萬億佛土,有世界名曰極樂,其土有佛號阿彌陀,今現在説法。彼土何故名爲極樂? 其國衆生,無有衆苦,但受諸樂,故名極樂。」此二字下《全唐文》多「浄土」二字。變:即「變相」,簡稱「變」。唐代流行的繪畫藝術形式之一,繪于帛紙或壁上。佛教以之描繪佛經故事,宣傳教義。其中據佛經繪制的圖畫稱爲「經變相」或「經變」。依所繪的内容,有不同名稱。據《佛説阿彌陀經》等描繪西方阿彌陀佛浄土的圖畫,稱「阿彌陀經變」、「阿彌陀變」、「西方浄土變」或「西方變」。

〔二〕法身:見《夏日過青龍寺謁操禪師》注〔七〕。無對:猶言無比、無敵、無雙。徐陵《玉臺新詠序》:「真可謂傾國傾城,無對無傷者也。」指法身(法性)爲一切現象之共性和本源,非任何現象可比。

〔三〕非東西:言既非在東方,亦非在西方。指法身廣大無邊,遍布于一切現象。

〔四〕無所:無處所,無一定之地。陳琳《爲袁紹檄豫州》:「彷徨東裔,蹈據無所。」句謂到處都有浄土。按,在大乘的一些教義中,反對在世間之外另建浄土,認爲只要内心覺悟,所居之地即是浄土,故云。參見《青龍寺曇壁上人兄院集》注〔二〇〕、《酬黎居士淅川作》注〔三〕。

〔五〕離空有:即不空不有。參見《與胡居士皆病寄此詩兼示學人二首》其一注〔四〕。句指只要了悟不空不有之理,所居之地即是浄土。

〔六〕滌，宋蜀本、明十卷本作「垢」。六塵：即六境，指眼、耳、鼻、舌、身、意六識所感覺認識的六種境界：色、聲、香、味、觸、法（包括人的一切認識對象）。佛教認爲，六境猶如塵埃，能染污人的情識，故又稱六塵。參見《俱舍論》卷二。句謂就已滌除了六境對人情識的染污。

〔七〕法求：指對佛法的追求。

〔八〕猒：通厭。如幻：見《胡居士卧病遺米因贈》注〔九〕。三有：有，梵文之意譯，「存在」的意思。《遁麟記》卷一：「言三有者，即三界之異名。」參見上篇第一段注〔一七〕。句謂也就厭惡像幻術一樣變化無常、虚假不實的世俗世界。

〔九〕大雄：對釋迦牟尼的尊稱。《法華經·授記品》：「大雄猛世尊，諸釋之法王。」不思議：又稱不可思議。謂理之深妙，事之神奇，不可以心思、言議。《注維摩經》卷一：「（道）生曰：不可思議者，凡有二種，一曰理空，非惑情所測；二曰神奇，非淺識所量。」「不思議力」指佛菩薩的神祕靈力。

〔一〇〕方便門：佛教稱隨機度人的法門。《法華經·法師品》：「此經開方便門，示真實相。」《法華文句》卷三：「又方便者門也。門名能通，通于所通，方便權略，皆是導引，爲真實（即真如）作門。真實得顯，功由方便。」

〔一一〕「我子」二句：《法華經·信解品》載，須菩提、迦旃延（皆佛十大弟子之一）等人，聞佛授舍利弗（亦佛十大弟子之一）阿耨多羅三藐三菩提（意譯「無上正等正覺」，是只有佛才能具有的最高智慧）記（預記），歡喜踊躍，而白佛言：我等自謂已得涅槃，不復進求阿耨多羅三藐三菩提，今于佛前，聞授聲聞（指佛在世時的弟子）阿耨多羅三藐三菩提記，深自慶幸。譬如有人，幼時捨父逃逝，生活窮困，久之復還本國；是時其父大富，家中財寶無量，唯自念老朽，每思其子。爾時貧窮子輾轉至其父之舍，遥見其父種種嚴飾，疑是王者，自念此非我傭力得物之處，因疾走而去，往至貧里。時富長者見子便識，因令人誘引至家傭作，先使其除糞，漸施以恩惠。是時窮子雖欣此遇，然猶自謂「客作賤人」。後二人「心相體信」，富長者即令窮子掌家中金銀珍寶及諸庫藏。「然其所處，猶在門外，止宿草庵」。復經少時，父知子「漸以通泰，成就大志，自鄙先心」，乃當衆宣言，此是我子，我一切財物，皆歸其所有。窮子聞言，「即大歡喜，而作自念，我本無心有所希求，今此寶藏自然而至」。大富長者即是如來，我等皆似佛子。我等從佛得至涅槃，自以爲足，「于此大乘，無有志求」；心但樂小法（指小乘之涅槃），不知真是佛子，有如來知見寶藏之分。而世尊于佛智慧無所吝惜，若我等有樂大之心，則爲説大乘法。「是故我等説本無心有所希求，今法王大寶，自然而至，如佛子所應得者，皆已得之」。二句即用其事，謂雖求佛道，心猶疑惑，不識佛之智慧。子，底本原作「心」，此從宋蜀本。

〔一二〕「商人」二句：見《登辨覺寺》注〔三〕。又《正法華經》卷四曰：「假喻曠野五百里路，迥絶無人亦無國君，有一導師聰慧明達……將衆賈人欲度懸迥，皆俱疲怠，不能自前。……導師愍之……以神足力化作大城，告衆商人無懷廢退，大國已至，可住休息。……（商人）停止有日，隱知欲厭，即没化城，令處無所，告衆賈曰：速當轉進大寶地。」故此處有「商人既倦」之語。二句喻指在追求佛道的過程中，尚未達到最終目的，獲得至極佛果。

〔一三〕究竟：佛家語，《三藏法數》卷六：「究竟猶至極之義。」此與下「因地」相對，當指究竟位。佛教謂修得此位，即具有佛教的最高智慧。《唯識論》卷九曰：「究竟位，謂住無上正等菩提。」無生：見《登辨覺寺》注〔八〕。

〔一四〕因地：修習佛家之道的階位，相對於成佛之位爲果地而名。《楞嚴經》卷五：「我本因地，以念佛心入無生忍（達到對無生的認識稱無生忍）。」有相：指世俗的有相認識。佛教稱凡可見知的事物爲有相，不以有相爲虚妄，即是世俗之有相認識，擺脱世俗之有相認識所得之真如實相（諸法的真實相狀，佛教認爲諸法之真實相狀爲空），謂之無相。《大日經疏》卷一：「可見可現之法，即爲有相。凡有相者，皆是虚妄。」此句意謂，因地來自世俗的有相認識。即謂由於有世俗的有相認識而處于因地，尚未能成就佛果。

西方浄土變者，左常侍攝御史中丞崔公夫人李氏奉爲亡考故某官中祥之所作也〔一〕。夫人門爲士族之先，道爲梵行之首〔二〕。大師繼踵〔三〕，望塵而理印〔四〕；命婦盈朝〔五〕，聞風而素履〔六〕。心王自在〔七〕，萬有皆如〔八〕；頂法真空，一乘不立〔九〕。以示見故，菩薩爲勝鬘夫人〔一〇〕；同解脱因〔一一〕，天女讚維摩長者〔一二〕。陟岵何望〔一三〕？哀哀縗絰〔一四〕。順有漏法〔一五〕，泣血以居〔一六〕；念罔極恩，滅性非報〔一七〕。唯兹十力所護，豈與百身之贖〔一八〕？不寶纓絡〔一九〕，資于繪素〔二〇〕，圖極樂國，象無上樂〔二一〕。法王安詳〔二二〕，聖衆圍繞。湛然不動〔二三〕，疑過于往來〔二四〕；寂爾無聞，若離于言説〔二五〕。林分寶樹，七重遶于香城〔二六〕；衣捧天花，六時散于金地〔二七〕。迦陵欲語〔二八〕，曼陁未落〔二九〕，衆善普會〔三〇〕，諸相具美。于是竭誠稽首，隕涕焚香，願立功德，以備梯航〔三一〕。得彼佛身，常以慈悲爲女〔三二〕；存乎法性，還在菩提之家〔三三〕。偈曰〔三四〕：

〔一〕中祥：喪祭名。趙殿成注：「成按，喪禮無中祥之名，唯《後漢書·禮儀志》注中引應劭之言，謂『中祥、大祥以紅爲領緣』，究未考中祥是何時也。」按，古時父母死後一周年的祭禮曰小祥，兩周年的祭禮曰大祥，中祥當是大祥、小祥之間的祭名。

〔二〕梵行：《維摩經·方便品》：「常修梵行。」僧肇注：「梵行，清浄無欲行也。」此指修清浄無欲行之人。

〔三〕大師：對僧人的尊稱。《晋書·鳩摩羅什傳》：「（姚）興嘗謂羅什曰：『大師聰明超悟，天下無二。』」繼踵：接踵，前後相接。

〔四〕印：佛菩薩手中所執之具。《大日經疏》卷二〇：「印，謂所執印，即刀輪羂索金剛杵之類也。」此借指僧人所執的器杖。句謂大師望見夫人之行塵而理其器杖。指夫人以其「梵行」而受到僧人的敬重。

〔五〕命婦：受有封號的婦女。

〔六〕素履：《易·履》：「初九，素履往，無咎。」注：「履道惡華，故素乃無咎。」素履無采飾，故後遂用以指淳樸的行爲。《三國志·魏書·毛玠傳》評：「毛玠清公素履。」句謂命婦聞夫人的清淨之風而行爲淳樸。

〔七〕心王：佛教名詞。心爲人身的主宰、一切精神現象的主體，故稱心王。《涅槃經》卷一：「是身如城……手足以爲却敵樓櫓，目爲竅孔，頭爲殿堂，心王居中。」《成實論》卷一六：「處處經中説心爲王。」自在：佛教指空寂無礙。《法華經·序總》：「盡諸有結，心得自在。」注：「不爲三界生死所縛，心游空寂，名爲自在。」《景德傳燈録》卷二九南朝梁寶誌《十四科頌·事理不二》：「心王自在翛然，法性本無十纏。」

〔八〕萬有：宇宙間一切事物。如：《成唯識論》卷九：「如謂如常，表無變易。」《摩訶般若波羅蜜經·曇無竭品》：「諸佛無所從來，去無所至，何以故？諸法如不動故。……是諸法如，諸如來如，皆是一如，無二無別，菩薩以是如入諸法實相。」《智度論》卷三二：「如、法性、實際，此三皆是諸法實相異名。」佛教認爲諸法之真實相狀爲常住不變、無生無滅（即「如」），亦即畢竟空，故《摩訶止觀》卷二云：「如，空之異名也。」

〔九〕頂法：四善根位（煖法、頂法、忍法、世第一法）之一。據《俱舍論》卷二三，四善根位是修習四念住（即觀身不浄、觀受有苦、觀心生滅、觀法無我，爲小乘三賢位的修習内容）以後，依觀想四諦十六行相（小乘以觀悟苦、集、滅、道四諦之理爲全部修習的内容；在觀悟過程中，對四諦各自産生四個方面的理解和觀念，稱十六行相），先後順次産生的四種善性功德，也是佛教修行的四個階位。「頂法」之「頂」，謂「進退兩際如山頂」，指此位既可進而上於忍法（此位確認四諦是真理，不再墮于諸惡道），亦可退而下於煖位（此位流轉不久，必至涅槃，然仍能墮于諸惡道）。真空：指小乘之涅槃。《四分律含注戒本疏行宗記》卷一上之一：「真空者，即滅諦涅槃，非僞故真，離相故空。」一乘：亦稱一佛乘、一乘法，謂引導、教化一切衆生成佛的唯一方法、途徑或教説。大乘佛經《法華經》首創此説。《法華經·化城喻品》曰：「世間無有二乘而得滅度（涅槃），唯一佛乘得滅度耳。」又《方便品》曰：「十方佛土中，唯有一乘法，無二亦無三，除佛方便説。」認爲聲聞、緣覺、菩薩三乘説是方便説（指爲度脱衆生所採取的各種靈活、權宜的教説），能引導衆生達到解脱的唯有一乘法。二句意謂，頂法可達小乘之涅槃，然並非一乘教。

〔一〇〕「以示」二句：據《勝鬘經》（一卷，《大寳積經》卷一一九《勝鬘夫人會》即其異譯本）載，波斯匿王與末利夫人共致書於其女阿踰闍國王后勝鬘夫人，稱揚佛德，勝鬘得書，歡喜説偈，遥請佛來現。佛即現身，授勝鬘阿耨多羅三藐三菩提記，謂其將來當得作佛，其佛土之衆生皆趣大乘。勝鬘乃發十弘誓，承佛神威而説此經，宣述大乘之「一乘真實」及「如來藏法身」説（即一切衆生悉有佛性説），廣明二乘（聲聞、緣覺）不了義（指隱蔽實義而爲方便之説）。示見，即示現，指佛現身。菩薩，佛教有時也尊稱僧侶或居士爲菩薩。此指李氏。爲，成爲。此指李氏明一乘法，將來當得作佛。

〔二〕解脱：擺脱煩惱業障的繫縛而得自由自在。《成唯識論述記》卷一：「縱任無礙，塵累不能拘，解脱也。」特指斷絶「生死」原因，不再拘于業報輪迴，與涅槃、圓寂的含義相通。《成唯識論述記》卷一：「言解脱者，體即圓寂。由煩惱障縛諸有情，恒處生死；證圓寂已，能離彼縛，立解脱名。」句謂因俱得解脱之原由。

〔三〕「天女」句：《維摩經·觀衆生品》：「時維摩詰室有一天女……（謂舍利弗）曰：『……舍利弗，如人入瞻蔔（樹名，其花甚香）林，唯嗅瞻蔔，不嗅餘香，如是若入此室，但聞佛功德之香，不樂聞聲聞、辟支佛（緣覺）功德香也。舍利弗，其有釋梵四天王諸天龍鬼神等，入此室者，聞斯上人講説正法，皆樂佛功德之香，發心而出。舍利弗，吾止此室十有二年，初不聞説聲聞、辟支佛法，但聞菩薩大慈大悲不可思議諸佛之法。舍利弗，此室常現八未曾有難得之法……誰有見斯不思議事，而復樂于聲聞法乎？』」爾時維摩詰語舍利弗：『是天女已曾供養九十二億佛已，能遊戲菩薩神通，所願具足，得無生忍，住不退轉，以本願故，隨意能現，教化衆生。』」僧肇注：「天女即法身大士（法身菩薩，謂顯現法性、斷煩惱迷惑、得六神通之菩薩）也。」維摩，佛教菩薩名，維摩詰之略稱。據《維摩經》載，維摩是毗耶離城富有的居士，深明大乘教義，神通廣大。曾同文殊師利（智慧第一之菩薩）等反復論説佛法，義理深奧，文殊等對他備加崇敬。句以天女喻李氏，謂其已得解脱，讚美深通大乘佛法的維摩。

〔一三〕陟岵（hù户）何望：《詩·魏風·陟岵》：「陟彼岵兮，瞻望父兮。」鄭箋：「孝子行役，思其父之戒，乃登彼岵山（有草木之山），以遥瞻望其父所在之處。」句指李氏之父已卒，無可瞻望。望，底本原作「至」，此從述古堂本。

〔一四〕縗（cuī崔）：披於胸前的麻布條，古服三年之喪者用之。絰（dié碟）：古服喪時結在頭上或腰間的麻帶。「縗絰」猶言服喪。

〔一五〕有漏法：漏爲煩惱之異名，凡具煩惱、導致流轉生死的一切事物，名有漏。一切世間之事體，均爲有漏法。《涅槃經》卷一二：「有漏法者有二種，有因有果……有漏果者，是則名苦；有漏因者，則名爲集。」此指世俗之例。

〔一六〕泣血：謂極其悲痛而哭泣無聲。《禮記·檀弓上》：「高子皋之執親之喪也，泣血三年。」注：「言泣無聲，如血出。」疏：「凡人涕淚必因悲聲而出，若血出則不由聲也。今子皋悲無聲，其涕亦出，如血之出，故云泣血。」

〔一七〕滅性：謂因喪親過悲而危及生命。《孝經·喪親》：「教民無以死傷生，毁不滅性。」此言滅性也不能報答亡父的無極之恩。

〔一八〕十力：謂佛具有的十種智力。又用爲佛之别稱。《注維摩經》卷一：「（僧）肇曰：十力是如來之别稱耳。十力備，故即以爲名。」與：如。百身之贖：《詩·秦風·黄鳥》：「彼蒼者天，殲我良人！如可贖兮，人百其身！」按，《左傳》文公六年載，秦穆公卒，以三良（子車氏之三子）殉葬，國人哀之，因賦《黄鳥》；「如可」二句謂如允許旁人代死以贖取三良，則他們每人都值得用一百人的生命來代替。以上二句意謂，但夫人之身爲佛所保護，豈能像三良那樣死于非命？

〔一九〕纓絡：珠玉綴成的飾物。

〔二〇〕資：借助。繪素：《論語·八佾》：「繪事後素。」後因稱圖畫爲繪素。

〔二一〕象：動詞，作圖象。無上樂：指佛所居的極樂世界。《華嚴經》卷四〇：「菩薩摩訶薩有十種熾然……熾然大慈，令一切衆生安住如來無上樂故。」樂，述古堂本作「尊」。

〔二二〕法王：指變畫上的阿彌陀佛。安詳：佛家語。《法華經·方便品》：「爾時世尊從三昧安詳而起。」嘉祥《義疏》：「安詳者，示大人之相。又安詳者，動寂無礙也。」

〔二三〕湛然不動：《南史·夷貊傳上》：「帝問大僧正慧念曰：『見不可思議事不？』慧念答曰：『法身常住，湛然（安静貌）不動。』」

〔二四〕過：超越。往來：指往來于佛土世間，以化衆生。句謂似乎不復往來于佛土世間。

〔二五〕言説：謂以言音説法。

〔二六〕「林分」二句：《佛説阿彌陀經》云：「極樂國土，七重欄楯（欄杆），七重羅網，七重行樹，皆是四寶周帀圍繞。」又云：「彼國佛土，微風吹動諸寶行樹及寶羅網，出微妙音，譬如百千種樂同時俱作。」分，分列。

〔二七〕「衣捧」二句：《佛説阿彌陀經》曰：「彼佛國土，常作天樂，黄金爲地，晝夜六時（晨朝、日中、日没、初夜、中夜、後夜），天雨曼陀羅華。其國衆生，常以清旦，各以衣裓（衣裾）盛衆妙華，供養他方十萬億佛，即以食時還到本國。」

〔二八〕迦陵：鳥名，迦陵頻伽之略稱。《慧苑音義》卷下：「迦陵頻伽，此云美音鳥，或云妙聲鳥，此鳥本出雪山，在㲉（卵殻）中即能鳴，其音和雅，聽者無厭。」《佛説阿彌陀經》：「彼國常有種種奇妙雜色之鳥，白鶴……迦陵蘋伽共命之鳥，是諸衆鳥，晝夜六時，出和雅音。……是諸衆鳥，皆是阿彌陀佛欲令法音宣流變化所作。」

〔二九〕曼陁：即曼陀羅，花名。梵語之音譯，義譯爲悦意花。

〔三〇〕衆善普會：《佛説阿彌陀經》：「阿彌陀佛成佛已來，于今十劫，有無量無邊聲聞弟子，皆阿羅漢，非是算數之所能知。諸菩薩衆，亦復如是。……衆生聞者，應當發願，願生彼國，所以者何？得與如是諸上善人俱會一處。」衆善，指衆善人。

〔三一〕梯航：梯與船，爲登山航海之具。吕温《與族兄臯請學春秋書》：「翹企聖域，莫知所從，如仰高山，臨大川，未獲梯航，而欲濟乎深而臻乎極也。」此喻使亡靈渡越險阻、往生極樂之具。

〔三二〕慈悲爲女：《維摩經·佛道品》：「法喜以爲妻，慈悲心爲女。」鳩摩羅什注：「慈悲性弱，從物入有，猶如女之爲性，弱而隨物也。」僧肇注：「慈悲之情，像女人性，故以爲女。」二句謂使夫人之亡父得彼佛身，常具佛慈悲之心。

〔三三〕法性：指佛性。與真如、實相等同義。《大般涅槃經》卷六：「一切佛法即是法性，是法性者即是如來。」《大乘百法明門論疏》卷下：「法性本來常自寂滅，不遷動義，名爲真如。」二句言保有佛性，還生于了悟佛道之家。參見上篇第二段注〔五〕。

〔三四〕偈（jì寄）：梵語「偈陀」的略稱，亦譯「頌」。佛經的體裁之一。一偈多由字數相等的四句組成。

稽首十方大導師〔一〕，能于一法見多法〔二〕，以種種相導衆生〔三〕，其心本來無所動〔四〕。稽首無邊法性海〔五〕，功德無量不思議，于已不色等無礙〔六〕，不住有無亦不捨〔七〕。我今深達真實空〔八〕，知此色相體清淨〔九〕，願以西方爲導首〔一〇〕，往生極樂性自在。

〔一〕大導師：指佛。大乘佛教認爲三世十方有無數佛。

〔二〕句謂佛能在一事一物之中見多事多物。

〔三〕「以種」句：參見上篇第一段注〔九〕。

〔四〕無所動：即寂滅之義。

〔五〕法性海：佛教謂法性深廣似海，故云。《大乘起信論》：「法性真如海。」

〔六〕已：此。《爾雅・釋詁》：「已，此也。」色：《俱舍論》卷一：「變礙故名爲色。」指一切能變壞有質礙的事物。無礙：謂自在通達而無障礙。《維摩經・佛國品》：「心常安住無礙解脱。」僧肇注：

「得此解脱，則於諸法通達無礙，故心常安住。」句謂法性非「色」，通達無礙。即法性空寂之意。

〔七〕無：即「空」。句謂法性不凝住于空有亦不捨棄空有（即不空不有之意）。參見《與胡居士皆病寄此詩兼示學人二首》其一注〔四〕。

〔八〕真實空：言事物之真實狀況爲空。《大乘義章》卷二：「法絶情妄爲真實。」

〔九〕色相：謂色身之相貌現於外而可見者。《華嚴經》卷一：「無邊色相，圓滿光明。」體：本體，本性，本質。句謂我已知人身的本性是清净的（具有成佛的可能性）。

〔一〇〕導首：謂導引衆生趨入佛道之首領。《大般若波羅蜜多經》卷五五九：「如是般若波羅蜜多……能爲導首……引失道者令入正路。」《佛母出生三法藏般若波羅蜜多經》卷七：「般若波羅蜜多爲諸導首，引示衆生趣入聖道。」

薦福寺光師房花藥詩序〔一〕

心舍于有無，眼界于色空，皆幻也〔二〕，離亦幻也〔三〕，至人者不捨幻，而過于色空有無之際〔四〕。故目可塵也〔五〕，而心未始同〔六〕；心不世也〔七〕，而身未嘗物〔八〕。物者方酌我于無垠之域〔九〕，亦已殆矣〔一〇〕！

〔一〕薦福寺：在長安開化坊。《長安志》卷七：「（開化坊）半以南大薦福寺。寺院半以東，隋煬帝在藩舊宅，武德中賜尚書左僕射蕭瑀爲西園。後瑀子鋭尚襄城公主，詔别營主第，主辭以姑婦異居，有關禮則，因固陳請，乃取園地充主第。……襄城薨後，官市爲英王宅。文明元年，高宗崩後百日，立爲大獻福寺，度僧二百人以實之。天授元年，改爲薦福寺。中宗即位，大加營飾。自神龍以後，翻譯佛經，並于此寺，寺東院有放生池，周二百餘步，傳云即漢代洪池陂也。」光師：即道光禪師。據《大薦福寺大德道光禪師塔銘》，道光卒于開元二十七年五月。此篇當作于道光卒前，具體時間不詳，今姑繫於開元二十六年。

〔二〕舍：止。有無：無即空。見上篇第三段注〔七〕。界：限止。色空：色與空，與上「有無」相對，含義亦接近。色指有形質的萬物，是眼所感覺認識的對象。《俱舍論》卷一：「眼所取故名爲色。」空謂空無所有、虚幻不實。幻，不真實之假象。此三句謂止於有（否認諸法皆空）或止于無（否認假有），都不符合真實之理。

〔三〕此言離于有或離于無，亦不符合真實之理。蓋離于有當入于無，離于無當入于有，故云。

〔四〕至人：道德修養達到最高境界的人。佛教以之稱佛。《四分律行事抄資持記》卷上一上：「釋迦如來道成積劫，德超三聖，化於人道，示相同之，是以且就人中美爲尊極，故曰至人。」過：超越。此二句意謂，至人不捨棄止於有無色空，而又超越于有無色空。即至人皆亦空亦有、非空非有之意。參見《與胡居士皆病寄此詩兼示學人二首》其一注〔四〕。

〔五〕塵：污染。《大乘義章》卷八末曰：「能坌名塵，坌污心故。」此言目感知色，可受其污染。

〔六〕始：嘗。句謂而心未嘗同目一樣受污染。指心無物欲，超越于色、有。

〔七〕句謂心超越于世俗。

〔八〕物：作動詞用。句謂身也未嘗成爲世俗世界之物。

〔九〕者，底本原無此字，據述古堂本校補。酌：取，指執取、追求。《禮記・坊記》：「上酌民言。」注：「酌，猶取也。」《大乘義章》卷五：「取執境界，説明爲取。」《俱舍論》卷九：「爲得種種上妙資具，周遍馳求，此位名取。」此處爲使動用法。句謂世間之物方使我執取、追求于廣闊無垠之域（即「周遍馳求」各種可供享樂之物）。

〔一〇〕殆：危險。

上人順陰陽之動〔一〕，與勞侶而作〔二〕，在雙樹之道場〔三〕，以衆花爲佛事〔四〕。天上海外，異卉奇藥，《齊諧》未識〔五〕，伯益未知者〔六〕，地始載于兹〔七〕，人始聞于我。瓊蕤滋蔓〔八〕，侵迴階而欲上；寶庭盡蕪，當露井而不合〔九〕。群艷耀日，衆香同風〔一〇〕。開敷次第〔一一〕，連九冬之月〔一二〕；種類若干，多四天所雨〔一三〕。至用楊枝〔一四〕，已開貝葉〔一五〕，高閣聞鐘，升堂覲佛，右繞七匝〔一六〕，却坐一面〔一七〕，則流芳忽起，雜英亂飛〔一八〕。焚香不俟于旃檀〔一九〕，散花奚取于優鉢〔二〇〕？漆園傲吏〔二一〕，著書以稊稗爲言〔二二〕；蓮座大仙〔二三〕，説法開藥草之品〔二四〕。道無不在，物何足忘〔二五〕？故歌之詠之者，吾愈見其嘿也〔二六〕。

〔一〕陰陽，宋蜀本、述古堂本俱作「强陽」。動：變動，變化。

〔二〕勞侣：《維摩經·弟子品》：「爲與衆魔共一手，作諸勞侣。」僧肇注：「其爲諸塵勞（即煩惱）之黨侣也。」此指在寺院服雜役而尚未斷除煩惱、剃髮出家的人。

〔三〕雙樹：見《贈徐中書望終南山歌》注〔四〕。道場：指供佛之處。《止觀輔行傳弘決》卷二一：「今以供佛之處名爲道場。」

〔四〕佛事：指佛教的誦經供佛祭祀等活動。《金石萃編》卷三五北齊《臨淮王碑》：「遂於此所，爰營佛事。」句謂將種植各種花卉當成做佛事。

〔五〕《齊諧》：書名。《莊子·逍遥遊》：「《齊諧》者，志怪者也。」識（zhì 志）：記載。

〔六〕伯益：也稱益、伯翳。舜時東夷部落的首領。相傳曾助禹治水，行迹遍及四方，多知珍寶奇物異卉，因著《山海經》以記之。西漢劉秀（歆）《上山海經表》曰：「昔洪水洋溢，漫衍中國……禹乘四載，隨山刊木，定高山大川。蓋與伯翳主驅禽獸，命山川，類草木，别水土。四嶽佐之，以周四方，逮人跡之所希至，及舟輿之所罕到。内别五方之山，外分八方之海，紀其珍寶奇物，異方之所生，水土草木禽獸昆蟲麟鳳之所止，禎祥之所隱，及四海之外，絶域之國，殊類之人。禹别九州，任土作貢；而益等類物善惡，著《山海經》。」

〔七〕載：生長。《釋名・釋天》：「載，生物也。」

〔八〕瓊蕤（ruí 緌）：指如玉之花。《文選》陸機《擬東城一何高》：「京洛多妖麗，玉顔侔瓊蕤。」張銑注：「瓊蕤，玉花也。」

〔九〕寶庭：指佛寺之庭。蕪：草。當：值，遇到。露井：無覆蓋之井。古樂府《雞鳴》：「桃生露井上，李樹生桃旁。」不合：指草未能遍覆庭院。

〔一〇〕句謂各種香氣同在風中。

〔一一〕開敷：指開花。敷，布，開。次第：順序，依次。

〔一二〕九冬：冬季九十天。《初學記》卷三引梁元帝《纂要》：「冬曰玄英……亦曰玄冬、三冬、九冬。」

〔一三〕四天：指四禪天。《藝文類聚》卷七六北周王褒《突厥寺碑》：「六合之内，存乎方册，四天之下，聞諸象教。」按，佛教有三界諸天之説，色界諸天爲離食、淫欲的有情居處，可分爲四禪天：初禪天、二禪天、三禪天、四禪天。每一禪天又各包括若干天，有十七天、十八天等説法。參見《俱舍論》卷八、二十八。雨：降。此言其種類多非人間所有。

〔一四〕用楊枝：即嚼楊枝，又稱嚼齒木。古代印度的一種浄齒方法。實際上用作齒木者，不止限于楊枝。《南海寄歸内法傳》卷一云：「每日旦朝，須嚼齒木指齒刮舌。……（齒木）長十二指，短不减八指，大小如指。一頭緩須熟嚼，良久浄刷牙關。」《隋書・真臘傳》：「每旦澡洗，以楊枝浄齒，讀誦經呪。……食畢，還用楊枝浄齒，又讀經呪。」句謂至于用楊枝浄齒之後。

〔一五〕貝葉：指佛經。見《青龍寺曇壁上人兄院集》注〔三〕。

〔一六〕右繞：繞佛的佛教禮節。圍佛右繞（即順時針方向行走）一圈、三圈、七圈以至百千圈，表示對佛的尊敬。原爲古印度禮節之一，後被佛教採用。《佛説文殊師利浄律經・真諦義品》：「文殊師利與萬菩薩，便即現身，稽首佛足，右繞七匝。」《資持記》卷下三之二：「繞佛者本乎致敬……致敬則必須右繞，表執持之恭勤。」

〔一七〕却坐一面：猶言退坐一邊。《大薩遮尼乾子所説經》卷九：「薩遮尼乾子與諸眷屬，頂禮佛足，繞佛無量百千匝已，却坐一面，一心合掌，觀佛不捨，默然而住。」

〔一八〕流芳：散發的香氣。雜英：雜花。謝朓《晚登三山還望京邑》：「喧鳥覆春洲，雜英滿芳甸。」

〔一九〕俟：等待。旃（zhān 沾）檀：香木名，即檀香。爲梵語旃檀那之略稱。《玄應音義》卷二三：「旃彈那，或作旃檀那，此外國香木也，有赤白紫等諸種。」

〔二〇〕優鉢：花名。梵語優鉢羅之略稱。此花清浄香潔，佛經中多取以喻佛。《法華經・隨喜功德品》：「優鉢華之香，常從其口出。」《慧苑音義》卷上：「優鉢羅……其葉狹長，近下小圓，向上漸尖，佛眼似之，經多爲喻。其花莖似藕稍有刺也。」句謂撒花何必要取自優鉢羅？

〔二一〕漆園傲吏：指莊子。見《輞川集・漆園》注〔一〕。

〔二二〕「著書」句：《莊子・知北遊》：「東郭子問於莊子曰：『所謂道，惡乎在？』莊子曰：『無所不在。』東郭子曰：『期而後可。』莊子曰：『在螻蟻。』曰：『何其下邪？』曰：『在稊（草名，結實如小米）

碑。』曰：『何其愈下邪？』曰：『在瓦甓。』曰：『何其愈甚邪？』曰：『在屎溺。』東郭子不應。」

〔二三〕蓮座：佛的蓮花臺座。《華嚴經》卷七四：「一切佛前坐蓮華座。」王勃《觀佛跡寺》：「蓮座神容儼，松崖聖趾餘。」大仙：指佛。《涅槃經》卷二：「大仙入涅槃，佛日墜於地。」《釋氏要覽》卷中：「古譯經有稱佛名大仙者……《般若燈論》云：聲聞菩薩等亦名仙，佛于中最尊上故，……故名大仙。」

〔二四〕藥草之品：《法華經》有《藥草喻品》。

〔二五〕此二句意謂，道（指佛道、真如）無所不在，體現在一切物上，故物不足忘。

〔二六〕嘿：同「默」。二句意謂，故歌詠花藥（作花藥詩）的人，吾愈見出其對於道的默悟。《維摩經·入不二法門品》云：「於是文殊師利問維摩詰：『我等各自説已，仁者當説，何等是菩薩入不二法門？』時維摩默然無言，文殊師利歎曰：『善哉善哉，乃至無有言語文字，是已真入不二法門。』」

大薦福寺大德道光禪師塔銘并序〔一〕

禪師諱道光，本姓李，緜州巴西人〔二〕。其先有特有流〔三〕，若實有蜀〔四〕，蓋子孫爲民。大父懷節，隱峨嵋山，行無轍跡〔五〕。其季父榮，爲道士〔六〕，有文知名。禪師幼孤，在諸兒中〔七〕，其神獨不偶，家頗苦乏絶〔八〕。去詣鄉校〔九〕，見周孔書〔一〇〕，曰：「世教耳，誓苦行求佛道。」入山林，割肉施鳥獸，鍊指燒臂〔一一〕，入般舟道場百日〔一二〕，晝夜經行〔一三〕。遇五臺寶鑑禪師曰〔一四〕：「吾周行天下，未有如爾可教。」遂密授頓教〔一五〕，得解脱知見〔一六〕。舍空不域〔一七〕，既動無眹〔一八〕；不觀攝見〔一九〕，順有離覺〔二〇〕。毛端族舉佛剎，掌上斷置世界，不覩非咎，應度方知〔二一〕。得其門者寡〔二二〕，故道俗之煩而息化城〔二三〕，指盡謂窮性海而已〔二四〕，焉足知恒沙德用〔二五〕，法界真有哉〔二六〕！春秋五十二〔二七〕，凡三十二夏〔二八〕，以大唐開元二十七年五月二十三日，入般涅槃于薦福僧坊〔二九〕。門人明空等，建塔于長安城南畢原〔三〇〕。人天會葬，涕泗如雨，禪師之不可得法如此〔三一〕。其世行遺教，如一切賢聖。維十年座下，俯伏受教，欲以毫末〔三二〕，度量虛空〔三三〕，無有是處〔三四〕，誌其舍利所在而已〔三五〕。銘曰：

〔一〕作于開元二十七年（七三九）五月之後。大德：佛教對比丘（指出家後受過具足戒的男僧）中的長老或佛、菩薩的敬稱。對高僧有時也使用此稱。《翻譯名義集》卷一引《毗奈耶律》：「佛言：從今日後，小下苾蒭（比丘）於長宿處，應喚大德。」《釋氏要覽》卷上：「《智度論》云：梵語婆檀陀，秦言大德，律中多呼佛爲大德。……《增輝記》：行滿德高，曰大德。」底本題下原無「并序」二字，據宋蜀本、述古堂本、明十卷本等補。

〔二〕緜州：唐州名，治所在巴西（今四川綿陽東）。

〔三〕有特有流：《晉書》卷一二〇、一二一載：李特，其先巴西宕渠人，後徙居略陽。元康（二九一—

二九九）中，關西大飢，特隨略陽、天水等六郡流民入蜀求食。朝廷逼令流民還歸本鄉，流民多不願從，特因在緜竹設大營收容流民，旬月間聚衆至二萬餘。官軍來襲，特擊破之，并進兵攻取廣漢。太安元年（三〇二），特自稱益州牧，設官改年。二年，特圍成都，爲益州刺史羅尚所殺；其弟流與其子蕩、雄收聚遺衆，流仍自稱益州牧。未幾流卒，諸將共立雄爲主。後雄克成都，盡有蜀地，光熙元年（三〇六）自稱帝，國號成。永和三年（三四七）國亡於東晉。流，宋蜀本作「雄」。

〔四〕若：乃；宋蜀本作「者」，當屬上讀。

〔五〕行無轍跡：《老子》二十七章：「善行無轍跡。」河上公注：「善行道者，求之于身，不下堂，不出門，故無轍跡。」《文選》劉伶《酒德頌》：「行無轍跡，居無室廬。」李周翰注：「潛隱守愚，時人不見其行跡，不知其所居室，故云無也。」

〔六〕李榮：《舊唐書·儒學傳上》：「羅道琮……高宗末，官至太學博士。每與太學助教康國安、道士李榮等講論，爲時所稱。」

〔七〕中，底本原無此字，據宋蜀本、《全唐文》補。

〔八〕其，《全唐文》無此字。不偶：無對，無匹，無雙。乏絶：窮困。《禮記·月令》：「命有司發倉廩，賜貧窮，振乏絶。」

〔九〕去，底本原作「玄」，《全唐文》作「走」，此從宋蜀本、述古堂本、明十卷本。

〔一〇〕周孔：周公、孔子。

〔一一〕「割肉」二句：皆佛教之苦行，佛徒借此表示其信仰之誠。鍊指，束香於指，以火燒灼。《通鑑》卷二九二：「禁僧俗捨身，斷手、足，煉指、掛燈、帶鉗之類幻惑流俗者。」

〔一二〕般舟：佛教禪定的一種，般舟三昧之略稱。般舟意爲佛立。天台宗創始人隋智顗《摩訶止觀》卷二云：「常行三昧者，此法出《般舟三昧經》，翻爲佛立。……能於定中見十方現在佛在其前立，如明眼人清夜觀星，見十方佛亦如是多，故名佛立三昧。」按，東漢支讖譯《般舟三昧經》謂，若一晝夜乃至七天七夜一心念佛，就可見佛立面前。天台宗據此立常行三昧修持方法，稱以九十日爲一期，「九十日身常行無休息，九十日口常唱阿彌陀佛名無休息，九十日心常念阿彌陀佛無休息」，死後即「當生阿彌陀國」（《摩訶止觀》卷二）。道場：般舟爲佛教成道的途徑之一，故曰道場。參見《讚佛文》末段注〔一〇〕。百日：實即九十日，「百日」乃舉其成數而言。

〔一三〕經行：參見《青龍寺曇壁上人兄院集》注〔一五〕。

〔一四〕五臺：山名，在今山西五臺、繁峙二縣境内，爲我國佛教四大名山之一。早在北魏時即建有佛寺。寶鑑：不詳；宋蜀本作「寶豔」，疑非是。

〔一五〕頓教：與漸教相對，指頓修頓悟的教門。「頓悟成佛」説首倡於東晋、南朝宋時的竺道生（參見《宋書》卷九七）。又，與竺道生同時的慧觀，最先從事判教，他將釋迦所説的經教，判別爲頓、漸兩大類，以《華嚴經》爲頓教，以從鹿苑到鵠林所説諸經爲漸教。南齊劉虬亦同其説。「漸」

謂先習小乘，後趣大乘，大小俱陳；「頓」指不習小乘，而直説大乘之無上法門《華嚴經》。《大乘義章》卷一云：「如來一化所説，無出頓、漸。《華嚴》等經，是其頓教，餘名爲漸。」《華嚴一乘教義分齊章》卷一云：「如直往菩薩等，大（乘）不由小（乘），故名爲頓，亦以無小故，即《華嚴》是也。」後天台宗所説「化儀四教」中的「頓教」，即依此義（參見《四教義》卷一）。華嚴宗立「五教十宗」的教判，則以説不依言辭、不設位次而頓悟教理的《維摩經》等爲頓教，而稱《華嚴經》爲至高無上的「圓教」（參見《華嚴經探玄記》卷一）。又唐禪宗南宗創始人慧能亦提倡「頓悟」。此處當非指南宗之教門而言。

〔一六〕解脱知見：五分法身（戒、定、慧、解脱、解脱知見）中的第五法身。蓋以修得五種功德法（戒、定、慧等）而成佛身，故曰五分法身。此五者依次而得，即由戒生定，由定生慧，由慧得解脱（擺脱一切煩惱業障的繫縛），由解脱而有解脱知見（知己實解脱，能運用證得之佛教「真理」，分析各類具體事相）。《行宗記》卷一上：「五分法身者，戒、定、慧從因受名，解脱、解脱知見從果受號。由慧斷惑，斷惑惑無之處名解脱；出纏破障，反照觀心名解脱知見。」

〔一七〕舍空：止於空（認爲世上一切皆虚而不實）。域：界限，限止。不域：指不爲世俗世界所限，超越于世俗世界。

〔一八〕無眹（zhèn陣）：無兆跡可尋。眹，通朕，徵兆，跡象。《莊子·應帝王》：「體盡無窮，而遊無眹。」《初學記》卷二三沈約《釋迦文佛像銘》：「道雖有門，迹無可眹。」句謂既動而無跡可尋。指其行動世人不能知見。

〔一九〕觀：佛教名詞。佛教提倡止觀雙修，止即禪定，觀指在止的基礎上，集中觀察、思惟特定事物或義理，獲得佛教的智慧和功德。攝：執持，保持。見：佛教一般指「錯誤」的見解，有五見、七見等分法。句謂不觀當導致保持世俗的錯誤見解。

〔二〇〕覺：見《苦熱》注〔一一〕。句謂遵循有（認爲諸法實有）必定背離對佛教「真理」的覺悟。

〔二一〕「毛端」句：《大般若波羅蜜多經》卷五六六：「以神通力，用一毛端舉贍部洲或四洲（佛教謂須彌山四方咸海中有四洲：東勝身洲、南贍部洲、西牛貨洲、北俱盧洲）界，或大千界，乃至十千無量殑伽（恒河）沙等世界，還置本處，而無所損。」族，群。佛刹，佛土，佛國。《佛母出生三法藏般若波羅蜜多經》卷七：「佛告舍利子，當知此菩薩已於他方諸佛刹中聽受此法。」「掌上」三句：《涅槃經》卷四：「復有菩薩摩訶薩，住大涅槃，斷取十方三千大千諸佛世界，置于右掌，如陶家輪，擲置他方微塵世界，無一衆生有往來想，惟應度者乃見之耳。乃至本處，亦復如是。」應度，謂應濟度至涅槃彼岸者。以上四句意謂，禪師得道成佛，具佛菩薩之神通；禪師施展神通，唯應成就佛果者方能知見，世人不能覩見，並非禪師的過錯。

〔二二〕門：指頓門。

〔二三〕道俗：猶僧俗。出家曰道，在家爲俗。煩：指僧俗多入漸門，長期修習，其事煩勞。息化城：指尚未能達到最終目的，成就佛果。參見《登辨覺寺》注〔三〕。

〔二四〕指，宋蜀本作「恉」。性海：佛教謂真如之理性深廣如海，故云性海。唐敬播《大唐西域記序》：「廓群疑於性海，啓妙覺於迷津。」句言僧俗之意旨俱謂當長期修習，窮盡真如之海而已。此句之下底本、《全唐文》均注曰：「上有闕文。」

〔二五〕恒沙：恒河（在今印度、孟加拉國境内）沙之略稱。喻數量之多。《金剛經》：「是諸恒河所有沙數，佛世界如是，寧爲多不？」沈約《千佛贊》：「前佛後佛，跡同轉車……能達斯者，可類恒沙。」恒沙德用，指真如無量功德之效用。

〔二六〕法界：即真如。參見《讚佛文》末段注〔一三〕。大乘有宗認爲，一切現象皆空，只有派生萬有的精神性本體——真如是實有的。

〔二七〕五十二，《全唐文》作「五十一」。

〔二八〕夏：即夏臘，又稱僧夏、法夏、法臘、法歲，指僧人受戒出家後的年數。參見《釋氏要覽》卷下。此句底本原無，從宋蜀本、述古堂本、明十卷本補。又《全唐文》亦有此句，唯「三十二」作「二十二」。

〔二九〕般涅槃：即涅槃。佛教也用作死亡的代稱。僧坊：佛寺。

〔三〇〕畢原：又名畢陌。在今陝西咸陽、西安附近渭水之南北，境域頗廣。其在今西安西南部分，爲文王、武王、周公陵墓所在地，《史記·周本紀》謂武王上祭於畢，周公葬畢，皆即指此；其在今咸陽西北部分，又名咸陽原、咸陽北阪，爲周初王季建都之地，後畢公高封於此。參見《元和郡縣志》卷一、《嘉慶一統志》卷二二七。

〔二一〕人天：佛教語，六道輪迴中的人道和天道。亦泛指諸世間、衆生。不可得法：不可能效法。

〔二二〕毫末：筆毫之末，筆端。柳宗元《楊尚書寄郴筆……輒獻長句》：「桂陽卿月光輝徧，毫末應傳顧兔靈。」

〔二三〕度量：測度估量。《漢書·鼂錯傳》：「愚臣不自度量。」虚空：謂虚空身，即法身、佛身。《維摩經·方便品》僧肇注：「法身者，虚空身也。」參見《夏日過青龍寺謁操禪師》注〔七〕。此指道光入滅後的無形離相、無礙自在之身。

〔二四〕無有是處：指未能作出正確的測度估量。

〔二五〕誌：標記。舍利：梵語之音譯，相傳爲釋迦牟尼遺體火化後結成的珠狀物，後來也指德行較高的和尚死後燒剩的尸骨。據説有三種顔色：白者骨舍利，黑者髮舍利，赤者肉舍利。參見《魏書·釋老志》、《法苑珠林》卷五三。

嗚呼人天尊〔一〕，全身舍利在畢原。

〔一〕人天尊：人與天（三界諸天）中之尊者，謂佛。《法華經》卷三：「惟願天人尊，轉無上法輪。」此指道光。

王維集校注卷九

編年文（天寶上）

裴僕射濟州遺愛碑并序〔一〕

夫爲政以德〔二〕，必世而後仁〔三〕；齊人以刑，苟免而無恥〔四〕。則刑禁者難久，百年安可勝殘〔五〕？德化者効遲，三載如何考績〔六〕？刑以佐德〔七〕，猛以濟寬〔八〕，期月政成〔九〕，成而不朽者，惟公能之〔一〇〕。公名耀卿，字涣之，河東聞喜人也〔一一〕。益爲帝虞〔一二〕，實相帝舜〔一三〕。非子其胄，而邑諸裴〔一四〕。在漢者爲水衡〔一五〕，在魏者守代郡〔一六〕。十三代祖徽，魏益豫雍兗徐五州刺史、蘭陵武公〔一七〕。源于大賢，派以俊德〔一八〕，世濟其美，不隕其名矣〔一九〕。曾祖正，隋散騎常侍，長平郡贊理〔二〇〕。祖眘，皇朝洛南南鄭二縣令〔二一〕。著族斯茂，衣冠未敢争雄；繼世皆賢，英彦無出其右。故有常侍縣君〔二二〕，遞輝迭映。父守真〔二三〕，太常博士〔二四〕，判駕部夏官員外〔二五〕，今上楚王府諮議參軍〔二六〕，邠寧二州刺史〔二七〕，贈晋兗沂三州刺史〔二八〕。文儒之宗伯〔二九〕，禮樂之本源；藉業雖曰承家〔三〇〕，復始由乎種德〔三一〕。再典大郡，二爲仙郎〔三二〕，舉士大夫〔三三〕，是則是斅〔三四〕。且年不及壽，而位未稱德〔三五〕，朝多其能〔三六〕，殁而獨贈。公則晉州之第三子也〔三七〕。語而能文，有識便智；爲兒則量過黄髮，未仕而心在蒼生〔三八〕。伯達試經〔三九〕，子琰應詔〔四〇〕，古之人也，我不後之。八歲神童舉〔四一〕，試《毛詩》、《尚書》、《論語》及第。解褐補祕書省校書郎，歷睿宗安國相王府典籤〔四二〕。東觀載筆，班固名香〔四三〕；西園賦詠，劉楨氣逸〔四四〕。轉國子主簿〔四五〕，檢校詹事府丞〔四六〕。學識宜在儒林，風度雅膺儲宷〔四七〕。河南府士曹參軍〔四八〕，考功員外郎〔四九〕。公府屈廊廟之才〔五〇〕，曹無留事〔五一〕；仙郎明黜陟之法〔五二〕，野無遺賢〔五三〕。右司兵部二郎中〔五四〕，長安縣令。其在含香〔五五〕，一臺推妙〔五六〕；以之製錦〔五七〕，四海是儀〔五八〕。公之斷獄也，必原情以定罪〔五九〕，不阿意以侮法〔六〇〕，是以小失天旨〔六一〕，出爲此州刺史〔六二〕。

〔一〕裴僕射：即裴耀卿。據兩《唐書·裴耀卿傳》、《舊唐書·玄宗紀》載，耀卿開元二十四年拜尚書左丞相，罷知政事。天寶元年二月，改尚書左、右丞相復爲左、右僕射，耀卿仍官左僕射；八月，轉右僕射。二年七月，薨，贈太子太傅。本篇稱裴爲僕射，又未嘗言及其已薨事，當作于天寶元年二月之後、二年七月以前。濟州：見《被出濟州》注〔一〕。《全唐文》作「齊州」，誤。「并序」二字底本原無，據宋蜀本、述古堂本、明十卷本補。

〔二〕爲政以德：見《賜丹州刺史任君神道碑》第一段注〔一二〕。

〔三〕必世而後仁：《論語·子路》：「如有王者，必世而後仁。」古以三十年爲一世。仁，實現仁政。

〔四〕「齊人」二句：《論語·爲政》：「道之以政，齊（整齊、約束）之以刑，民免（指避免犯罪）而無恥（無羞恥之心）。」

〔五〕「百年」句：《論語·子路》：「善人爲邦百年，亦可以勝殘（制服殘暴之人）去殺矣。」

〔六〕「三載」句：《書·舜典》：「三載考績（考核官吏的政績），三考，黜陟幽明。」

〔七〕佐：《全唐文》作「助」。

〔八〕猛以濟寬：用嚴厲來補充寬大。《左傳》昭公二十年：「仲尼曰：『善哉！政寬則民慢，慢則糾之以猛。猛則民殘，殘則施之以寬。寬以濟猛，猛以濟寬，政是以和。』」

〔九〕期（jī基）月政成：《論語·子路》：「子曰：『苟有用我者，期月（一整年）而已可也，三年有成。』」「期月」諸本俱作「月期」，從《全唐文》改。

〔一〇〕公：宋蜀本、明十卷本俱作「裴公」。

〔一一〕河東聞喜人：兩《唐書·裴守真傳》俱謂守真（耀卿父）「絳州稷山人」。按，「河東聞喜」實爲裴氏郡望，《新唐書·宰相世系表》云：「（裴蓋）九世孫燉煌太守遵，自雲中從光武平隴、蜀，徙居河東安邑。安、順之際，徙聞喜。」聞喜（今山西聞喜），始置於漢，屬河東郡（漢時治所在今山西夏縣東北），後魏改屬正平郡，唐時屬絳州。參見《新唐書·地理志》、《嘉慶一統志》卷一五五。

〔一二〕益：亦曰伯益，舜臣。《新唐書·宰相世系表》：「裴氏出自風姓。顓頊裔孫大業生女華，女華生大費，大費生皋陶，皋陶生伯益，賜姓嬴氏。」《漢書・地理志》：「秦之先曰柏益（即伯益）……爲舜朕虞，養育草木鳥獸，賜姓嬴氏。」《書・舜典》：「帝曰：『俞，咨益，汝作朕虞。』益拜稽首，讓于朱虎、熊羆。」傳：「虞，掌山澤之官。」疏：「此官以虞爲名，帝言作我虞耳，朕非官名也。」

〔一三〕相：輔助。

〔一四〕「非子」二句：《新唐書・宰相世系表》：「大駱生非子，周孝王使養馬汧、渭之間，以馬蕃息，封之于秦，爲附庸，使續嬴氏，號曰秦嬴。 非子之支孫封𨛬鄉，因以爲氏，今聞喜𨛬城是也。 六世孫陵，當周僖王之時，封爲解邑君，乃去邑從衣爲裴。」冑，古帝王或貴族的後代。 邑，趙殿成曰：「顧本作已，誤，今校正。」按，宋蜀本正作「邑」，趙校是。 裴，當從《宰相世系表》作「𨛬」。

〔一五〕「在漢」句：《新唐書・宰相世系表》：「陵裔孫蓋，漢水衡都尉、侍中。」《漢書・百官公卿表》：「水衡都尉，武帝元鼎二年初置，掌上林苑。」

〔一六〕「在魏」句：《三國志・魏書・裴潛傳》：「裴潛，字文行，河東聞喜人也。……太祖定荆州，以潛參丞相軍事，出歷三縣令，入爲倉曹屬。……時代郡（治所在今山西陽高西南）大亂，以潛爲代郡太守。」《新唐書・宰相世系表》：「（裴）茂字巨光，靈帝時歷郡守、尚書……三子：潛、徽、輯。」

〔一七〕「十三」三句：《魏志・裴潛傳》注：「潛少弟徽，字文季，冀州刺史，有高才遠度，善言玄妙。」《晉書・裴楷傳》：「父徽，魏冀州刺史。」《新唐書・宰相世系表》：「徽字文秀，魏冀州刺史、蘭陵武公。」徽爲益豫雍兖徐五州刺史事，未見他書記載。 蘭陵武公，公爲爵名，蘭陵爲邑號，武則爲謚。魏曹均封樊公，謚安，謂曰樊安公（見《魏志・武文世王公傳》），例同此。

〔一八〕派：分支，分出。俊德：才德出衆，才德出衆的人。《書・堯典》：「克明俊德，以親九族。」《論衡・程材》：「堯以俊德，致黎民雍。」

〔一九〕「世濟」二句：見《任君神道碑》末段注〔一〕。

〔二〇〕「曾祖」三句：《新唐書・宰相世系表》：「（裴）景子正，隋散騎常侍。」《金石録》卷二六：「右唐裴守真碑云：守真曾祖景，周富平令。祖正，長平郡贊持。考昚，鄭令。」長平郡，隋郡名，開皇時曰澤州，治所在丹川（今山西晉城東北）。參見《隋書・地理志》。贊理，即贊治（郡守佐吏），避唐諱改作贊理、贊持。《通典》卷三三：「隋開皇三年，改別駕、治中爲長史、司馬，至煬帝，又罷長史、司馬，置贊治一人，後又改郡贊治爲丞，位在通守下。」

〔二一〕「祖昚（shèn 慎）」二句：《新唐書・宰相世系表》：「正子昚，字歸厚，南鄭（唐梁州治所，今陝西漢中）、鄭（唐縣名，治所在今河南永城西鄭縣鄉）令。」《舊唐書・裴守真傳》：「父昚，大業中爲淮南郡司户。……貞觀中，官至鄭令。」洛南，唐縣名，屬商州，即今陝西洛南縣。

〔二二〕縣君：一縣的長官，縣令。

〔二三〕守真，宋蜀本、述古堂本、明十卷本、奇字齋本俱作「守忠」。兩《唐書・裴守真傳》俱謂守真爲耀卿之父，又《新唐書・宰相世系表》云，昚子守真，字方忠，邠寧二州刺史。方忠第三子耀卿，字涣之，相玄宗。按，出土墓誌「守真」多作「守忠」，而文獻記載則多作「守真」，疑爲後世避諱改字。參見趙超《新唐書宰相世系表集校》卷一。

〔二四〕太常博士：唐太常寺有博士四人，從七品上，「掌五禮之儀式，本先王之法制，適變隨時而損益焉」（《舊唐書·職官志》）。《舊唐書·裴守真傳》：「累轉乾封尉……尋授太常博士。守真尤善禮儀之學，當時以爲稱職。」

〔二五〕判：唐武后至玄宗時代，用作未實授的術語。駕部員外：唐兵部屬官有駕部員外郎一人，從六品上。夏官員外：即兵部員外。則天后光宅元年改兵部爲夏官，中宗神龍元年復舊。唐兵部屬官有兵部員外郎二人，從六品上。

〔二六〕楚王：《舊唐書·玄宗紀》：「（垂拱）三年閏七月丁卯，封楚王。……長壽二年臘月丁卯，改封臨淄郡王。」諮議參軍：唐王府屬官有諮議參軍一人，正五品上，掌「訏謀左右」。見《舊唐書·職官志》。

〔二七〕邠州：治所在今陝西彬縣。寧州：治所在今甘肅寧縣。《舊唐書·裴守真傳》：「累轉成州刺史……俄轉寧州刺史，成州人送出境者數千人。」《新唐書·裴守真傳》同。《文苑英華》卷七七五孫逖《唐濟州刺史裴公德政頌》亦云：「父守真，皇朝成寧二州刺史，贈晉州刺史。」然《宰相世系表》同維此文，謂守真嘗爲邠州刺史。

〔二八〕晉州：治所在今山西臨汾東北。兗州：治所在今山東兗州。沂州：治所在今山東臨沂。《新唐書·裴守真傳》：「長安中卒，贈户部尚書。」未言贈三州刺史事，《舊唐書》同。

〔二九〕文儒：見《送鄭五赴任新都序》第二段注〔二三〕。宗伯：受人推崇的大師。

〔三〇〕藉業：借助先世的功烈。承家：承繼家業。《易·師》：「開國承家，小人勿用。」

〔三一〕復始：回復到開始時的地位。《左傳》閔公二年：「公侯之子孫，必復其始。」種德：布行德惠。《書·大禹謨》：「皋陶邁種德，德乃降，黎民懷之。」傳：「皋陶布行其德，下治於民，民歸服之。」

〔三二〕仙郎：唐時稱尚書省各部郎中、員外郎爲仙郎。

〔三三〕舉：凡，全。士，底本原作「十」，此從宋蜀本。

〔三四〕是則是斅（xiào 效）：語出《詩·小雅·鹿鳴》：「君子是則是傚（效）。」疏：「是乃君子於是法則之，於是倣傚之。」斅，效法，《全唐文》作「傚」。

〔三五〕位未稱德：言德高位卑，位尚未與其德相稱。

〔三六〕多：贊許。以上皆指裴守真而言。

〔三七〕晋州：守真贈晋州刺史，故謂之曰晋州。

〔三八〕仕，宋蜀本作「壯」。

〔三九〕伯達試經：《三國志·魏書·司馬朗傳》：「司馬朗，字伯達，河内温人也。……十二歲試經，爲童子郎。」

〔四〇〕子琰應詔：《後漢書·黄琬傳》：「琬字子琰……早而辯慧。祖父瓊，初爲魏郡太守，建和元年正月日食，京師不見，而瓊以狀聞。太后詔問所食多少，瓊思其對，而未知所況。琬年七歲，在傍曰：『何不言日食之餘，如月之初？』瓊大驚，即以其言應詔，而深奇愛之。」「子琰」，述古堂本、明十卷本、奇字齋本作「子淡」，《全唐文》作「子炎」，趙殿成以意改作今字。按，宋蜀本正作子琰，趙校是。

〔四一〕神童舉：《舊唐書·裴耀卿傳》：「少聰敏，數歲解屬文，童子舉。」按，唐行科舉制，置童子科，又稱神童科。《新唐書·選舉志》：「凡童子科，十歲以下能通一經及《孝經》、《論語》，卷誦文十通者予官；通七，予出身。」《舊唐書·劉晏傳》：「年七歲，舉神童。」

〔四二〕「解褐」二句：《舊唐書·裴耀卿傳》：「弱冠拜祕書正字，俄補相王府典籤。時睿宗在藩，甚重之。」祕書省校書郎，見《送綦毋校書棄官還江東》注〔一〕。睿宗，諸本俱作「中宗」，此從《全唐文》。《舊唐書·睿宗紀》：「（中宗）神龍元年，（睿宗）以誅張易之昆弟功，進號安國相王，遷太尉，加實封。」典籤，唐王府屬官有典籤二人，從八品下，掌「宣傳教命」。

〔四三〕「東觀」二句：謂漢班固於東觀典校祕書，且事著述。《漢書·叙傳》：「永平中爲郎，典校祕書，專篤志於博學，以著述爲業。」《隋書·經籍志》：「光武中興，篤好文雅……于東觀及仁壽閣集新書，校書郎班固傅毅等典掌焉。」東觀，在漢洛陽南宮，《後漢書·安帝紀》注：「《洛陽宮殿名》曰：南宮有東觀。」載筆，攜筆，亦指記事、撰文。《禮記·曲禮上》：「史載筆，士載言。」疏：「史謂國史，書録王事者。王若舉動，史必書之；王若行往，則史載書具而從之也。」《文選》謝朓《始出尚書省》：「趨事辭宫闕，載筆陪旌棨（戟）。」李善注：「謂出殿中而爲記室（掌書記之官）也。」

此二句以班固喻耀卿，言其爲祕書省校書郎。

〔四四〕西園：見《送熊九赴任安陽》注〔九〕。劉楨：見《送熊九赴任安陽》注〔二〕。又曹丕《與吴質書》：「公幹（劉楨字）有逸氣，但未遒耳。」氣逸：言氣度超脱塵俗。二句以劉楨喻耀卿，謂其善賦詠，爲相王所禮遇。

〔四五〕國子主簿：唐國子監（掌邦國六學之官署）有主簿一人，從七品下。《舊唐書》本傳：「及睿宗升極，拜國子主簿。」

〔四六〕檢校：職事官未實授的稱謂。詹事府丞：唐東宫詹事府（掌東宫三寺十率府之政令）有丞二人，正六品上。

〔四七〕雅：正。膺：當，當受。儲寀：太子之屬官。《文苑英華》卷六五一唐韋承慶《重上直言諫東宫啓》：「臣昔參朱邸，忝膠東之藩吏；晚侍青宫，叨望苑之儲寀。」

〔四八〕士曹參軍：唐京兆河南等府官屬俱有士曹參軍二人，正七品下，掌管河流津渡及營造橋梁廨宇等事。

〔四九〕考功員外郎：唐吏部有考功員外郎一人，從六品上，掌文武官吏之考課。開元二十四年以前，兼掌貢舉。見《新唐書·選舉志上》。

〔五〇〕公府：三公之府。此指中央官府。廊廟之才：指能爲朝廷肩負重任的人才。《宋書·裴松之傳》：「裴松之廊廟之才，不宜久尸邊務。」句指任命耀卿爲士曹參軍，有屈大才。

〔五一〕曹無留事：《南史·梁宗室傳下》：「(始興忠武王)憺自以少年始居重任，開導物情，辭訟者皆立待符教，決於俄頃，曹(官署)無留(稽留，遲滯)事，下無滯獄。」

〔五二〕黜陟：指官吏的升降進退。《書·舜典》：「三考黜陟幽明。」傳：「九歲則能否幽明有別，黜退其幽者，升進其明者。」此就裴爲考功員外郎而言。

〔五三〕野無遺賢：《書·大禹謨》：「野無遺賢，萬邦咸寧。」

〔五四〕右司郎中：唐尚書都省屬官有右司郎中一人，從五品上。兵部郎中：唐兵部屬官有兵部郎中二人，從五品上。

〔五五〕其在含香：謂耀卿爲尚書郎(尚書省諸司郎中、員外郎，統謂之尚書郎)。參見《重酬苑郎中》注〔七〕。

〔五六〕一臺推妙：《晉書·衛瓘傳》：「咸寧初，徵拜尚書令……瓘學問深博，明習文藝，與尚書郎敦煌索靖俱善草書，時人號爲『一臺二妙』。」臺，謂尚書省，後漢稱尚書臺，又謂曰中臺。

〔五七〕製錦：喻治邑，指爲縣令。《左傳》襄公三十一年：「子皮欲使尹何爲邑(治理封邑)。子産曰：『少，未知可否。』子皮曰：『……使夫(彼，指尹何)往而學焉，夫亦愈知治矣。』子産曰：『不可。……子有美錦，不使人學製(裁製)焉。大官大邑，身之所庇也(是自身的庇護)，而使學者製焉，其爲美錦不亦多乎？僑聞學而後入政，未聞以政學者也。』」

〔五八〕四海是儀：作天下人之楷模。《舊唐書》本傳：「開元初，累遷長安令。……在職二年，寬猛得中，及去官，縣人甚思詠之。」

〔五九〕原情：尋究實情。

〔六〇〕阿意：曲從上意。侮法：輕慢法律，不依以行事。

〔六一〕天旨：天子之旨意。

〔六二〕《舊唐書》本傳云：「（開元）十三年，爲濟州刺史。」孫逖《裴公德政頌》則云：「初，公以甲子歲（開元十二年）秋八月，莅於是邦（濟州）。」耀卿爲濟州刺史當在開元十二、十三年。

公推善于國，不稱無罪〔一〕，思利于人，志其屈己〔二〕。戮豪右以懲罪，一至無刑〔三〕；旌孝悌以勸善，洪惟見德〔四〕。然後務材訓農，通商惠工，敬教勸學，授方任能〔五〕，行之一年，郡乃大理。襁負而至〔六〕，何憂乎蕩析之人〔七〕；路不拾遺〔八〕，何畏乎穿窬之盜〔九〕！既富之矣〔一〇〕，汲黯奚取于開倉〔一一〕；使無訟乎〔一二〕，仲由何施其折獄〔一三〕！

〔一〕句謂公寬以待下，不談説、議論無罪之人。

〔二〕其：彼。此言甘願屈己以利民。

〔三〕一：竟。無刑：不用刑罰。《書·大禹謨》：「刑期于無刑。」此二句即用其意。

〔四〕洪惟見德：謂大顯現其恩德。洪，大。惟，句中助詞。《書·泰誓下》：「獨夫受，洪惟作威，乃汝世讎。」

〔五〕「然後」四句：語本《左傳》閔公二年：「衛文公大布之衣、大帛之冠，務材（致力於培植各種可爲器皿用具之材料）訓農（疏：「訓民勤農業也。」），通商（疏：「通商販之路，令貨利往來也。」）惠工（疏：「加恩惠於百工，賞其利器用也。」），敬教（重教化）勸學，授方（傳授爲官之道）任能。」

〔六〕襁負而至：《論語・子路》：「夫如是，則四方之民襁負其子而至矣（用襁背負其子前來投奔），焉用稼！」《三國志・魏書・涼茂傳》：「以茂爲泰山太守，旬月之間，襁負而至者千餘家。」襁，背嬰兒用的背帶。

〔七〕蕩析：播蕩離散。指流亡他鄉的人。參見《京兆尹張公德政碑》第三段注〔二〕。

〔八〕路不拾遺：《韓非子・外儲説左上》：「子産爲政，國無盜賊，道不拾遺。」

〔九〕穿窬（yú余）：穿壁越牆。窬，通踰。《論語・陽貨》：「色厲而内荏，譬諸小人，其猶穿窬之盜也與！」

〔一〇〕既富之矣：《論語・子路》：「子適衛，冉有僕。子曰：『庶（人口衆多）矣哉！』冉有曰：『既庶矣，又何加焉？』曰：『富之。』曰：『既富矣，又何加焉？』曰：『教之。』」

〔一一〕「汲黯」句：《史記・汲鄭列傳》：「河内失火，延燒千餘家，上使黯往視之，還報曰：『家人失火，屋比延燒，不足憂也。臣過河南，河南貧民傷水旱萬餘家，或父子相食，臣謹以便宜，持節發河南倉粟以振貧民，臣請歸節，伏矯制之罪。』上賢而釋之。」句謂汲黯也無必要開倉濟民了。

〔二〕使無訟乎：《論語・顏淵》：「聽訟，吾猶人也。必也使無訟乎！」

〔三〕「仲由」句：《論語・顏淵》：「子曰：『片言（訴訟雙方中一方的言詞）可以折獄者，其由（仲由，子路）也與！』」《太平御覽》卷六三九引鄭注云：「折，斷也。惟子路能取信，所言必直，故可令斷獄也。」言子路能取信於人，人既信之，自不敢欺，故雖片言，必符實情，即可據之以斷獄。蓋指子路具有他人所無的特殊斷獄本領。二句謂，已使郡中無訴訟案件，子路又怎麽施展他的判案本領！

居無何，詔封東嶽〔一〕。關東列郡，頗當馳道〔二〕，至于犧牲玉帛〔三〕，資糧屝屨〔四〕，其或不供，爲有司所劾；因而厚斂，非天子之意。豐省之度〔五〕，多不得中〔六〕，故二千石有不能受事于宰旅者矣〔七〕。季孫請魯視邾滕〔八〕，濤塗恐師出陳鄭〔九〕，抑爲是也〔一〇〕。公盡事君之心，且曰從人之欲。萬斯箱之粟，兹乃如京〔一一〕；百執事之人〔一二〕，于我乎館〔一三〕。四封之境，一爲帝庭；一郡之賦，再粒天下〔一四〕。士卒林會〔一五〕，馬牛谷量〔一六〕，皆投足獲安〔一七〕，端拱取給〔一八〕，無虞燥濕，不畏寇盜〔一九〕。草莽之中〔二〇〕，用能便其體〔二一〕；羈紲之外〔二二〕，無所勞其力。天朝中貴，持權用事，厚爲之禮，則生我羽毛〔二三〕；小不如意，則成是貝錦〔二四〕。公享有常牢〔二五〕，覿無私幣〔二六〕，冒貨賄者〔二七〕，我以爲仇；淫芻蕘者〔二八〕，吾所能禦。至于急宣中旨〔二九〕，暴征庶物〔三〇〕，或命嘉蔬，先春當薦〔三一〕，錫貢珍果〔三二〕，非土所生，舉是一隅，其徒千計〔三三〕，皆曾不旋踵〔三四〕，若取諸懷〔三五〕，又不知其備預之所以然也〔三六〕。謂餼牽竭矣〔三七〕，而家有餘糧；謂疲勞甚矣，而人有餘力。豈非積年之儲，用之有度，終身之逸，使之有時〔三八〕？不然班貢藝事，輕重以列，我視子男之國，而倍公侯之征〔三九〕？今日之事，我爲上也〔四〇〕。

〔一〕居：猶經過。無何：不久。封東嶽：見《送鄭五赴任新都序》注〔二四〕。

〔二〕馳道：指天子所行之大道。《史記·秦始皇本紀》：「治馳道。」集解：「應劭曰：馳道，天子道也。道若今之中道（正道）。」又《絳侯周勃世家》：「（勃）所將卒，當馳道爲多。」索隱：「小顔以當高祖所行之道。」

〔三〕犧牲玉帛：皆祭神所用之物。犧牲，指祭神用的牲畜。《左傳》莊公十年：「犧牲玉帛，弗敢加也，必以信。」

〔四〕資糧屝（fèi 肺）屨：《左傳》僖公四年：「若出於陳鄭之間，共（供）其資糧屝屨，其可也。」楊伯峻《春秋左傳注》云：「資亦糧也。……屝、屨皆古之粗履，孫愐引《字書》曰：『草曰屝，麻曰屨。』」

〔五〕度：限度，標準。

〔六〕中：適中，無過與不及。

〔七〕二千石：指州刺史。漢郡守秩二千石，後因稱州郡長史爲二千石。受事：接受職事。宰旅：《左傳》襄公二十六年：「晋韓宣子聘于周，王使請事（問事），對曰：『晋士起將歸時事於宰旅，無他事矣。』」注：「起，宣子名。禮，諸侯大夫入天子國稱士。時事，四時貢職。宰旅，冢宰（官名，負責掌管王家的内外事務）之下士，言獻職貢於宰旅，不敢斥尊。」後用爲對宰輔的敬稱。句謂州刺史有被天子免職者。

〔八〕「季孫」句：事見《左傳》襄公二十七年：「季武子（季孫氏）使謂叔孫以公命曰（季孫派人以魯公的名義對代表魯國參加諸侯會盟的叔孫説）：『視邾滕（把魯國看作和邾國、滕國一樣）。』」注：「兩事晋楚，則貢賦重，故欲比小國。」蓋恐貢獻于晋楚兩國，非國力所勝，而邾滕皆小國，其賦輕，故欲「視邾滕」。

〔九〕「濤塗」句：事見《左傳》僖公四年：「陳轅濤塗（陳大夫）謂鄭申侯（鄭大夫）曰：『（齊師及諸侯之師）出於陳鄭之間，國必甚病（言兩國須供應糧草物資，必定十分困乏）。若出於東方，觀兵於東夷，循海而歸，其可也。』申侯曰：『善。』濤塗以告齊侯，許之。」陳，諸本俱作「周」，此從《全唐文》。

〔一〇〕抑：或許，或者。是：指犧牲玉帛、資糧屝屨等物的供應。

〔一一〕「萬斯」二句：《詩·小雅·甫田》：「曾孫之稼，如茨如梁，曾孫之庾（箋：「庾，露積穀也。」），如坻如京（傳：「京，高丘也。」），乃求千斯（助詞）倉，乃求萬斯箱（箋：「於是求千倉以處之，萬車以載之。」)。」二句寫州中多聚粟米，以供乘輿之需。

〔一二〕百執事之人：《書・盤庚下》：「邦伯師長，百執事之人，尚皆隱哉。」疏：「其百執事，謂大夫以下諸有職事之官皆是也。」此指隨從玄宗東封泰山的官吏。

〔一三〕館：作動詞用，住館，寄宿。

〔一四〕粒：《書・益稷》：「烝民乃粒，萬邦作乂。」傳：「米食曰粒。」句謂兩次供天下人食用(隨從東封的官吏，往返途中兩次經過濟州，故云)。

〔一五〕林會：形容會聚之盛。《詩・大雅・大明》：「殷商之旅，其會如林。」疏：「殷商之兵衆，其會聚之時，如林木之盛也。」

〔一六〕谷量：以山谷計量，形容數量之多。《漢書・貨殖傳》：「烏氏贏，畜牧，及衆，斥賣，求奇繒物，間獻戎王，戎王十倍其償，予畜，畜至用谷量牛馬。」注：「言其數饒，不可計算，故以山谷多少言之。」

〔一七〕投足獲安：《文選》張華《鷦鷯賦》：「匪陋荆棘，匪榮茝蘭，動翼而逸，投足而安。」投足，棲身，投宿。

〔一八〕端拱：正身拱手。《晉書・張忠傳》：「冬則緼袍，夏則帶索，端拱若尸。」

〔一九〕「無虞」二句：語本《左傳》襄公三十一年：「賓至如歸，無寧菑患；不畏寇盜，而亦不患燥濕。」虞，憂。

〔二〇〕此句指隨從乘輿出行，奔走於草叢野地之人。

〔二一〕用：以，因此。便(pián 騈)：安適。

〔二二〕羈紲(xiè 泄)：馬絡頭與馬韁繩。古書中用作隨從奔走服役的套語。《左傳》僖公二十四年云：「臣負羈紲，從君巡於天下。」又云：「居者爲社稷之守，行者爲羈紲之僕，其亦可也，何必罪居者？」

〔二三〕持權用事：掌權執政。生我羽毛：謂稱譽于我。《文選》張衡《西京賦》：「所好生毛羽，所惡成瘡痏。」張銑注：「言此辯士，所好者譽之使生羽毛，所惡者毀之令生瘡痏。」

〔二四〕成是貝錦：喻羅織罪狀，讒毀構陷。《詩·小雅·巷伯》：「萋兮斐兮，成是貝錦。彼譖人者，亦已大甚。」傳：「興也。萋、斐，文章相錯也。貝錦，錦文也。」箋：「興者，喻讒人集作己過，以成於罪，猶女工之集采色，以成錦文。」

〔二五〕享：供獻。常牢：依常例應有的牲牢(牛羊豕等牲畜)。

〔二六〕覿(dí 狄)：相見。幣：禮物。

〔二七〕冒貨賄：《左傳》文公十八年：「縉雲氏有不才子，貪于飲食，冒于貨賄。」注：「冒亦貪也。」貨賄，財物。

〔二八〕淫芻蕘者：《左傳》昭公十三年：「(晋軍)次于衛地，叔鮒(晋軍統帥)求貨於衛，淫(縱)芻蕘者(謂放縱手下刈草伐薪之人任意而爲)。」注：「欲使衛患之而致貨。」句用其事，指放縱手下人胡鬧以索取財貨。

〔二九〕中旨：帝王的旨意。顏延之《赭白馬賦》：「乃詔陪侍，奉述中旨。」

〔三〇〕暴征：强行征收。《左傳》昭公二十年：「偪介之關，暴征其私。」

〔三一〕薦：進獻。

〔三二〕錫貢：《書·禹貢》：「厥包橘柚錫貢。」傳：「小曰橘，大曰柚，其所包裹而致者，錫（賜）命（下達天子之命）乃貢，言不常。」句謂宣天子之命令貢珍果。

〔三三〕一隅：一個方面。《荀子·解蔽》：「此數具者，皆道之一隅也。」徒：同類。二句意謂，只是舉出這一方面，同類的事乃以千計。

〔三四〕不旋踵：旋踵，猶言轉足。不旋踵，形容極短時間。《韓詩外傳》卷一〇：「夫天怨不全日，人怨不旋踵。至今弗報，何也。」

〔三五〕若取諸懷：《左傳》宣公十一年：「吾儕小人所謂『取諸其懷而與之』也。」注：「謂譬如取人物於其懷而還之，爲愈於不還。」此用其意，謂就像從他人的懷中取出東西而還給他一樣省事，指耀卿能巧妙地應付各種索求。

〔三六〕此句謂又不知他的事先准備爲什麼能做到這樣。

〔三七〕餼（xì細）牽竭矣：指食物罄盡。《左傳》僖公三十三年：「吾子淹久於敝邑，唯是脯資、餼牽竭矣。」注：「生曰餼，牽謂牛羊豕。」疏：「餼是未殺，故云『生曰餼』，牛羊豕可牽行，故云『牽謂牛羊冢』也。」牽，底本原作「牢」，此從宋蜀本。

〔三八〕此二句承上「謂疲」二句而言，謂令人（民）有終身的安逸，役使他們只有一定的時候。

〔三九〕「不然」四句：語本《左傳》昭公十三年：「及盟，子産争承（争所出貢賦的輕重），曰：『昔天子班貢（規定貢賦的等級。班，位次），輕重以列（以地位定貢賦的輕重。列，位）。列尊貢重，周之制也。卑而貢重者，甸服也。鄭伯，男也（注：「言鄭國在甸服外，爵列伯子男，不應出公侯之貢。」按，《左傳》此語頗費解，古今有多種解釋，楊伯峻《春秋左傳注》謂當釋作「鄭國伯爵，在男服」），而使從公侯之貢，懼弗給也，敢以爲請。諸侯靖（息）兵，好以爲事，行理（行旅，謂使人）之命無月不至，貢之無藝（注：「藝，法制。」疏：「服虔云：藝，極也，一曰常也。……杜以藝爲經藝，故爲法制也。貢有法制定數，徵求無限，則不可共也。」），小國有闕，所以得罪也。』」不然，否則。班貢藝事，規定貢賦定數的等級之事。我視子男之國，謂濟州同於子男之國。按，周代有公侯伯子男五等爵位，公侯地廣，所貢者多，子男地狹，所貢者少，濟州地狹户稀，唐開元時屬下州（《舊唐書·職官志》云：「國家制，户滿四萬以上爲上州。」「户滿二萬户以上爲中州。」「户不滿二萬，爲下州也。」《地理志》云：「濟州舊領縣五，户六千九百五。……天寶，領户三萬八千七百四十九。」），故言「我視子男之國」。倍公侯之征，一倍於公侯之國所徵收的賦稅。

〔四〇〕「今日」二句：言我濟州地狹，貢賦少，今日能如此應付各種索求，乃爲上等。《舊唐書·裴耀卿傳》：「十三年，爲濟州刺史。其年，車駕東巡，州當大路，道里綿長，而户口寡弱，耀卿躬自調理，科配得所。時大駕所歷凡十餘州，耀卿稱爲知頓之最。」

大駕還都〔一〕，分遣中丞蔣欽緒，御史劉日政、宋珣等巡按〔二〕，皆嘉公之能，奏課第一〔三〕。公未受賞，朝而歸藩〔四〕。天災流行〔五〕，河水決溢〔六〕。蝗蟲避境，雖馬棱之化能然〔七〕；洪水滔天，固帝堯之時且爾〔八〕。高岸崒以雲斷〔九〕，平郊豁其地裂。噴薄雷吼，冲融天迴〔一〇〕。百姓巢居，泉客有其家室〔一一〕；五稼波殄〔一二〕，沼毛荒于畎畝〔一三〕。公急人之虞，分帝之憂，御衣假寐〔一四〕，對案輟食，不候駕而星邁〔一五〕，不入門而雨行〔一六〕，議隄防也。至則平板榦，具糇糧，揆形略趾，量功命日〔一七〕，而赤岸成谷，白濤亘山〔一八〕，雖有吕梁之人〔一九〕，盡下淇園之竹〔二〇〕，無能爲也。乃有壞防之餘，衝波且盡〔二一〕，僅在而危同累卵〔二二〕，將墜而間不容髮〔二三〕，公暴露其上〔二四〕，爲人請命〔二五〕，風伯屏氣以遷跡〔二六〕，陽侯整波而退舍〔二七〕，又王尊至誠〔二八〕，未足加也〔二九〕。然後下密揵〔三〇〕，搴長茭〔三一〕，土簣雲積〔三二〕，金鎚電散〔三三〕。公親巡而撫之，慰而勉之，千夫畢飯，始就飲食；一人未息，不歸蘧廬〔三四〕。惰者發憤以躁勤〔三五〕，懦者自强以齊壯〔三六〕。成之不日〔三七〕，金隄峩峩〔三八〕，下截重泉〔三九〕，上可方軌〔四〇〕。北河迴其竹箭〔四一〕，東郡欝爲桑田〔四二〕。先是朝廷除公宣州刺史〔四三〕，公惜九仞之垂成〔四四〕，恐衆心之或怠，懷絲綸之詔〔四五〕，密金玉之音〔四六〕，率負薪而益勤〔四七〕，親執撲而彌勵〔四八〕。既成，乃發書示之，皆捨畚攀轅〔四九〕，廢歌成泣，淚雨濟澤，袂陰魯郊〔五〇〕，哀哀號呼，不崇朝而達四境〔五一〕！

〔一〕大駕還都：玄宗東封泰山後，於開元十三年「十二月己巳，至東都」（《舊唐書・玄宗紀》）。

〔二〕「分遣」二句：中丞，即御史中丞。蔣欽緒，萊州膠水人，官至吏部侍郎，《新唐書》有傳。趙殿成注：「《唐書・蔣欽緒傳》：『開元十三年，以御史中丞録河南囚，宣慰百姓，振窮乏。』」按，《舊唐書・玄宗紀》曰：「（開元）十三年春正月……戊子，降死罪從流，流已下罪悉原之。分遣御史中丞蔣欽緒等往十道疏決囚徒。」則欽緒「録河南囚」，乃十三年正月之事，與本文所云「巡按」事無涉。劉日政，嘗官監察御史、殿中侍御史（見《大唐御史臺精舍題名碑》）、考功員外郎、司勳郎中、吏部郎中（見《郎官石柱題名》）、給事中（見《新唐書・宰相世系表》）、江東採訪使、潤州刺史（見李華《潤州鶴林寺故徑山大師碑銘》）。孫逖《裴公德政頌》曰：「洎鑾輿反斾，旌別淑慝，監頓使劉日正、勸農使盧怡並奏公理行第一。」「日政」諸書或作「晸」、「日正」，均同人，據新出土劉顥（日正之孫）墓志（見《書法研究》二〇一七年第二期），應以作「日正」爲是。宋珣，嘗爲大理評事、勸農判官（見《唐會要》卷八五）、金部員外郎（見《郎官石柱題名》）。岑仲勉《讀全唐文札記》云：「按宋詢見《元和姓纂》、《元龜》一六二及《全文》二五八蘇頲《程行諶碑》，字皆作詢，此作珣訛。」按，《大唐御史臺精舍題名碑》亦作「詢」，岑説是。巡按，巡視按察各地。

〔三〕奏課：謂奏陳其爲政之考績。

〔四〕藩：諸侯國，州郡。

〔五〕「天災」句：語本《左傳》僖公十三年：「天災流行，國家代有。」

〔六〕河水決溢：孫逖《裴公德政頌》云：「其三年（耀卿莅濟州之第三年，即開元十四年）秋，大水，河堤壞決……公俯臨決河，躬自護作。」《通鑑》開元十四年：「秋七月，河南、北大水，溺死者以千計。」

〔七〕「蝗蟲」二句：《東觀漢記》卷一二：「（馬）稜爲廣陵太守，郡連有蝗蟲，穀價貴。稜奏罷鹽官，振貧羸，薄賦税，蝗蟲飛入海，化爲魚蝦。」雖，即使。稜，宋蜀本、述古堂本、明十卷本等俱作「援」，底本改作「稜」，此據《全唐文》、《東觀漢記》校正。

〔八〕「洪水」二句：相傳堯時洪水泛濫，因令鯀、禹治之。《書·堯典》：「帝曰：咨，四岳，湯湯洪水方割（害），蕩蕩懷山襄陵，浩浩滔天，下民其咨，有能俾（使）乂（治）。」《益稷》：「禹曰：洪水滔天，浩浩懷山襄陵。」固，本來，本是。爾，如此。

〔九〕崒（zú足）：崩落。《詩·小雅·十月之交》：「百川沸騰，山冢崒崩。」雲斷：謂如雲之斷。

〔一〇〕冲融：布滿貌。杜甫《往在》：「端拱納諫諍，和氣日冲融。」此指大水布滿。天迴：天旋，指天空倒轉。

〔一一〕泉客：即鮫人。任昉《述異記》卷上：「蛟人（即鮫人），即泉先（泉仙）也，又名泉客。」按本作「淵客」（左思《吴都賦》：「淵客慷慨而泣珠。」），唐人避高祖諱，改爲「泉客」。泉，底本原作「主」，從宋蜀本、述古堂本、明十卷本校正。

〔一二〕五稼：五種穀物。《左傳》僖公三年注：「周六月，夏四月，於播種五稼無損。」《宋書·禮志》：「四時和，五稼成。」此泛指各種穀物。波殄：爲洪水所冲光。殄，滅。

〔一三〕沼毛：見《暮春太師……于韋氏逍遥谷讌集序》末段注〔三〕。荒：掩，覆蓋。《詩·周南·樛木》：「南有樛木，葛藟荒之。」句指田野覆蓋着水草。

〔一四〕御：用，穿着。假寐：《左傳》宣公二年：「坐而假寐。」注：「不解衣冠而睡。」

〔一五〕案：有足的盤盂類食器。駕：駕車。星邁：星夜奔行。魏明帝《善哉行》：「兼塗星邁，亮茲行阻。」

〔一六〕雨行：冒雨而行。

〔一七〕「至則」四句：語本《左傳》宣公十一年：「令尹蔿艾獵城沂，使封人慮事，以授司徒。量功（計量用功的多寡）命日（規定日期），分財用，平板榦（板，築牆用的夾板。榦，亦作幹，築牆時樹立于牆兩端的支柱。此言取平板榦，使所築之城整齊）……略（巡視）基趾（城郭之基趾。杜注：「趾，城足。」），具餱（杜注：「餱，乾食。」）糧，度有司。」糇（hóu侯），同餱。揆形，揆度地形。趾，指隄防基趾。

〔一八〕亘山：連接成山。

〔一九〕吕梁之人：指識水性善游泳者。《莊子·達生》：「孔子觀於吕梁（其地説法不一），縣（懸）水三千仞，流沫四十里，黿鼉魚鼈之所不能游也，見一丈夫游之，以爲有苦而欲死也，使弟子並（傍）流而拯之。數百步而出，被髮行歌，而游於塘下，孔子從而問焉，曰：『吾以子爲鬼，察子則人也，請問蹈水有道乎？』曰：『亡，吾無道。吾始乎故，長乎性，成乎命，與齊（回水）俱入，與汩（涌波）偕出，從水之道，而不爲私焉（郭注：「任水而不任己。」）。』」

〔二〇〕淇園：地名。古時以産竹著稱，在今河南淇縣附近。《史記·河渠書》：「天子乃使汲仁、郭昌發卒數萬人塞瓠子決。……是時東郡燒草，以故薪柴少，而下淇園之竹以爲楗。」任昉《述異記》卷下：「衛有淇園，出竹，在淇水之上。詩云『瞻彼淇奥，緑竹猗猗』是也。」

〔二一〕衝波：與波相撞。

〔二二〕危同累卵：像蛋疊在一塊那樣危險。語本《文選》枚乘《上書諫吴王》：「必若所欲爲，危於累卵，難於上天。」

〔二三〕間不容髮：言相距至近，其間不容一髮。喻事甚急迫。《上書諫吴王》：「夫以一縷之任，係千鈞之重，上懸之無極之高，下垂之不測之淵，雖甚愚之人，猶知哀其將絶也。……係絶於天，不可復結；墜入深淵，難以復出，其出不出，間不容髮。」李善注：「蘇林曰：改計取福，正在今日，言其激切甚急。」

〔二四〕暴露：露天而處，無所隱蔽。《國語·魯語上》：「寡君不佞，不能事疆埸之司，使君盛怒，以暴露於敝邑之野。」

〔二五〕人：民。請命：求保全性命。《書·湯誥》：「以與爾有衆請命。」傳：「放桀除民之穢是請命。」疏：「桀爲殘虐，人不自保，故伐桀除人之穢是爲請命。」

〔二六〕風伯：風神。班固《東都賦》：「雨師泛灑，風伯清塵。」屏氣：屏住呼吸。遷跡：移其形跡。句指風息。

〔二七〕陽侯：水神名。《楚辭·九章·哀郢》：「淩陽侯之氾濫兮，忽翱翔之焉薄！」王逸注：「陽侯，大波之神。」《漢書·揚雄傳》注：「應劭曰：陽侯，古之諸侯也。有罪自投江，其神爲大波。」退舍：退却，退避。句指水退。

〔二八〕王尊至誠：《漢書·王尊傳》：「（尊）遷東郡太守。久之，河水盛溢，泛浸瓠子金隄，老弱奔走，恐水大決爲害。尊躬率吏民，投沉白馬，祀水神河伯。尊親執圭璧，使巫策祝，請以身填金隄，因止宿廬居隄上。吏民數千萬人，争叩頭救止尊，尊終不肯去。及水盛隄壞，吏民皆奔走，唯一主簿泣，在尊旁立不動，而水波稍却迴還，吏民嘉壯尊之勇節。」

〔二九〕加：超越，超過。

〔三〇〕揵（jiàn 建）：通「楗」。堵決口時立於水中的柱樁。《史記·河渠書》集解：「如淳曰：樹竹塞水決之口，稍稍布插接樹之，水稍弱，補令密，謂之楗。以草塞其裏，乃以土填之，有石以石爲之。」索隱：「楗者，樹於水中，稍下竹及土石者也。」

〔三一〕搴（qiān千）長茭：《漢書·溝洫志》：「搴長茭兮湛（沉）美玉，河公許兮薪不屬。」注：「臣瓚曰：竹葦絚謂之茭也，所以引置土石也。師古曰：瓚説是也。搴，拔也。絚，索也。……茭字宜從竹。」按，茭通筊，即竹纜，可用以將土石由堤下引置於堤上。

〔三二〕簣：盛土竹器。

〔三三〕金鎚：鐵鎚。用來打杜樁或築土。雹散：形容運鎚之疾。

〔三四〕蘧（qú渠）廬：驛舍。《莊子·天運》：「仁義，先王之蘧廬也，止可以一宿，而不可以久處。」郭注：「蘧廬，猶傳舍也。」

〔三五〕躒（lì歷）：躍動。引申指達到。

〔三六〕齊：同。壯：勇猛。

〔三七〕成之不日：《詩·大雅·靈臺》：「庶民攻之，不日成之。」不日，不久。

〔三八〕金隄：《漢書·司馬相如傳》：「嫛姍勃窣，上金隄。」注：「言水之隄塘堅如金也。」峩峩：高聳。

〔三九〕重泉：謂水極深處或極深之水。《淮南子·齊俗訓》：「積水重泉，黿鼉之所便也。」

〔四〇〕方軌：兩車並行。《戰國策·齊策一》：「車不得方軌，馬不得並行。」

〔四一〕北河：指黄河。唐濟州屬河南道，黄河在州之北，故曰北河。竹箭：喻急流。《太平御覽》卷四〇引《慎子》：「河之下龍門，其流駃（疾）如竹箭，駟馬追，弗能及。」句謂隄修成後急流被擋回。

〔四二〕東郡：指濟州。鬱：草木茂盛。句指隄成之後，被洪水淹没之地又化爲農田。

〔四三〕宣州：治所在今安徽宣城。《裴公德政頌》曰：「公之方在河上也，有執訊者傳詔，命公爲宣州刺史。」

〔四四〕九仞：指隄防。《書·旅獒》：「不矜細行，終累大德，爲山九仞（八尺爲仞），功虧一簣。」

〔四五〕懷：懷藏。絲綸：《禮記·緇衣》：「王言如絲，其出如綸。」疏：「王言初出微細如絲，及其出行於外，言更漸大如綸也。」後因謂帝王之詔書爲絲綸。

〔四六〕密：隱祕，不洩露。金玉之音：謂貴重如金玉之音聲。《詩·小雅·白駒》：「毋金玉爾音，而有遐心。」疏：「汝雖不來，當傳書信，毋得金玉汝之音聲於我，謂自愛音聲，貴如金玉。」此指天子之音聲。

〔四七〕負薪：指百姓。《後漢書·班固傳》：「採擇狂夫之言，不逆負薪之議。」注：「負薪，賤人也。」

〔四八〕親執撲：指親自巡視督察。《左傳》襄公十七年：「子罕聞之，親執扑（竹鞭，也作「撲」），以行（巡視）築者（指築臺之人），而抶（鞭打）其不勉者。」勵：振奮。

〔四九〕畚：盛土器具。攀轅：牽挽車轅，表示挽留之意。《白孔六帖》卷七七：「（東漢）侯霸字君房，臨淮太守，被徵，百姓攀轅臥轍不許去。」《北史·宋世良傳》：「後拜清河太守。……及代至，傾城祖道……莫不攀轅涕泣。」

〔五〇〕廢歌：停止歌唱。淚雨濟澤：淚下成澤。此句底本原作「淚而濟袂」，《全唐文》作「淚濡齊袂」，俱非是，此從宋蜀本。袂陰魯郊：謂舉袂拭淚，使魯之郊野成陰天（唐濟州轄區，春秋時近魯地，故曰魯郊）。《晏子春秋・雜下六》：「臨淄三百閭，張袂成陰，揮汗成雨。」「袂陰」之語本此。此句底本原作「澤陰魯郊」，《全唐文》作「澤蔭魯郊」，俱非是，此從宋蜀本。以上二句形容哭者之多。

〔五二〕不崇朝：指極短的時間。《詩・鄘風・蝃蝀》：「崇朝其雨。」傳：「崇，終也。從旦至食時爲終朝。」四境：指濟州的四境。

噫〔一〕！公之視人也如子，人之去公也如父，宜其升聞于天〔二〕，司我五教〔三〕。公之富人也以簡，簡則不擾，而人得肆其業〔四〕，非富歟？公之愛吏也以嚴，嚴則畏威，而吏不陷于罪，非愛歟？是其大旨也。至若沛郡謂爲神明〔五〕，淮陽謝其清静〔六〕。尊經于學校，魯風載儒〔七〕；加信于兒童，齊人不詐〔八〕。明閑視聽〔九〕，其察姦也無全？曉習文法〔一〇〕，于決事乎何有〔一一〕？六義之製〔一二〕，文在于斯〔一三〕；五車之書〔一四〕，學半于我〔一五〕。其爲身計，保乎忠貞〔一六〕；將爲孫謀〔一七〕，貽以清白〔一八〕。能軾之貴〔一九〕，子弟夷于平人〔二〇〕；龍門則高，賓客不遺下士〔二一〕。非禮不動〔二二〕，出言有章〔二三〕。語曰：「愷悌君子，人之父母〔二四〕。」其是之謂乎？維也不才，嘗備官屬〔二五〕，公之行事，豈不然乎？維實知之，維能言之。況夫婦男女，思我遺愛者，吟詠成風；耆艾人吏〔二六〕，願頌清德者，道路如市。則王襄所講，奚斯之頌，美政盛德，綴詞之士，固未嘗闕如也〔二七〕，維敢拒之哉？頌曰：

〔一〕噫，宋蜀本、述古堂本、明十卷本俱作「嘻」。

〔二〕去公：離開裴公。升聞于天：見《京兆尹張公德政碑》第五段注〔一〕。

〔三〕五教：《書·舜典》：「帝曰：『契，百姓不親，五品不遜（順），汝作司徒，敬敷五教，在寬。』」傳：「布五常之教，務在寬。」疏：「品謂品秩，一家之内尊卑之差，即父母兄弟子是也；教之義慈友恭孝，此事可常行，乃爲五常耳。」《左傳》文公十八年：「使布五教于四方，父義、母慈、兄友、弟共（恭）、子孝。」

〔四〕肆：修習。《文選》顔延之《皇太子釋奠會作詩》：「肆議芳訊，大教克明。」吕延濟注：「肆，習。」又操也。《法言·五百》：「聖人矢口而成言，肆筆而成書。」李軌注：「肆，操也。」此字《全唐文》作「肄」。

〔五〕至若：加之。沛郡謂爲神明：疑用東漢鮑季壽事，然其詳情已不得而知。《北堂書鈔》卷七五引謝承《後漢書》：「鮑季壽爲沛（郡、國名。西漢置郡，治所在今安徽濉溪縣西北。東漢改爲國，東晋復爲郡）相（漢王國皆置相一人，地位相當于郡守），下民歌曰神君（言其明事如神。《後漢書·荀淑傳》：「莅事明理，稱爲神君。」）。」神明，謂無所不知，如神之明。《淮南子·兵略》：「見人所不見謂之明，知人之所不知謂之神，神明者先勝者也。」

〔六〕「淮陽」句：用漢汲黯事。《史記・汲鄭列傳》：「遷爲東海太守。黯學黄老之言，治官理民好清静，擇丞史而任之。其治責大指而已，不苛小。黯多病，卧閨閤内不出，歲餘，東海大治。……召拜黯爲淮陽（治所在今河南淮陽）太守。……黯居郡如故，治淮陽政清。」静，底本原作「浄」，此從宋蜀本。

〔七〕載：《後漢書・傅毅傳》：「奕世載德，迄我顯考。」注：「載，重也。」此言有魯人重儒之風，參見《濟州過趙叟家宴》注〔二〕。

〔八〕「加信」句：《後漢書・郭伋傳》：「（建武）十一年……調伋爲并州牧。……始至行部，到西河美稷，有童兒數百，各騎竹馬，於道次迎拜。伋問兒曹何自遠來？對曰：『聞使君到，喜，故來奉迎。』伋辭謝之。及事訖，諸兒復送至郭外，問使君何日當還？伋謂别駕從事，計日當（此字疑衍）告之。行部既還，先期一日，伋爲違信於諸兒，遂止于野亭，須期乃入。」齊人不詐：《史記・平津侯主父列傳》：「齊人多詐而無情實。」二句言對兒童也施以誠信，多詐者亦受其教化。

〔九〕明閑：明習，通曉，通達。《北史・薛琡傳》：「久在省闥，明閑簿領。」閑，《全唐文》作「簡」。視聽：見聞，輿情。

〔一〇〕曉習文法：《漢書・尹翁歸傳》：「爲獄小吏，曉習文法（法令條文）。」曉習，精通。

〔一一〕何有：不難之意。

〔一二〕六義：《毛詩序》：「故《詩》有六義焉：一曰風，二曰賦，三曰比，四曰興，五曰雅，六曰頌。」製：詩文作品。此言其製符合《詩》之六義。

〔一三〕文在于斯：語本《論語・子罕》：「文王既没，文不在茲乎？」斯，此。

〔一四〕五車之書：見《戲贈張五弟諲三首》其二注〔一〕。古常以五車之書稱人之博學。書，底本原作「事」，此從宋蜀本、明十卷本、奇字齋本、《全唐文》。

〔一五〕此句謂其學問倍于學富五車者。

〔一六〕忠貞：忠誠堅貞。《國語・晉語二》：「昔君問臣事君於我，我對以忠貞。」

〔一七〕孫：謂子孫。《詩・大雅・文王有聲》：「詒厥孫謀，以燕翼子。」

〔一八〕貽以清白：《後漢書・楊震傳》：「（震）性公廉，不受私謁，子孫常蔬食步行，故舊長者，或欲令爲開産業，震不肯，曰：『使後世稱爲清白吏子孫，以此遺之，不亦厚乎？』」貽，遺；宋蜀本、述古堂本、明十卷本俱作「賜」。

〔一九〕熊軾：見《送封太守》注〔三〕。

〔二〇〕夷：平，齊同。平人：平民。

〔二一〕龍門：《後漢書・李膺傳》：「膺獨持風裁，以聲名自高，士有被其容接者，名爲登龍門。」注：「以魚爲喻也。龍門，河水所下之口，在今絳州龍門縣。辛氏《三秦記》曰：『河津一名龍門，水險不通，魚鼈之屬莫能上，江海大魚薄集龍門下數千，不得上，上則爲龍也。』」世因以龍門喻高名碩望之人。下士：指地位低下的士人。

〔二二〕非禮不動：《論語・顏淵》：「非禮勿視，非禮勿聽，非禮勿言，非禮勿動。」

〔二三〕出言有章：《詩・小雅・都人士》：「其容不改，出言有章。」箋：「其動作容貌既有常，吐口言語又有法度文章。」

〔二四〕「愷悌」二句：語出《詩・大雅・泂酌》：「豈弟（同「愷悌」，謂和樂簡易）君子，民之父母。」

〔二五〕嘗備官屬：耀卿爲濟州刺史時，維嘗官濟州司倉參軍，故云。説見《年譜》。

〔二六〕耆艾：老人。年六十曰耆，五十曰艾。《荀子・致士》：「耆艾而信，可以爲師。」人吏：爲吏者。《韓詩外傳》卷五：「據法守職，而不敢爲非者，人吏也。」

〔二七〕王襄所講：《漢書・王褒傳》：「益州刺史王襄，欲宣風化於衆庶，聞王褒有俊材，請與相見，使褒作《中和樂職宣布詩》（注：「中和者，言政治和平也。樂職者，言百官各得其職也。宣布者，風化普洽，無所不被。」），選好事者，令依《鹿鳴》之聲，習而歌之。時汜鄉侯何武爲僮子，選在歌中。久之，武等學長安，歌太學下，轉而上聞，宣帝召見武等觀之，皆賜帛，謂曰：『此盛德之事，吾何足以當之？』」王襄，《全唐文》作「王褒」。講，謀。《左傳》襄公五年：「講事不令。」注：「講，謀也。」奚斯之頌：《文選》班固《兩都賦序》：「故臯陶歌虞，奚斯頌魯，同見采於孔氏，列于《詩》、《書》。」李善注：「《韓詩・魯頌》曰：『新廟奕奕，奚斯所作。』薛君曰：『奚斯，魯公子也。言其新廟奕奕然盛，是詩公子奚斯所作也。』」綴詞：謂聯綴詞句以成文。潘岳《馬汧督誄》：「然則忠孝義烈之流，慷慨非命而死者，綴辭之士，未之或遺也。」以上四句意謂，王襄所謀，奚斯之頌，無非稱揚美政盛德，可見有美政盛德，著述之士，未嘗缺而不書。

童子何知兮〔一〕，公邁成人〔二〕；大不必佳兮〔三〕，公德日新。天生德于公兮〔四〕，遺此下民〔五〕。天子命我兮，守兹東郡。人謂公以謫去兮〔六〕，不能致訓〔七〕；公曾不私己兮〔八〕，政聲益振。惟歲十月兮，帝封岱宗〔九〕，千乘萬騎兮〔一〇〕，行幸山東〔一一〕。小郡之賦兮，再粒萬邦；豐不盈儉不陋兮〔一二〕，公之舉也得中。河爲不道兮〔一三〕，離常流以痡毒〔一四〕；不用一牲兮，不沉一玉〔一五〕。身當中流兮，馮夷感而避賢〔一六〕；敕陽侯兮，使却走夫洪漣〔一七〕。板築既具兮，薪又屬〔一八〕；庶人欣以就役兮，高岸崛起于深谷。人降丘宅土兮〔一九〕，桑田鬱以載緑〔二〇〕。行無五馬兮，食不載味〔二一〕；惠恤鰥寡兮，威讋黠吏〔二二〕；公之德兮，曾無與二。人思遺愛兮淚淫淫〔二三〕，歲久不衰兮至今。性與天道兮，吾不得聞〔二四〕；誌其小者近者兮，已是過人之德音〔二五〕。

〔一〕童子何知：語本《國語・晉語五》：「范文子暮退於朝，武子（范文子之父）曰：『何暮也？』對曰：『有秦客廋辭於朝（言以隱語問於朝），大夫莫之能對也，吾知三焉。』武子怒曰：『大夫非不能也，讓父兄也。爾童子何知，而三掩人於朝？』」

〔二〕邁：超過。

〔三〕大不必佳：《世説新語·言語》：「孔文舉（孔融，孔子二十四世孫）年十歲，隨父到洛。時李元禮（李膺）有盛名，爲司隸校尉，詣門者，皆儁才、清稱及中表、親戚乃通。文舉至門，謂吏曰：『我是李府君親。』既通，前坐，元禮問曰：『君與僕有何親？』對曰：『昔先君仲尼，與君先人伯陽（老子，姓李名耳），有師資之尊，是僕與君奕世爲通好也。』元禮及賓客莫不奇之。太中大夫陳韙後至，人以其語語之，韙曰：『小時了了，大未必佳。』文舉曰：『想君小時，必當了了。』韙大踧踖。」

〔四〕「天生」句：言上天將美德賦予公。《論語·述而》：「天生德于予，桓魋其如予何！」

〔五〕句謂上天將公贈與下民。

〔六〕謂，底本原作「調」，此從宋蜀本、明十卷本、《全唐文》。

〔七〕致訓：謂盡力訓導百姓。

〔八〕私：愛，愛惜。

〔九〕岱宗：即泰山。泰山别稱岱，舊謂岱爲四岳所宗，因曰岱宗。《書·舜典》：「歲二月，東巡守，至于岱宗。」傳：「泰山爲四岳所宗。」《釋文》：「岱音代，泰山也。」

〔一〇〕千乘萬騎：謂隨從乘輿的車馬極多。蔡邕《獨斷》卷下：「（天子）大駕公卿奉引，大將軍參乘，太僕御，屬車八十一乘，備千乘萬騎。在長安時出祠天於甘泉備之，百官有其儀注。」

〔一一〕山東：指崤山函谷關以東地區。

〔一二〕豐不盈儉不陋：言豐儉合宜。盈謂過豐；陋謂過儉，吝嗇。張衡《東京賦》：「奢未及侈，儉而不陋。」

〔一三〕不道：無道。

〔一四〕痡（pū 撲）毒：禍害，爲害。《書·泰誓下》：「作威殺戮，毒痡四海。」傳：「痡，病也。言害所及遠。」

〔一五〕「不用」二句：古人迷信，每用牲玉祀水神以求消除水害，故云。《史記·河渠書》：「（天子）自臨決河，沉白馬玉璧于河。」

〔一六〕馮夷：傳説中的河神。《莊子·大宗師》：「馮夷得之，以游大川。」《釋文》：「馮夷，司馬云：『《清泠傳》曰：華陰潼鄉隄首人也，服八石，得水仙，是爲河伯。一云以八月庚子浴於河而溺死，一云渡河溺死。』大川，河也。」

〔一七〕陽侯：見本篇第四段注〔二七〕。却走：退走。洪漣：大浪。《文選》木華《海賦》：「噏波則洪漣踧蹜，吹澇則百川倒流。」李周翰注：「洪，大。漣，浪也。」

〔一八〕屬：聚。

〔一九〕降丘宅土：《書·禹貢》：「桑土既蠶，是降丘宅土。」傳：「地高曰丘。大水去，民下丘居平土，就桑蠶。」

〔二〇〕鬱：茂盛。載：生。

〔二一〕載味：猶兼味，即兩種以上的菜肴。載，《全唐文》作「再」。按，載、再通。

〔二二〕惠恤：加恩體恤。威讋（zhé 慴）：威慴，威懾。《梁書・武帝紀》：「若功業克建，威讋四海，號令天下，誰敢不從？」

〔二三〕淫淫：《楚辭・九章・哀郢》：「望長楸而太息兮，涕淫淫其若霰。」王逸注：「淫淫，流貌也。」

〔二四〕「性與」二句：語本《論語・公冶長》：「夫子之文章，可得而聞也；夫子之言性與天道，不可得而聞也。」此二句底本原作「性與天道，吾不得聞兮。」此從《全唐文》。聞，知。

〔二五〕德音：美好的聲譽。《詩・豳風・狼跋》：「公孫碩膚，德音不瑕。」

大唐大安國寺故大德浄覺禪師碑銘并序〔一〕

光宅真空〔二〕，心王之四履〔三〕；建功無得〔四〕，法將之萬勝〔五〕。故大塊群籟〔六〕，無弦出法化之聲〔七〕；恒沙衆形〔八〕，□□爲寶嚴之色〔九〕。至如六師兆亂〔一〇〕，四諦徂征〔一一〕，開甘露狹小之門〔一二〕，出臭烟朽故之宅〔一三〕。踞寶牀而摇白拂，徐誘草庵〔一四〕；沃金瓶而繫素繒〔一五〕，遂登蓮座〔一六〕。足使天口雄辯〔一七〕，刮語燒書〔一八〕；河目大儒〔一九〕，掊仁擊義〔二〇〕。斯爲究竟〔二一〕，孰不歸依？

〔一〕大安國寺：《長安志》卷八載，長安長樂坊「大半以東，大安國寺，睿宗在藩舊宅，景雲元年立爲寺，以本封安國（睿宗本封安國相王）爲名」。大德：見《大薦福寺大德道光禪師塔銘》首段注〔一〕。浄覺禪師：弘忍的再傳弟子。《歷代法寶記》云：「有東都沙門浄覺師，是玉泉神秀禪師弟子，造《楞伽師資血脈記》一卷。」按，神秀神龍二年（七〇六）二月卒於東都天宫寺（據浄覺《楞伽師資記》引玄賾《楞伽人法志》），而浄覺於神龍元年出家，居於太行山，直到景龍二年（七〇八），方至東都投於玄賾門下，則他不大可能得到神秀的親自傳授；《楞伽師資記》今存（敦煌寫本），書名下署「東都沙門釋浄覺居太行山靈泉谷集」。記中浄覺自稱受到弘忍弟子玄賾的傳授。又，敦煌寫本中另有浄覺撰《般若波羅蜜多心經注》一卷（斯四五五六），其前有荆州長史李知非序，云：「其禪師年二十三，起（原誤作「去」）神龍元年，在懷州太行山稠禪師以錫杖解虎斗處修道，居此山注《金剛般若理鏡》一卷。」據禪師神龍元年年二十三，可推知他當生于高宗弘道元年（六八六）。但其卒年此文未載，今亦難以確考，估計約在開元末或天寶初，今姑繫於天寶初。「禪」字底本原無，據宋蜀本、述古堂本、明十卷本補。又題下底本原無「并序」二字，據宋蜀本、述古堂本等補。

〔二〕光宅：充滿，布滿。《書·堯典》序：「聰明文思，光宅天下。」真空：意爲世界萬有虚幻不實。句謂虚幻不實的萬有布滿世界。

〔三〕心王：見《西方變畫讚》二段注〔七〕。四履：四境所至。《左傳》僖公四年：「昔召康公……賜我先君履，東至於海，西至於河，南至於穆陵，北至於無棣。」注：「履，所踐履之界。」《陳書·武帝紀》：「二《南》崇絶，四履遐曠。」此指四方所至之境。

〔四〕無得：即無所得，參見《同崔興宗送衡嶽瑗公南歸》注〔四〕。得，底本原作「旱」，述古堂本作「㝵」（礙），此從宋蜀本。蓋「得」形近誤爲「㝵」，「㝵」形近又誤爲「旱」也。句謂在認識諸法皆空之理上建功。下句云「法將」，故此曰「建功」。

〔五〕法將：見《讚佛文》末段注〔一〕。萬，宋蜀本作「百」。句謂這是佛法維護者的戰無不勝之道。

〔六〕大塊群籟：大自然的各種聲響。《莊子·齊物論》：「夫大塊噫氣，其名爲風。」成玄英疏：「大塊者，造物之名，亦自然之稱也。」南朝陳傅縡《明道論》：「明月在天，衆水咸見；清風在林，群籟畢響。」

〔七〕法化之聲：《維摩經·觀衆生品》：「此室（指維摩詰室）常作天人第一之樂，絃出無量法化之聲。」法化，謂以佛法化人。

〔八〕恒沙：見《道光禪師塔銘》首段注〔二五〕。衆形：萬有的各種形貌。

〔九〕寶嚴：法寶（指佛之妙法）莊嚴之意。

〔一〇〕如：趙殿成云：「如，顧本作和，誤，今校正。」按趙校是，宋蜀本、《全唐文》俱作「如」。六師兆亂：六師，一富蘭那迦葉，二末伽梨俱舍梨子，三删闍夜毗羅胝子，四阿耆多翅舍欽婆羅，五迦羅鳩馱迦旃延，六尼乾陀若提子。參見《長阿含經》卷一七、《增一阿含經》卷三二、《翻譯名義集》卷二等。六師是與釋迦牟尼同時代的反婆羅門教正統思想的六個學派的代表人物，因其與佛教主張不同，被稱爲「外道六師」。兆亂，始爲亂。據《涅槃經》卷二九、三〇載，佛初成道，舍衛城中有須達多長者，買祇陀園林，造立精舍，請佛居住，六師心生嫉妬，共集波斯匿王所，言「唯願大王聽我等輩與彼瞿曇（釋種之姓）較其道力，若彼勝我，我當屬彼，若我勝彼，彼當屬我」。佛爲六師故，遂現大希有神通變化，「六師徒衆，其數無量，破邪見心，正法出家」。六師内心慚愧，乃相與至婆枳多城，教彼人民，信受邪法。佛復至婆枳多城，作「大師子吼」（《維摩經·佛國品》：「演法無畏，猶如師子吼。」），化無量衆生。六師先後至六城，佛皆前往説法，六師不得停足，復至拘尸那城，謗佛爲大幻師，「令諸衆生增長邪見」。佛于是以其神力，請召十方諸大菩薩，作大師子吼，與六師共論。「爾時外道，其數無量，于佛法中，信心出家」。

〔一二〕四諦：佛教的基本教義之一。即苦諦、集諦、滅諦、道諦。依佛經解釋，「諦」爲「真理」之意。苦諦謂世俗世界的一切，本性都是「苦」；集諦謂造成世間人生及其苦痛的根源，爲所謂的「業」與「惑」；滅諦指斷滅惑業及世俗諸苦而達於涅槃；道諦指超脱苦、集的世間因果關係而達到出世間之涅槃的一切理論説教和修習方法。《四十二章經》：「世尊成道已……于鹿野苑中，轉四諦法輪，度憍陳如等五人而證道果。」徂征：前往征討。謂以四諦討伐外道。趙殿成曰：「徂，顧本作祖，誤，今校正。」按趙校是，宋蜀本、《全唐文》俱作「徂」。

〔一三〕「開甘」句：宣説佛之教法，打開通向涅槃之門。甘露門，見《苦熱》注〔三〕。趙殿成曰：「露，顧本作靈，誤，今校正。」按趙校是，宋蜀本、述古堂本、《全唐文》俱作「露」。狹小門，佛法微妙難知，故云「狹小」。《法華經·譬喻品》：「是舍惟有一門，而復狹小。」隋智顗《法華經文句》卷五下云：「理純無雜故言一，即理能通故言門，微妙難知故言狹小。」

〔一三〕「出臭」句：喻使出離世俗世界的火宅。臭烟朽故之宅，即所謂「火宅」。《法華經·譬喻品》設一喻，言有一長者，其年衰邁，財富無量，家有大宅，基陛隤毁，梁棟傾斜，「是朽故宅」。忽然宅中火起，「臭烟烽焞，四面充塞」，是時長者諸子，在于宅中，「樂著嬉戲，不覺不知，不驚不怖」。長者告諭諸子，此舍已燒，宜時疾出，諸子無知，猶嬉戲不已。長者知諸子好種種珍玩奇異之物，于是「設方便」而告之言：有如此種種羊車鹿車牛車，今在門外，汝等速出，當皆與汝。諸子聞言，「競共馳走，爭出火宅」，長者隨賜以三種寶車。譬喻「三界無安，猶如火宅，衆苦充滿，甚可怖畏」，而衆生無知，猶嬉戲其中。如來爲拔濟衆生出離三界，乃以智慧方便，爲説聲聞、緣覺、菩薩三乘。若有衆生，聞法信受，由三乘而離于三界，即如彼諸子，爲求羊車、鹿車、牛車而出於火宅。

〔一四〕「踞寶」二句：意謂釋迦像富長者那樣坐在寶床上，旁邊有摇動白色拂塵的僕人侍候，他慢慢地誘導窮子離開草庵，終於獲得了寶藏。喻佛徐徐誘導衆生，使求佛慧，參見《西方變畫讚》首段注〔一二〕。《法華經·信解品》載窮子傭賃，輾轉至富長者家，見其「踞師子牀，寶几承足……吏民僮僕，手執白拂，侍立左右」，故言「踞寶牀而摇白拂」。白拂，綴以白毛的拂子，用來驅趕蚊蟲。

〔一五〕沃金瓶：謂以金瓶盛水灌頂。指成佛。《法苑珠林》卷一〇：「(佛)告諸大衆言：我初踰城，始出宫門外，有揵闥婆王……來至我所，即問我言：『欲往何所？』我答言：『欲求菩提。』彼語我言：『汝定成正覺。有拘留孫佛（過去七佛之一）欲入涅槃時，付囑我金瓶，瓶中有寶塔，盛七寶印……將付悉達（即釋迦），常使我護，若成正覺時，我尋來至，依言受瓶已。』不久成道……爾時揵闥婆王白十方佛言：『我見過去佛初成道時，咸昇金剛壇，金瓶盛水，用灌佛頂，成就法王位。今見釋尊，始得菩提，亦如前佛昇金剛壇，我聞山王下七重青海内，有八功德水……我自往取，欲灌釋迦頂。』彼揵闥婆王開瓶出印塔，將瓶取水。爾時十方諸佛，命我昇壇……十方來佛又告娑竭龍王：『汝往大海底寶馬王洲上頻伽羅山頂，彼有大巖窟，名爲金剛藏，用貯輪王鍾，及貯法王鍾，皆用黄金作……汝持佛鍾來，不用輪王者，即盛八功德水，以灌釋迦。』爾時龍王承佛教已，即取金鍾，以授十方諸佛。諸佛受已，命揵闥婆王：『汝持彼水來，瀉我金鍾内。』……時十方諸佛，以金鍾盛水，用灌我頂……我灌頂已，得浄三昧，無量佛法，一時皆現。」繫素繒：《華嚴經》卷四四云：「智慧無畏，猶如師子，法繒繫頂，開示祕密，到諸菩薩行願彼岸。」又卷六六云：「阿那羅王，有大力勢……以離垢繒，而繫其頂。」法繒繫頂，喻得佛法。以離垢繒繫頂，喻能離世俗煩惱之垢染。

〔一六〕蓮座：謂佛座。句謂釋迦於是登上佛的蓮花寶座。

〔一七〕天口：形容能言善辯。《文選》任昉《宣德皇后令》李善注引《七略》：「齊田駢好談論，故齊人爲語曰：天口駢。」

〔一八〕刮語燒書：《文選》揚雄《劇秦美新》：「刬滅古文，刮語燒書。」呂向注：「刮，除也。」

〔一九〕河目：相傳孔子河目海口。見卷一一《爲相國王公紫芝木瓜讚》首段注〔二一〕。

〔二〇〕掊：打擊。

〔二一〕究竟：指究竟位，見《西方變畫讚》首段注〔一三〕。

禪師法名浄覺，俗姓韋氏，孝和皇帝庶人之弟也〔一〕。中宗之時，後宫用事〔二〕，女謁寖盛〔三〕，主柄潛移。戚里之親，固分珪組；屬籍之外，亦綰銀黄〔四〕。況乎天倫〔五〕，將議封拜。促尚方令鑄印〔六〕，命尚書使備策〔七〕。詰朝而五土開國〔八〕，信宿而駟馬朝天〔九〕。禪師歎曰：「昔我大師尚以菩提釋位〔一〇〕，今我小子欲以恩澤爲侯〔一一〕，仁遠乎哉〔一二〕？行之即是。」裂裳裹足以宵遁〔一三〕，乞食餬口以兼行〔一四〕。入太行山，削髮受具〔一五〕，尋某禪師故蘭若居焉〔一六〕。猛虎舐足，毒蛇熏體〔一七〕；山神獻果〔一八〕，天女散花〔一九〕，澹爾宴安〔二〇〕，曾無喜懼。先有涸泉枯柏，至是布葉跳波〔二一〕。東魏神泉，應焚香而忽湧〔二二〕；北天衆果，候飛錫而還生〔二三〕。禪枝必復之徵〔二四〕，法水再興之象〔二五〕。

〔一〕孝和皇帝：即中宗。《舊唐書·中宗紀》：「（景龍四年）九月丁卯，百官上謚曰孝和皇帝，廟號中宗。……天寶十三載二月，改謚曰大和大聖大昭孝皇帝。」庶人：即中宗韋后。京兆萬年人。

景龍四年六月，中宗遇毒暴崩，韋后臨朝稱制，引用其黨，分握政柄。同月，臨淄王李隆基率兵入宮，盡誅韋、武之黨，后亦爲亂兵所殺。七月，睿宗下制：「追廢皇后韋氏爲庶人。」參見《舊唐書・中宗韋庶人傳》、《睿宗紀》。

〔二〕後宮用事：指韋后干預國政。《通鑑》中宗神龍元年二月載：「上在房陵，與后同幽閉，備嘗艱危，情愛甚篤。上每聞敕使至，輒惶恐欲自殺，后止之曰：『禍福無常，寧失一死，何遽如是！』上嘗與后私誓曰：『異時幸復見天日，當惟卿所欲，不相禁制。』及再爲皇后，遂干預朝政，如武后在高宗之世。」又載桓彥範上表云：「伏見陛下每臨朝，皇后必施帷幔坐殿上，預聞政事。」

〔三〕女謁寖盛：女謁，謂通過宮廷嬖幸的女子而干求請託。《韓非子・詭使》：「近習女謁並行，百官主爵遷人，用事者過矣。」寖（jìn 浸），漸；底本原作「寢」，據宋蜀本、述古堂本、《全唐文》校正。《通鑑》中宗景龍二年七月載：「安樂、長寧公主（皆韋后女）及皇后妹郕國夫人、上官婕妤、婕妤母沛國夫人鄭氏、尚宮柴氏、賀婁氏，女巫第五英兒、隴西夫人趙氏，皆依勢用事，請謁受賕，雖屠沽臧獲，用錢三十萬，則别降墨敕除官。……上官婕妤及後宮多立外第，出入無節，朝士往往從之遊處，以求進達。安樂公主尤驕横，宰相以下多出其門。」

〔四〕「戚里」四句：《舊唐書・韋庶人傳》云：「后方優寵親屬，内外封拜，遍列清要。」戚里，指外戚，《後漢書・張霸傳》贊：「霸貴知止，辭交戚里。」固，底本原作「同」，據宋蜀本、述古堂本改。分珪組，猶言分給官爵，參見《任君神道碑》首段注〔五二〕。屬籍，家族之名册。《史記・商君列傳》：

「宗室非有軍功論，不得爲屬籍。」索隱：「謂宗室若無軍功，則不得入屬籍。」《舊唐書·韋嗣立傳》：「嗣立與韋庶人宗屬疎遠，中宗特令編入屬籍。」綰，繫。銀黄：《漢書·楊僕傳》：「懷銀黄，垂三組。」注：「銀，銀印也；黄，金印也。」漢制，三公、將軍、列侯用金印，吏秩比二千石以上，用銀印。

〔五〕天倫：《穀梁傳》隱公元年：「兄弟，天倫也。」注：「兄先弟後，天之倫次。」此指姊弟。

〔六〕尚方：漢少府屬官有尚方（也作「上方」），置令、丞等，掌爲天子製作器物。《漢書·百官公卿表》師古注：「尚方，主作禁器物。」後分置中左右三尚方，唐省「方」字，置中左右三尚署。參見《通典》卷二七。

〔七〕尚書：秦少府屬官有尚書，漢因之，主在禁中掌文書章奏。至後漢，尚書主出納王命，統領庶務，權甚重。唐置尚書省，但制敕之事不由尚書省而由中書省負責掌管。參見《通典》卷二一。此處蓋就漢之尚書而言。策：指策書，天子詔令的一種，多用於命官授爵。

〔八〕詰朝：次日早晨。《左傳》成公二年：「子以君師辱於敝邑，不腆敝賦，詰朝請見。」五土開國：謂分封諸侯。《書·禹貢》：「厥貢惟土五色。」傳：「王者封五色土爲社，建諸侯，則各割其方色土與之，使立社。」疏引《韓詩外傳》曰：「天子社廣五丈，東方青，南方赤，西方白，北方黑，上冒以黄土。將封諸侯，各取其方色土，苴以白茅，以爲社。」又引蔡邕《獨斷》曰：「天子大社，以五色土爲壇，皇子封爲王者，授之大社之土，以所封之方色，苴以白茅，使之歸國以立社，謂之茅社。」此指授給王或郡王的爵位。五土，即指五色土。《通鑑》中宗神龍二年：「夏，四月，改贈后父韋玄貞爲酆王，后四弟皆贈郡王。」

〔九〕信宿：過了兩夜。《詩·豳風·九罭》：「公歸不復，於女信宿。」《左傳》莊公三年：「凡師一宿爲舍，再宿爲信。」駟馬朝天：乘駟馬車朝見天子。指爲貴官。

〔一〇〕大師：佛之尊號。《瑜珈師地論》卷八二：「能善教誡聲聞弟子一切應作不應作事，故名大師。」句指昔釋迦尚爲求菩提而去位。釋迦本是古印度迦毗羅衛國浄飯王的太子，後捨棄王族生活，出家修道，故云。

〔一一〕以恩澤爲侯：《漢書》有《外戚恩澤侯表》，謂如后父帝舅等，俱非以功受爵，乃出於天子之私恩而封侯，故稱恩澤侯。

〔一二〕仁遠乎哉：《論語·述而》：「仁遠乎哉？我欲仁，斯仁至矣。」

〔一三〕裂裳裹足：《文選》劉峻《廣絶交論》：「是以耿介之士，疾其若斯，裂裳裹足，棄之長鶩。」李善注引《墨子》曰：「公輸欲以楚攻宋，墨子聞之，自魯往，裂裳裹足，十日至郢。」

〔一四〕餬，宋蜀本作「飲」。兼行：以加倍的速度趕路。

〔一五〕受具：受具足戒。《涅槃經》卷二一：「譬如幼年初得出家，雖未受具，即墮僧數。」具足戒別稱「大戒」，爲佛教比丘和比丘尼應受的戒律，凡二百五十條。因與沙彌、沙彌尼所受的戒律相比，戒品具足，故名。出家人受持此戒，即取得正式僧尼資格。《四分律》卷三四：「不應授年未滿二十者具足戒。何以故？若年未滿二十，不堪忍寒熱飢渴、風雨蚊虻毒蟲，及不忍惡言；若身有種種苦痛不堪忍，又不堪持戒及一食。」

〔一六〕某禪師：《般若心經注》李知非序謂爲「稠禪師」。蘭若：指佛寺。

〔一七〕熏體：指氣燄灼人。熏，猶熏灼。

〔一八〕山神獻果：《法苑珠林》卷三六：「唐始州永安縣釋慧主，姓賈，持律第一，兼營福業。後至故鄉南山藏伏，惟食松葉，異類禽獸，同集無聲，或有山神與送茯苓甘松香來。」

〔一九〕天女散花：見《能禪師碑》首段注〔一〇〕。

〔二〇〕澹：恬静。宴安：安逸。

〔二一〕「先有」二句：李知非序云：「古今相傳高歡之時，稠禪師於太行靈泉見兩虎鬥，争一鹿，以錫杖分之，兩虎伏地，不敢争也。稠禪師涅槃已後，數百年無人住持，靈泉涸竭，柏樹枯朽。自從大唐浄覺禪師尋古賢之迹，再修□禪宇，掃灑未經三日，涸泉謂之涌出，朽柏謂之再茂也。」

〔二二〕「東魏」二句：《晉書·佛圖澄傳》：「襄國城塹水源在城西北五里，其水源暴竭，（石）勒問澄何以致水，澄曰：『今當敕龍取水。』迺與弟子法首等數人至故泉源上，坐繩牀，燒安息香，呪願數百言。如此三日，水泫然微流，有一小龍長五六寸許，隨水而來，諸道士競往視之。有頃，水大至，隍塹皆滿。」襄國在今河北邢臺西南，後趙石勒建都於此，「此云東魏，未詳」（趙殿成注）。焚，底本原作「聞」，據宋蜀本、明十卷本、奇字齋本、《全唐文》改。

〔二三〕飛錫：見《過盧員外宅看飯僧共題七韻》注〔五〕。句謂等遊方的僧人前來而再生。

〔二四〕禪枝：佛寺之樹。蕭統《講席將畢賦三十韻詩依次用》：「蘃樹永繁稠，禪枝詎凋摵。」此喻指禪法。

〔二五〕法水：喻佛法。佛教認爲佛法能洗滌衆生心中的煩惱塵垢，故譬之以水。《無量義經・説法品》：「法譬如水，能洗垢穢……其法水者，亦復如是，能洗衆生諸煩惱垢。」象：跡象。

聞東京有蹟大師〔一〕，乃脱履户前〔二〕，摳衣座下〔三〕，天資義性〔四〕，半字敵于多聞〔五〕；宿植聖胎〔六〕，一瞬超于累劫〔七〕。九次第定〔八〕，乘風雲而不留〔九〕；三解脱門〔一〇〕，揭日月而常照〔一一〕。雪山童子〔一二〕，不顧芭蕉之身〔一三〕；雲地比丘〔一四〕，欲成甘蔗之種〔一五〕。大師委運〔一六〕，遂廣化緣〔一七〕。海澄而龍頷珠明〔一八〕，雷震而象牙花發〔一九〕。外家公主〔二〇〕，長跽獻衣〔二一〕；薦紳先生〔二二〕，却行擁篲〔二三〕。乞言于無説〔二四〕，請益于又損〔二五〕。天池杯水，遍含秋月之輝〔二六〕；草葉樹根，皆霑宿雨之潤。不窺世典，門人與宣父中分〔二七〕；不受人爵〔二八〕，廩食與封君相比〔二九〕。至于律儀細行〔三〇〕，周密護持〔三一〕；經典深宗〔三二〕，毫釐剖析。窮其二翼〔三三〕，即入佛乘〔三四〕；趣得一毛〔三五〕，亦成僧寶〔三六〕。

〔一〕東京：《舊唐書・地理志》：「天寶元年，改東都（洛陽）爲東京。」蹟大師：即玄蹟。《楞伽師資記》、《歷代法寶記》謂玄賾爲弘忍十或十一大弟子之一，《景德傳燈録》卷四載弘忍第一世弟子十三人，其中有「常州玄賾禪師」。又《歷代法寶記》載武則天曾遣使請玄賾至則天内道場供養（則天長期留居東都，在洛陽宫中置有内道場），故此云「東京有賾大師」。《楞伽師資記》序云：「大唐中宗孝和皇帝景龍二年，勑召（玄賾）入西京，便於東都廣開禪法，淨覺當衆歸依，一心承事。……淨覺宿世有緣，親蒙指授，始知方寸之内，具足真如，昔所未聞，今乃知耳。」賾，諸本皆作「頤」。按，此二字形近，易於致誤。《楞伽師資記》記玄賾事，也有書作「玄頤」者。

〔二〕脱履户前：《莊子·寓言》：「陽子居（《列子·黄帝》作楊朱）南之沛，老聃西遊於秦，邀於郊，至於梁而遇老子。老子中道仰天而歎曰：『始以汝爲可教，今不可也。』陽子居不答。至舍，進盥漱巾櫛，脱屨户外，膝行而前曰：『向者弟子欲請夫子，夫子行不閒，是以不敢。今閒矣，請問其過。』」履，宋蜀本作「屨」。

〔三〕摳衣：指提起袍子的前襟而行，以示敬謹。《禮記·曲禮上》：「摳衣趨隅，必慎唯諾。」疏：「摳，提也。衣，裳也。」

〔四〕天資：天賦。義性：指明見佛教義理之性。

〔五〕半字：見《讚佛文》第二段注〔八〕。古印度童子受學，先自半字始，故此處即以「半字」指「初學」。多聞：指博學多聞的學者。

〔六〕宿植：猶言「前生樹立」。聖胎：鳩摩羅什譯《仁王經》卷上：「一切諸佛菩薩，長養十心（生長養育十種善心），爲聖胎也。」此指成佛之始基。

〔七〕句謂瞬間即悟，超過了他人之累劫修行。

〔八〕九次第定：見卷一一《爲舜闍黎謝御題大通大照和尚塔額表》注〔一五〕。

〔九〕句謂禪定的九個次第，皆如乘風雲飛越而過。極言其修習進程之速。

〔一〇〕三解脱門：指三種禪定，即三個獲得解脱、進入涅槃的門户。詳見《爲舜闍黎謝御題……塔額表》注〔一四〕。

〔一一〕揭：高舉，高懸。句謂猶如高懸的日月永遠照耀。

〔一二〕雪山童子：即雪山大士。佛書謂釋迦於過去世時，在雪山（喜馬拉雅山）苦行修菩薩道，稱雪山大士。《涅槃經》卷一四：「善男子，過去之世，佛日未出，我於爾時作婆羅門，修菩薩行……住於雪山。……我於爾時獨處其中，唯食諸果。食已，繫心思惟坐禪，經無量歲。」《摩訶止觀》卷二：「雪山大士絶形深澗，不涉人間。」大士，菩薩之通稱。佛經恒稱菩薩爲童子。《釋氏要覽》卷上：「今經中呼文殊、善財、寶積、月光等諸大菩薩爲童子者，即非稚齒。……若菩薩從初發心，斷淫欲，乃至菩提，是名童子。」比喻指浄覺。

〔一三〕芭蕉之身：《涅槃經》卷一云：「是身不堅，猶如蘆葦、伊蘭、水泡、芭蕉之樹。」又卷三一云：「譬如芭蕉，生實則枯，一切衆生，身亦如是。……亦如芭蕉，内無堅實，一切衆生，身亦如是。」句指不顧不堅實之身而苦修。

〔一四〕雲地比丘：指淨覺。雲地，猶言山間。比丘，出家受具足戒者，男曰比丘，女曰比丘尼。

〔一五〕甘蔗之種：《法苑珠林》卷八：「《菩薩本行經》云：甘蔗王次前有王名大茅草，以王位付諸大臣……王出家已，持戒清淨……得成王仙，壽命極長。至年衰老……不能遠行。時彼王仙有諸弟子，弟子欲往東西求覓飲食，取好軟草安置籠裏，用盛王仙，懸樹枝上。何以故？畏諸蟲獸來觸王仙。……有一獵師遊行山野，遥見王仙，謂是白鳥，隨即射之……有兩滴血出墮于地，即便命終。……爾時彼地有兩滴血，即便生出二甘蔗芽……至時甘蔗熟，日炙開，剖其一莖蔗，出一童子，更一莖蔗，出一童女。……此童子者，既是日炙熟甘蔗開而出生，故一名善生，又從其甘蔗出，故第二復名甘蔗生，又以日炙甘蔗出，故亦名日種。彼女因緣一種無異，故名善賢，復名水波。時彼諸臣取甘蔗種所生童子……立以爲王。其善賢女，至年長大……即拜爲王第一之妃。」又《佛本行集經》卷五載，善賢生四子，後在雪山之南建國，姓曰釋迦。第四子爲王，名尼拘羅，釋迦牟尼即其六世孫。此處指釋迦之種、佛種。

〔一六〕大師：指淨覺。委運：聽任命運安排，隨順自然。《晉書·郭璞傳》論：「自可居常待終，積心委運，何至銜刀被髮，遑遑於幽穢之間哉！」

〔一七〕化緣：教化世人的因緣。據稱釋迦因有化緣而入世，緣盡即去。《南海寄歸傳》卷一：「化緣斯盡，能事畢功。」「廣化緣」指廣爲説法，教化衆生。

〔一八〕龍頷珠明：《莊子·列禦寇》：「千金之珠，必在九重之淵而驪龍頷下。」《埤雅·釋魚·鮫》：「龍珠在頷。」「額」疑爲「頷」字之誤。句謂就像海水清澈而驪龍頷下的寶珠明亮。

〔一九〕「雷震」句：傳説象聞雷則牙上生花。《涅槃經》卷八：「譬如虚空震雷起雲，一切象牙上皆生華。若無雷震，華則不生，亦無名字。衆生佛性，亦復如是，常爲一切煩惱所覆，不可得見。是故我説，衆生無我，若得聞是大般涅槃微妙經典，則見佛性，如象牙華。……聞是經已，即知一切如來所説祕藏佛性，喻如天雷，見象牙華。聞是經已，即知一切無量衆生皆有佛性，以是義故，説大涅槃，名爲如來祕密之藏，增長法身，猶如雷時，象牙上華。」句喻指衆生聞浄覺所説之法，即明見自身固有的佛性。

〔二〇〕外家：指天子之外家（舅家）。

〔二一〕跽：古人席地而坐，以兩膝著地，兩股貼於兩腳跟上。股不著腳跟爲跪，跪而聳身直腰爲跽。此字述古堂本、《全唐文》俱作「跪」。

〔二二〕薦紳：指仕宦者或儒者。《史記·五帝本紀》：「薦紳先生難言之。」集解：「徐廣曰：『薦紳即縉紳也，古字假借。』」

〔二三〕却行擁篲：《史記·高祖本紀》：「後高祖朝，太公擁篲，迎門却行。」集解：「李奇曰：『爲恭也，如今卒持帚者也。』」擁，持。篲，帚。古之人迎候貴客，常擁篲却行（退着走），以示恭敬。

〔二四〕無説：趙殿成注：「《涅槃經》（按見卷一八）：『如來雖爲一切衆生演説諸法，實無所説。何以故？有所説者，名有爲法；如來世尊，非是有爲，是故無説。』」按《金剛經》云：「所謂佛法者，即非佛法。」又云：「若人言如來有所説法，即爲謗佛。」蓋謂佛法本空，故無所説，參見卷一二《繡如意輪像讚》首段注〔四五〕。又，禪宗認爲「一切佛法，自心本有」（《景德傳燈録》卷四），因此强調内心自悟，「以心傳心」，「無説」亦可能即指此而言。《壇經》第九節載弘忍曰：「法以心傳心，當令自悟。」《禪源諸詮集都序》卷一云：「（達摩）欲令知月不在指，法是我心，故但以心傳心，不立文字。」又卷二云：「達摩善巧，揀文傳心，標舉其名，默示其體，喻以壁觀。」

〔二五〕又損：《老子》四十八章：「爲學日益，爲道日損（王弼注：「務欲反虚無也。」），損之又損，以至於無爲。」句謂請益於他的不斷摒除世俗的思想行爲而歸於無爲。

〔二六〕天池：指海。《莊子·逍遥遊》：「南冥（南海）者，天池也。」二句謂無論大海或杯水，皆含秋月之輝。喻禪師之教化遍及群生。

〔二七〕世典：佛教指佛教經典以外的書籍。「門人」句：見《能禪師碑》第四段注〔九〕。宣父，即孔子。

〔二八〕人爵：《孟子·告子上》：「公卿大夫，此人爵也。」

〔二九〕廩食：倉中的糧食。封君：有封邑的貴族。《漢書·貨殖傳》：「秦漢之制，列侯封君食租税，歲率户二百。」

〔三〇〕律儀：《大乘義章》卷一〇：「言律儀者，制惡之法，説名爲律，行依律戒，故號律儀。又復内調亦爲律，外應真則，目之爲儀。」律，止惡之律法，即比丘、比丘尼的禁戒。儀，行動之儀則。細行：小事小節。《書·旅獒》：「不矜細行，終累大德。」

〔三一〕周密：趙殿成曰：「顧本作由米，誤，今從《孔氏六帖》校正。」按，此二字宋蜀本作「虫米」，述古堂本、明十卷本作「由米」，唯《全唐文》作「周密」。護持：保護維持。

〔三二〕宗：宗旨，主旨。

〔三三〕二翼：趙殿成注：「釋氏以權實爲二翼，或以定慧爲二翼。《涅槃經》：『猶如車有二輪，則有載用，鳥有二翼，堪令飛行。』」二翼指兩種相輔相成的事物，如鳥之二翼，不可或缺。權謂一時權宜之法，實指圓滿至極之法。定慧，禪定與智慧，亦稱止觀。《修習止觀坐禪法要》云：「若夫泥洹（涅槃）之法，入則多途，論其急要，不出止觀二法。」又云：「若人成就定、慧二法，當知此之二法，如車之雙輪，鳥之雙翼，若偏修習，即墮邪倒。」此處疑即指定慧。

〔三四〕佛乘：亦曰一乘，謂引導教化衆生成佛的唯一方法或途徑。《法華經·方便品》：「如來但以一佛乘故，爲衆生説法。」

〔三五〕趣：趨。句指世人得浄覺之一毛。

〔三六〕僧寶：即「僧」。佛教稱佛、法、僧爲三寶，故云。「僧」指能繼承、宣揚佛教教義的僧人。《法苑珠林》卷一九：「夫論僧寶者，謂禁戒守真，威儀出俗，圖方外以發心，棄世間而立法，官榮無以動其意，親屬莫能累其想，宏道以報四恩，育德以資三有，高越人天，重踰金玉，稱爲僧也。是知僧寶利益，不可稱紀。」

于是同凡現疾，處順將終〔一〕，忽謂衆人：「有疑皆問〔二〕，我于是夜，當入無餘〔三〕。」開口萬言，音和水鳥〔四〕；踴身七樹，光映天人〔五〕。如塹出行〔六〕，泯然趺坐〔七〕。以某載月日歸大寂滅，某月日遷神于少陵原赤谷蘭若〔八〕。香油細氎，用以荼毘〔九〕；合璧連珠，爲之葬具〔一〇〕。城門至于谷口，幡蓋相連〔一一〕；法侶之與都人〔一二〕，縞素相半〔一三〕。叩膺拔髮〔一四〕，灑水坌塵〔一五〕。升堂入室之徒，數踰七十〔一六〕；破山澍海之哭〔一七〕，聲震三千〔一八〕。則有僧某乙、尼某乙、故惠莊某氏〔一九〕、某郡主〔二〇〕、賢者某乙等，各在衆中，爲其上首〔二一〕。或行如白雪，或名亞紅蓮〔二二〕；或爲勝鬘夫人〔二三〕，或稱毘邪居士〔二四〕。二空法外，何處進求〔二五〕？七覺分中，誰當決釋〔二六〕？猶依舍利〔二七〕，冀獲菩提。身塔不出虎溪〔二八〕，淚碑有同羊峴〔二九〕。表心成相〔三〇〕，相非離于真如〔三一〕；叙德以言，言豈著于文字？乃爲銘曰：

〔一〕同凡現疾：謂大師同凡人一樣出現疾病。處順將終：言將順乎自然而死。參見《與胡居士皆病寄此詩兼示學人二首》其一注〔五〕。

〔二〕有疑皆問：《涅槃經》卷一：「大覺世尊將欲涅槃，一切衆生若有所疑，今悉可問，爲最後問。」

〔三〕當入無餘：《法華經·序品》：「如來于今日中夜，當入無餘涅槃。」無餘即無餘涅槃，指「生死」之因果皆盡，不復受生于世間三界者。佛教謂無餘涅槃之現，須在命終之時。

〔四〕音和水鳥：見《給事中竇紹……畫西方阿彌陀變讚》二段注〔一三〕。趙殿成曰：「鳥，顧本作馬，誤，今校正。」按趙校是,《全唐文》亦作「鳥」。

〔五〕「踴身」二句:《大般涅槃經後分》卷上:「爾時世尊,以黄金身,示大衆已,即放無量無邊百千萬億大涅槃光,普照十方一切世界,日月所照,無復光明。放是光已……即從七寶師子大牀,上昇虚空,高一多羅樹(即貝多樹,形似棕櫚,極高者達七八十尺),一反告言:『我欲涅槃,汝等大衆,看我紫磨黄金色身。』如是展轉,高七多羅樹,七反告言:『我欲涅槃,汝等大衆,應當深心看我紫磨黄金色身。』……如是慇懃二十四反,告諸大衆……汝等大衆,應當深心瞻仰,爲是最後見于如來,自此見已,無復再覩。」

〔六〕蹔:同「暫」。

〔七〕泯然:寂然。趺坐:見《登辨覺寺》注〔六〕。句謂其寂然盤坐而化。

〔八〕遷神:遷移靈柩或遺體。見《能禪師碑》四段注〔三〇〕。少陵原:在今陝西長安縣南。《長安志》卷一一:「少陵原在(萬年)縣南四十里,南接終南,北至滻水西,屈曲六十里,入長安縣界,即漢鴻固原也。宣帝許后葬于此,俗號少陵原。」赤谷:疑爲終南山山谷名。

〔九〕「香油」二句:《大般涅槃經後分》卷上:「(佛言)阿難,我入涅槃,如轉輪王,經停七日,乃入金棺,以妙香油注滿棺中,密蓋棺門。……經七日已,復出金棺。既出棺已,應以一切衆妙香水,灌洗沐浴如來之身。既灌洗已,以上妙兜羅綿,徧體纏身,次以微妙無價白氎千張,復于綿上纏如來身。又入金棺,復以微妙香油,盛滿棺中,閉棺令密。爾乃……至荼毘所。無數寶幢,無數寶蓋……周徧虛空，悲哀供養。一切天人，無數大衆，應各以旃檀（香木名）沉水（其木置水則沉，故云）微妙香油茶毘如來，哀號戀慕。茶毘已訖，天人四衆收取舍利，盛七寶瓶，于都城内四衢道中，起七寶塔，供養舍利。」細氎，細棉布，用以裹尸。茶毘，火葬。《翻譯名義集》卷五：「闍維或耶旬，正名茶毘，此云焚燒。」

〔一〇〕「合璧」二句：言以日月星辰爲葬具，亦即不用葬具之意。《漢書·律曆志上》：「日月如合璧，五星如連珠。」注：「孟康曰：『謂太初上元甲子夜半朔旦冬至時，七曜皆會聚斗、牽牛分度，夜盡如合璧連珠也。』」《莊子·列禦寇》：「莊子將死，弟子欲厚葬之。莊子曰：『吾以天地爲棺槨，以日月爲連璧，星辰爲珠璣，萬物爲齎送。吾葬具豈不備邪？何以加此！』」

〔一一〕幡蓋：供奉佛菩薩等之具。幡，旌旗之屬；蓋，傘蓋，用以防塵。《長阿含經》卷四：「擎持幡蓋，燒香散花。」

〔一二〕法侶：猶言僧侶。

〔一三〕縞素相半：指各有一半著白色喪服。

〔一四〕叩膺拔髮：《大般涅槃經後分》卷上：「爾時樓逗告諸大衆、一切天人：『大覺世尊已入涅槃。』爾時無數大衆聞是語已，一時昏迷……其中或有隨佛滅者……或常搥胸大叫者，或舉手拍頭自拔髮者。」叩膺，即「搥胸」。

〔一五〕灑水：指心生戀慕，不忍其火化。坌（bèn笨）塵：坌，塵土飛揚，着落于物。《四十二章經》：「逆風揚塵，塵不至彼，還坌己身。」《大方便佛報恩經》卷五載，舍利弗（佛十大弟子之一）聞佛將入涅槃，「即昇虚空，身中出火，即自燒身，取于涅槃。爾時大衆戀慕舍利弗，目不暫捨，心生戀慕，舉身大哭，塵土坌身。」「坌塵」即用其事，指舉身大哭，揚起塵土。

〔一六〕「升堂」二句：《孔子家語·弟子行》謂孔門弟子「入室升堂者，七十有餘人」。升堂入室，喻學藝精絶，深得師傳。見《能禪師碑》二段注〔二三〕。

〔一七〕「破山」句：《晋書·顧愷之傳》「（桓）温薨後，愷之拜温墓，賦詩云：『山崩溟海竭，魚鳥將何依！』或問之曰：『卿憑重桓公乃爾，哭狀其可見乎？』答曰：『聲如震雷破山，淚如傾河注海。』」澍，通「注」。

〔一八〕聲震三千：《大般涅槃經後分》卷下謂佛荼毘時，「城内士女，天人大衆，復重悲哀，各以所持，號泣供養，一時禮拜，右繞七匝，悲號大哭，聲震三千」。三千，指三千大千世界。

〔一九〕惠莊：《舊唐書·睿宗諸子傳》：「惠莊太子撝，睿宗第二子也。……（開元）十二年，病薨，册贈惠莊太子。」某氏：指惠莊太子妃某人。

〔二〇〕郡主：《舊唐書·職官志》：「皇太子之女，封郡主，視從一品。」

〔二一〕爲其，底本原作「共爲」，述古堂本、明十卷本、奇字齋本俱作「爲共」，此從宋蜀本。上首：即首座、主席。

〔二二〕亞，底本原作「詎」，據宋蜀本、明十卷本、《全唐文》校正。紅蓮：指蓮花夫人。亦即鹿女。《雜寶藏經》卷一載，鹿女生時，有蓮花裹其身；漸長大，「腳蹈地處，皆出蓮華」。後烏提延王以之爲第二夫人，生五百王子，皆有大力士之力。參見《遊感化寺》注〔九〕。

〔二三〕勝鬘夫人：見《西方變畫讚》二段注〔一〇〕。

〔二四〕稱，宋蜀本、明十卷本俱作「是」。毘邪居士：指維摩詰。維摩詰爲毘耶離城富有的居士。毘邪，即毘耶，毘耶離的略稱。在恒河南、中印度境。《維摩經·方便品》：「爾時毘耶離大城中，有長者名維摩詰，已曾供養無量諸佛，深植善本。」參見《西方變畫讚》二段注〔一三〕。

〔二五〕二空：人空、法空。人空，亦稱人無我，指人由五蘊（見《奉敕詳帝皇龜鏡圖狀》二段注〔一〇〕）假和合而成，没有常恒的實在自體。法空，亦稱法無我，指一切事物皆由種種因緣和合而生，不斷變遷，無常恒堅實的自體。小乘只講人空，大乘則主張二空。《成唯識論》卷一：「由執我、法（否定人無我、法無我），二障（障礙成就佛果的兩類煩惱）具生，若證二空，彼障隨斷。」外：有「内中」、「上」之義，説見王鍈《詩詞曲語辭例釋》。二句意謂，浄覺已卒，將至何處進求二空之法？

〔二六〕七覺分：亦作「七覺支」，是達到佛教覺悟的七個次第或組成部分。據《雜阿含經》卷二六等記述，一曰念覺分，二曰擇法覺分，三曰精進覺分，四曰喜覺分，五曰輕安覺分，也稱「除覺分」，六曰定覺分，七曰捨覺分。決釋：分辨解釋。

〔二七〕依，底本原作「衣」，此從宋蜀本、明十卷本、奇字齋本。舍利：見《道光禪師塔銘》首段注〔三五〕。

〔二八〕「身塔」句：用慧遠事，見《過感化寺曇興上人山院》注〔二〕。

〔二九〕「淚碑」句：言爲大師立的碑如同峴山上羊祜的墮淚碑。《晋書・羊祜傳》：「祜樂山水，每風景，必造峴山(在襄陽)，置酒言詠，終日不倦。嘗慨然歎息，顧謂從事中郎鄒湛等曰：『自有宇宙，便有此山。由來賢達勝士，登此遠望，如我與卿者多矣！皆湮滅無聞，使人悲傷。如百歲後有知，魂魄猶應登此也。』湛曰：『公德冠四海，道嗣前哲，令聞令望，必與此山俱傳。……』……(祜卒，)襄陽百姓於峴山祜平生游憩之所建碑立廟，歲時饗祭焉。望其碑者莫不流涕，杜預因名爲墮淚碑。」淚，趙殿成曰：「舊作涘，非。」按明十卷本、《全唐文》皆作「淚」。峴，宋蜀本、明十卷本俱作「祜」。

〔三〇〕此句指表達心情而形成「叩膺拔髮」等相狀。

〔三一〕真如：指空性，參見《謁璿上人》注〔一七〕。佛教認爲，「凡所有相，皆是虚妄」(《金剛經》)，故曰「相非離于真如」。

小三千界〔一〕，後五百年〔二〕，空乘玉牒〔三〕，莫覩金仙〔四〕。無量義處〔五〕，如來之禪〔六〕，皆同目論〔七〕，誰契心傳〔八〕？其一。弟在人間，姊歸鳳闕〔九〕。去日留釧〔一〇〕，別時剪髮。累賜金錢，將加印紱〔一一〕。忽爾宵遁，終然兩絶。其二。救頭學道〔一二〕，裹足尋師。一花寶樹〔一三〕，八水香池〔一四〕。戒生忍草，定長禪枝〔一五〕。不疑少父〔一六〕，更似嬰兒〔一七〕。其三。既立勝幡〔一八〕，併摧邪網〔一九〕。利眼金翅，圓身寶掌，巧撮死龍〔二〇〕，能調老象〔二一〕。魔種敗壞，聖胎長養〔二二〕。其四。四生滅度〔二三〕，五陰虚空〔二四〕。無説無意〔二五〕，非異非同〔二六〕。此身何處？彼岸成功〔二七〕。當觀水月〔二八〕，莫怨松風〔二九〕。其五。

〔一〕小三千界：小小的三千大千世界。

〔二〕後五百年：佛教稱佛入滅後，依法之興廢，可劃分成五個五百年：第一個五百年曰解脱堅固，第二個五百年曰禪定堅固，第三曰多聞堅固，第四曰塔寺堅固，第五曰鬬諍堅固。所謂「鬬諍堅固」，蓋指是時廢棄三學（戒學、定學、慧學），增長邪見，唯以鬬諍爲事。參見《大集月藏經》卷一〇。「後五百年」即指第五個五百年。《金剛經》：「如來滅後，後五百歲，有持戒修福者，於此章句能生信心。」

〔三〕空：只，僅。乘：猶言利用。玉牒：指佛典。唐窺基《因明入正理論疏》：「金容映夢，玉牒暉晨。」

〔四〕金仙：謂佛。李白《贈僧崖公》：「授予金仙道，曠劫未始聞。」此指佛的雕像。

〔五〕無量義處：即無量義處三昧。《法華經·序品》：「爾時世尊……爲諸菩薩説大乘經，名《無量義》。……佛説此經已，結跏趺坐，入于無量義處三昧，身心不動。」無量義處，謂無量法門所依之處，即無相。《無量義經》：「無量義者，從一法生，此一法者，即無相也。」無量義處三昧即無相三昧，指觀諸法無相、本無差别（諸法皆空）之禪定。

〔六〕如來之禪：如來所得之禪定，即首楞嚴三昧。《楞伽經》卷二：「云何如來禪？謂入如來地得自覺聖智相、三種樂住，成辦衆生不思議事，是名如來禪。」《楞伽經註解》卷二：「如來禪者，即首楞嚴也。」《首楞嚴三昧經》卷上稱此三昧統攝一切禪定，得之可了知一切衆生的利鈍、因果，擁有一切神通。

〔七〕目論：指短淺之見。《史記·越王句踐世家》：「今王知晋之失計，而不自知越之過，是目論也。」索隱：「言越王知晋之失，不自覺越之過，猶人眼能見豪毛，而自不見其睫，故謂之目論也。」《文選》王巾《頭陀寺碑文》：「正法既没，象教陵夷。……順非辯僞者，比微言於目論。」趙殿成曰：「顧本作日論，誤，今校正。」按，趙校是，宋蜀本、述古堂本、《全唐文》俱作「目論」。此句謂無量義處，如來之禪，皆被視同目論。

〔八〕句謂有誰能與之契合而心傳其法？

〔九〕姊：底本原作「各」，據宋蜀本、明十卷本、《全唐文》校改。歸：女子出嫁。鳳闕：皇宫。

〔一〇〕留釧：庾信《竹杖賦》：「親友離絶，妻孥流轉，玉關寄書，章臺留釧。」《太平御覽》卷七一八引《晋記》：「王達妻衛氏，太安中爲鮮卑所掠，路由章武臺，留書并釵釧，訪其家。」釧，底本原作「訓」，此從宋蜀本。

〔一一〕印紱：印綬。句謂將授給官職。

〔一二〕救頭：即救頭然。「然」同「燃」，謂救頭上火燃，喻事之急迫。《心地觀經》卷五：「精勤修習，未嘗暫捨，如去頂石，如救頭然。」句謂像救頭上火燃那樣急切學佛。

〔一三〕一花：當指蓮花。佛書稱西方浄土七寶池中有諸色大蓮花，諸佛菩薩及往生者皆居其上。參見卷一〇《給事中竇紹……畫西方阿彌陀變讚》二段注〔二二〕。寶樹：指西方浄土之樹。見《西方變畫讚》二段注〔二六〕。

〔一四〕八水香池：謂盛滿八功德水之池。佛書稱西方浄土有七寶池，八功德水充滿其中。參見《給事中竇紹……變讚》二段注〔九〕。《稱讚浄土攝受經》曰：「何等名爲八功德水？一者澄浄，二者清冷，三者甘美，四者輕軟，五者潤澤，六者安和，七者飲時除飢渴等無量過患，八者飲已定能長養諸根四大增益。」以上二句寫西方浄土，且以之喻指浄覺所居之寺。

〔一五〕忍：見《能禪師碑》三段注〔一五〕。二句謂，禁戒生出忍受的草，定力長成禪法的枝。

〔一六〕疑：類似。與「擬」通。少父：青年男子。

〔一七〕嬰兒：《涅槃經》卷一一云：「菩薩摩訶薩，應當于是《大般涅槃經》，專心思惟五種之行。何等爲五？一者聖行，二者梵行，三者天行，四者嬰兒行，五者病行。」又卷一八云：「云何名嬰兒行？善男子，不能起、住、來、去、語言，是名嬰兒。如來亦爾。不能起者，如來終不起諸法相；不能住者，如來不著一切諸法；不能來者，如來身行無有動摇；不能去者，如來已到大般涅槃；不能語者，如來雖爲一切衆生演説諸法，實無所説。」《大乘義章》卷一二：「行離分别（佛教稱凡夫以爲諸法實有，故生種種之虚妄分別），如彼嬰兒無所辨了，名嬰兒行。」

〔一八〕勝幡：降魔得勝的旗幟。《維摩經・佛道品》：「降伏四種魔，勝幡建道場。」鳩摩羅什注曰：「外國破敵得勝則豎勝幡，道場降魔亦表其勝相也。」

〔一九〕邪網：喻邪法。《無量壽經》卷上：「摑裂邪網，消滅諸見。」

〔二〇〕「利眼」三句：《華嚴經》卷五二曰：「譬如金翅鳥王飛行虚空，迴翔不去，以清浄眼觀察海内諸龍宫殿，奮勇猛力，以左右翅鼓揚海水，悉令兩闢，知龍男女命將盡者而搏取之。如來應正等覺，金翅鳥王亦復如是。住無礙行，以浄佛眼，觀察法界諸宫殿中一切衆生，若曾種善根已成熟者，如來奮勇猛十力，以止觀兩翅，鼓揚生死大愛海（愛欲能溺人，譬之以海）水，使其兩闢而撮取之，置佛法中，令斷一切妄想戲論，安住如來無分別、無礙行。」佛書稱金翅鳥兩翅廣三百六萬里，居於須彌山下層，常取龍爲食。圓身，圓滿之身。撮死龍，喻濟度衆生。此以金翅鳥王爲喻。

〔二一〕調老象：喻調御衆生，滅其妄心惡念。參見《黎拾遺昕裴秀才迪見過秋夜對雨之作》注〔三〕。

〔二二〕魔種敗壞：《涅槃經》卷一八云：「夫四魔者，是菩薩怨，諸佛如來爲菩薩時，能以智慧破壞四魔。」又卷四云：「四維七步，示現斷滅種種煩惱四魔種姓，成於如來應正遍知。」佛教以能擾亂身心、破壞善事、障礙佛道者爲魔。《大乘法苑義林章》卷六本云：「梵云魔羅，此云擾亂、障礙、破壞，擾亂身心、障礙善法、破壞勝事，故名魔羅，此略云魔。」四魔即一煩惱魔，指煩惱、迷惑等妨礙修行的心理活動；二陰魔，指色等五陰能引生種種之苦惱；三死魔，死能奪人之命根，妨礙修道，故名魔；四自在天魔，謂欲界第六天（他化自在天）之魔王，常率眷屬（魔衆）至人間破壞佛道。二句謂，讓四魔的種姓都敗壞，聖人的胚胎能長大。

〔二三〕四生滅度：《金剛經》：「所有一切衆生之類，若卵生，若胎生，若濕生，若化生……我皆令入無餘涅槃而滅度之。」四生，參見《讚佛文》首段注〔五〕。滅度，即涅槃。《涅槃經》卷二九：「滅生死故，名爲滅度。」此言一切衆生都將進入涅槃之境。

〔二四〕五陰虚空：謂一切事物和現象皆虚幻不實。《般若波羅蜜多心經》：「色即是空，空即是色。受、想、行、識，亦復如是。」五陰，即五藴。

〔二五〕無意：無虚妄之意念。《三慧經》云：「問云：『何等爲能知一萬事畢？』報曰：『一者無意無念萬事自畢，意有問念萬事皆失。』」句謂禪師無所説法也無虚妄意念。

〔二六〕非異非同：即「不一不異」，參見《能禪師碑》末段注〔二〕。

〔二七〕彼岸：梵語「波羅」的意譯。佛教以生死迷界爲此岸，涅槃解脱之境爲彼岸。《維摩經·佛國品》：「稽首已到彼岸。」僧肇注：「彼岸，涅槃岸也。彼涅槃豈崖岸之有？以我異於彼，借我謂之耳。」《大智度論》卷一二：「以生死爲此岸，涅槃爲彼岸。」

〔二八〕觀水月：《維摩經·觀衆生品》：「如智者見水中月，……菩薩觀衆生爲若此。」此言當觀諸法如水中之月，虚而不實。

〔二九〕松風：謂葬地的松林之風。

故任城縣尉裴府君墓誌銘〔一〕

天寶二年正月十二日，唐故魯郡任城縣尉河東裴府君〔二〕，卒于西京新昌坊私第〔三〕，享年三十九，嗚呼哀哉！君諱回，字玉温，河東聞喜人也〔四〕。曾祖弘泰〔五〕，皇雍州録事參軍〔六〕，贈上黨長史〔七〕。祖思義，皇侍御史、吏部員外、左司郎中、户部吏部侍郎、河東郡太守、晋城縣開國子〔八〕。父歟珍，皇薛王府騎曹參軍〔九〕。自晋已降，世爲冠族〔一〇〕，令德不替〔一一〕，以至于君。夫其事親孝，兄弟順，與朋友信，其從政公平，而壽不中年，官才一命〔一二〕。慈母在堂，諸弟未仕；兒未有識，女且嬰孩；妻夭于前，身没于後，天可問邪？其若老親何〔一三〕！其若季仲諸孤何〔一四〕！生人之悲〔一五〕，莫甚于是。家貧，祭以棗脯，殯以時服〔一六〕，以某月日祔葬于鳳棲原先府君之塋〔一七〕。嗚呼！有河東裴子之墓誌之〔一八〕，蓋古有之〔一九〕，繼後之知者，亦何有哉〔二〇〕！銘曰：

〔一〕作於天寶二年（七四三）。任城縣：唐縣名，屬兗州，治所在今山東省濟寧市。誌，宋蜀本作「碑」。

〔二〕魯郡：即兗州，天寶元年改爲魯郡，乾元元年復舊，治所在今山東兗州。

〔三〕西京：《舊唐書·地理志》：「天寶元年，以京師爲西京。」新昌坊：見《春日與裴迪過新昌里訪呂逸人不遇》注〔一〕。

〔四〕河東聞喜：實爲郡望。據《新唐書·宰相世系表》載，裴回亦漢裴遵之後，故稱「河東聞喜人」。參見《裴僕射濟州遺愛碑》首段注〔二〕。

〔五〕弘泰，宋蜀本、述古堂本、明十卷本、奇字齋本俱作「弘春」，底本作「宏泰」。按，《新唐書·宰相世系表》謂回之曾祖曰弘泰（《裴适墓誌銘》同，見下），又底本「弘」作「宏」，係趙氏避清諱而改，今俱校正。

〔六〕雍州：《舊唐書·地理志》：「京兆府，隋京兆郡……武德元年，改爲雍州。……開元元年，改雍州爲京兆府。」録事參軍：唐州郡佐吏有録事參軍一至二人，雍州置二人，正七品上。

〔七〕上黨：即潞州，天寶元年，改爲上黨郡（見《舊唐書·地理志》），治所在今山西長治。按，弘泰實當贈潞州長史，此處蓋易以天寶時新名。《唐代墓誌彙編》大曆〇七八《裴适墓誌銘》（适爲裴回之弟）稱弘泰之官職爲「京兆府司隸（疑當作「録」）參軍、贈潞府長史」。長史：見《送岐州源長史歸》注〔一〕。

〔八〕侍御史：唐御史臺置侍御史四人，從六品下。吏部員外：唐吏部有吏部員外郎二人，從六品上。左司郎中：唐尚書都省置左司郎中一人，從五品上。户部吏部侍郎：唐户部置侍郎二人，正四品下；吏部置侍郎二人，正四品上。河東郡：即蒲州，天寶元年，改爲河東郡（見《舊唐書·地理志》），治所在今山西永濟西。按，思義實當任蒲州刺史，此處亦改用天寶時新名。晉城縣開國子：爵名。唐之封爵，凡有九等。八曰開國縣子（亦稱縣開國子、縣子），食邑五百户，正五品上。見《新唐書·百官志》。晋城縣，唐澤州治所，今山西晋城市。《裴适墓誌銘》稱思義之官職爲「蒲州刺史，天官、地官二侍郎，晋城縣開國子」。按，武后時曾改吏部曰天官，户部曰地官。除以上官爵外，思義又嘗爲司封員外郎、司勳郎中（見《郎官石柱題名》）。

〔九〕薛王：名業，睿宗第五子。睿宗即位，進封薛王。開元二十二年正月，薨。事見《舊唐書·睿宗諸子傳》。騎曹參軍：唐親王府官屬有騎曹參軍事一人，正七品上。《裴适墓誌》稱敭珍官職，除薛王府騎曹參軍外，尚有「贈駕部郎中」。

〔一〇〕冠族：顯貴的豪門世族。《三國志·魏書·曹爽傳》注引《魏略》：「桓範字元則，世爲冠族。」

〔一一〕令德：美德。《書·君陳》：「惟爾令德孝恭。」替：廢棄。

〔一二〕一命：周代官秩自一命至九命，凡有九等。一命爲最低一等的官。

〔一三〕若：猶「奈」。

〔一四〕季仲：謂回之諸弟。諸孤：謂回之兒女。

〔一五〕生人：生民。

〔一六〕時服：常服。

〔一七〕某，此字之下宋蜀本多一「年」字。祔（fù附）：《禮記·檀弓上》：「周公蓋祔。」注：「祔謂合葬。」鳳棲原：在唐長安南郊。《讀史方輿紀要》卷五三：「少陵原，在（西安）府西南四十里……又神禾原，在府南三十里……其相近者，又有鳳棲原，志云在少陵北。」

〔一八〕誌之：爲之（指裴子之墓）作誌。

〔一九〕句謂作誌之事蓋古已有之。

〔二〇〕知：主持，主管。二句意謂，繼後的主管作誌者（作者自指），又有什麼呢！

一死萬紀〔一〕，終天不復〔二〕。爲之奈何？哀哀慟哭。覆載至廣〔三〕，庶類繁育。萬物方春，而就于木〔四〕。温時何之？山川陵谷〔五〕。

〔一〕萬紀：極言經歷年代之久遠。古以十二年爲一紀。顔延之《拜陵廟作》：「萬紀載絃吹，千歲託旒旌。」

〔二〕終天不復：語本潘岳《哀永逝文》：「今奈何兮一舉，邈終天兮不反。」終天，謂如天之久遠無窮。復，返回。

〔三〕覆載：謂天地。

〔四〕就木：入棺。《左傳》僖公二十三年：「（重耳）將適齊，謂季隗曰：『待我二十五年不來而後嫁。』對曰：『我二十五年矣，又如是而嫁，則就木焉！請待子。』」

〔五〕此二句承上二句而言，謂值春日和暖之時，欲往何處？將長眠于山川陵谷。二句底本原無，據宋蜀本、述古堂本、明十卷本補。又「温時」二字述古堂本、明十卷本俱作「茫昧」。

送李補闕充河西支度營田判官序〔一〕

漢張右掖〔二〕，以備左衽〔三〕，西遮空道〔四〕，北護居延〔五〕，然犬戎夜獵于山外〔六〕，匈奴射鵰于塞下〔七〕，歲或有之。我散騎常侍曰王公〔八〕，勇能盡敵〔九〕，禮可用兵〔一〇〕，讀黄石書〔一一〕，殺白馬將〔一二〕。入備顧問〔一三〕，載以乘輿副車〔一四〕；出命專征〔一五〕，賜以内棧文馬〔一六〕。將軍幕府，請命介于本朝〔一七〕；天子瑣闈〔一八〕，輟諫官以從士〔一九〕。補闕李公，家世龍門〔二〇〕，詞場虎步〔二一〕，五經在笥〔二二〕，一言蔽《詩》〔二三〕。廣屯田之蓄〔二四〕，度長府之羨〔二五〕，以贍邊人，以弱敵國。然後馳檄識匿〔二六〕，略地崑崙〔二七〕。使麾下騎，刃樓蘭之腹〔二八〕；發外國兵，繫郅支之頸〔二九〕。五單于遁逃于漠北〔三〇〕，雜種羌不近于隴上〔三一〕。子之行也，不謂是乎？拜首漢庭〔三二〕，驅傳而出〔三三〕。窮塞砂磧以西極〔三四〕，黄河混沌而東注〔三五〕。胡風動地，朔雁成行，拔劍登車，慷慨而别。

〔一〕約作於天寶二年（七四三），説見本篇注〔八〕。補闕：諫官名，從七品上。支度、營田判官：節度使僚屬。唐制，節度使「兼支度、營田、招討、經略使，則有副使、判官各一人」（《新唐書·百官志》），支度判官掌協助支度使管理軍資糧仗，營田判官掌協助營田使管理屯田事務。

〔二〕漢張右掖：《漢書・地理志》：「張掖郡，故匈奴昆邪王地，武帝太初元年開。」應劭注：「張國臂掖，故曰張掖也。」按，張掖（治所在今甘肅張掖）在我國西部（古稱西方爲右），故曰「張右掖」。

〔三〕左衽：指邊地少數民族。衽，衣襟。我國古時少數民族的衣服，前襟向左開。《書・畢命》：「四夷左衽，罔不咸賴。」

〔四〕遮：攔。空道：同「孔道」，即衝要的道路。《史記・大宛列傳》：「樓蘭、姑師小國耳，當空道，攻劫漢使王恢等尤甚。」按，漢武帝元狩二年，將軍霍去病大破匈奴，從此，自金城（今甘肅蘭州）西至鹽澤（羅布淖爾），匈奴絶迹，漢于是建立河西四郡（武威、酒泉、張掖、敦煌），「徙民充實之」，并設關置卒，開闢和控制了往西域的通道。句即指此而言。

〔五〕北護居延：漢路博德嘗築遮虜障于居延澤上，參見《使至塞上》注〔二〕。

〔六〕犬戎：古戎族的一支，殷周時居于我國西部。戰國以降，又曰胡、匈奴。夜獵：指以校獵爲名，伺機進犯。

〔七〕射鵰：參見《出塞作》注〔二〕。

〔八〕王公：據《唐方鎮年表》，王維之世曾任河西節度使的王姓之人凡三：王君㚟、王倕、王忠嗣。考君㚟開元十二至十五年爲此職時，維不在京師（本篇作于京師），故「王公」當非指君㚟。《唐方鎮年表》稱倕自開元二十九年至天寶二年任此職，按，《新唐書・韋抗傳》曰：「倕累遷河西節度使，天寶中，功聞于邊。」《通鑑》開元二十八年六月：「上嘉蓋嘉運之功，以爲河西、隴右節度使，使之經略吐蕃。」二十九年十二月：「吐蕃屠達化縣，陷石堡城，蓋嘉運不能禦。」又天寶元年十二月：「河西節度使王倕奏破吐蕃漁海及遊弈等軍。」則倕爲河西節度使當在天寶元、二年間。另據兩《唐書·王忠嗣傳》及《通鑑》載，忠嗣自天寶五載正月至六載十月爲河西、隴右節度使。此處「王公」當指王倕或王忠嗣。又，散騎常侍應是「王公」爲節度使時所帶朝官銜，崔希逸爲河西節度使時，即帶左散騎常侍銜；史載王倕爲河西節度使時，帶左散騎常侍銜，《文苑英華》卷七九三于邵《田司馬傳》：「司馬姓田氏……齒太學，數歲不上第。因左常侍王倕授職河西之地，乃喟然而歎……遂投刺，王公見而奇之。」而忠嗣爲河西、隴右節度使時所帶朝銜，爲鴻臚卿，見《舊唐書·王忠嗣傳》。根據以上所考，可知本篇之「王公」，當指王倕，而其寫作時間，當約在天寶二年。

〔九〕盡敵：謂全殲敵人。《國語·周語中》：「夫戰，盡敵爲上。」錢起《送張將軍征西》：「計日霜戈盡敵歸，回首戎城空落暉。」

〔一〇〕禮可用兵：語本《左傳》僖公二十八年：「晉侯登有莘之虚以觀師，曰：『少長有禮，其可用也。』」此指王公行有法度，可帶兵作戰。

〔一一〕黄石書：指兵法。《史記·留侯世家》載，張良遊下邳圯上，有老父「出一編書，曰：『讀此，則爲王者師矣！後十年，興。十三年，孺子見我，濟北穀城山下黄石，即我矣。』遂去……旦日視其書，乃《太公兵法》也」。

〔一二〕殺白馬將：《史記·李將軍列傳》：「……有白馬將出護其兵，李廣上馬與十餘騎奔射殺胡白馬將，而復還至其騎中。」

〔一三〕入備顧問：指任散騎常侍。《舊唐書·職官志》：「常侍掌侍奉規諷，備顧問應對。」

〔一四〕副車：乘輿的侍從之車。《史記·留侯世家》：「（張）良與客狙擊秦皇帝博浪沙中，誤中副車。」索隱：「《漢官儀》：天子屬車三十六乘。屬車即副車。」唐制，大駕出行，散騎常侍當扈從。

〔一五〕專征：得自行出兵征伐。《白虎通·考黜》：「賜以弓矢，使得專征。」此指將帥受命在外專掌某方軍事。句指王爲河西節度使。

〔一六〕内棧：皇宫中的馬廄。《文選》顔延之《赭白馬賦》：「歲老氣殫，斃于内棧。」棧，圈養牲畜的木栅。文馬：《左傳》宣公二年：「宋人以兵車百乘、文馬百駟以贖華元于鄭。」蓋謂馬之毛色有文彩者。

〔一七〕命介：指天子任命的佐吏。介，副手。

〔一八〕瑣闈：見《酬郭給事》注〔五〕。

〔一九〕從（zòng縱）士：猶從官、從吏，即屬吏。此指爲屬吏。士，官吏的通稱。《全唐文》作「事」。句謂李中止諫職，出爲節度使僚屬。

〔二〇〕龍門：喻高名碩望之人。見《裴僕射濟州遺愛碑》第五段注〔二〕。

〔二一〕詞場：謂文壇。蕭統《錦帶書十二月啓》：「持郭璞之毫鸞，詞場月白；吞羅含之彩鳳，辯囿日新。」虎步：形容舉動雄健威武。《三國志·魏書·夏侯淵傳》：「宋建造爲逆亂三十餘年，淵一舉滅之，虎步關右，所向無前。」

〔二二〕五經在笥（sì似）：笥，盛物的方形竹器。《後漢書·邊韶傳》：「邊韶，字孝先。……以文學知名，教授數百人。韶口辯，曾晝日假卧，弟子私嘲之曰：『邊孝先，腹便便，懶讀書，但欲眠。』韶潛聞之，應時對曰：『邊爲姓，孝爲字，腹便便，五經笥，但欲眠，思經事。寐與周公通夢，静與孔子同意。師而可嘲，出何典記？』嘲者大慚。」此句即用其意，謂腹中有經書也。

〔二三〕一言蔽《詩》：《論語·爲政》：「《詩》三百，一言以蔽之，曰：思無邪。」句指李通《詩》。

〔二四〕此句就李任營田判官而言。

〔二五〕度（duó奪）：計算。長府：藏財貨的府庫。《論語·先進》：「魯人爲長府。」注：「長府，藏名也。藏財貨曰府。」羨：盈餘。此句就李任支度判官而言。

〔二六〕馳檄：迅速傳送文書。識匿：西域國名。《新唐書·西域傳》：「識匿，或曰尸棄尼，曰瑟匿，東南直京師九千里。……初治苦汗城，後散居山谷。有大谷五，酋長自爲治，謂之五識匿。……人喜攻剽，劫商賈。」按，其地即今帕米爾之錫克南。句指向識匿下達申討檄文。

〔二七〕崑崙：古國名。《書·禹貢》：「織皮崑崙、析支、渠、搜，西戎即叙。」傳：「織皮毛布，有此四國，在荒服之外，流沙之内……」疏：「四國皆衣皮毛，故以織皮冠之。……王肅云：崑崙在臨羌西。」此處泛指西域諸國。

〔二八〕刃樓蘭之腹：《漢書·西域傳》云：「後（樓蘭王）復爲匈奴反間，數遮殺漢使，其弟尉屠耆降漢，具言狀。元鳳四年，大將軍霍光白遣平樂監傅介子往刺其王。……介子遂斬王嘗歸（一作安歸）首，馳傳詣闕，縣首北闕下……乃立尉屠耆爲王。」樓蘭故地在今新疆羅布泊西。

〔二九〕繫郅支之頸：漢宣帝時，匈奴内亂，五單于（呼韓邪單于、屠耆單于、呼揭單于、車犂單于、烏藉單于）分立，互相攻伐，後爲呼韓邪所併。其後呼韓邪之兄呼屠吾斯復自立爲郅支單于，與呼韓邪對抗。甘露元年，呼韓邪降漢，郅支亦内附。後郅支怨漢厚遇呼韓邪，因叛漢，殺漢使，並攻占烏揭、堅昆、丁令，侵擾漢之西陲。元帝建昭三年，西域副校尉陳湯發漢兵及西域諸國兵四萬餘人，在康居擊殺郅支。從此匈奴親漢，不再南侵。事見《漢書·匈奴傳》、《陳湯傳》。

〔三〇〕漠北：指蒙古高原大沙漠以北地區。

〔三一〕雜種羌：《後漢書·段熲傳》：「又雜種羌屯聚白石，熲復進擊，首虜三千餘人。」按，羌是我國古代西部的一個遊牧民族，漢時多雜居于河西四郡。《後漢書·西羌傳》云：「其俗氏族無定，或以父名母姓爲種號。……自爰劍（羌族首領，秦厲公時人）後，子孫支分，凡百五十種。……其種別名號，皆不可紀知也。」蓋種號甚多，雜亂不知其所屬，故統謂之「雜種羌」。雜，宋蜀本作「遺」。隴上：隴山（在今陝西隴縣至甘肅平凉一帶）一帶。

〔三二〕拜首：即「拜手」。《釋氏要覽》卷中：「拜首，謂以頭至手。」參見《送陸員外》注〔五〕。

〔三三〕傳：驛站的車馬。

〔三四〕窮塞：荒遠的邊塞。沙磧：沙漠。以，宋蜀本作「而」。西極：與「東注」偶對，指西去達于極遠之地。

〔三五〕混沌：同「沌渾」，波濤相追逐貌。《文選》枚乘《七發》：「沌沌渾渾，勢如奔馬。」李善注：「沌沌渾渾，波相隨之貌。」

爲王常侍祭沙陁鄯國夫人文〔一〕

維年月日朔，河西節度使、左散騎常侍王公，遣總管石抱玉〔二〕，以酒牢之奠〔三〕，致祭于故沙陁鄯國夫人之靈。嗚呼！惟此淑德〔四〕，降于異域，至性不師〔五〕，天姿靡飾〔六〕。禮容詎假于環珮〔七〕，工藝非因于組織〔八〕。行閨訓于穹廬〔九〕，成母儀于蕃國〔一〇〕。懿此清範，夫人之則〔一一〕；沙陁令門，外家之力〔一二〕。嗚呼！夫人歸命〔一三〕，干戈遂寢，子孫扞城〔一四〕，國家高枕。居之右地〔一五〕，革其左衽，散辮垂鬟〔一六〕，解裘衣錦。嗚呼！降年不永，遠日方臨〔一七〕；寂矣高堂，飲珠含玉〔一八〕；哀哉貴女，刃面摧心〔一九〕。嗚呼！聖朝命我，護此諸蕃；夫人所出，天子加恩〔二〇〕；能守漢制，不効夷言〔二一〕；馬無北首，車必南轅〔二二〕。教義所及，忠信彌敦〔二三〕；寶嘉内訓〔二四〕，用潔斯樽〔二五〕。尚饗。

〔一〕寫作時間同上篇。王常侍：見上篇注〔八〕。按，天寶二年作者當在長安（參見《年譜》），此文似是應入京的河西使者之請而作者。沙陁鄯國夫人：《新唐書·沙陀傳》云：「沙陀（同沙陁），西突厥別部處月種也。……處月居金娑山（今新疆博格達山）之陽，蒲類（庭州屬縣，今新疆吉木薩爾東之木壘）之東，有大磧，名沙陀，故號沙陀突厥云。……龍朔初，以處月酋沙陀金山從武衛將軍薛仁貴討鐵勒，授墨離軍討擊使。長安二年，進爲金滿州（以處月部落置，爲北庭節度使所轄二十餘羈縻州之一）都督，累封張掖郡公。金山死，子輔國嗣。先天初避吐蕃，徙部北庭（治所在金滿縣，今吉木薩爾北），率其下入朝。開元二年，復領金滿州都督，封其母鼠尼施爲鄯國夫人。」國夫人，《舊唐書·職官志》：「一品及國公母、妻，爲國夫人。」篇題宋蜀本、述古堂本俱無「文」字。

〔二〕總管：見《爲崔常侍謝賜物表》注〔二〕。石抱玉：未詳。

〔三〕牢：祭祀用的牛羊豕等犧牲。

〔四〕淑德：美德。

〔五〕至性：指天賦的卓絶品性。嵇康《與山巨源絶交書》：「阮嗣宗……至性過人，與物無傷。」不師：謂至性天成，無須習學。

〔六〕天姿：天然的容貌。靡飾：猶言不用打扮。

〔七〕「禮容」句：禮容，禮節儀容。詎，豈。假，借助。沈約《梁鼓吹曲·於穆》：「纓佩俯仰，有則備禮容。」此處反用其意。

〔八〕工藝：手工技藝。因：憑藉。組織：織作布帛。也指織物。句指其「工藝」不表現在「組織」上。

〔九〕閨訓：指婦女應遵守的行爲準則。穹廬：氈帳。

〔一〇〕母儀：猶言母範，即人母之儀範。蕃國：《周禮·秋官·大行人》：「九州之外謂之蕃國。」

〔一一〕懿：美。多指婦女而言。清範：美好的風範。夫人之則：夫人之法，見《故南陽夫人樊氏輓歌二首》其一注〔五〕。

〔一二〕令門：望族。外家：外祖父母家，舅家。二句意謂，輔國家爲沙陀望族，這仰仗的是外家之力（實指鄯國夫人之力）。

〔一三〕歸命：歸順。賈誼《新書·五美》：「輻湊並進，而歸命天子。」

〔一四〕扞城：保衛疆土的人。《晋書·明帝紀》詔曰：「諸方嶽征鎮，刺史將守，皆朕扞城。」

〔一五〕右地：對「左地」而言，即西部地區。《漢書·匈奴傳》：「（匈奴）遣左右大將各萬餘騎，屯田右地。」

〔一六〕散辮垂鬟：指改梳漢族的髮式。古時少數民族婦女多編髮爲辮，披于背後，故云。散，述古堂本作「改」。

〔一七〕遠日：《左傳》宣公八年：「禮，卜葬，先遠日，避不懷也。」疏：「《曲禮》云：『凡卜筮日，旬之外曰遠某日，旬之内曰近某日，喪事先遠日，吉事先近日。』……卜葬先卜遠日，避不思念其親，似欲汲汲而早葬之也。」按，「先遠日」蓋謂此月下旬先卜來月下旬，不吉則卜中旬，又不吉則卜上句，由遠日而及近日。此處指葬日。臨：莅臨。

〔一八〕飲珠含玉：古貴族喪禮之一。即人死後，把珠玉放在死者的口中。飲，含。

〔一九〕刃面：用刀劃臉，表示悲哀。《隋書·突厥列傳》：「有死者，停屍帳中，家人親屬多殺牛馬而祭之，遶帳號呼，以刀劃面，血流交下。七度而止。」《周書·王慶傳》：「突厥謂慶曰：『前後使來，逢我國喪者皆剺（割）面表哀……。』」刃，《全唐文》作「剺」。摧心：謂極度傷心。《文選》潘岳《寡婦賦》：「少伶俜而偏孤兮，痛怮怛以摧心。」張銑注：「如切割其心也。」

〔二〇〕「夫人」二句：指夫人的子孫，受到天子的封賞。《新唐書·沙陀傳》：「輔國累爵永壽郡王。死，子骨咄支嗣。天寶初，回紇内附，以骨咄支兼回紇副都護。」

〔二一〕不効夷言：《左傳》哀公十二年：「衛侯歸，效夷言。」謂衛侯到吴國參加諸侯會見，歸來後學説夷人的話（指吴語）。此指專習漢語，不用夷狄之言。

〔二二〕北首：北向。《古詩十九首·行行重行行》：「胡馬依北風，越鳥巢南枝。」「馬無北首」乃反其意而用之。南轅：車轅向南，南行。唐地在沙陀之南，故曰「南轅」。二句意謂，夫人之子孫，不戀故土，心向「聖朝」。

〔二三〕教義：禮教的旨意。敦：厚重，篤實。

〔二四〕寶：珍視，珍愛；《全唐文》作「實」。内訓：王后的訓誡。晋傅玄《古今畫贊·明德馬皇后贊》：「國賴内訓，家應顯祚。」此指鄯國夫人的訓誡。

〔二五〕用潔斯樽：指把酒器洗乾淨，作祭奠之用。《左傳》襄公二十三年：「臧孫命北面重席，新樽絜（潔）之。」

洛陽鄭少府與兩省遺補宴韋司户南亭序〔一〕

惟帝克辟〔二〕，惟股肱克左右〔三〕，庶績允釐〔四〕，有司多暇。舉無違德，孰獻其可〔五〕？雖列侍丹陛，而罕伏青蒲〔六〕，攄懷致館〔七〕。灞陵南望，曲江左轉〔八〕。登一級而鄠杜如近〔九〕，盡三休而天地始大〔一〇〕。凝氣向晦，蒼蒼寒木〔一一〕。式與汝歌〔一二〕，多酌我酒。墨客既序〔一三〕，親當獸炭〔一四〕；膳夫交馳〔一五〕，屢奏鮮食〔一六〕。夫含德之厚〔一七〕，與時偕化〔一八〕。拂衣而放〔一九〕，則野人于小隱之中〔二〇〕；束帶而朝〔二一〕，則君子于大夫之後〔二二〕。何軌轍一境，是非外物哉〔二三〕？且騎有羈紲，徒有次舍〔二四〕，可以永日，可以繼夜，客非詩人之徒歟，奚其嘿也〔二五〕？

〔一〕兩省：門下省、中書省。遺補：拾遺、補闕。唐門下省置左補闕、左拾遺各二員，中書省置右補闕、右拾遺各二員。司户：唐州郡佐吏有司户參軍事，上州從七品下，中州正八品下，下州從八品下。尋繹題意，知維是時與宴，應是「兩省遺補」中的一員；考維於開元二十三至二十五年官右拾遺，天寶元至三年官左補闕（參見《年譜》），皆「兩省遺補」中之一員，故本篇當即作于上述期間内。今姑繫於天寶三載（七四四）。

〔二〕惟：句首助詞。克：能。辟：明。《禮記·祭統》：「對揚以辟之。」注：「辟，明也。」

〔三〕股肱：喻輔佐君主的大臣。《左傳》昭公九年：「君之卿佐，是爲股肱；股肱或虧，何痛如之！」克左右：謂能輔翼君主。《書·太甲上》：「惟尹（伊尹）躬克左右厥辟（君）宅師。」傳：「伊尹言能助其君居業天下之衆。」左右，幫助，輔翼。

〔四〕庶績允釐：言諸事就能確實得到治理。《書·堯典》：「允釐百工，庶績咸熙。」傳：「允，信。釐，治。工，官。績，功。」

〔五〕獻其可：《左傳》昭公二十年：「君所謂可而有否焉（謂可中而有不可），臣獻其否以成其可；君所謂否而有可焉，臣獻其可（指出其可行者）以去其否，是以政平而不干，民無争心。」此二句謂君主之舉動不違德，還有誰再向他進諫呢？遺補掌供奉諷諫，故云。

〔六〕罕伏青蒲：即罕有直入内庭進諫的人。青蒲，鋪於天子内庭地上的蒲席。一説指天子内庭用青色顔料畫地，禁止皇后以外的人入内。《漢書·史丹傳》：「（元帝欲廢太子，）丹以親密臣得侍視疾，候上閒獨寢時，丹直入卧内，頓首伏青蒲上，涕泣言曰……太子由是遂爲嗣矣。」注：「服虔曰：青緣蒲席也。應劭曰：以青規地曰青蒲，自非皇后，不得至此。孟康曰：以蒲青爲席，用蔽地也。」《文選》任昉《天監三年策秀才文》：「日伏青蒲，罕能切直。」李周翰注：「青蒲，天子内庭也，以青規之，而諫者伏其上。」

〔七〕攄（shū梳）：抒發。班固《西都賦》：「願賓攄懷舊之蓄念，發思古之幽情。」宋蜀本、明十卷本俱無此字。致：招致。句謂遺補們被招致到館舍中共抒情懷。指在韋氏南亭宴集而言。

〔八〕灞陵：在唐長安城東，今陝西西安市東。曲江：故址在今西安市東南。左轉：即向東轉。面南及南行以東爲左。韋氏南亭在長安東南，自長安城往南亭當南行，故以東爲左。此二句交代南亭的地理位置：在灞陵之南、曲江之東。

〔九〕鄠杜：《文選》班固《西都賦》：「商洛緣其隈，鄠杜濱其足。」李善注：「《漢書》：『……扶風有鄠縣（漢故城在今陝西鄠縣北，唐城即今鄠縣）、杜陽縣（故地在今陝西麟遊縣西北）。』」此句寫南亭之高，謂始登階一級即可望見鄠杜。

〔一〇〕三休：多次休息。賈誼《新書・退讓》：「翟王使使至楚，楚王欲夸之，故饗客於章華之臺上，上者三休而乃至其上。」句謂亭高，經多次休息而至其上，始覺天地廣大無邊。

〔一一〕凝氣：積聚的雲氣。蒼蒼：茂盛貌。

〔一二〕式：語首助詞。

〔一三〕序：指依次入座。

〔一四〕當：對。獸炭：製成獸形用來温酒的炭。《晋書・羊琇傳》：「琇性豪侈，費用無復齊限，而屑炭和作獸形以温酒，洛下豪貴咸競效之。」

〔一五〕膳夫：《周禮》天官冢宰屬官有膳夫，掌王及后妃世子之飲食。此處借指厨師。交馳：交相奔走。

〔一六〕奏：進。鮮食：《書·益稷》：「暨益奏庶鮮食。」傳：「鳥獸新殺曰鮮。」

〔一七〕含德之厚：謂似嬰兒一般與世無爭者。《老子》五十五章：「含德之厚，比於赤子，蜂蠆虺蛇不螫，猛獸不據，攫鳥不搏。」王弼注：「赤子無求無欲，不犯衆物，故毒蟲之物無犯之人也。含德之厚者，不犯於物，故無物以損其全也。」

〔一八〕與時偕化：言隨時代的變化而變化，可以仕則仕，不可以仕則隱。

〔一九〕拂衣：振衣而去，指隱居，見《任君神道碑》首段注〔四九〕。而，底本原作「爲」，此從《唐文粹》。放：放任，謂放浪江湖。

〔二〇〕小隱：見《暮春……于韋氏逍遥谷讌集序》首段注〔八〕。句謂則成爲平民，居于山林之中。

〔二一〕束帶：整飾衣冠，束緊衣帶。《論語·公冶長》：「赤也，束帶立於朝，可使與賓客言也。」

〔二二〕于大夫之後：指在朝爲官。參見《上張令公》注〔一六〕。

〔二三〕軌轍：喻法則、準則。《論衡·自紀》：「豈材有淺極，不能爲覆，何文之察，與彼經藝殊軌轍也？」外物：謂置身物外。此指退隱。此二句意謂，爲何準則相同（皆與世無爭），而有置身物外與否之異？

〔二四〕羈紲：見《裴僕射濟州遺愛碑》第三段注〔二三〕。次舍：《漢書·吴王濞傳》：「治次舍，須大王。」

注：「次舍，息止之處也。」二句意謂，這兒乘馬者有人隨從服役，步行者有歇息之處，不必早歸。

〔二五〕嘿：默。指不吟詠。

奉和聖製聖札賜宰臣連珠詞五首應制 時爲庫部員外〔一〕

臣聞大名馭寓〔二〕，天地同符〔三〕；間氣佐時〔四〕，君臣協德〔五〕。故千年聖主〔六〕，唐帝撫其寶圖〔七〕；七德諸侯〔八〕，周公爲之元老〔九〕。

〔一〕天寶五、六載，維官庫部員外郎（參見《年譜》），本篇即是時所作。札：書寫，同「扎」；宋蜀本、述古堂本作「扎」。連珠：文體之一。《文選》卷五五有連珠，李善注：「傅玄《叙連珠》曰：『所謂連珠者，興於漢章之世，班固、賈逵、傅毅三子受詔作之。其文體，辭麗而言約，不指説事情，必假喻以達其旨，而覽者微悟，合於古詩諷興之義。欲使歷歷如貫珠，易看而可悦，故謂之連珠。』」《文心雕龍·雜文》：「揚雄覃思文闊……肇爲連珠。」《藝文類聚》卷五七沈約《注制旨連珠表》云：「竊聞連珠之作，始自子雲……連珠者，蓋謂辭句連續，互相發明，若珠之結排也。」題下注語《全唐文》無。

〔二〕大名：崇高美好的名聲。此指有大名者，即天子。此二字底本正文作「大名」（諸本同），而注文則出「大明」二字，蓋以爲「大名」即「大明」之誤。大明，指聖人。《詩·大雅·大明》序：「《大明》，文王有明德，故天復命武王也。」箋：「二聖相承，其明德日以廣大，故曰『大明』。」疏：「聖人之德，終始實同，但道加於民，化有廣狹。文王則纔及六州，武王徧被天下，論其積漸之功，故云日以廣大。以其益大，故曰『大明』。」聖人明德廣大，故以「大明」指聖人。又「大明」或指日月，《管子・內業》：「鑒於大清，視於大明。」注：「日月也。」舊謂聖人明同日月，《易・乾》：「夫大人（指聖人）者……與日月合其明。」因以「大明」指聖人。馭寓：統制天下。寓，同「宇」。

〔三〕天地同符：謂德同於天地。《易・乾》：「夫大人者，與天地合其德。」謂天地化育萬物，覆載一切，其德至大，而聖人之德與之同。

〔四〕間氣：指傑出人才。唐肅宗、代宗時期，安史之亂平定，詩歌「復興」，「作者數千」，高仲武選其特出者二十六人，「詩總一百三十二首」，「命曰《中興間氣集》」（見高仲武《唐中興間氣集序》），「間氣」二字即此義。佐時：輔佐當世君主。

〔五〕君臣協德：君臣同德。《京兆尹張公德政碑》曰：「聖人作，賢人輔，德同也。君臣同德，天地通氣，以康九有，以遂萬類。」

〔六〕千年聖主：千年始一生的聖主。庾信《徵調曲》：「聖人千年始一生，黄河千年始一清。」

〔七〕唐帝：唐堯。撫：據有。寶圖：對帝王之謀略的敬稱。《周書・文帝元皇后傳》：「朕祇承寶圖，載弘徽號，自我改作，超革先古。」

〔八〕七德：見《京兆尹張公德政碑》第四段注〔一三〕。

〔九〕元老：《詩·小雅·采芑》：「方叔元老，克壯其猶。」傳：「元，大也。五官之長，出於諸侯，曰天子之老。」《禮·曲禮下》：「五官之長曰伯……自稱於諸侯，曰天子之老。」疏：「五官之長曰伯……即三公加一命，出爲分陝二伯者也。伯，長也，謂朝廷之長。言此二伯，爲内外官之長。」《禮記·王制》：「八伯（方伯）各以其屬，屬於天子之老二人，分天下以爲左右，曰二伯。」注：「《春秋傳》曰：『自陜以東，周公主之；自陜以西，召公主之。』」按，周公雖封於魯，爲諸侯，然不就國，留佐成王，任伯，故謂之曰「元老」。

臣聞有其才者效其職〔一〕，重其任者竭其能。故樂播大風，乃能調四氣〔二〕；身騎列宿，于是運三光〔三〕。

〔一〕效：授。《左傳》昭公二十六年：「宣王有志，而後效官。」注：「效，授也。」

〔二〕樂播大風：《左傳》襄公二十九年：「吴公子札來聘……請觀於周樂。……爲之歌《齊》，曰：『美哉，泱泱乎，大風也哉（有宏偉的風度與氣派）！表東海（爲東海諸國之表率）者，其大公（姜太公）乎！國未可量也。』」四氣：四時陰陽變化、温熱冷寒之氣。《禮記·樂記》：「然後發以聲音，而文以琴瑟……動四氣之和，以著萬物之理。」疏：「動四氣之和者，謂感動四時之氣序之和平，使陰陽順序也。」此二句謂，音樂有宏偉的氣派，才能調和四時之氣。比喻人有大才，方能燮理陰陽、佐治天下。

〔三〕身騎列宿：見《故太子太師徐公輓歌四首》其一注〔三〕。三光：見《奉和聖製天長節賜宰臣歌應制》注〔四〕。此指星辰之光。二句謂，身化爲列宿，于是始能運其星辰之光。比喻對有大才者委以重任，方能使其充分發揮才能。

臣聞先天不違，德合于上〔一〕；事君盡力，功濟于下。故君臣同體于大道〔二〕，庶人以康；億兆宅心于至仁〔三〕，萬邦乃固。

〔一〕先天不違：言行事在天之前而天不違之。見《送祕書晁監還日本國》注〔七〕。上：謂天。二句指君而言。

〔二〕同體于大道：言與大道合而爲一。《文選》孫綽《遊天台山賦》：「渾萬象以冥觀，兀同體於自然。」李善注：「自然，謂道也。」

〔三〕億兆：指庶民百姓。宅心：歸心。至仁：最有仁德的人。

臣聞形之端者，影必隨焉；聲之善者，響必應焉〔一〕。故偃武修文〔二〕，皇天降之善氣；薄賦省役，后土報以豐年。

〔一〕響：回聲。《莊子·在宥》：「大人之教，若形之於影，聲之於響，有問而應之。」

〔二〕偃武修文：停息武備，修明文教。《書·武成》：「乃偃武修文。」

臣聞宣至理者〔一〕，文懸之于日月〔二〕；表聖言者，字動之以烟雲〔三〕。故虞舜作歌，徒施于典策；伏羲畫卦，未類于昭回〔四〕。

〔一〕臣，宋蜀本作「蓋」。至理：最精深的道理。

〔二〕懸之于日月：謂如日月高懸，光輝四照。《古文苑》卷一〇揚雄《答劉歆書》：「是縣（懸）諸日月，不刊之書也。」

〔三〕表聖言：表述聖人之言。指聖札。動之以烟雲：謂其字之勢如烟雲飛動。

〔四〕虞舜作歌：《書·益稷》：「帝（虞舜）庸（乃）作歌，曰：『勑天之命，惟時惟幾。』乃歌曰：『股肱喜哉，元首起哉，百工熙哉。』」疏：「（帝）乃作歌自戒，將歌而先爲言曰：『人君奉正天命以臨下民，惟當在於順時，惟當在於慎微。』既爲此言，乃歌曰：『股肱之臣喜樂其事哉，元首之君政化乃起哉，百官事業乃得廣大哉。』」徒：空。施：《禮記·祭統》：「勤大命，施于烝彝鼎。」注：「施，猶著也。」典策：典籍。《左傳》定公四年：「分之土田陪敦、祝、宗、卜、史，備物、典策，官司、彝器。」伏羲畫卦：伏羲又名包犧，古代傳説中的部落酋長，相傳他始畫八卦。《易·繫辭下》：「古者包犧氏之王天下也，仰則觀象於天，俯則觀法於地……於是始作八卦，以通神明之德，以類萬物之情。」昭回：《詩・大雅・雲漢》：「倬彼雲漢，昭回于天。」傳：「回，轉也。」箋：「雲漢，謂天河也。昭，光也。……精光轉運於天。」後借以指日月的光輝。唐上官婉兒《和九月九日登慈恩寺浮圖應制》：「睿詞懸日月，長得御昭回。」以上四句意謂，「虞舜作歌」、「伏羲畫卦」，皆不能同「文懸之于日月」、「字動之以烟雲」的「聖製聖札」相比。

爲兵部祭庫部王郎中文〔一〕

惟公弘量碩德，寡言敏行〔二〕。直而能婉，和而不競〔三〕。以儒墨爲鋒鍔，在顔冉之季孟〔四〕。白雲刑官〔五〕，繡衣使者〔六〕，時無寃人，路多避馬〔七〕。既踐文昌〔八〕，來司武庫〔九〕。冀翟車之高足〔一〇〕，爲鳳池之先路〔一一〕，豈期位薄德崇，才遠途窮！拜命之時〔一二〕，初一朝於北闕；移疾于外，不再入于南宫〔一三〕。嗚呼！哀輓悲笳，寒天疎木。宅不卜地〔一四〕，祔于故塋。家無餘財，斂以時服。弟難會葬，兒未及哭。其營護而奠遺〔一五〕，惟甥姪與姻族。某嘗同官〔一六〕，實喜良友。仰德彌高〔一七〕，立言不朽〔一八〕。居常接膝〔一九〕，未忍分手。況永訣兮無期，向空筵而灑酒〔二〇〕。尚饗。

〔一〕寫作時間同上篇，説見本篇注〔一六〕。庫部郎中：唐兵部屬官有庫部郎中一人，從五品上。「掌邦國軍州之戎器儀仗，及冬至元正之陳設，并祠祭葬之羽儀。諸軍州之甲仗，皆辨其出入之數，量其繕造之功，以分給焉」（《唐六典》卷五）。篇題底本原作《爲人祭某官文》。按，據篇中「既踐文昌，來司武庫」等語，可知死者卒前正官庫部郎中，故此處從宋蜀本、述古堂本作今題。

〔二〕寡言敏行：《論語・里仁》：「君子欲訥於言而敏於行。」

〔三〕婉：曲，婉轉。不競：不爭逐。

〔四〕以，此字底本原空缺，據宋蜀本、述古堂本校補。鋒鍔：兵器的鋒刃，武器。顔冉：孔子的弟子顔淵、冉伯牛，皆以德行著稱。《文選》班固《幽通賦》：「聿中和爲庶幾兮，顔與冉又不得。」李善注：「顔，顔淵也。冉，冉伯牛也。」《論語・先進》：「德行：顔淵、閔子騫、冉伯牛、仲弓。」季孟：《論語・微子》：「齊景公待孔子，曰：『若季氏則吾不能，以季孟之間待之。』」季氏爲魯上卿，孟氏爲下卿，齊景公之意蓋謂，給孔子以上下卿之間的待遇。後人因以季孟指上下之間。

〔五〕白雲刑官：指王曾在刑部任職。《史記・五帝本紀》：「（黄帝）官名皆以雲，命爲雲師。」集解：「應劭曰：黄帝受命有雲瑞，故以雲紀事也。春官爲青雲，夏官爲縉雲，秋官爲白雲……」刑部屬秋官，故稱刑官爲白雲，刑部爲白雲司。唐孫逖《授裴敦復刑部尚書制》：「委之刑柄，俾踐白雲之司。」

〔六〕繡衣使者：見《送丘爲往唐州》注〔七〕。此處指王曾任侍御史。按，唐御史臺置侍御史四人，從六品下，「掌糾察内外，受制出使，分制臺事」（《通典》卷二四）。

〔七〕無寃人：《漢書·于定國傳》：「張釋之爲廷尉（掌刑獄），天下無寃民；于定國爲廷尉，民自以不寃。」路多避馬：《後漢書·桓榮傳》載，桓典「舉高第，拜侍御史。是時宦官秉權，典執政無所迴避，常乘驄馬，京師畏憚，爲之語曰：『行行且止，避驄馬御史。』」以上二句，分别就王爲刑官及任侍御史而言。

〔八〕文昌：謂尚書省，見《同盧拾遺韋給事東山别業二十韻》注〔一五〕。

〔九〕武庫：儲藏武器的倉庫。司武庫：指爲庫部郎中。庫部郎中掌邦國軍州之戎器，故云。

〔一〇〕翟車：《詩·衛風·碩人》：「翟茀以朝。」傳：「翟，翟車也，夫人以翟羽飾車。茀，蔽也。」趙殿成曰：「按《周禮》（《春官·巾車》），翟車乃王后親桑所乘者，非臣子所用，疑翟字有誤。」此處疑泛指貴人所乘之車。高足：指快馬。《古詩十九首·今日良宴會》：「何不策高足，先據要路津！」

〔一一〕鳳池：見《和賈舍人早朝大明宫之作》注〔八〕。句謂成爲通向樞近之位的先行。

〔一二〕拜命：指拜官任職。

〔一三〕移疾：移病。《漢書·疏廣傳》：「即日夫子俱移病。」注：「移病，即移書（作文書）言病也。一曰以病而移居。」南宫：尚書省。見《送陸員外》注〔六〕。

〔一四〕宅：《孝經·喪親》：「卜其宅兆而安措之。」注：「宅，墓穴也。兆，塋域也。」卜地：擇地。

〔一五〕營護：周旋救護。《三國志·吴書·虞翻傳》：「（王朗）亡走浮海，翻追隨營護。」《新唐書·李晟傳》：「傷夷病疾，親爲營護。」「營」宋蜀本作「幾」。奠遣：指將葬時先祭奠，而後遣送靈柩入墓穴。

〔一六〕某嘗同官：謂己曾與王郎中在一起爲官。按，王郎中任庫部郎中之前嘗官侍御史，而維天寶四載爲侍御史，五載轉庫部員外郎，「同官」蓋即指此而言。又據「拜命」四句，知王任庫部郎中後不久即卒，而維官庫部員外郎則約有兩年之久（參見《年譜》），因此王之卒，當在維官庫部員外郎之時。正因王卒時維在庫部（兵部四司之一）任職，故得爲兵部作此祭文。

〔一七〕仰德：仰望其德。

〔一八〕立言：著書立説。《左傳》襄公二十四年：「大上有立德，其次有立功，其次有立言，雖久不廢，此之謂不朽。」

〔一九〕居常：日常。接膝：促膝。陶淵明《閑情賦》：「激清音以感余，願接膝以交言。」

〔二〇〕灑酒：以酒灑地以祀鬼神。灑，《全唐文》作「釃」。

能禪師碑并序〔一〕

無有可捨〔二〕，是達有源〔三〕；無空可住，是知空本〔四〕。離寂非動〔五〕，乘化用常〔六〕，在百法而無得〔七〕，周萬物而不殆〔八〕。鼓枻海師，不知菩提之行〔九〕；散花天女，能變聲聞之身〔一〇〕。則知法本不生，因心起見〔一一〕，見無可取〔一二〕，法則常如〔一三〕。世之至人，有證于此〔一四〕，得無漏不盡漏〔一五〕，度有爲非無爲者〔一六〕，其惟我曹溪禪師乎〔一七〕！

〔一〕約作于天寶五、六載，説見本篇第五段注〔二四〕、〔二五〕。能禪師：即慧能，亦作「惠能」，禪宗南宗創始人，佛教史上稱爲禪宗六祖。他幼年喪父，家境貧困，靠賣柴養母度日。後赴黄梅東禪寺從五祖弘忍受學，忍密授能法衣，并囑咐他南去暫作隱遁，待時行化。能在嶺南混迹市廛十六年，後于韶州曹溪寶林寺，弘揚「直指人心」、「見性成佛」的頓悟法門，與神秀在北方倡行的「漸悟」相對。弟子法海將其説教匯編成書，名曰《壇經》。卒于先天二年（七一三），年七十六。唐憲宗時，贈大鑒禪師謚號。事見《壇經》、《宋高僧傳》卷八、《景德傳燈録》卷五。篇題《唐文粹》、《全唐文》俱作《六祖能禪師碑銘》。題下底本原無「并序」二字，據宋蜀本、述古堂本、明十卷本等補。又「并序」下宋蜀本、述古堂本俱多「爲人作」三字。

〔二〕有：佛教名詞，梵文之意譯，「存在」的意思。無有可捨：即已完全、徹底地棄捨萬有之意。佛教認爲，宇宙萬有，皆虚幻不實，應在棄捨之列。

〔三〕達：通達。有源：萬有的本源。佛教認爲，佛性、法性、真如（佛教所幻想的最高和永恒的精神實體），是宇宙萬有的本源。又慧能認爲，衆生自心，皆具佛性，世界上的一切，都由它派生。《壇經》第二十節（法海本，下同）：「世人性本自净，萬法在自性。」

〔四〕空：與「有」相對。住：執著之義。無空可住：指完全不執著于空。按，空謂世上一切現象皆虚而不實，然慧能認爲，佛性、真如又是實有的，並不「空」，故不能執著于空。《壇經》四十二節：「外迷著相（事相），内迷著空，於相離相，於空離空，即是内外不迷。」又四十六節：「著空，即惟長無明（無智，愚昧）；著相，即惟長邪見。」空本：空的本質。

〔五〕寂：寂静。離寂非動：謂不静不動。《壇經》五十三節：「但無動無静，無生無滅，無去無來，無是無非，無住無往，但然（疑當作「能」）寂静，即是大道。」「不静」即所謂「有情即解動」（《壇經》四十八節），指人有見聞覺知。『不動』指人自身的佛性不動。《壇經》十八節：「若修不動者，不見一切人過患，是性（本性、佛性）不動。」四十八節：「性本無生無滅，無去無來。」《神會語録》二十節：「雖有見聞覺知，而常空寂。」

〔六〕乘化：順應自然的變化。陶淵明《歸去來兮辭》：「聊乘化以歸盡，樂夫天命復奚疑。」句謂既能順應變化又能行其常道。《壇經》惠昕本三十七節：「凡愚不了自性，不識身中浄土，願東願西；悟人在處一般。所以佛言：隨所住處常安樂。」可見慧能的「乘化」，乃是要人們安于環境。

〔七〕「在百」句：謂處於萬物之中而不執著于萬物。《壇經》四十三節：「萬法盡通，萬行俱備，一切無雜，但離（遠離、不執著）法相（物相、事相），作無所得，是最上乘（指慧能的「頓悟」法門）。」三十一節：「無念法者，見一切法，不著一切法，遍一切處，不著一切處，常浄自性。」

〔八〕周萬物：《易·繫辭上》：「知周乎萬物，而道濟天下，故不過。」疏：「聖人無物不知，是知周於萬物。」句指見聞覺知一切物，却不被一切物所染污，故不發生危險。《壇經》十七節：「自性起念

（正念），雖即見聞覺知，不染萬境，而常自在。」

〔九〕鼓枻：摇動船槳。海師：熟悉海上航路的船工。《宋書·朱脩之傳》：「海師望見飛鳥，知其近岸。」《大方便佛報恩經》卷四：「爾時波羅奈國，有一海師，前後數反，入於大海，善知道路通塞之相。」菩提：意譯「覺」，指對佛教「真理」的覺悟。此言「海師」只知海上航路而不知覺悟佛教真理的道路。

〔一〇〕「散花」二句：聲聞之身，謂舍利弗之身。聲聞指佛在世時的弟子，舍利弗爲古印度摩揭陀國人，釋迦牟尼的十大弟子之一，故云。《維摩詰經·觀衆生品》：「時維摩詰室有一天女，見諸大人，聞所説法，便現其身，即以天華散諸菩薩、大弟子上。……舍利弗言：『汝何以不轉女身？』天（女）曰：『我從十二年來，求女人相，了不可得，當何所轉？　譬如幻師，化作幻女，若有人問，何以不轉女身，是人爲正問不？』舍利弗言：『不也，幻無定相，當何所轉？』天（女）曰：『一切諸法，亦復如是，無有定相，云何乃問不轉女身？』即時天女以神通力，變舍利弗令如天女，天（女）自化身如舍利弗而問言：『何以不轉女身？』舍利弗以天女像而答言：『我今不知何轉而變爲女身。』天（女）曰：『舍利弗若能轉此女身，則一切女人亦當能轉，如舍利弗非女而現女身，一切女人，亦復如是，雖現女身，而非女也。　是故佛説一切諸法非男非女。』即時天女還攝神力，舍利弗身還復如故。　天（女）問舍利弗：『女身色相，今何所在？』舍利弗言：『女身色相，無在無不在。』天（女）曰：『一切諸法，亦復如是，無在無不在。　夫無在無不在者，佛所説也。』」二句謂，散花的天女，能變成佛的大弟子舍利弗之身。蓋以天女變身，説明諸法無有定相（諸法處于生滅變化之中），虛而不實。

〔一一〕法本不生，因心起見：心，本心、本性，指人本來具有的「真如」之心、佛性。見，同「現」。此言宇宙萬有，都是由本心派生的。《壇經》二十節：「於自性中萬法皆見。」三十節：「若無世人，一切萬法，本元不有。故知萬法，本因人興；……故知一切萬法，盡在自身中。」法既「因心起見」，它當然也就不是實有的了。

〔一二〕見無可取：《壇經》二十七節：「用智惠觀照，於一切法不取不捨，即見性成佛道。」二十五節：「性含萬法是大，萬法盡是自性。見一切人及非人，惡之與善，惡法善法，盡皆不捨，不可染著，由如虛空，名之爲大。」「無可取」、「不取」指不執著于萬法，不爲萬法所垢染；「不捨」指萬法由心所生，二者不可分離。

〔一三〕法則常如：言産生萬有的本心則永恒不變。如，《禪源諸詮集都序》卷上之一：「祇説此心不虛妄故云真，不變易故云如。」慧能不僅認爲萬法由心所生，還更進一步地認爲「萬法盡是自性」；既然萬法本身就是自性（也即真如、佛性），那麽它自然也就和真如、佛性一樣具有「常如（永恒不變）」的特點了。「無可取」就萬法的現象而言，「常如」則就萬法的本體——本心、真如、佛性而言。

〔一四〕證：佛教語。參悟。此：指上面談的這些道理。

〔一五〕無漏：「漏」爲「煩惱」之異名。涅槃、菩提和一切能斷除三界煩惱之法，均名無漏（法）。不盡漏：言非聽任煩惱發生，而能加以斷除。盡（jǐn錦）：任，聽任。句謂獲得了無煩惱的佛教覺悟而非任憑煩惱發生。

〔一六〕度：使人「離俗」、「出離生死」之意。有爲：指因緣所生之事物，也即一切處於相互聯繫、生滅變化中的事物（包括人）。《俱舍論光記》卷五：「因緣造作名爲，色、心等法從因緣生，有彼爲故，名曰有爲。」無爲：與「有爲」相對，指非因緣和合形成、無生滅變化的絶對存在。《探玄記》卷四：「緣所起法名曰有爲，無性真理名曰無爲。」句謂做到使因緣所生的有爲而不是無爲之人離俗出家。

〔一七〕惟，述古堂本作「推」。曹溪：在今廣東曲江縣境。《壇經》三十八節：「大師住漕溪山（即曹溪山），韶、廣二州行化四十餘年。」《曹溪通志》卷一：「山初未有名。因魏武玄孫曹叔良避地居此，以姓名村（按，稱曹侯村）。而水自東繞山而西，經村下，故稱曹溪。……唐龍朔元年，師（慧能）自黄梅得法南歸。……曹叔良等率衆，遂於寶林（寺名，建於梁代）故址，建營梵宇，延祖居之。四衆雲集，俄成寶坊，此寺之中興也。」

禪師俗姓盧氏，某郡某縣人也〔一〕。名是虛假〔二〕，不生族姓之家〔三〕；法無中邊〔四〕，不居華夏之地。善習表于兒戲〔五〕，利根發于童心〔六〕。不私其身〔七〕，臭味于畊桑之侶〔八〕；

苟適其道，羶行于蠻貊之鄉〔九〕。年若干，事黄梅忍大師〔一〇〕。願竭其力，即安于井臼〔一一〕；素刳其心〔一二〕，獲悟于稊稗〔一三〕。每大師登座，學衆盈庭，中有三乘之根〔一四〕，共聽一音之法〔一五〕，禪師默然受教，曾不起予〔一六〕，退省其私〔一七〕，迴超無我〔一八〕。其有猶懷渴鹿之想〔一九〕，尚求飛鳥之跡〔二〇〕，香飯未消〔二一〕，弊衣仍覆〔二二〕，皆曰升堂入室〔二三〕，測海窺天〔二四〕，謂得黄帝之珠〔二五〕，堪受法王之印〔二六〕。大師心知獨得，謙而不鳴〔二七〕。天何言哉〔二八〕，聖與仁豈敢〔二九〕；子曰賜也，吾與汝弗如〔三〇〕。臨終，遂密授以祖師袈裟，而謂之曰：「物忌獨賢，人惡出己，吾且死矣，汝其行乎〔三一〕！」

〔一〕「禪師」二句：法海《六祖大師緣起外紀》：「大師名惠能。父盧氏，諱行瑫，唐武德三年九月，左官新州（今廣東新興縣）。」《宋高僧傳》卷八：「釋慧能，姓盧氏……其本世居范陽。」《景德傳燈録》卷五：「慧能大師姓盧氏，其先范陽人。父行瑫，武德中，左官於南海之新州，遂占籍焉。」按，《壇經》第二節云：「惠能慈父，本官范陽，左降遷流嶺南，作新州百姓。」第三節云：「惠能答曰：『弟子是嶺南人，新州百姓。』」則慧能之原籍，似非范陽。

〔二〕名：指名聲。句謂聲名是虚假之物。

〔三〕族姓：指大族、望族。《後漢書·陸續傳》：「陸續……世爲族姓。」

〔四〕法無中邊：謂佛法無中土邊地之別，居邊地亦可得佛法。《壇經》第三節：「大師遂責惠能曰：

『汝是嶺南人，又是獦獠，若爲堪作佛！』惠能答曰：『人即有南北，佛性即無南北，獦獠身與和尚不同，佛性有何差别！』」

〔五〕「善習」句：見《韓公墓誌銘》二段注〔二〕。

〔六〕利根：「利」謂鋭利或疾速，「根」即根性或根器；「利根」指能敏鋭地悟解佛法、圓滿地達到解脱的素質。《無量壽經》卷下：「諸明利，其鈍根者成就二忍，其利根者得不可計無生法忍。」

〔七〕私：偏愛。

〔八〕「臭味」句：臭味，氣味。因同類的東西氣味相同，故又用以比喻同類。《左傳》襄公八年：「今譬於草木，寡君在君，君之臭味也。」注：「言同類也。」畊，同「耕」。《壇經》二節：「惠能幼小，父又早亡……艱辛貧乏，於市賣柴。」《六祖大師緣起外紀》：「既長，鬻薪供母。」二句謂禪師不偏愛自身，視種田養蠶的伙伴爲同類。

〔九〕適：合。羶行：言其所行爲人慕悦，如蟻之慕羶。《莊子·徐無鬼》：「羊肉不慕蟻，蟻慕羊肉，羊肉羶也。舜有羶行，百姓悦之，故三徙成都，至鄧之虚而十有萬家。」二句意謂，只要合于佛家之道，在落後的部族之地也能有使人仰慕的行爲。

〔一〇〕「年若」二句：黄梅忍大師，即禪宗五祖弘忍（六〇一—六七四）。俗姓周，蘄州黄梅（故治在今湖北黄梅西北）人。七歲隨道信禪師出家，受具足戒。後定居于黄梅雙峰山東山寺，聚衆講習，門人甚衆，號「東山法門」。事見《宋高僧傳》卷八、《景德傳燈録》卷三。法海《六祖大師法寶壇經略序》：「既長，年二十有四，聞經悟道，往黄梅求印可。五祖器之，付衣法，令嗣祖位。時龍朔元年（六六一）辛酉歲也。」按，慧能赴黄梅參見弘忍及得衣法的時間，《景德傳燈録》卷五《慧能傳》謂在咸亨二年（六七一），卷三《弘忍傳》謂在咸亨中。

〔一一〕「即安」句：《壇經》第三節：「（弘忍）遂發遣惠能令隨衆作務。時有一行者，遂遣惠能於碓房，踏碓八箇餘月。」《曹溪大師别傳》：「（弘忍）遂令能入厨中供養，經八箇月。能不避艱苦……仍踏碓，自嫌身輕，乃繫大石著腰，墜碓令重，遂損腰腳。」井臼，指汲水舂米。

〔一二〕刳（kū 枯）心：《莊子·天地》：「夫道，覆載萬物者也，洋洋乎大哉！君子不可以不刳心焉。」成玄英疏：「刳，去也，洗也。洗去有心之累。」謂求道當「刳心」。此指洗去妄心，以求佛道。

〔一三〕「獲悟」句：見《薦福寺光師房花藥詩序》二段注〔三〕。《莊子》謂道「無所不在」，從稊稗中即可體悟道。此指能自細小如稊稗的事物中獲得佛教悟解。

〔一四〕三乘：佛教謂引導教化衆生達到解脱的三種教法。一聲聞乘，又曰小乘，指由聽聞佛陀言教、觀悟四諦之理而得道；二緣覺乘，又曰中乘，指由觀悟十二因緣之理而得道；三菩薩乘，又曰大乘，指由修行六度而得道。參見《法華經·譬喻品》、《大乘義章》卷一七。這三種教法，所可達到的果位不一，是根據習學者受教修道的素質和禀賦（根器）的不同而分的，故曰「三乘之根」。《魏書·釋老志》：「初根人爲小乘，行四諦法；中根人爲中乘，受十二因緣；上根人爲大乘，則修六度。」

〔一五〕一音：同一聲音，謂佛之説法。《維摩詰經·佛國品》：「佛以一音演説法，衆生隨類各得解。」此指大師的説法。

〔一六〕曾：乃。起予：見《上張令公》注〔一五〕。句指慧能不發表自己的看法。

〔一七〕退省其私：《論語·爲政》：「子曰：『吾與回（顔回）言終日，不違，如愚。退而省其私，亦足以發，回也不愚。』」私，指私下的言行。

〔一八〕無我：指世界一切事物皆無獨立的實在自體。有二類：一人無我（人空），謂人由五藴假和合而成，没有常恒自在的主體；二法無我（法空），謂諸法皆由種種因緣和合而生，不斷變遷，無常恒堅實的自體。佛教以「無我」爲根本義，視承認有我者爲「顛倒」認識。《金剛經》：「若菩薩通達無我法者，如來説名真是菩薩。」句謂已遠遠地超出佛教的「無我」認識。

〔一九〕渴鹿之想：謂迷妄之想。《楞伽經》卷二：「不知心量，愚癡凡夫……自性習因，計著妄想，譬如群鹿，爲渴所逼，見春時焰（即陽焰，指春天野外在日光中浮動的塵埃），而作水想，迷亂馳趣，不知非水。」

〔二〇〕飛鳥之跡：喻諸法皆空。《華嚴經》卷五〇：「了知諸法性寂滅，如鳥飛空無有跡。」又卷三四：「如空中鳥跡，難説難可示。」句指不知諸法皆空之理而尚求其跡。

〔二一〕香飯未消：指煩惱尚未滅除。參見《讚佛文》二段注〔二四〕。

〔二二〕弊衣仍覆：用《法華經》「窮子」事，謂「窮子」未得寶藏，仍著弊衣，比喻大師諸門人，還没有領悟佛理。參見《西方變晝讃》一段注〔二〕。

〔二三〕升堂入室：喻指學藝精絶，深得師傳。《論語·先進》：「由也升堂矣，未入於室也。」《漢書·藝文志》：「如孔氏之門人用賦也，則賈誼登堂，相如入室矣。」

〔二四〕測海窺天：《漢書·東方朔傳·答客難》：「語曰：『以筦（管）闚（窺）天，以蠡（瓠瓢）測海，以莛撞鐘。』豈能通其條貫，考其文理，發其音聲哉？」此句喻指能測知像海天那樣廣大無邊的佛法。

〔二五〕得黄帝之珠：《莊子·天地》：「黄帝遊乎赤水之北，登乎崑崙之丘而南望，還歸遺其玄珠。使知索之而不得，使離朱索之而不得，使喫詬索之而不得也。乃使象罔，象罔得之。」《文選》劉峻《廣絶交論》李善注引司馬彪云：「玄珠，喻道也。」此借指得佛家之道。

〔二六〕法王之印：「法王」是佛教對佛的尊稱。《無量壽經》卷下：「佛爲法王。」「印」指「法印」，謂佛法之標志、根本義，識别佛法真僞的標準。《法華經·譬喻品》：「汝舍利弗，我此法印，爲欲利益世間故説。」《大智度論》卷二二：「得佛法印故通達無礙，如得王印則無所留難。」《大乘義章》卷二：「優檀那者，是外國語，此名爲印。……法相楷定，不易之義，名印也。」句指堪傳承大師之佛法（爲弘忍之法嗣）。

〔二七〕「大師」二句：謙而不鳴，《易·謙》：「鳴謙，貞吉。」「鳴謙」謂聞名而謙。此處指謙而不言。二句謂弘忍心知慧能獨得佛家之道，（能）自謙而不言。

〔二八〕天何言哉：《論語·陽貨》：「子曰：『天何言哉？四時行焉，百物生焉。天何言哉？』」

〔二九〕「聖與」句：《論語·述而》：「子曰：『若聖與仁，則吾豈敢！』」此言慧能不敢以聖、仁自居。

〔三〇〕「子曰」二句：《論語·公冶長》：「子謂子貢曰：『女與回也，孰愈？』對曰：『賜也何敢望回？回也聞一以知十，賜也聞一以知二。』子曰：『弗如也，吾與女弗如也。』」賜，子貢姓端木，名賜。與，贊許，同意。弗，《唐文粹》作「不」。二句指弘忍認爲自己的其他門人都不如慧能。

〔三一〕「臨終」七句：《壇經》第四至九節載：弘忍忽於一日喚門人盡來，謂曰：「（汝等）各作一偈呈吾，吾看汝偈，若悟大意者，付汝衣法，禀爲六代。」弘忍門下上座弟子神秀作偈曰：「身是菩提樹，心如明鏡臺，時時勤拂拭，莫使有塵埃。」慧能見神秀此偈後，亦作一偈曰：「菩提本無樹，明鏡亦非臺，佛性常清淨，何處有塵埃！」弘忍見慧能偈，因於夜半密喚慧能入堂，「傳頓法及衣」，言：「汝爲六代祖，衣將爲信禀，代代相傳；法以心傳心，當令自悟。」又言：「自古傳法，氣如懸絲，若住此間，有人害汝，汝即須速去。」「而」字《唐文粹》無。吾，《唐文粹》、宋蜀本、述古堂本俱作「予」。獨賢，特別賢良的人。

禪師遂懷寶迷邦〔一〕，銷聲異域〔二〕。衆生爲淨土〔三〕，雜居止于編人〔四〕；世事是度門〔五〕，混農商于勞侶〔六〕。如此積十六載，南海有印宗法師，講《涅槃經》，禪師聽于座下，因問大義，質以真乘，既不能酬，翻從請益〔七〕。乃嘆曰：「化身菩薩，在此色身〔八〕；肉眼凡夫〔九〕，願開慧眼〔一〇〕。」遂領徒屬〔一一〕，盡詣禪居〔一二〕，奉爲掛衣〔一三〕，親自削髮。于是大興法雨，普灑客塵〔一四〕。乃教人以忍〔一五〕，曰：「忍者，無生方得〔一六〕，無我始成〔一七〕，于初發心，以爲教首〔一八〕。」至于定無所入〔一九〕，慧無所依〔二〇〕，大身過于十方〔二一〕，本覺超于三世〔二二〕。根塵不滅〔二三〕，非色滅空〔二四〕；行願無成〔二五〕，即凡成聖〔二六〕。舉足下足，長在道場〔二七〕；是心是情，同歸性海〔二八〕。商人告倦，自息化城〔二九〕；窮子無疑，直開寶藏〔三〇〕。其有不植德本〔三一〕，難入頓門〔三二〕，妄繫空花之狂，曾非慧日之咎〔三三〕。常歎曰：「七寶布施，等恒河沙〔三四〕；億劫修行，盡大地墨〔三五〕，不如無爲之運，無礙之慈，弘濟四生，大庇三有〔三六〕。」

〔一〕懷寶迷邦：喻懷藏其才而不用。《論語·陽貨》：「懷其寶而迷其邦，可謂仁乎？」《陳書·後主紀》：「將懷寶迷邦，咸思獨善。」

〔二〕銷聲異域：指慧能南歸隱遁于嶺南。《景德傳燈録》卷三《弘忍傳》：「師（弘忍）曰：『昔達摩初至，人未知信，故傳衣以明得法。今信心已熟，衣乃爭端，止于汝身，不復傳也。且當遠隱，俟時行化。』能曰：『當隱何所？』師曰：『逢懷即止，遇會且藏。』能禮足已，捧衣而出，是夜南邁，大衆莫知。」卷五《慧能傳》：「（弘忍）後傳衣法，令（慧能）隱于懷集（今廣東懷集）、四會（今廣東四會）之間。」

〔三〕衆生爲浄土：謂居於世俗衆生之中即爲浄土。禪宗南宗强調只要内心覺悟，所居之地即是浄土，故云。《壇經》三十五節：「迷人念佛生彼（指西方浄土），悟者自浄其心。所以佛言：『隨其心浄，則佛土浄。』……心但無不浄，西方（西方浄土）去此不遠；心起不浄之心，念佛往生難到。……佛是自性作……自性迷，佛即衆生；自性悟，衆生即是佛。」「衆生即是佛」，則衆生所居之地也就是佛土（浄土）了。

〔四〕編人：編入户籍的平民。《後漢書·朱浮傳》：「至或乘牛車，齊於編人。」人，《全唐文》作「氓」。句謂同平民住在一起。

〔五〕度門：猶法門，見《讚佛文》一段注〔一四〕。慧能認爲，真如、佛性體現於一切事物之中，即是説，由世事中也可獲得佛教悟解，故云「世事是度門」。句謂視世上之事爲獲得佛果的門户。

〔六〕勞侶：見《薦福寺光師房花藥詩序》二段注〔二〕。此指有塵勞煩惱之人。句謂同世俗之人一樣爲農商之事。

〔七〕「如此」八句：法海《六祖大師法寶壇經略序》：「（慧能）南歸隱遯一十六年，至儀鳳元年（六七六）丙子正月八日，會印宗法師，詰論玄奥，印宗悟契師旨。是月十五日，普會四衆，爲師薙髮。二月八日，集諸名德，授具足戒。」《景德傳燈録》卷五《慧能傳》：「至儀鳳元年丙子正月八日，届南海，遇印宗法師于法性寺講《涅槃經》，師寓止廊廡間……翌日，（印宗）邀師入室……于是印宗執弟子之禮，請受禪要。乃告四衆曰：『印宗具足凡夫，今遇肉身菩薩。』指坐下盧居士云：『即此是也。』因請出所傳信衣，悉令瞻禮。至正月十五日，會諸名德，爲之剃髮。二月八日，就法性寺智光律師受滿分戒。……師具戒已，于此樹下開東山法門。」按，弘忍卒于咸亨五年（六七四），依王維此文，弘忍臨終傳衣慧能，此後能「銷聲異域」十六年而遇印宗，則能遇印宗之時間，約在永昌元年（六八九）；依法海《序》，慧能龍朔元年（六六一）得衣法，儀鳳元年（六七六）遇印宗，中間隱遁了十六年，但弘忍的傳衣慧能，不當謂曰「臨終」。依《傳燈録》，能咸亨中得衣法，儀鳳元年遇印宗，則中間隱遁的時間，並没有十六年。諸書記載，互有出入，未知孰是。柳宗元《賜謚大鑒禪師碑》曰：「師用感動，遂受信具，遯隱南海上，人無聞知。又十六年，度其可行，乃居曹溪爲人師。」也説慧能遁隱了十六年，但對他得衣法及遇印宗的具體時間，皆未作交代。南海，唐廣州，天寶元年改爲南海郡，治所在南海縣（今廣東廣州市）。印宗法師，《景德傳燈録》卷五：「廣州法性寺印宗和尚，吴郡人也。姓印氏。從師出家，精涅槃大部。唐咸亨元年，抵京師，勑居大敬愛寺，固辭，往蘄州謁忍大師。後于法性寺講《涅槃經》，遇六祖能大師，始悟玄理，以能爲傳法師。」《涅槃經》，佛經名，中心内容講佛身常在及「一切衆生，悉有佛性」等大乘思想。主要有兩種譯本，一稱《北本涅槃經》，四十卷；一稱《南本涅槃經》，三十六卷。真乘，真實不妄之教義。宋之問《遊法華寺》：「高岫擬耆闍，真乘引妙車。」

〔八〕化身菩薩：指菩薩爲度脱世間衆生，隨三界六道之不同狀況和需要而變現之身。參見《讚佛文》一段注〔九〕、〔一〇〕。色身：佛教指自四大（地、水、火、風）五塵（色、聲、香、味、觸）等色法而成的有形質之身。《楞嚴經》卷十：「是故當知汝現色身，名爲堅固第一妄想。」二句意謂，慧能是菩薩變現于世間的色身。

〔九〕肉眼：指人間肉身之眼，爲佛教所説五眼（肉眼、天眼、慧眼、法眼、佛眼）之一。《法苑珠林》卷二十四唐玄奘譯《讚彌勒四禮文》：「凡夫肉眼未曾識，爲現千尺一金軀。」《翻譯名義集》卷六：「肉眼見近不見遠，見前不見後，見外不見内，見晝不見夜，見上不見下。」肉眼凡夫：印宗自指。

〔一〇〕慧眼：佛教謂慧眼能見諸法皆空的實相，具有洞察諸法皆空之理的智慧。《無量壽經》卷下：「慧眼見真，能度彼岸。」《大乘義章》卷二〇本：「慧眼了見破相空理及見真空。」以上二句意謂，我這個世間的肉眼凡人，希望能睜開得以洞見萬有皆空實相的慧眼。

〔一一〕徒，宋蜀本、述古堂本、《全唐文》俱作「其」。

〔一二〕禪居：猶言僧堂。《陳書・江總傳》：「野開靈塔，地築禪居。」

〔一三〕奉：敬辭。句指慧能剃髮出家時，印宗爲他披掛僧衣。《釋氏要覽》卷上：「《寄歸傳》云：西國出家，具有聖制。諸有發心出家者，師乃問諸難事；難事既無，許之攝受，或經旬月，令其解息，師乃爲授五戒，方名鄔波索迦（清信士）。此人創入佛法之基，七衆所攝也。師次爲辦縵條（縵衣）、僧腳崎（掩腋衣）、下裙、濾羅（濾水囊）、鉢等，方請阿遮梨（軌範師）爲剃髮，師親爲著下裙，次與上衣，頂戴受著已，授與鉢器，授十戒，此名室羅末尼羅（沙彌）。方成應法，爲五衆攝，堪消施利。」

〔一四〕法雨：佛家謂佛法能普利衆生，如雨之潤澤萬物，故名法雨。《涅槃經》卷二：「無上法雨，雨汝身田，令生法芽。」《華嚴經》卷八〇：「如來法雨亦復然，不從於佛身心出，而能開悟一切衆，普使滅除三毒火（指貪、瞋、癡三種根本煩惱）。」客塵：指煩惱。煩惱非心性固有之物，能垢染心性，故稱之爲客塵。《維摩詰經・問疾品》：「菩薩斷除客塵煩惱，而起大悲。」鳩摩羅什注：「心本清浄，無有塵垢，塵垢事會而生，於心爲客塵也。」僧肇注：「心遇外緣，煩惱横起，故名客塵。」二句指慧能演説佛法，滅除衆生煩惱。

〔一五〕忍：梵語「羼提」的意譯，有「忍受」、「認可」二義，指能安于受苦受害的境遇而不生怨心和能認可佛教「真理」。《成唯識論》卷九：「忍有三種，謂耐怨害忍、安受苦忍、諦察法忍。」《大乘義章》卷九：「慧心安法名之爲忍。」教人以忍：《壇經》五十七節：「凡度誓、修行，遭難不退，遇苦能忍，福德深厚，方授此法。」三十六節：「世間若修道，一切盡不妨，常見自己過，與道即相當。……若真修道人，不見世間過，若見世間非，自非（自己的過非）却是左（猶言「更甚」）。」提倡「只見己過，莫見世非」，做到這樣，則對于「世非」自然也就能够忍受了。

〔一六〕無生：見《登辨覺寺》注〔八〕。佛教稱認可「無生」之理爲「無生法忍」（又名「諦察法忍」），它本身就是「忍」的一種；又佛教認爲，有貪、瞋等煩惱存在，就不可能做到「耐怨害」、「安受苦」，而修得「無生」，則諸煩惱皆滅，可達「忍」境，故稱「忍者，無生方得」。

〔一七〕「無我」謂世間一切事物皆虚而不實；既然萬事萬物都是虚幻的，那麼一切凌辱、迫害、苦痛也就算不得什麼，可以安然忍受了，故謂「忍者……無我始成」。句謂唯有通達無我認識始能收穫它。

〔一八〕初發心：謂初發求菩提之心。晋譯《華嚴經・梵行品》：「初發心時便成正覺，知一切法真實之性。」二句意謂，對於初生追求佛教覺悟之心的人，以「忍」爲施教的首要内容。

〔一九〕定無所入：謂不必入於禪定。《壇經》十四節：「一行三昧者，於一切時中，行、住、坐、卧，常行直心（指真心，即真如、佛性；常行直心，即常住真如、常契佛性）是。……但行直心，於一切法，無有執著，名一行三昧。迷人著（執著）法相，執一行三昧，直言坐不動，除妄不起心，即是一行三昧。若如是，此法同無情，却是障道因緣。……若坐不動是，維摩詰不合呵舍利弗宴坐（坐禪）林中。」「三昧」即「定」，「一行三昧」是佛教講的一種禪定，據稱修此禪定，應於坐禪時，專心一佛，稱念名字，即于念中，能見諸佛，從中領悟「離心别無有佛」的道理。慧能對「一行三昧」作了新的解釋，認爲只要常住真如，不執著于外境，不必坐禪，就是一行三昧。

〔二〇〕慧無所依：《華嚴經》卷五〇：「譬如樹林依地有，地依于水得不壞，水輪依風風依空，而其虚空無所依。一切佛法依慈悲，慈悲復依方便立，方便依智智依慧，無礙慧身無所依。」謂慧高于一切。按，上句言「定」，此句言「慧」，此處「慧無所依」，疑是就定與慧之間的關係説的。即謂不是先有定而後有慧，慧依于定，而是定慧一體。《壇經》十三節：「定惠（慧）體一不二。即定是惠體，即惠是定用。即惠之時定在惠，即定之時惠在定。善知識！此義即是定惠等。學道之人作意，莫言先定發惠，先惠發定，定惠各别。」又十五節云：「定惠猶如何等？如燈光。有燈即有光，無燈即無光。燈是光之體，光是燈之用。名即有二，體無兩般。此定惠法，亦復如是。」

〔二一〕「大身」句：謂法身廣大無邊。因其廣大無邊，故曰「大身」。十方，指東、西、南、北、東南、西南、東北、西北、上、下。法身，亦稱佛身，即法性、佛性、真如。慧能認爲，人人自身中皆具真如、佛性，它是萬法的本源（「萬法從自性生」），故廣大無邊。《壇經》二十五節：「性（自性，佛性）含萬法是大。」二十四節：「心量廣大，猶如虛空……虛空能含日月星辰、大地山河，一切草木、惡人善人、惡法善法、天堂地獄，盡在空中；世人性空，亦復如是。」

〔二二〕本覺：指自性般若之智，即人本來具有的佛教智慧或先天固有的佛教覺悟，也即衆生先天具有的佛性。《大乘起信論義記》卷三：「本者是性義，覺者智慧義。」《仁王經》卷中：「自性清浄心名本覺性，即是諸佛一切智智。」慧能認爲佛性人人都有，是先天的、永恒的，故云「超于三世（過去、現在、未來）」。

〔二三〕根塵：即六根（眼、耳、鼻、舌、身、意）、六塵（色、聲、香、味、觸、法）。《摩訶止觀》卷一下：「根塵相對，一念心起。」根塵的主要部分屬色（約相當于物質現象），「根塵不滅」即謂色不滅（六根六塵不斷滅）。佛教講「色空」，但謂空非絶無、斷滅；又謂諸法俱因果相續，故非爲斷滅。若否認因果相續之理，即謂之「斷滅見」，亦曰「斷見」。此種見解，屬「邪見中之最惡者」。《智度論》卷七：「斷見者見五衆（五蘊，色即五蘊之一）滅。」

〔二四〕非色滅空：言非色斷滅爲空，色的本質即是空（虛幻不實）。《維摩詰經・入不二法門品》：「色即是空，非色滅空，色性自空。」僧肇注：「色即是空，不待色滅，然後爲空。」《肇論・不真空論》：「如此，則非無物也，物非真物。物非真物，故于何而可物？故經云：『色之性空，非色敗空（不是色毀滅後，色才是空的）。』」

〔二五〕行願無成：行願，指身之行與心之願。《壇經》二十一節：「今既歸依三身佛已，與善知識發四弘大願。善知識！一時逐惠能道：『衆生無邊誓願度，煩惱無邊誓願斷，法門無邊誓願學，無上佛道誓願成。』……『衆生無邊誓願度』，不是惠能度，善知識！心中衆生，各於自身自性自度。何名自性自度？自色身中，邪見煩惱，愚癡迷妄，自有本覺性，將正見度，既悟正見，般若之智，除却愚癡迷妄，衆生各各自度。……『煩惱無邊誓願斷』，自心除虛妄。……『無上佛道誓願成』，常下心行，恭敬一切，遠離迷執，覺知生般若，除却迷妄，即自悟佛道成，行誓願力。」所謂「四弘大願」，意爲「誓願度」脱「無邊衆生」，「誓願斷」除「無邊煩惱」，「誓願學」習「無邊法門」，「誓願成」就「無上佛道」。有此「四弘大願」者，即是「菩薩」。《心地觀經》卷七：「一切菩薩復有四願成就有情住持三寶，大海劫終不退轉。」句謂認爲菩薩度脱衆生之行爲心願不能有所成，即不能度脱衆生。按，慧能認爲，衆生皆有本覺，如欲成就佛道，求得解脱，需自悟、自度，非依賴他人能度，故云。《壇經》三十一節：「三世諸佛，十二部經，亦在人性中本自具有。……若取外求，善知識，望得解脱，無有是處。」

〔二六〕即凡成聖：《壇經》三十五節：「自性迷，佛即衆生；自性悟，衆生即是佛。」認爲衆生只要頓悟自身固有的佛性，即可成佛。衆生是「凡」，成佛爲「聖」，故云「即凡成聖」。

〔二七〕「舉足」二句：《維摩詰經·菩薩品》：「菩薩若應諸波羅蜜教化衆生，諸有所作，舉足下足，當知皆從道場來，住于佛法矣。」道場，謂修行所據之佛法。《維摩詰經·菩薩品》：「三十七品是道場。」二句謂一舉一動，皆不離佛法。

〔二八〕性海：見《大薦福寺大德道光禪師塔銘》首段注〔二四〕。句謂共同歸向真如理性之海。

〔二九〕「商人」二句：言猶如商人跋涉於悠遠險惡的道路自稱已極疲倦，暫時止息於佛一時變現的城裏。比喻在追求佛果的險遠途程中暫時歇腳，以期到達最終的目的地。參見《登辨覺寺》注〔三〕。此二句謂「漸修」。

〔三〇〕二句謂就像「窮子」消除疑惑之後，即可自己直接打開寶藏。參見《西方變畫讚》一段注〔一〕。此以「直開寶藏」喻「頓悟」。

〔三一〕植德本：見《讚佛文》二段注〔三〕。句謂或許有不樹立善根的人。

〔三二〕頓門：慧能提倡「頓悟」，故謂其法門爲「頓門」。《壇經》三十一節：「我於忍和尚處，一聞言下大悟，頓見真如本性。是故將此教法，流行後代，令學道者頓悟菩提，令自本性頓悟。」三十二節：「善知識！將此頓教法門，於同見同行，發願受持，如事佛故。」

〔三三〕妄繫空花之狂：空華，空中之花。謂空中原無花，病眼見之，以爲有花，喻有妄心者見諸法以爲實有。《圓覺經》：「妄認四大爲自身，六塵緣影爲自心相，譬如彼病目見空中華及第二月。」句謂繆妄地繫心于虚幻不實之物的迷亂。慧日：謂佛之智慧猶如太陽普照世間。《法華經・普門品》：「無垢清浄光，慧日破諸闇，能伏災風火，普明照世間。」非慧日之咎：《華嚴經》卷五二：「譬如日出，普照世間，于一切浄水器中，影無不現，普偏衆處，而無來往。或一器破，便不現影，佛子，于汝意云何？彼影不現，爲日咎不？答言：不也，但由器壞，非日有咎。佛子，如來智日，亦復如是。普現法界，無前無後，一切衆生浄心器中，佛無不現，心器常浄，常見佛身，若心濁器破，則不得見。」謂佛智光輝普照，心濁者不能得佛智，非佛智有咎。二句指有妄心者繫心于世俗世界，難入頓門，這並不是頓門之過。

〔三四〕「七寶」二句：極言布施之多。《金剛經》：「『須菩提，如恒河中所有沙數，如是沙等恒河，於意云何？是諸恒河沙，寧爲多不？』須菩提言：『甚多，世尊。但諸恒河尚多無數，何況其沙！』『須菩提，我今實言告汝，若有善男子、善女人，以七寶（金、銀、琉璃、珊瑚、瑪瑙、赤真珠、玻瓈）滿爾所恒河沙數三千大千世界，以用布施，得福多不？』須菩提言：『甚多，世尊。』佛告須菩提：『若善男子、善女人，於此經中，乃至受持四句偈等，爲他人説，而此福德，勝前福德。』」

〔三五〕「億劫」二句：極言佛教修行時間之久遠難以計算，參見《和宋中丞夏日遊福賢觀天長寺之作》注〔七〕。

〔三六〕「不如」四句：無爲，即真如、法性、佛性之異名，參見本篇首段注〔二五〕。運，運用，用。《金剛經》

謂七寶布施不如以佛法布施（見前）。慧能認爲布施非功德，内見自身固有的佛性方是功德。《壇經》惠昕本第三十六節：「造寺、供養、布施、設齋，名爲求福，不可將福便爲功德。功德在法身（法性、佛性）中，不在修福。師又曰：見性是功，平等是德。念念無滯，常見本性真實妙用，名爲功德。……功德須自性内見，不是布施、供養之所求也。是以福德與功德别。」所謂「常見本性真實妙用」，也就是「無爲之運」，故稱「七寶布施」，「不如無爲之運」云云。無礙，謂自在通達而無障礙。見《西方變畫讚》末段注〔六〕。《壇經》二十九節：「聞其頓教，不假外修，但於自心，令自本性常起正見，煩惱塵勞衆生，當時盡悟，猶如大海，納於衆流，小水大水，合爲一體，即是見性。内外不住，來去自由，能除執心，通達無礙。」十九節：「此法門中，何名坐禪？此法門中，一切無礙，外於一切境界上念不起爲坐，見本性不亂爲禪。」十七節：「念念時中，於一切法上無住（執著），一念若住，念念即住，名繫縛；於一切上，念念不住，即無縛也。」謂不執著于萬法，即是無縛、無礙。慈：指愛護衆生，給予歡樂。《大智度論》卷二七：「大慈與一切衆生樂，大悲拔一切衆生苦。」按，慧能認爲，不執著于萬法，便可「見性」成佛，此即頓教之修行法，而「億劫修行」乃「漸修」，故謂「億劫修行」，不如「無礙之慈」云云。弘濟，廣泛地救助。四生，見《讚佛文》首段注〔五〕。三有，猶三界。見《西方變畫讚》首段注〔八〕。

既而道德遍覆，名聲普聞。泉館卉服之人〔一〕，去聖歷劫〔二〕；塗身穿耳之國〔三〕，航海窮年，皆願拭目于龍象之姿〔四〕，忘身于鯨鯢之口，駢立于户外〔五〕，趺坐于牀前〔六〕。林是旃檀，更無雜樹〔七〕；花惟薝蔔，不嗅餘香〔八〕。皆以實歸〔九〕，多離妄執〔一〇〕。九重延想〔一一〕，萬里馳誠〔一二〕，思布髮以奉迎〔一三〕，願叉手而作禮〔一四〕。則天太后，孝和皇帝，並敕書勸諭，徵赴京城〔一五〕。禪師子牟之心，敢忘鳳闕〔一六〕；遠公之足，不過虎溪〔一七〕。固以此辭，竟不奉詔。遂送百衲袈裟及錢帛等供養。天王厚禮，獻玉衣于幻人〔一八〕；女后宿因，施金錢于化佛〔一九〕。尚德貴物〔二〇〕，異代同符。至某載月日中，忽謂門人曰：「吾將行矣！」俄而異香滿室，白虹屬地〔二一〕。飯食訖而敷坐〔二二〕，沐浴畢而更衣。彈指不留〔二三〕，水流燈焰〔二四〕；金身永謝〔二五〕，薪盡火滅〔二六〕。山崩川竭，鳥哭猿啼。諸人唱言〔二七〕，人無眼目〔二八〕；列郡慟哭，世且空虛〔二九〕。某月日，遷神于曹溪〔三〇〕，安座于某所。擇吉祥之地，不待青烏〔三一〕；變功德之林，皆成白鶴〔三二〕。

〔一〕泉館卉服：見《送從弟蕃遊淮南》注〔四〕。

〔二〕去聖：辭别自己的君主。歷劫：經歷災難。

〔三〕塗身：《後漢書·東夷傳》：「挹婁，古肅慎之國也。在夫餘東北千餘里。……好養豕，食其肉，衣其皮，冬以豕膏塗身，厚數分，以禦風寒。」《舊唐書·南蠻傳》：「林邑國，漢日南、象林之地，在交州南千餘里。……其人拳髮色黑，俗皆徒跣，得麝香以塗身，一日之中，再塗再洗。」謂其國之人，有以麝香塗身的習俗。穿耳：《後漢書·南蠻傳》：「珠崖、儋耳二郡，在海洲上……其渠帥貴長，耳皆穿而縋之，垂肩三寸。」《南史·夷貊傳上》：「林邑國……男女皆以橫幅古貝繞腰以下……穿耳貫小環。貴者著革屣，賤者跣行。自林邑、扶南以南諸國皆然也。」《舊唐書·南蠻傳》：「婆利國，在林邑東南海中洲上。……其人皆黑色，穿耳附璫。」《後漢書·東夷傳》注引沈瑩《臨海水土志》：「夷洲（今臺灣）在臨海東南，去郡二千里。……人皆髡髮穿耳，女人不穿耳。」

〔四〕窮年：一整年。龍象：梵語「那伽」之意譯。《大智度論》卷三：「那伽，或名龍，或名象，是五千阿羅漢，諸無數阿羅漢中最大力，以是故言如龍如象，水行中龍力大，陸行中象力大。」後稱佛徒之修行勇猛精進、有最大能力者爲龍象。此指慧能。

〔五〕鯢：雌鯨。駢立：並立。

〔六〕趺坐：見《登辨覺寺》注〔六〕。

〔七〕「林是」二句：喻指慧能之徒清淨純一。《大法鼓經》卷上：「今此會衆，如旃檀林，清淨純一。」《大方等無想經》卷四：「如來大衆成就持戒，悉入佛境，徒衆眷屬，如旃檀林純以旃檀而爲圍繞。」旃檀，見《薦福寺光師房花藥詩序》二段注〔一九〕。

〔八〕「花惟」二句：薝（zhān 沾）蔔，亦作瞻蔔，花名，梵語之音譯，義譯爲鬱金花。《酉陽雜俎》卷一八稱薝蔔即梔子，非是。參見《續一切經音義》卷四、《通雅》卷四二。二句喻指在慧能處，唯聞正法與佛功德之香。參見《西方變畫讚》二段注〔一二〕。

〔九〕句謂從學者皆滿載而歸。《文選》王巾《頭陀寺碑文》：「智刃所遊，日新月故；道勝之韻，虚往實歸。」《莊子·德充符》：「常季問於仲尼曰：『王駘，兀者也，從之遊者，與夫子中分魯。立不教，坐不議，虚而往，實而歸。』」

〔一〇〕妄執：謂對虚妄認識的執著。佛教以世俗之認識爲「妄」，而以擺脱世俗之「顛倒」認識而得之認識爲「實」。

〔一一〕九重：指天子。延想：言長久思念禪師。

〔一二〕馳誠：傳達誠意。

〔一三〕布髮：在佛經行之地，布髮掩泥，以示敬意。《大般若經》卷九九：「我於往昔然燈如來應正等覺出現世時，於衆花城四衢路首，見然燈佛，散五莖花，布髮掩泥，聞無上法。」《過去現在因果經》卷一：「爾時如來，既授記已，猶見善慧，作仙人髻，披鹿皮衣。如來欲令舍此服儀，即便化地，以爲淤泥。善慧見佛應從此行而地濁濕，……即脱皮衣，以用布地，不足掩泥，仍又解髮，亦以覆之。如來即便踐之而度，因記之曰：汝後得佛……必如我也。」

〔一四〕叉手：亦曰合掌叉手，即「合十」。謂於胸前合掌交叉手指，表示衷心敬意。原爲古印度禮節，佛教沿用之。《觀無量壽經》：「合掌叉手，讚嘆諸佛。」

〔一五〕「則天」四句：《舊唐書·方伎傳》：「神秀嘗奏則天，請追慧能赴都，慧能固辭。神秀又自作書重邀之，慧能謂使者曰：『吾形貌矬陋，北土見之，恐不敬吾法。又先師以吾南中有緣，亦不可違也。』竟不度嶺而死。」孝和皇帝，中宗的謚號，見《舊唐書・中宗紀》。柳宗元《賜謚大鑒禪師碑》：「中宗聞名，使幸臣再徵不能致，取其言以爲心術。」劉禹錫《大鑒禪師碑》：「中宗使中貴人再徵，不奉詔，第以言爲貢。」《景德傳燈録》卷五：「中宗神龍元年，降詔云：『朕請安秀二師宮中供養，萬機之暇，每究一乘，二師並推讓云：「南方有能禪師，密受大師衣法，可就彼問。」今遣内侍薛簡馳詔迎請，願師慈悲，速赴上京。』師上表辭疾，願終林麓。……（薛簡）禮辭歸闕，表奏師語。有詔謝師，並賜摩納袈裟、絹五百匹、寶鉢一口。」

〔一六〕「禪師」二句：言禪師心如公子牟，豈敢忘記朝廷。《莊子・讓王》：「中山公子牟（魏國公子，名牟，封於中山，故云）謂瞻子曰：『身在江海之上，心居乎魏闕（宮門外闕門，巍巍高大，故曰魏闕）之下，奈何？』」鳳闕，漢代宮闕名，後泛指宮殿、朝廷。

〔一七〕「遠公」二句：見《過感化寺曇興上人山院》注〔二〕。

〔一八〕「天王」二句：《列子・周穆王》：「周穆王時，西極之國，有化人來，入水火，貫金石，反山川，移城邑，乘虛不墜，觸實不硋（礙），千變萬化，不可窮極。既已變物之形，又且易人之慮。穆王敬之若神，事之若君，推路寢以居之，引三牲以進之，選女樂以娱之。……月月獻玉衣，旦旦薦玉食。」《翻譯名義集》卷七：「周穆王時，文殊（佛教菩薩名）、目連（釋迦牟尼十大弟子之一）來化，穆王從之。即《列子》所謂化人者是也。」天王，指周天子。《春秋》隱公元年：「秋七月，天王使宰咺來歸惠公、仲子之賵。」蓋當時楚吴等諸侯相繼稱王，故加「天」以別之。厚禮，厚加禮遇。幻人，猶化人，謂能爲幻術者。

〔一九〕「女后」二句：意謂王后因前世的因緣，施捨金錢給佛的化身。宿因，前世的因緣。化佛，謂佛、菩薩以神通力化現之身。《雜寶藏經》卷四載，昔晝闍山中，居住衆僧。有一貧窮乞索女人，詣山求乞，見諸長者齋僧，因自思惟：彼諸人等，先世修福，今日富貴，今復重作，未來轉勝；我先不修，今世貧窮，今若不作，未來轉劇。此女先時于糞中拾得兩錢，恒常保惜，以俟乞索不得之時，當用買食。是時女自思惟，我今持以布施衆僧，料一二日不得飲食，終不能死。因伺僧食訖，即便布施。時適值國王最大夫人新亡，王遣使訪求，誰有福德，堪爲夫人；相師占此女有福德，王遂以爲夫人。又卷九載，昔惡生王遊觀林苑，見園中堂上，有一金貓，自東北角入西南角，王即遣人深掘，得三銅瓮，悉盛滿金錢。王怪其所以，即詣尊者迦栴延所問詢。尊者答言：「此王宿因所得福報，但用無苦。」又言依過去九十一劫毗婆尸佛之遺法，有諸比丘於四衢道頭設座置鉢，教人布施。爾時有貧人，先因賣薪，得錢三文，見僧教化，即便布施。時貧人者，今王身是；緣昔三錢歡喜施僧，今遂得如是三銅瓮金錢。趙殿成注謂此處乃合上二事「作一事用，似誤」。

〔二〇〕貴物：重視禮物。「送百衲袈裟及錢帛」、「獻玉衣」之事即是「貴物」。

〔二一〕「至某」五句：《壇經》第四十八節：「大師先天二年八月三日滅度。七月八日，唤門人告别。……

大師言：『汝衆近前，吾至八月，欲離世間，汝等有疑早問。』」五十四節：「大師滅度，諸日寺内異香氳氳，經數日不散。山崩地動，林木變白，日月無光，風雲失色。」中，《全唐文》無此字。白虹，日月周圍的白色暈圈。屬，連。

〔二二〕「飯食」句：《壇經》五十一節：「六祖後至八月三日，食後，大師言：『汝等著位坐，吾今共汝等別。』」敷坐，設座。

〔二三〕彈指：一彈指的略語。極言時間短暫。

〔二四〕水流燈焰：就像大水流過燈焰。謂燈焰滅。喻指佛入滅。《法苑珠林》卷三〇：「說是語已，一時俱入無餘涅槃，先定願力，火起焚身，如燈焰滅，骸骨無遺。」此指慧能圓寂。

〔二五〕金身：謂佛身。《法華經・安樂品》：「諸佛身金色，百福相莊嚴。」謝：凋落，死。

〔二六〕薪盡火滅：喻佛入滅。《法華經・序品》：「佛此夜滅度，如薪盡火滅。」

〔二七〕人，《全唐文》作「天」。唱言：高呼。

〔二八〕人無眼目：指佛入滅後，徒衆無首，猶如人無眼目。《涅槃經》卷一〇：「是時天人阿修羅等，啼泣悲嘆，而作是言：如來今日，已受我等最後供養，受供養已，當般涅槃，我等當復更供養誰？我今永離無上調御，盲無眼目。」

〔二九〕世且空虛：《涅槃經》卷一：「二月十五日，（佛）臨涅槃時……諸衆生共相謂言：且各裁抑莫大愁苦，當疾往詣拘尸那城力士生處……勸請如來莫般涅槃……互相執手，復作是言：世間空虛，衆生福盡，不善諸業，增長出世，仁（呼人之敬稱）等，今當速往速往，如來不久必入涅槃。復作是言：世間空虛，世間空虛，我等從今無有救護，無所宗仰，貧窮孤露。一旦遠離無上世尊，設有疑惑，當復問誰？」謂佛入滅後，衆生無所宗仰、依恃，覺世間空虛。此句即用其意。

〔三〇〕「遷神」句：謂遷移禪師遺體於曹溪。遷神，遷移靈柩或遺體。《文選》潘岳《寡婦賦》：「痛存亡之殊制兮，將遷神而安厝。」《壇經》五十四節：「八月三日滅度，至十一月，迎和尚神座於漕溪山葬。」《景德傳燈録》卷五：「先天二年七月一日，（慧能）謂門人曰：『吾欲歸新州。』……往新州國恩寺。沐浴訖，跏趺而化。……即其年八月三日也。時韶、新兩郡，各修靈塔，道俗莫決所之。兩郡刺史共焚香祝云：『香烟引處，即師之欲歸焉。』時香爐騰湧，直貫曹溪。以十一月十三日入塔，壽七十六。」

〔三一〕青烏：亦曰青烏子，漢代術士，精堪輿之學，著有葬書。《廣韻》卷二引應劭《風俗通義》：「漢有青烏子，善數術。」《抱朴子·極言》：「黄帝相地理，則書有青烏之説。」《後漢書·王景傳》注：「葬送造宅之法，若黄帝、青烏之書也。」《世説新語·術解》注引有青烏子《相冢書》之文，《舊唐書·經籍志》有「《青烏子》三卷」。按，青烏之書久佚，今傳所謂青烏先生《葬經》，乃後人託名僞撰者也。

〔三二〕「變功」二句：《涅槃經》卷一：「佛在拘尸那國力士生地，阿利羅跋提河邊娑羅雙樹間……二月十五日，臨涅槃時……爾時拘尸那城娑羅樹林，其林變白，猶如白鶴。」功德之林，即指佛入滅處的娑羅樹林。娑羅，樹名，《大唐西域記》卷六謂「其樹類槲而皮青白」。

嗚呼！大師至性淳一，天姿貞素〔一〕，百福成相〔二〕，衆妙會心。經行宴息〔三〕，皆在正受〔四〕；談笑語言，曾無戲論〔五〕。故能五天重跡〔六〕，百越稽首〔七〕。修蚰雄虺，毒螫之氣銷〔八〕；跳殳彎弓〔九〕，猜悍之風變〔一〇〕。畋漁悉罷〔一一〕，蠱酖知非〔一二〕。多絶羶腥，效桑門之食〔一三〕；悉棄罟網〔一四〕，襲稻田之衣〔一五〕。永惟浮圖之法〔一六〕，實助皇王之化。弟子曰神會〔一七〕，遇師于晚景，聞道于中年〔一八〕，廣量出于凡心〔一九〕，利智踰于宿學〔二〇〕，雖末後供〔二一〕，樂最上乘〔二二〕。先師所明，有類獻珠之願〔二三〕；世人未識，猶多抱玉之悲〔二四〕。謂余知道，以頌見託〔二五〕。偈曰：

〔一〕至性：天賦的卓絶品性。淳一：質樸純一。貞素：貞正純樸。《三國志·吴書·是儀傳》評：「儀清恪貞素。」

〔二〕百福成相：言大師以積多福而成佛相。佛經謂佛具三十二相（指佛生來容貌神異，有三十二種不同凡俗的特徵），各相皆以百福之業因而感得，故稱佛相爲百福相或百福莊嚴相。《法華經·方便品》：「彩畫作佛像，百福莊嚴相。」

〔三〕經行：見《青龍寺曇壁上人兄院集》注〔一五〕。宴息：安息。宴，述古堂本作「冥」。

〔四〕正受：梵語「三昧（定）」，一譯「正受」。心離邪亂謂之正，無念無想，納法在心謂之受。《大乘義章》卷一三：「離於邪亂故説爲正，納法稱受。」《觀經四帖疏・玄義分》：「言正受者，想心都息，緣慮並亡，三昧相應，名爲正受。」句謂皆在心離邪亂、無思無慮之境。

〔五〕戲論：佛教指錯誤無益的言論，也即世俗的言論。《最勝王經》卷一：「實際（真如）之性，無有戲論，惟獨如來證實際法，戲論永斷，名爲涅槃。」《遺教經》：「汝等比丘，若種種戲論，其心則亂，雖復出家，猶未得脱。」

〔六〕五天：五天竺之省稱。《法苑珠林》卷一二〇：「沙門玄奘振錫五天。」古印度分東、南、西、北、中五部，稱五天竺或五印度。《舊唐書・西戎傳》：「天竺國……其中分爲五天竺：其一曰中天竺，二曰東天竺，三曰南天竺，四曰西天竺，五曰北天竺。」重跡：車馬之跡重疊，形容來者之多。《漢書・息夫躬傳》：「軍書交馳而輻湊，羽檄重跡而押至。」《文選》陸機《辨亡論上》：「珍瑰重跡而至，奇玩應響而赴。」呂延濟注：「重跡，謂遠方貢獻多，而車馬之跡重疊也。」

〔七〕百越：《史記・李斯傳》獄中上二世書：「非地不廣，又北逐胡貉，南定百越，以見秦之彊。」按，當時越族居今江、浙、閩、粤一帶，有許多不同的部族，故稱百越。

〔八〕修虵：大蛇，長蛇。虵，同蛇。《淮南子・本經》：「封豨、修蛇，皆爲民害。」注：「修蛇，大蛇，吞象三年而出其骨之類。」《山海經・海内南經》：「巴蛇食象，三歲而出其骨。」雄虺（huǐ悔）：凶猛之毒蛇。《楚辭・招魂》：「雄虺九首，往來儵忽，吞人以益其心些。」毒螫：毒害。二句指大師化及毒蟲。

〔九〕跳：耍弄。張衡《西京賦》：「跳丸劍之揮霍，走索上而相逢。」殳：古兵器名。以竹木爲之，一端有棱。《詩·衛風·伯兮》：「伯也執殳，爲王前驅。」傳：「殳長丈二而無刃。」

〔一〇〕猜悍：多疑而凶悍。

〔一一〕畋：打獵。句指受佛教的影響，「畋漁悉罷」。佛教反對殺生，故云。

〔一二〕蠱：相傳是一種人工培養的毒蟲。《文選》鮑照《苦熱行》：「含沙射流影，吹蠱痛行暉。」李善注：「顧野王《輿地志》曰：江南數郡有畜蠱者，主人行之以殺人，行食飲中，人不覺也。其家絶滅者，則飛遊妄走，中之則斃。」酖（zhèn震）：通「鴆」，傳説中的一種毒鳥。《左傳》莊公三十二年：「成季使以君命命僖叔，待于鍼巫氏，使鍼季酖之。」注：「酖，鳥名，其羽有毒，以畫酒，飲之則死。」疏：「《説文》云：『酖，毒鳥也，一名運日。』《廣雅》云：『鴆鳥雄曰運日，雌曰陰諧。』……以其因酒毒人，故字或爲酖。」此處以「蠱酖」喻惡人。

〔一三〕桑門：梵語「沙門」之異譯，指佛教僧侶。《魏書·釋老志》：「沙門，或曰桑門。」

〔一四〕罟網：用以取魚者曰罟，捕獸者曰網。

〔一五〕襲：穿。稻田之衣：即袈裟。見《與蘇盧二員外期遊方丈寺而蘇不至因有是作》注〔五〕。

〔一六〕永惟：深思。浮圖：梵語之音譯，亦譯作浮屠、佛陀，即佛。《後漢書·西域傳》：「後桓帝好神，數祀浮圖、老子。」

〔一七〕神會：慧能十大弟子之一（見《壇經》第四十五節）。據《宋高僧傳》卷八、《景德傳燈録》卷五、三十載，俗姓高，襄陽人。先從本府國昌寺顥元法師出家，後至曹溪參謁慧能，受「頓悟」教。慧能死後，神會大約還在曹溪住了十餘年，直到開元十八年左右，才北上至洛陽一帶弘揚慧能學説。安史之亂中，設壇度僧收「香水錢」以助軍需。兩京收復後，「肅宗皇帝詔入内供養，勅將作大匠併功齊力，爲造禪宇于荷澤寺中是也」。

〔一八〕晚景：指慧能晚年。「聞道」句：《宋高僧傳》卷八謂神會上元元年（七六〇）卒，年九十三。據此可推知，先天二年（七一三）慧能圓寂時，神會四十六歲。神會三十多歲往謁慧能，故言「聞道于中年」。又《景德傳燈録》卷五謂神會「年十四，爲沙彌，謁六祖」，「于上元元年五月十三日中夜奄然而化，俗壽七十五」。印順《中國禪宗史》認爲：「在古代抄寫中，『中年』可能爲『沖年』的別寫。中與沖，是可以假借通用的。……神會十四歲來謁六祖，正是『聞道於沖年（按，幼小曰沖）』。」中，宋蜀本、述古堂本、明十卷本、奇字齋本俱作「長」，趙殿成曰：「今校從《唐文粹》本。」按，《韓非子·姦劫弑臣》曰：「人主無法術以御其臣，雖長年而美材，大臣猶將得勢擅事主斷，而各爲其私急。」可見非必「年老者」方可謂之「長年」，正當盛壯之年亦可謂之「長年」。此處若從宋蜀本等作「長」，意亦可通。

〔一九〕廣量：寬廣的器量。凡心：平常的心靈。

〔二〇〕「利智」句：利智，指鋭敏的佛教之智。《往生要集》卷上本：「利智精進之人未爲難。」《宋高僧傳》卷八：「（神會）年方幼學，厥性惇明，從師傳授《五經》，克通幽賾。次尋《莊》、《老》，靈府廓然。……其諷誦群經，易同反掌；全大律儀，匪貪講貫。」句謂鋭敏的佛教智慧超過學識淵博的學者。

〔二一〕末後供：末後（最後）供養佛，指爲慧能的最後弟子。《涅槃經》卷二：「爾時會中有優婆塞，是拘尸那城工巧之子，名曰純陀，與其同類十五人俱，……悲泣墮淚，頂禮佛足，而白佛言：『唯願世尊及比丘僧，哀受我等最後供養，爲度無量諸衆生故。世尊，我等從今，無主無親，無救無護，無歸無趣，貧窮饑困，欲從如來，求將來食，唯願哀愍，受我微供，然後乃入于般涅槃。……』爾時世尊一切種智無上調御，告純陀曰：『……我今受汝最後供養，令汝具足檀波羅蜜。』」供養，指以香花、燈明、飲食、衣服等供佛、菩薩及僧。

〔二二〕最上乘：最上之教法。《法華經·授記品》：「諸菩薩智慧堅固，了達三界，求最上乘。」慧能以其「頓悟」教門爲「最上乘」，參見本篇一段注〔七〕。

〔二三〕「先師」二句：《景德傳燈録》卷二：「（師子比丘尊者）方求法嗣，遇一長者，引其子問尊者曰：『此子名斯多，當生便拳左手，今既長矣，而終未能舒，願尊者示其宿因。』尊者覩之，即以手接曰：『可還我珠。』童子遽開手奉珠，衆皆驚異，尊者曰：『吾前報爲僧，有童子名婆舍，吾嘗赴西海齋，受嚫珠付之，今還吾珠，理固然矣。』長者遂捨其子出家，尊者即與受具，以前緣故，名婆舍斯多。」頎，《唐文粹》作「顧」。此以斯多喻神會，謂其同慧能似有宿緣，可爲法嗣。

〔二四〕抱玉之悲：《韓非子·和氏》：「楚人和氏得玉璞楚山中，奉而獻之厲王，厲王使玉人相之，玉人曰：『石也。』王以和爲誑，而刖其左足。及厲王薨，武王即位，和又奉其璞而獻之武王，……王又以和爲誑，而刖其右足。武王薨，文王即位，和乃抱其璞而哭於楚山之下，三日三夜，泣盡而繼之以血。王聞之，使人問其故……和曰：『吾非悲刖也，悲夫寶玉而題之以石，貞士而名之以誑，此吾所以悲也。』王乃使玉人理其璞而得寶焉，遂命曰『和氏之璧』。」此二句謂神會多有懷寶而不爲世人所識的悲哀。按，神會於開元二十二年在滑臺大雲寺設無遮大會，抨擊神秀的北宗「傳承是傍，法門是漸」，宣傳只有慧能的頓門才是傳承的正支（見獨孤沛《菩提達摩南宗定是非論》）；天寶四載，神會應請入住洛陽荷澤寺，大力弘揚頓教（見宗密《圓覺經大疏鈔》卷三之下）。但當時神秀門下的勢力很盛，他們對神會毫不相讓，給予了無情的報復和打擊。「天寶中，御史盧奕阿比於（普）寂（神秀的大弟子），誣奏會聚徒，疑萌不利」（《宋高僧傳》卷八），後神會即被朝廷逐出洛陽。這兩句就是就當時神會所受到的排斥而言的。又，兩京收復後，神會受到朝廷的尊崇，地位發生了很大的變化，不大可能再有「抱玉之悲」，根據這一點不難推知，本篇的寫作時間，大抵應在安史之亂發生以前。

〔二五〕天寶四載神會赴洛陽荷澤寺之前，曾在南陽郡臨湍驛中同王維晤談過（參見《年譜》），會「以頌見託」，疑即在是時。又當時維正「受制出使」，于旅途之中不大可能爲此長文，故本篇之寫作時間，似應在天寶四載之後，今姑繫於五、六載間。

五蘊本空，六塵非有〔一〕，衆生倒計，不知正受〔二〕。蓮花承足，楊枝生肘〔三〕，苟離身心，孰爲休咎〔四〕！其一。至人達觀，與物齊功〔五〕。無心捨有〔六〕，何處依空〔七〕？不着三界〔八〕，徒勞八風〔九〕。以茲利智，遂與宗通〔一〇〕。其二。愍彼偏方〔一一〕，不聞正法，俯同惡類〔一二〕，將興善業〔一三〕。教忍斷嗔〔一四〕，修慈捨獵。世界一花〔一五〕，祖宗六葉〔一六〕。其三。大開寶藏，明示衣珠〔一七〕，本源常在〔一八〕，妄轍遂殊〔一九〕。過動不動〔二〇〕，離俱不俱〔二一〕，吾道如是，道豈在吾〔二二〕！其四。道遍四生〔二三〕，常依六趣〔二四〕，有漏聖智〔二五〕，無義章句〔二六〕，六十二種〔二七〕，一百八喻〔二八〕，悉無所得〔二九〕，應如是住〔三〇〕。其五。

〔一〕「五蘊」二句：《景德傳燈録》卷五《玄策傳》：「曰：『六祖以何爲禪定？』師（玄策）曰：『我師云：夫妙湛圓寂，體用如如，五陰本空，六塵非有……』」五蘊，亦作五陰，即色蘊、受蘊、想蘊、行蘊、識蘊，總的指一切物質現象和精神現象。《般若心經》：「色不異空，空不異色，色即是空，空即是色；受、想、行、識，亦復如是。」六塵非有，謂六塵亦空。六塵即色、聲、香、味、觸、法六境。

〔二〕倒計：謂作顛倒之想，即認爲五蘊、六塵實有。正受：見本篇前一段注〔四〕。

〔三〕蓮花承足：指成佛。諸佛常於蓮花上結跏趺坐，故云。楊枝生肘：指老病。參見《胡居士卧病遺米因贈》注〔六〕。此二句上句是「休」，下句爲「咎」。

〔四〕二句意謂，若超越我之身心，也就無所謂休咎（吉凶）了。

〔五〕與物齊功：謂齊同于萬物。物，述古堂本、明十卷本、奇字齋本、《全唐文》俱作「佛」。按，此二句意近「至人無己」。《莊子·逍遥遊》云：「至人無己，神人無功，聖人無名。」「無己」謂忘其自我，齊同于物。

〔六〕無心捨有：謂自然而然地捨棄萬有。

〔七〕何處依空：言不依于空。《大乘起信論》：「若修止者，住于静處，端坐正意，不依氣息，不依形色，不依于空，不依地水火風，乃至不依見聞知覺。」按，此句即「於空離空」、不執著于空之意，參見本文首段注〔四〕。

〔八〕不着三界：謂不執著于世俗世界。《菩薩瓔珞經》卷八：「攝意常定，心如虚空，不著三界，是謂無行。」三界，即欲界、色界、無色界。佛教以三界爲「迷界」，認爲從中解脱達到「涅槃」才是最高理想。參見《俱舍論》卷八。

〔九〕八風：又稱八法，即衰、利、毁、譽、稱、譏、苦、樂。此八事爲世所愛憎，能煽動人心，故名八風。《行宗紀》卷一上：「《智論》云：衰、利、毁、譽、稱、譏、苦、樂，四順四違，能動物情，名爲八風。」《釋氏要覽》卷下：「《佛地論》云：得可意事名利，失可意事名衰，不現前誹撥名毁，不現前讚美名譽，現前讚美名稱，現前誹撥名譏，逼惱身心名苦，適悦身心名樂。」句指心不爲八風所動。

〔一〇〕與：猶得。説見張相《詩詞曲語辭匯釋》。宗通：《楞伽經》卷三：「佛告大慧，一切聲聞、緣覺、菩薩有二種通相，謂宗通、説通。」《祖庭事苑》卷七曰：「清凉云：宗通自修行，説通示未悟。」能自悟宗旨，謂之宗通；能説佛法，謂之説通。二句謂，以這種鋭敏的佛教智慧，於是獲得了能自悟佛教宗旨的通達。

〔一一〕愍（mǐn敏）：哀憐。偏方：僻遠之地。

〔一二〕正法：佛教語。指釋迦牟尼的教法。惡類：壞人。

〔一三〕善業：指符合佛教教理的思想和行爲，如不殺生、不邪淫、不妄語、不邪見等。

〔一四〕句謂教人以忍，使絶嗔怒之心。

〔一五〕世界一花：《華嚴經》卷四〇：「菩薩摩訶薩，以三千大千世界爲一蓮華，現身偏此蓮花之上結跏趺坐。」句用其事，謂世界變化無常。

〔一六〕祖宗六葉：獨孤沛《菩提達摩南宗定是非論》：「（達摩）傳一領袈裟以爲法信授與慧可，慧可傳僧璨，僧璨傳道信，道信傳弘忍，弘忍傳慧能，六代相承，連綿不絶。」這是神會所提出的禪宗傳法系統，作者此處即用其説。

〔一七〕大開寶藏：用「窮子」事，見《西方變畫讚》一段注〔二〕。衣珠：衣中之寶珠，喻佛智。《法華經·五百弟子受記品》：「爾時五百阿羅漢，于佛前得受記（阿耨多羅三藐三菩提記，即將來成就無上正等正覺的預記）已，……頭面禮足，悔過自責：『世尊，我等常作是念，自謂已得究竟滅度，今乃知之，如無智者。所以者何？我等應得如來智慧，而便自以小智爲足。世尊，譬如有人至親友家，醉酒而卧，是時親友，官事當行，以無價寶珠，繫其衣裏，與之而去。其人醉卧，都不覺知，起以遊行，到于他國，爲衣食故，勤力求索，甚大艱難，若少有所得，便以爲足。于後親友會遇見之，而作是言：「……我昔欲令汝得安樂，五欲自恣，于某年月日，以無價寶珠，繫汝衣裏，今故現在，而汝不知，勤苦憂惱，以求自活，甚爲癡也。汝今可以此寶，貿易所須，常可如意，無所乏短。」佛亦如是。爲菩薩時，教化我等，令發一切智心，而尋廢忘，不知不覺。既得阿羅漢道，自謂滅度，資生艱難，得少爲足，一切智願，猶在不失。今者世尊覺悟我等，……我今乃知實是菩薩，得受阿耨多羅三藐三菩提記。』」這裏指衆生自身固有的佛智、佛性。句謂向人們明示繫在他們衣服裏面的無價寶珠。

〔一八〕本源：指真如、佛性。慧能認爲它是宇宙萬有的本源。

〔一九〕妄轍：指不符合佛教教理的世俗行迹。殊：斷絶。《左傳》昭公二十三年：「武城人塞其前，斷其後之木而弗殊。」

〔二〇〕動不動：即動不動法。欲界之法曰動法，色界、無色界之法曰不動法。《遺教經》：「一切世間動不動法，皆是敗壞不安之相。」《注維摩經》卷五：「（鳩摩羅）什云：欲界六天爲動法，上二界壽命劫數長久，外道以爲常，名不動法。」句謂超越三界一切事物。

〔二一〕俱不俱：《楞伽經》卷二：「是故欲得自覺聖智事，當離生住滅、一異俱不俱、有無、非有非無、常無常等惡見妄想。」謂宇宙萬法彼此皆同曰「一」，彼此皆異曰「異」，佛教認爲「一」、「異」都是偏于一邊的錯誤見解，必「不一不異」，方爲「中道」。參見《中論·觀因緣品》、《大智度論》卷五。

俱，同，即「一」；不俱，即「異」。句指離一異等惡[illegible]

〔二二〕道：菩提（意譯「覺」，指對佛教「真理」的覺悟）舊譯[illegible]爲通向涅槃之路。《大乘義章》卷一八：「菩提胡語，此翻名道。」《俱舍論》卷二五：「道[illegible]謂涅槃路，乘此能往涅槃城故。」佛教各宗派對「菩提」一詞的理解和運用不盡相同，有[illegible]先天具有的佛性爲菩提（見《大乘起信論》）。尋繹上下文義，此處的「道」當即指佛性。慧[illegible]爲，佛性人人本自有之，故云「道豈在吾」。「吾」謂慧能。

〔二三〕道遍四生：謂佛性遍布於胎生、卵生等四類衆生。

〔二四〕六趣：指六道衆生。詳見後《給事中竇紹……畫西方阿彌陀變讚》三段注〔四〕。句謂佛性常依存於六道衆生之身。

〔二五〕有漏聖智：世俗的所謂聖智。有漏，見《西方變畫讚》二段注〔一五〕。

〔二六〕無義：無意義，無益。晋譯《華嚴經》卷二四：「無義語罪，亦令衆生墮三惡道。」句謂世間無益的章句之學。

〔二七〕六十二種：指六十二見，即佛教所謂外道的六十二種錯誤見解。據《大品般若經·佛母品》載，過去之色蘊有色爲常、色爲無常、色爲常無常、色爲非常非無常四見，其餘四蘊亦然，計過去之五蘊凡二十見。又現在、未來之五蘊亦各有二十見，通爲六十見。復加身與神之一、異二見，爲六十二見。此外，《阿含經》、《梵動經》等還載有不同説法。

〔二八〕一百八喻：疑指百八煩惱。佛家慣用「一百八」字。一百八本爲煩惱之數量（參見《釋氏要覽》卷中），釋氏的念佛一百八遍，貫數珠一百[illegible]曉鐘一百八下等等，皆即用以對治百八煩惱者。又釋氏説法好用譬喻，一種煩惱可設[illegible]，故以「一百八喻」指百八煩惱。

〔二九〕無所得：謂不執著，遠離。《壇經》第十七節[illegible]見妄想。[illegible]切相，是無相；但能離相，性體清浄。此是以無相爲體。」四十三節：「但離法相，作無[illegible]「道」，意上乘。」慧能認爲，遠離事相，不執著于萬法，即是「無所得」。

〔三〇〕住：安住不動。

兵部起請露布文〔一〕

天地之心，無不覆載〔二〕，鳥鼠之性，自私巢穴〔三〕[illegible]國家非徒疆理其地〔四〕，臣妾其人〔五〕，思欲一車書〔六〕，混聲教〔七〕，變毒螯之俗〔八〕，爲[illegible]義之鄉。伏惟皇帝陛下，大道先天〔九〕，至德冠古，武功則我有七德〔一〇〕，文教則舞于[illegible]〔一一〕，億兆廣堯封之時〔一二〕，郡縣加禹服之外〔一三〕。而犬戎小醜〔一四〕，蝸角偷安〔一五〕，動摇[illegible]漢使之路〔一六〕；脅從小國〔一七〕，絶蕃臣之禮。四鎮節度使高仙芝等，虔奉聖策，肅將[illegible]。因識匿之且憎〔一九〕，尋勃律之舊好〔二〇〕。暨諸胡國〔二一〕，悉會王師，萬里風馳，六[illegible]〔二三〕。氈裘之長〔二三〕，思嚮風以無階〔二四〕；毳幙之人〔二五〕，惟塗地而可獲〔二六〕。遂通重譯〔二七〕，罔不來庭〔二八〕，實賴聖謀，曷惟帝力〔二九〕？無攻不克，百蠻皆歸于計中〔三〇〕；無遠不賓〔三一〕，萬方若在于宇下。臣等不勝喜慶之至。

〔一〕作于天寶六載十二月，説見本篇注〔一八〕。起請：上奏。露布：指捷報。《封氏聞見記》卷四：「露布，捷書之别名也。諸軍破賊，則以帛書建諸竿，上兵部，謂之露布。蓋自漢以來，已有其名。所以名露布者，謂不封檢，露而宣布，欲四方速知之。」按，是時作者在兵部任職（官庫部員外郎），故爲擬此文。

〔二〕「天地」二句：謂天地至公無私，一切皆覆育包容。《後漢書·光武帝紀》：「上當天地之心，下爲元元所歸。」《莊子·德充符》：「天無不覆，地無不載。」

〔三〕私：偏愛。

〔四〕疆理：劃分、治理土地。《詩·小雅·信南山》：「我疆我理，南東其畝。」傳：「疆，劃經界也。理，分地理也。」《左傳》成公二年：「先王疆理天下，物（相）土之宜而布其利。」

〔五〕臣妾：役使，管轄。

〔六〕一車書：即「車同軌，書同文」。庾信《哀江南賦序》：「混一車書，無救平陽之禍。」《禮記·中庸》：「今天下車同軌，書同文，行同倫。」

〔七〕混：齊同。聲教：《書·禹貢》：「朔南暨聲教。」疏：「其北與南，雖在服外，皆與聞天子威聲文教（禮樂教化），時來朝見。」

〔八〕毒螫（shì 式）：猶言毒害。《史記·律書》：「喜則愛心生，怒則毒螫加，情性之理也。」

〔九〕先天：見《送祕書晁監還日本國》注〔七〕。

〔一〇〕我，《全唐文》作「歌」，疑非。七德：見《故右豹韜衛長史賜丹州刺史任君神道碑》第一段注〔三二〕。

〔一一〕「文教」句：《書·大禹謨》：「帝曰：『咨禹，惟時有苗弗率（不順帝道），汝徂（往）征。』……三旬，苗民逆命（不服）。……帝乃誕敷（大布）文德，舞干羽（盾與羽扇，皆舞具）于兩階（傳：「修闡文教，舞文舞于賓主階間，抑武事。」）。七旬，有苗格（言有苗自服而來至）。」

〔一二〕億兆：猶言民衆。陸機《五等諸侯論》：「億兆悼心，愚智同痛。」堯封：《書·舜典》：「肇十有二州，封十有二山。」古史謂舜受堯禪，始置十二州，每州表封一山，其地則仍承堯之舊，因稱中國的疆域爲「堯封」。張説《過晋陽宮》：「星軒三晋士，樂土一堯封。」句謂萬民正值擴展疆域之時。

〔一三〕禹服：相傳禹平治水土後，「弼（輔）成五服（王畿外圍，依距離的遠近分成五個區劃）」，即王畿外五百里爲甸服，甸服外五百里爲侯服，侯服外五百里爲綏服，綏服外五百里爲要服，要服外五百里爲荒服。參見《書·益稷》、《禹貢》。

〔一四〕犬戎：見《送李補闕充河西支度營田判官序》注〔六〕。此處借指吐蕃。

〔一五〕 蝸角：喻極狹小之地。《莊子·則陽》：「有國於蝸之左角者，曰觸氏，有國於蝸之右角者，曰蠻氏，時相與爭地而戰，伏尸數萬，逐北旬有五日而後反。」

〔一六〕 遮漢使：《漢書·西域傳》：「（樓蘭、姑師）攻劫漢使王恢等，又數爲匈奴耳目，令其兵遮（攔）漢使。」

〔一七〕 脅從：指脅迫他人跟從。

〔一八〕 「四鎮」四句：四鎮，即安西四鎮（龜兹、焉耆、于闐、疏勒）。唐安西節度，或稱四鎮節度，治龜兹（今新疆庫車）。聖策，天子的策令。肅，敬。將，行。《書·胤征》：「奉將天罰。」天誅，帝王的誅伐。《漢書·陳湯傳》：「臣延壽、臣湯將義兵，行天誅。」按，此指高仙芝擊敗吐蕃兵，收復小勃律（西域國名，在今巴基斯坦東部）事。據《舊唐書·高仙芝傳》、《新唐書·西域傳》及《通鑑》載，開元末，吐蕃以女嫁小勃律王，小勃律歸附吐蕃，西域二十餘個唐屬國朝貢之路被阻，也都先後依附吐蕃。安西節度使田仁琬、蓋嘉運、夫蒙靈詧前後討之，皆不能克。天寶六載，玄宗特敕安西節度副使高仙芝將萬騎討之。仙芝從龜兹出發，行百餘日至五識匿國，分兵三路，如約于七月十三日會吐蕃連雲堡（在今阿富汗東北境之薩爾哈德附近）下。連雲堡有兵近萬人，仙芝大破之，斬首五千級，生擒千餘人，餘並逃散。復進至坦駒嶺（今巴基斯坦北端之達爾科特山口），入阿弩越城（在今克什米爾北部之古皮斯附近）。尋破小勃律，斬其大臣附吐蕃者數人。又砍斷娑夷水（今克什米爾之吉爾吉特河）上藤橋，使吐蕃救兵不能至。八月，仙芝虜小勃律王及吐蕃公主而還。九月，至連雲堡。「其月末，還播密川（今木爾加布河），令劉單草告捷書，遣中使判官王廷芳告捷」。十二月，上以仙芝爲安西節度使。此文稱仙芝爲「四鎮節度使」，當作于天寶六載十二月。

〔一九〕因：猶言憑藉、利用。識匿：見《送李補闕充河西支度營田判官序》注〔二六〕。「匿」字底本空缺，據宋蜀本、述古堂本補。且：猶本、本來，説見《詩詞曲語辭匯釋》。此句意謂，利用識匿同吐蕃、小勃律的舊嫌。史載仙芝此次遠征，識匿曾出兵助戰。《新唐書・西域傳》云：「天寶六載，（識匿）王跌失伽延從討勃律戰死。」

〔二〇〕小勃律本附唐，仙芝征之，旨在使其重新内附，故曰「尋勃律之舊好。」

〔二一〕暨：至。句謂諸胡之兵皆至。

〔二二〕六軍：軍隊的統稱。電掃：形容迅疾。《後漢書・皇甫嵩傳》：「旬月之間，神兵電掃。」

〔二三〕氈裘之長：指西域少數民族首領。《文選》司馬遷《報任少卿書》：「旃裘之君長咸震怖。」李善注：「旃（通「氈」）裘，謂匈奴所服也。」

〔二四〕嚮風：依順之意。司馬相如《上林賦》：「於斯之時，天下大説，嚮風而聽，隨流而化。」階：途徑，門徑。

〔二五〕毳（cuì脆）幙：氈帳。

〔二六〕句謂只能得到一敗塗地的結果。

〔二七〕重譯：輾轉翻譯。《漢書·平帝紀》：「越裳氏重譯獻白雉一，黑雉二。」注：「譯謂傳言也。道路絶遠，風俗殊隔，故累譯而後迺通。」此指絶域之人。

〔二八〕來庭：《詩·大雅·常武》：「四方既平，徐方來庭。」傳：「來王庭也。」疏：「謂既降服，後朝京師而至王庭。」

〔二九〕曷：盍，何不。惟：思。帝力：帝王的作用。《擊壤歌》：「日出而作，日入而息，鑿井而飲，耕田而食，帝力何有於我哉！」此句反用其意。

〔三〇〕百蠻：此處指西域各少數民族。句謂百蠻皆陷入唐軍的計策中。

〔三一〕「無遠」句：賓，歸服。據《新唐書·西域傳》載，仙芝破小勃律後，「拂菻、大食諸胡七十二國皆震恐，咸歸附」。

賀古樂器表〔一〕

臣某言〔二〕：伏見今月七日中書門下敕牒〔三〕，道士申太芝奏稱〔四〕：「伏奉恩旨，令臣往名山修功德，去載六月二十日，於南海葛洪居處〔五〕，至誠祈請，中夜恍惚見一老人，云是茅山、羅浮神人〔六〕，常於七曜洞來往〔七〕，昔曾於九疑山桂陽石室中藏天樂一部〔八〕，歲月久遠，變爲五野猪，彼郡百姓捉獲，汝可往取獻皇帝。每祈祭，但依方安置奏之，即五音自和〔九〕，天仙百神，應聲降福，所求必遂，壽命延長。臣奉神言，即往桂陽尋問，百姓云：『天寶二載，村人常見有五野猪，逐之，便走入石室，就裏尋覓，化爲石物五枚，衆共驚異。』臣取以扣之，音律相和，與神人言不異，今將奉進者。」

〔一〕據篇中所稱天子尊號，當作于天寶七載五月之後、八載閏六月以前。參見本篇第二段注〔四〕。

〔二〕某，底本原作「維」。按，篇中云「臣等限以留司」，則此表非維一人所上者，故此處從宋蜀本、述古堂本作「某」。

〔三〕中書門下：《舊唐書·職官志》：「舊制，宰相常於門下省議事，謂之政事堂。永淳二年七月，中書令裴炎……移政事堂於中書省。開元十一年，中書令張説改政事堂爲中書門下，其政事印，改爲中書門下之印也。」敕牒：詔令的一種。《舊唐書·職官志》：「凡王言之制有七：一曰册書，二曰制書……七曰敕牒。」唐時，制敕由中書、門下省頒布，故曰「中書門下敕牒」。

〔四〕申太芝：趙殿成注：「《神仙彙紀》：申太芝字元芝，洛陽人。……與玄宗同日生。稍長，去家學道……遂能乘虚，玄宗感夢，以像求得之。召至京師，命住玄真觀。……天寶初，奉詔祭羅浮山，訪尋朱明洞，道遇異人，告以天樂甚異，後應安禄山之亂，即所奏于凝碧池頭者。……後坐妖妄伏誅。」宋賈善翔《高道傳》云：「申泰芝字元之，唐洛陽人。與玄宗同生日……甚有道術。開元中，召至京，賜號大國師，住玄真觀，常從帝遊。」《太平廣記》卷三三引《仙傳拾遺》曰：「申元之，不知何許人也。……開元中，徵至，止開元觀。……帝遊温泉，幸東洛，元之常扈從焉。」《新唐書·嚴郢傳》：「方士申泰芝以術得幸肅宗，遨遊湖、衡間，以妖幻詭衆，姦贓鉅萬，潭州刺史龐承鼎按治。帝不信，召還泰芝，下承鼎江陵獄。……泰芝後坐妖妄不道誅。」諸書所述，蓋即一人。

〔五〕功德：指祭祀、誦經等事。南海：唐廣州（治所在今廣州），天寶元年改爲南海郡。其境内有羅浮山。葛洪居處：即在羅浮山。《晋書·葛洪傳》：「葛洪字稚川……以年老，欲鍊丹以祈遐壽，聞交阯出丹，求爲句屚令。……至廣州，刺史鄧嶽留不聽去，洪乃止羅浮山煉丹。……在山積年，優游閑養。」後卒于山，年八十一。蘇軾《題羅浮》（見《東坡題跋》卷六）：「（長壽觀）又東北三里至沖虚觀，觀有葛稚川丹竈。」《古今圖書集成·方輿彙編·山川典》卷一八九引《羅浮山記》，亦謂沖虚觀爲葛洪在羅浮的居處，「内有葛洪祠，葛洪丹竈」。

〔六〕茅山：原名句曲山，相傳西漢景帝時茅盈、茅固、茅衷兄弟三人在此修道成仙，因改稱茅山。在江蘇西南部，地跨句容、金壇、溧水、溧陽等市、縣境。羅浮：山名。在廣東增城、博羅、河源等市、縣間。羅浮、茅山皆道教名山，稱第七及第八洞天。參見《雲笈七籤》卷二七。舊傳二山之間有洞相通。謝靈運《羅浮山賦》序云：「茅山是洞庭口，南通羅浮。」《太平御覽》卷四一引《南越志》：「（羅浮）山有洞，通句曲。」

〔七〕七曜洞：稽之有關記載，皆未言茅山或羅浮有七曜洞。此處或許指傳説中的羅浮通句曲之洞。

又，《廣東通志》卷五三謂七曜洞在博羅縣。

〔八〕九疑山：在今湖南藍山縣西南。相傳舜葬于此。《山海經·海內經》：「南方蒼梧之丘……有九疑山，舜之所葬。」桂陽石室：在九疑山。九疑山在唐桂陽郡（郴州）藍山縣西南，見《元和郡縣志》卷二九。傳説九疑山有野猪巖，即唐時獲古樂器之所。《大清一統志》卷三七〇：「高士巖，在寧遠縣東南。《方輿勝覽》：舊名野猪巖，昔有獵者，見群豕，逐入巖，不見，得樂器一部，無爲觀道士獻之朝。事見王維賀表。」按，所謂「野猪巖」，顯係據王維此表附會而成。此句前六字，底本原作「昔曾九疑山於」，此從《全唐文》。

〔九〕五音：宮、商、角、徵、羽。是古代五聲音階的五個級，相當于現行簡譜上的1、2、3、5、6。

臣聞陰陽不測之謂神〔一〕，變化無方之謂聖〔二〕，惟神與聖，感而遂通〔三〕。伏惟開元天寶聖文神武應道皇帝陛下〔四〕，居皇建之極中〔五〕，得混成之大道〔六〕。奉先天之聖祖〔七〕，玄化協於無爲〔八〕，育率土之群生〔九〕，至仁侔於陰騭〔一〇〕。然猶精意不倦，聖祀逾崇，遍禮群仙，思祐九服〔一一〕。故得龐眉皓髮〔一二〕，遥同入昴之人〔一三〕；真訣玄言，來告馭風之客〔一四〕。棲身七曜，以俟唐堯〔一五〕；藏樂九疑，不傳虞舜。留茲石室，思獻玉墀。憑野豕以呈形〔一六〕，表洞仙之屬意〔一七〕。且神物思變，古亦有之：龍躍平津，實爲寶劍〔一八〕；鳧飛葉縣，空餘素履〔一九〕。器非上品，人纔下仙〔二〇〕，猶能精誠聿修〔二一〕，神變浚若〔二二〕，況殊庭致貺〔二三〕，天老効祥〔二四〕，願授至尊，以享上帝〔二五〕。亦既考擊〔二六〕，動諧律吕。《韶》、《濩》慚其九奏，《雲》、《咸》失其八音〔二七〕。翠鳳入于洞簫〔二八〕，殊非雅韻；朱鷺傳于蕢鼓〔二九〕，敢比仙聲？天地同和，神祇降福。無窮之壽，永撫寶圖〔三〇〕；無疆之休〔三一〕，以康庶績〔三二〕。實由至德斯感〔三三〕，大道玄通〔三四〕，神人親告於休徵〔三五〕，靈仙不祕其空樂〔三六〕。稽之古昔，實未見聞。臣等限以留司〔三七〕，不獲隨例抃舞〔三八〕，不任踴躍喜慶之至。

〔一〕「臣聞」句：《易·繫辭上》：「陰陽不測之謂神。」疏：「天下萬物皆由陰陽或生或成，本其所由之理，不可測量之謂神也，故云陰陽不測之謂神。」

〔二〕變化無方：言應時而變化，無固定之方向、法度。《三國志·魏書·袁紹傳》：「曹公善用兵，變化無方。」《荀子·儒效》：「應當時之變，若數一二……如是則可謂聖人矣。」《史記·范睢蔡澤列傳》：「進退盈縮，與時變化，聖人之常道也。」

〔三〕感而遂通：《易·繫辭上》：「《易》……寂然不動，感而遂通天下之故（事）。」

〔四〕「伏惟」句：據兩《唐書·玄宗紀》及《通鑑》載，天寶七載五月（《舊唐書·玄宗紀》作「三月」），「群臣上尊號曰開元天寶聖文神武應道皇帝」；八載閏六月，又「上尊號曰開元天地大寶聖文神武應道皇帝」。

〔五〕皇建：大立。《書·洪範》：「五、皇極，皇建其有極。」疏：「皇，大也。極，中也。……云大中者，人君爲民之主，當大自立其有中之道（無過與不及曰中），以施教於民。」極中：與下「大道」偶對，指最高的中道。

〔六〕混成：《老子》二十五章：「有物混成，先天地生……吾不知其名，字之曰道，强爲名曰大。」注：「混然不可得而知，而萬物由之以成，故曰混成也。」

〔七〕先天：見《送祕書晁監還日本國》注〔七〕。聖祖：謂天子之祖先，即老子。《舊唐書·玄宗紀》：「（天寶）二年春正月丙辰，追尊玄元皇帝（老子）爲大聖祖玄元皇帝。」

〔八〕玄化：《文選》曹植《責躬詩》：「玄化滂流，荒服來王。」李善注：「《廣雅》曰：『玄，道也。』謂道德之化也。」協：合。無爲：見《奉和聖製慶玄元皇帝玉像之作應制》注〔二〕。

〔九〕率土：謂境域以内。

〔一〇〕侔：齊同。陰隲（zhì質）：言上天默默地安定下民。《書·洪範》：「惟天陰隲（同「隲」）下民。」傳：「隲，定也，天不言而默定下民。」

〔一一〕九服：見《奉和聖製天長節賜宰臣歌應制》注〔八〕。

〔一二〕龐眉皓髮：眉髮花白。指茅山、羅浮神人。《後漢書·劉寵傳》：「山陰縣有五六老叟，龐眉皓髮，自若邪山谷間出。」注：「龐，雜也，老者眉雜白黑也。」

〔一三〕入昴之人：見《送祕書晁監還日本國》注〔一七〕。

〔一四〕真訣：成仙的祕訣。李白《送賀監歸四明應制》：「真訣自從茅氏得，恩波寧阻洞庭歸。」玄言：精微玄妙之言。此指道教的義理。馭風之客：指仙人。《莊子·逍遥遊》：「夫列子御（同「馭」）風而行，泠然善也。」盧鴻《倒景臺》序：「可以邀御風之客，會絶塵之子。」二句意謂，仙人來告真訣玄言。

〔一五〕唐堯：借指玄宗。

〔一六〕呈形：顯露形象。

〔一七〕洞仙：仙人好居洞壑，故通稱爲洞仙。屬意：歸心。

〔一八〕「龍躍」二句：《晉書·張華傳》載，華令雷焕于豫章豐城密尋得二寶劍，焕遣使送一劍與華，留一自佩。後「華誅，失劍所在。焕卒，子華爲州從事，持劍行經延平津，劍忽於腰間躍出墮水。使人没水取之，不見劍，但見兩龍各長數丈，蟠縈有文章，没者懼而反。須臾光彩照水，波浪驚沸，於是失劍」。平津，即指延平津，在今福建南平市東南，爲閩江的上游。

〔一九〕「鳧飛」二句：見《故右豹韜衛長史賜丹州刺史任君神道碑》第一段注〔一〇〕。

〔二〇〕下仙：低等仙人。道教依得道的深淺，分仙人爲三或九個不同的品級。如《抱朴子内篇·論仙》云：「上士舉形升虚，謂之天仙；中士游于名山，謂之地仙；下士先死後蜕，謂之尸解仙。」句指葉縣令王喬而言。

〔二一〕聿修：《詩·大雅·文王》：「無念爾祖，聿修厥德。」聿，助詞。

〔二二〕神變：神奇的變化。浚：深，大。若：助詞，無義。

〔二三〕殊庭：異域。指神仙所居之地。《史記·孝武本紀》：「（上）臨渤海，將以望祠蓬萊之屬，冀至殊庭焉。」貺（kuàng況）：賜與。

〔二四〕天老：見《贈焦道士》注〔九〕。此處喻指茅山、羅浮神人。効祥：呈獻祥瑞。梁簡文帝《馬寶頌》：「山澤效祥，朱鬣降阯。」

〔二五〕以享上帝：《易·鼎》：「聖人亨（烹）以享上帝。」古時祭祀上帝必奏樂，故云。

〔二六〕考：擊。

〔二七〕《韶》、《濩》（hù護）、《雲》、《咸》：蔡邕《獨斷》卷上：「五帝三代樂之別名：黃帝曰《雲門》……堯曰《咸池》，舜曰《大韶》，一曰《大招》……殷曰《大濩》。」「濩」宋蜀本作「護」。按，「濩」、「護」同，《文選》王巾《頭陀寺碑文》：「步中《雅》、《頌》，驟合《韶》、《護》。」李善注：「《護》，湯樂也。」《雲》即《雲門》，《咸》謂《咸池》。九奏：樂奏九曲。《書·益稷》：「簫《韶》九成，鳳凰來儀。」傳：「備樂九奏而致鳳凰。」疏：「成，謂樂曲成也。鄭（玄）云：成，猶終也。每曲一終，必變更奏。故經言九成，傳言九奏，《周禮》謂之九變，其實一也。」八音：《書·舜典》：「三載，四海遏密八音。」傳：「八音，金（鐘）、石（磬）、絲（琴瑟）、竹（簫管）、匏（笙竽）、土（壎）、革（鼓）、木（柷敔）。」二句謂五帝三代之古樂，皆不能同此天樂相比。

〔二八〕「翠鳳」句：用蕭史事，見《贈東嶽焦煉師》注〔七〕。洞簫，古之簫（排簫）無蠟蜜封底者曰洞簫。

〔二九〕「朱鷺」句：《詩・陳風・宛丘》：「無冬無夏，值其鷺羽。」疏：「陸璣云：鷺，水鳥也。好而潔白，故謂之白鳥。……楚威王時，有朱鷺合沓飛翔而來舞，則復有赤者，舊鼓吹《朱鷺曲》是也。」漢《鼓吹鐃歌》十八曲之第一曲曰《朱鷺》，《樂府詩集》卷一六曰：「漢曲蓋因飾鼓以鷺而名曲焉。」說與陸氏異。鼗（táo 桃），猶今之撥浪鼓。

〔三〇〕永撫寶圖：見《奉和聖製聖札賜宰臣連珠詞五首應制》其一注〔七〕。

〔三一〕無疆之休：《書・太甲中》：「實萬世無疆之休。」傳：「是商家萬世無窮之美。」

〔三二〕康庶績：使諸事安寧。《書・堯典》：「庶績咸熙。」又《益稷》：「元首明哉，股肱良哉，庶事康哉。」

〔三三〕斯：助詞。感：感應。

〔三四〕玄通：《老子》十五章：「微妙玄通，深不可識。」注：「玄，天也。言其志節玄妙，精與天通也。」

〔三五〕休徵：吉利的徵兆。《書・洪範》：「曰休徵。曰肅，時雨若。」

〔三六〕靈仙：道教謂天界有以下九種類型的神仙：「一上仙，二高仙，三大仙，四玄仙，五天仙，六真仙，七神仙，八靈仙，九至仙。」（《雲笈七籤》卷三）此處泛指仙人。空樂：猶天樂。

〔三七〕留司：古時中央的官署，分部治事，謂之曹或司。唐人稱「留司」，大抵有二義，一謂留于本司中，《舊唐書・刑法志》：「（房玄齡等）又刪武德、貞觀已來敕格三千餘件……以爲格十八卷，留本司施行。……以尚書省諸曹爲之目，初爲七卷。其曹之常務，但留本司者，別爲《留司格》一卷。……永徽初，敕太尉長孫無忌……等，共撰定律令格式。……遂分格爲兩部：曹司常務爲《留司格》，天下所共者爲《散頒格》。其《散頒格》下州縣，《留司格》但留本司行用焉。」一指在分設于洛陽的中央官署中任職（分司東都）。高適《酬裴員外以詩代書》：「留司洛陽宮，詹府唯蒿萊。」《舊唐書·齊澣傳》：「起爲員外少詹事，留司東都。」皆謂在分設于東都的詹事府任職。此處當指留在本司中值班，未曾上早朝。維詩《春日直門下省早朝》云：「騎省直明光，雞鳴謁建章。遥聞侍中佩，暗識令君香。」題下注：「時爲左補闕。」所謂「直門下省早朝」，是指早朝時在門下省值班。左補闕屬門下省，故作者在門下省值班；由于作者未至大明宫宣政殿上早朝，而留在本部門（門下省，也在大明宫中）值班，故稱「遥聞」、「暗識」。由此詩可證，朝廷官員有於早朝時在本司中值班的情況。王維作本文時，官庫部郎中，庫部郎中爲尚書兵部屬官，則他早朝時留在本司中值班的地點，應在長安皇城中的尚書省官署（參見《唐兩京城坊考》卷一）。此地距大明宫較遠，故「不獲隨例抃舞」。或謂作此文時，王維正分司東都，非是，說見《年譜》。

〔三八〕抃舞：鼓掌舞蹈。

王維集校注卷十

編年文（天寶下）

賀玄元皇帝見真容表〔一〕

臣某言〔二〕：伏見中書門下奏，上黨郡奏啓聖宫聖祖大道玄元皇帝玉石真容、主上聖容〔三〕，今月十五日三元齊開光明〔四〕。其日戌後〔五〕，道士陳希玉等十三人同朝禮，見殿内有光〔六〕，非常照耀，及開殿門，其光彌盛，滿堂如晝，久之方散，其時檢校官及押官等皆共瞻覩者〔七〕。臣聞仙祖行化〔八〕，真氣臨關〔九〕；聖人降生，祥光滿室〔一〇〕，固知仙聖必有景光〔一一〕。伏惟開元天地大寶聖文神武應道皇帝陛下〔一二〕，大道爲心，上元同體〔一三〕，挾風雲之質〔一四〕，敬想猶龍〔一五〕；寫日月之儀〔一六〕，欽承大象〔一七〕。仍迴舊邸，以奉清都〔一八〕。真容聖容，既明四目〔一九〕；照殿照室，忽類三光〔二〇〕。蘂宫自明〔二一〕，初謂上天無夜；桂殿如晝〔二二〕，還疑就日而朝〔二三〕。琪樹韜華，瑶池奪映〔二四〕。實由陛下弘敷本際〔二五〕，大啓玄宗〔二六〕，明君潤色于真源〔二七〕，聖祖和光于帝載〔二八〕。表文明之在御〔二九〕，六合以清〔三〇〕；知臨照之無疆，億載多慶。臣等限以留司〔三〕，不獲隨例抃舞，無任踴躍喜慶之至。

〔一〕作于天寶八載七月十五日或十月十五日之後，説見《年譜》。玄元皇帝：即老子。見《奉和聖製慶玄元皇帝玉像之作應制》注〔一〕。見：現。

〔二〕某，底本原作「維」，此從宋蜀本、述古堂本。

〔三〕上黨郡：即潞州，天寶元年改爲上黨郡，治所在今山西長治。聖宮：指潞州紫極宫。《舊唐書·玄宗紀》：「（開元）二十九年春正月丁丑，制兩京、諸州各置玄元皇帝廟并崇玄學。」「（天寶二年）三月壬子……改西京玄元廟爲太清宫，東京爲太微宫，天下諸郡爲紫極宫。」此二字底本原無，從宋蜀本補。聖祖大道玄元皇帝：《舊唐書·禮儀志》：「（天寶八載）閏六月四日，玄宗朝太清宫，加聖祖玄宗皇帝尊號曰聖祖大道玄元皇帝。」玉石真容、主上聖容：據載，兩京玄元廟皆有玄元皇帝玉石雕像，又有玄宗玉石聖容，侍立于玄元之右（參見《奉和聖製……玉像之作應制》注〔一〕）。蓋潞州玄元廟亦同兩京之制，故云。

〔四〕三元：唐人謂正月、七月、十月之十五日爲上元、中元、下元，合稱三元。唐盧拱《中元日觀法事》：「四孟逢秋序，三元得氣中。」《唐六典》卷四：「（道士有）三元齋……皆法身自懺愆罪焉。」

〔五〕戌：即今晚上七至九時。

〔六〕殿内，底本原作「内殿」，據宋蜀本、述古堂本、明十卷本等改。

〔七〕檢校官：《通典》卷一九：「（神龍）二年三月，又置員外官二千餘人，於是遂有員外、檢校、試、攝、判、知之官。攝者，言敕攝，非州府版署之命；檢校者，云檢校某官……皆是詔除，而非正命。」按，自唐初至玄宗朝，「檢校」都是未實授的稱謂，唐中葉以後，凡官銜上帶「檢校」字樣者皆爲虚銜，無實任職務，説見岑仲勉《金石論叢》第四七四頁。押官：主管官吏。

〔八〕仙祖：即指道教教主老子（李耳）。唐朝皇帝追攀李耳爲自己的祖先，故云。行化：推行教化。

〔九〕真氣臨關：《史記·老莊申韓列傳》：「（老子）見周之衰，迺遂去，至關，關令尹喜曰：『子將隱矣，彊爲我著書。』於是老子迺著書上下篇，言道德之意五千餘言而去，莫知其所終。」集解：「駰案，《列仙傳》曰：『關令尹喜者，周大夫也。……老子西遊，喜先見其氣，知真人當過，候物色而迹之，果得老子，老子亦知其奇，爲著書。』」

〔一〇〕「聖人」二句：《後漢書·光武帝紀》論曰：「皇考南頓君（光武之父劉欽）初爲濟陽令，以建平元年十二月甲子夜，生光武於縣舍，有赤光照室中（注：「《東觀記》曰：光照室中，盡明如晝。」），欽異焉。」《南史·宋本紀上》：「宋高祖武皇帝諱裕……以晉哀帝興寧元年歲在癸亥三月壬寅夜生，神光照室盡明。」史書中這類帝王降生之神異的記載頗多，此不備舉。

〔一一〕景光：猶祥光。《史記·封禪書》：「脩祠太一，若有象景光。」

〔一二〕「伏惟」句：見《賀古樂器表》第二段注〔四〕。

〔一三〕上元：同上玄，即上天。又道教指天官。道教稱天、地、水三神爲三官，又以三官配三元，謂上元天官正月十五日生，中元地官七月十五日生，下元水官十月十五日生。《唐六典》卷四：「正月十五日天官爲上元，七月十五日地官爲中元，十月十五日水官爲下元。」

〔一四〕風雲：喻才識高遠。

〔一五〕猶龍：指老子。《史記·老莊申韓列傳》：「（孔子）謂弟子曰：『鳥，吾知其能飛；魚，吾知其能游；獸，吾知其能走。走者可以爲網，游者可以爲綸，飛者可以爲矰。至於龍，吾不能知其乘風雲而上天，吾今日見老子，其猶龍邪！』」

〔一六〕寫：描摹，塑造。《國語·越語下》：「王命金工以良金寫范蠡之狀而朝禮之。」述古堂本作「爲」。日月：喻極有輝光。儀：儀容。句指爲老子作玉石雕像。

〔一七〕欽承：敬受。《書·説命下》：「惟説式克欽承，旁招俊乂，列于庶位。」大象：《老子》三十五章：「執大象，天下往。」河上公注：「象，道也。聖人守大道，則天下萬民移心歸往之。」王注：「大象，天象之母也。不寒、不温、不涼，故能包統萬物，無所犯傷，主若執之，則天下往（歸向）也。」

〔一八〕迴：回，奉還。舊邸：指玄宗在潞州的舊邸。據《舊唐書·玄宗紀》載，玄宗即位前曾任潞州別駕。以：而。奉：侍奉。清都：天帝所居的宫闕。《列子·周穆王》：「王實以爲清都紫微，鈞天廣樂，帝之所居。」此處借指潞州紫極宫。二句指玄宗以潞州舊邸爲玄元廟，且作「玉石聖容」，侍立于玄元之右。按，唐東都玄元廟亦置于玄宗舊邸。《唐會要》卷五〇：「天寶元年……置玄元皇帝廟于大寧坊西南角，東都置于積善坊臨淄舊邸。」《舊唐書·玄宗紀》：「長壽二年臘月丁卯，改封臨淄郡王。聖曆元年，出閤，賜第於東都積善坊。」

〔一九〕明四目：見《奉和聖製御春明樓……應制》注〔六〕。

〔二〇〕三光：見《奉和聖製天長節賜宰臣歌應制》注〔四〕。

〔二一〕蘂（ruǐ蕊）宫：蘂珠宫的省稱。道教謂天界上清宫中有蘂珠宫，爲神仙所居之地。參見《雲笈七籤》卷一一《黄庭内景經·上清》。古典詩文多用以指道觀。此指潞州紫極宫。

〔二二〕桂殿：謂殿之極美者。沈約《爲臨川王九日侍太子宴》：「恩暢蘭席，歡同桂殿。」

〔二三〕就日：《史記·五帝本紀》：「帝堯者，……就之如日，望之如雲。」索隱：「如日之照臨，人咸依就之。」

〔二四〕琪樹：神話中的玉樹。《文選》孫綽《遊天台山賦》：「建木滅景於千尋，琪樹璀璨而垂珠。」韜華：斂藏光彩。瑶池：相傳爲神仙所居之地。《穆天子傳》卷三：「乙丑天子觴西王母于瑶池之上，西王母爲天子謡。」奪映：喪失光彩。以上二句，都是與殿内之光相比而言的。

〔二五〕弘敷：《書·君牙》：「弘敷五典。」傳：「大布五常之教。」本際：佛教術語。即元始，本原。《圓覺經》：「平等本際圓滿十方。」此借指「道」。老子認爲道是天下萬物的本原。《老子》二十五章：「有物混成，先天地生。……可以爲天下母，吾不知其名，字之曰道。」又四十二章曰：「道生一，一生二，二生三，三生萬物。」

〔二六〕玄宗：指道教的玄理。《文選》王儉《褚淵碑文》：「眇眇玄宗，萋萋辭翰。」李周翰注：「玄宗，道也。」

〔二七〕潤色：本謂修飾文字，也指使事物增加光彩。《文選》左思《吴都賦》：「其奏樂也，則木石潤色。」真源：真正的本源。梁劉孝儀《和昭明太子鍾山解講詩》：「迴輿下重閣，降道訪真源。」此指「道」。

〔二八〕和光：謂不自顯露，與他人同其榮光。《老子》四章：「和其光，同其塵。」帝載：《書·舜典》：「有能奮庸熙帝之載，使宅百揆。」傳：「載，事也。」疏：「鄭玄云：載，行也。」句謂老子同天子之行諧和一致。

〔二九〕文明：文德（指以禮樂教化治國）輝耀。《書·舜典》：「濬哲文明，温恭允塞。」疏：「經天緯地曰文，照臨四方曰明。」在御：有伴隨之意。《詩·鄭風·女曰雞鳴》：「琴瑟在御，莫不静好。」傳：「君子無故，不徹琴瑟，賓主和樂，無不安好。」疏：「由無故不徹（撤除），故飲則有之。《曲禮》云：『大夫無故不徹懸，士無故不徹琴瑟。』注云：『故謂災患喪病。』傳意出於彼文。」嵇康《四言贈兄秀才入軍詩》：「鳴琴在御，誰與鼓彈。」沈約《梁武帝集序》：「我皇誕縱自天，生知在御。」

〔三〇〕六合：天地四方。

〔三一〕限以留司：指早朝時作者在本司值班。本年作者官庫部郎中。參見《賀古樂器表》二段注〔三七〕。

賀神兵助取石堡城表〔一〕

臣維等言〔二〕：伏奉中書門下牒〔三〕，伏見絳郡太平縣百姓王英杞狀稱〔四〕，去載七月，於萬春鄉界，頻見聖祖空中有言曰：「我以神兵助取石堡城。」當時具經郡縣陳説，並有文狀申奏訖。今載正月，又于舊處再見，云：「我昔于梓州威洞造一龕尊像〔五〕，在獨坐山東北〔六〕，公成山左側〔七〕，年代已遠，其處傾陷，像在土中，可報吾孫，令人往取。」斯乃蒼生之福，國祚無疆者。」近奉進止〔八〕，差一直省往彼求覓〔九〕。昨見梓潼郡奏稱〔一〇〕：去年某月二十六日〔一一〕，郡縣官吏并道士、父老、百姓等一千餘人，與直省李萬德依此尋求，其日諸山盡皆晴朗，惟公成山上雲霧暗合，遍尋不知所在，遂結壇齋戒，祈請經宿。至二十七日辰時，有五色雲見于霧合之處，遂即分人子細尋覓，乃見山半腹有少土傾處，其上竹樹非常蒙密〔一二〕，并見一石角出土一寸，便穿掘深三尺已來，乃是一石龕〔一三〕。龕中有尊像一，左右真人六〔一四〕，并師子、崑崙各二〔一五〕，遂以水洗沃，儀像儼然〔一六〕，事實吐符，並如真誥〔一七〕。其石龕重大，非人力所能運轉，今于龕上造屋宇，便差精誠道士三人，專修香火供養，謹畫圖奉進者。

〔一〕約作于天寶九載二月，説見《年譜》。石堡城：在今青海西寧市西南，唐時地接吐蕃，爲唐蕃間交通要地。《通鑑》天寶八載六月：「上命隴右節度使哥舒翰帥隴右、河西及突厥阿布思兵，益以朔方、河東兵，凡六萬三千，攻吐蕃石堡城。其城三面險絶，惟一徑可上，吐蕃但以數百人守之……唐兵前後屢攻之，不能克。翰進攻數日不拔，召裨將高秀巖、張守瑜，欲斬之，二人請三日期可克。如期拔之……唐士卒死者數萬。」

〔二〕維，宋蜀本作「某」。

〔三〕中書門下：見《賀古樂器表》一段注〔三〕。牒：《舊唐書·職官志》：「有品以上公文，皆曰牒。」

〔四〕絳郡：即絳州，天寶元年改爲絳郡，治所在今山西新絳。太平縣：在今山西侯馬市。

〔五〕梓州：治所在今四川三台。威洞：不詳。據下文所述，當即指公成山上埋藏石龕之洞。尊像：指神、佛等的雕像。

〔六〕獨坐山：《太平寰宇記》卷八二：「獨坐山在（梓州射洪）縣東南二十五里，周回一里，高一百丈，卓然孤峻，南枕涪、梓二水。」

〔七〕公成山：《蜀中廣記》卷二九：「子昂之墓在獨坐山……按此山東北有公成山。」餘未詳。

〔八〕奉進止：《通鑑》卷二三一：「（李）泌曰：『辭日奉進止，以便宜行事。』」胡注：「自唐以來，率以奉聖旨爲奉進止，蓋言聖旨使之進則進，使之止則止也。」

〔九〕一，底本原無，據宋蜀本補。直省：《通鑑》卷二一二「上遣中書直省袁振攝鴻臚卿」胡注：「以他官直中書省，謂之直省，今之直省吏職也。」

〔一〇〕梓潼郡：梓州天寶元年改名梓潼郡。

〔一一〕去年：尋繹上下文義，當爲「今年」之誤。年，《全唐文》作「載」。

〔一二〕蒙密：形容草木掩蔽之深。范曄《樂遊應詔詩》：「遵渚攀蒙密，隨山上嶇嶔。」

〔一三〕「石」上述古堂本多一「大」字。

〔一四〕真人：道家、道教指「修真得道」或成仙之人。《太平經》卷四二謂「真人職在理（治）地」，其等級地位在「大神之下，仙人之上」。

〔一五〕師子：即獅子。崑崙：古時稱今中印半島南部及南洋諸島之地或其居民爲崑崙。《舊唐書·林邑國傳》：「自林邑以南，皆卷髮黑身，通號爲崑崙。」又《王方慶傳》：「廣州地際南海，每歲有崑崙乘舶，以珍物與中國互市。」唐時官府、富家多蓄崑崙奴。

〔一六〕儼然：形容矜持莊重。

〔一七〕吐符：出現符瑞。《文選》蔡邕《陳太丘碑文》：「峨峨崇嶽，吐符降神。」真誥：指仙真之言。上告下曰誥。二句意謂，石龕出土的真實情況和顯示的符瑞，都同聖祖之言一致。

臣聞玄德升聞〔一〕，與至降監〔二〕，必錫靈貺〔三〕，彰厥有成；不祕祥符〔四〕，昭其克享〔五〕。伏惟開元天地大寶聖文神武應道皇帝陛下，以道理國，以奇用兵〔六〕，先天而法自然〔七〕，終日不離輜重〔八〕，故得仙君居九霄之上，屢降中州；聖祖在千古之前，還臨後葉〔九〕。視之不見者今見，聽之不聞者今聞。仍敕神兵，以助王旅，天丁力士〔一〇〕，潛結鸛鵝〔一一〕；星劍雲旗〔一二〕，暗充貔虎〔一三〕。遂殲逆命之虜，果屠難拔之城。加以言必有徵，德無不報，指尊像之所在，爲寶祚之休徵〔一四〕。周流六虛〔一五〕，言于晋而驗于蜀；混成一氣〔一六〕，出于有而入于無〔一七〕。未達齋心〔一八〕，初迷三里之霧〔一九〕；既符真氣〔二〇〕，俄成五色之雲。山腹洞開，仙容儼若〔二一〕；萬物今覩，千劫未逢〔二二〕。昔河啓緑圖〔二三〕，山輸玄女〔二四〕，尚謂得天之助，藏爲受命之符；況真誥人聞，聖容神造，照臨下土〔二五〕，不住大羅之天〔二六〕，保祐群生，爰居小有之洞〔二七〕。實感明主，縮地而來〔二八〕；豈比漢時，乘空而去〔二九〕？元后欽崇之福〔三〇〕，遠至邇安〔三一〕；聖祖昭報之心〔三二〕，天長地久〔三三〕。臣等限以留司〔三四〕，不獲隨例抃舞，不勝踴躍喜慶之至。

〔一〕玄德升聞：《書·舜典》：「玄德升聞，乃命以位。」傳：「玄謂幽潛，潛行道德。」疏：「玄者微妙之名，故云玄謂幽潛也。」升聞，上聞，此指上聞于天。

〔二〕與：及。降監：《書·微子》：「降監殷民，用又讎斂。」傳：「下視殷民所用治者，皆重賦傷民斂聚怨讎之道。」《詩·商頌·殷武》：「天命降監，下民有嚴。」箋：「天命乃下視，下民有嚴明之君。」此指上天下視。

〔三〕錫：賜。靈貺：指神靈賜給的福祚。《文選》范曄《後漢書·光武紀·贊》：「世祖誕命，靈貺自甄。」李周翰注：「言光武大受寶命，神靈賜福祚而自成也。」

〔四〕祥符：吉祥的符瑞。

〔五〕昭：彰明。克：能。享：鬼神享受祭品。古人認爲，王者有德，則神必來享。《左傳》僖公五年：「鬼神非人實親，惟德是依。……如是，則非德，民不和，神不享矣。神所馮依，將在德矣。」

〔六〕玄宗尊號見《賀古樂器表》二段注〔四〕。以奇用兵：《老子》五十七章：「以正治國，以奇用兵。」

〔七〕先天：謂有先見之明。法自然：見《奉和聖製慶玄元皇帝玉像之作應制》注〔三〕。

〔八〕「終日」句：《老子》二十六章：「重爲輕根，静爲躁君（王弼注：「凡物輕不能載重，小不能鎮大，不行者使行，不動者制動，是以重必爲輕根，静必爲躁君也。」），是以聖人終日行不離輜重。」河上公注：「輜，静也。聖人終日行道，不離其静與重也。」

〔九〕後葉：後世。

〔一〇〕天丁：指天上的六丁（丁卯、丁巳、丁未、丁酉、丁亥、丁丑）之神。道教稱他們是受天帝役使的陰神，能「行風雷，制鬼神」。

〔一一〕鸛（guàn灌）鵝：《左傳》昭公二十一年：「與華氏戰于赭丘，鄭翩願爲鸛，其御願爲鵝。」注：「鸛鵝皆陳（陣）名。」

〔一二〕星劍：指星之光芒似劍。雲旗：以雲爲旗。

〔一三〕貔（pí脾）虎：皆猛獸名，以喻勇士。《書·牧誓》：「勖哉夫子，尚桓桓，如虎如貔，如熊如羆，于商郊。」《後漢書·光武紀·贊》：「尋邑百萬，貔虎爲群。」

〔一四〕寶祚：國命，國運。《文選》沈約《恩倖傳論》：「寶祚夙傾，實由於此。」李善注：「寶祚，猶國命也。」休徵：吉兆。

〔一五〕周流六虛：語本《易・繫辭下》：「變動不居，周流六虛。」注：「六虛，六位（六爻）也。」疏：「周流六虛者，言陰陽周遍流動在六位之虛。」此指周流上下四方。《列子・仲尼》：「用之彌滿六虛，廢之莫知其所。」

〔一六〕混成：見《賀古樂器表》第二段注〔六〕。一氣：生成天地萬物的元氣。《莊子・知北遊》：「人之生，氣之聚也，聚則爲生，散則爲死。……故曰通天下一氣耳。」《論衡・齊世》：「萬物之生，俱得一氣。」句指老子混然化爲元氣。

〔一七〕「出于」句：《文選》孫綽《遊天台山賦》：「騁神變之揮霍，忽出有而入無。」李善注：「言衆仙既登正道，故能騁其神變，出於衆有而入無爲也。」

〔一八〕齋心：見《奉和聖製慶玄元皇帝玉像之作應制》注〔三〕。此借指老子之心。

〔一九〕三里之霧：《後漢書・張楷傳》：「（楷）性好道術，能作五里霧。時關西人裴優，亦能爲三里霧，自以爲不如楷。」此借指公成山上之霧。

〔二〇〕真氣：見上篇注〔九〕。

〔二一〕儼若：猶儼然。

〔二二〕劫：《魏書・釋老志》：「（道教）稱劫數頗類佛經，其延康、龍漢、赤明、開明之屬，皆其名也（道教謂天地之數有五劫，以上四者即五劫中之四劫，又一劫曰上皇，參見《雲笈七籤》卷三《靈寶略記》）。及其劫終，稱天地俱壞。」此二句謂萬物今皆覩之，獨此事千劫未逢。

〔二三〕緑圖：即河圖，又作「馬圖」、「龍圖」、「録圖」。《易・繫辭上》：「河出圖，洛出書，聖人則之。」《墨子・非攻下》：「天命周文王代殷有國，泰顛來賓，河出緑圖，地出乘黄。」古人認爲河圖是帝王聖者受命之瑞，《管子・小匡》：「昔人之受命者，龍魚假（至），河出圖。」故下文曰「藏爲受命之符」。「緑」，宋蜀本、述古堂本、明十卷本等俱作「籙」，趙殿成謂「作籙非是」，今校正。按，籙圖即緑圖，《藝文類聚》卷九九引《墨子・非攻下》「緑圖」正作「籙圖」，是其證。

〔二四〕山輪玄女：指玄女下降，助黄帝破蚩尤。玄女，即九天玄女，古代神話中的女神，後爲道教所信奉。《太平御覽》卷七九引《龍魚河圖》：「黄帝仁義，不能禁止蚩尤，遂不敵。天遣玄女，下授黄帝兵信神符，制伏蚩尤。」《太平廣記》卷五六引《集仙録》：「黄帝討蚩尤之暴，威所未禁……帝歸息太山之阿，昏然憂寢。……王母乃命一婦人，人首鳥身，謂帝曰：『我九天玄女也。』授帝以三宫五意陰陽之略……遂克蚩尤于中冀。」《雲笈七籤》卷一一四《九天玄女傳》：「（黄帝）戰蚩尤于涿鹿，帝師不勝。……帝用憂憤，齋于太山之下。……居數日……玄女降焉……遂滅蚩尤于絶轡之野、中冀之鄉。」按，「輪」有「落下」意，此句疑即謂玄女降于太山。

〔二五〕聖容：指所得尊像之儀容。照臨下土：語本《詩・邶風・日月》：「日居月諸，照臨下土。」

〔二六〕大羅之天：見《送王尊師歸蜀中拜掃》注〔二〕。

〔二七〕居，底本原作「啓」，此從宋蜀本、述古堂本。小有之洞：道教稱神仙所居的名山勝境，有「十大洞天」、「三十六小洞天」等。其中王屋山洞，號爲小有清虚之天，簡稱小有天或小有洞。參見《雲笈七籤》卷二七。古時亦常以小有天或小有洞喻指名山勝地，此處即以之指公成山。

〔二八〕縮地：見《贈焦道士》注〔六〕。

〔二九〕「豈比」二句：據葛洪《神仙傳》載，漢時得道成仙、乘空（昇天）而去者有劉安、陰長生、張道陵（以上卷四）、巫炎（卷五）、蘇仙公（卷九）等。

〔三〇〕元后：天子。《書·大禹謨》：「汝終陟元后。」欽崇：敬崇。《書·仲虺之誥》：「欽崇天道，永保天命。」此指敬崇聖祖。

〔三一〕遠至邇安：語出《左傳》襄公二十四年：「恕思以明德，則令名載而行之，是以遠至邇安。」言遠方諸侯來朝，鄰近諸侯安心。

〔三二〕報：指報答天子。

〔三三〕天長地久：《老子》七章：「天長地久。天地所以能長且久者，以其不自生，故能長生。」

〔三四〕限以留司：見《賀古樂器表》二段注〔三七〕。作此文時，王維仍官庫部郎中，參見《年譜》。

大唐吴興郡别駕前荆州大都督府長史山南東道採訪使京兆尹韓公墓誌銘〔一〕

嗚呼！謂天未喪斯文〔二〕，宣尼去魯而無禄〔三〕；謂天果輔有德〔四〕，樂毅辭燕而不歸〔五〕。夫子處順而終〔六〕，穆伯猶毀以請，飾棺置境〔七〕，返葬於周〔八〕。公諱朝宗〔九〕，字某，本出昌黎〔一〇〕，今爲京兆人也。其先或玄衮赤舄〔一一〕，介圭覲王〔一二〕；朱英緑縢〔一三〕，執訊擒敵〔一四〕。周末諸侯相王，始啓宜陽〔一五〕；漢初功臣定封，亦荒岱郡〔一六〕。曾祖諱倫，左衛率，賜爵長山縣男〔一七〕。祖某，隱居不仕。父諱思復〔一八〕，御史大夫，太子賓客〔一九〕，進封長山縣伯〔二〇〕。遯世者名高善卷、黔婁〔二一〕，事君者位至倪寬、卜式〔二二〕。公即長山府君之長子也。

〔一〕作于天寶十載。吴興郡：即湖州，天寶元年改爲吴興郡，治所在今浙江湖州市。别駕：州刺史佐史，上州（湖州唐時爲上州）從四品下。荆州大都督府長史：見《寄荆州張丞相》注〔一〕。山南東道採訪使：《舊唐書·地理志》：「開元二十一年，分天下爲十五道，每道置採訪使，檢察非法，如漢刺史之職：京畿採訪使、都畿……山南東道，理襄州（今湖北襄陽市）。」此文底本、奇字齋本皆失載，述古堂本僅有其中一部分（無篇題），且誤竄于《故任城縣尉裴府君墓誌銘》一文後。此據宋蜀本、明十卷本、《全唐文》增補，以《全唐文》爲底本。篇題宋蜀本、明十卷本俱作《唐故京兆尹長山公韓府君墓誌銘》，題下並有「并序」二字。

〔二〕天未喪斯文：《論語·子罕》：「子畏于匡（指孔子過匡，被匡人圍困），曰：『文王既没，文不在兹（此）乎？天之將喪斯文也，后死者（孔子自稱）不得與于斯文也；天之未喪斯文也，匡人其如予何！』」文，指禮樂制度。

〔三〕宣尼：即孔子。漢元始元年追謚孔子爲褒成宣尼公，見《漢書·平帝紀》。去魯而無禄：據《史記·孔子世家》載，魯定公十四年，孔子去魯，周遊列國達十四載，始終不遇，後復返魯，亦未被用。

〔四〕天果輔有德：《左傳》僖公五年：「故《周書》曰：『皇天無親，惟德是輔。』」按，此逸《書》之文，僞古文採入《蔡仲之命》。

〔五〕「樂毅」句：《史記·樂毅列傳》載，燕昭王信用樂毅，使將兵伐齊，「樂毅留徇齊五歲，下齊七十餘城」。「會燕昭王死，子立爲燕惠王」，齊人聞惠王與毅有隙，乃縱反間於燕，於是惠王即令騎劫代將而召樂毅。毅「畏誅，遂西降趙」。後騎劫爲齊田單所破，毅亦終未返燕。辭，底本原作「去」，此從宋蜀本、明十卷本。

〔六〕「夫子」句：參見《與胡居士皆病寄此詩兼示學人二首》其一注〔五〕。句指韓公卒。

〔七〕「穆伯」二句：據《左傳》載，文公八年，穆伯（即公孫敖，魯卿）奔莒，十四年「九月，卒于齊。告喪（向魯國報喪），請葬（請求歸葬），弗許」。十五年夏，「齊人或爲孟氏（公孫敖之後嗣世爲魯卿，稱孟氏）謀，曰：『魯，爾親也，飾棺（古時于死者之棺木及載柩之車，依天子、諸侯、大夫、士之不同，而有不同的裝飾，謂之飾棺）置諸堂阜（在齊、魯交界處而地屬齊），魯必取之。』從之。卞人（魯卞邑大夫）以告。惠叔（公孫敖之子，時爲魯卿）猶毁以爲請（居喪悲哀過度以致身體容顔受損謂之毀，此言惠叔仍極悲哀，請求取回飾棺），立於朝以待命，許之。取而殯之」。此處即用其事，指韓公卒于吳興，其子請求歸葬。又，「猶毀以請」者實穆伯之子，此處疑是作者誤記。

〔八〕「返葬」句：《禮記・檀弓上》：「大公封於營丘，比及五世，皆反葬于周（鄭注：「齊大公受封，留爲大師，死葬于周，子孫生焉，不忍離也，五世之後，乃葬于齊。」）。君子曰：『……禮，不忘其本。古之人有言曰：狐死正丘首，仁也。』」此用其事，謂朝宗歸葬先塋。

〔九〕朝宗，宋蜀本、明十卷本俱作「某」。

〔一〇〕本出昌黎：《元和姓纂》卷四載，韓氏有南陽堵陽、昌黎（郡名，治所在今遼寧義縣）棘成、潁川長社等分支，韓朝宗出自昌黎棘成一支。

〔一一〕玄衮：古時諸侯的禮服。《詩・小雅・采菽》：「君子（傳：「謂諸侯也。」）來朝，何錫（賜）予之？雖無予之，路車乘馬。又何與之？玄衮及黼。」傳：「玄衮，卷龍也。」箋：「玄衮，玄衣而畫以卷龍也。」赤舄：古時帝王及貴族著禮服時配穿的鞋。《詩・豳風・狼跋》：「公孫碩膚，赤舄几几。」

〔一二〕介圭：大圭。圭，上尖下方的一種玉。《詩・大雅・崧高》：「錫爾介圭，以作爾寶。」傳：「寶，瑞也。」箋：「圭長尺二寸謂之介。……諸侯之瑞圭，自九寸而下。」疏：「《春官・典瑞》：掌玉瑞、玉器。注云：人執以見曰瑞，禮神曰器。……言介者，大於常圭。」

〔一三〕朱英緑縢（téng 滕）：語出《詩・魯頌・閟宮》：「公車千乘，朱英緑縢，二矛重弓。」傳：「大國之賦（兵）車千乘。朱英，矛飾也。縢，繩也。」箋：「二矛重弓，備折壞也。兵車之法，左人持弓，右人持矛，中人御。」疏：「言二矛載於車上，皆朱爲英飾，重弓共在鬯（弓衣）中，以緑繩束之。」「蓋絲纏而朱染之，以爲矛之英飾也。」「英」，底本原作「纓」，此據宋蜀本、明十卷本校正。

〔一四〕執訊：《詩·小雅·出車》：「執訊獲醜，薄言還歸。」箋：「訊，言。」疏：「生執戎狄之囚可言問者。」

〔一五〕「周末」二句：承上「其先」二句而言。《元和姓纂》卷四：「韓，出自唐叔虞之後。晉穆侯子成師生萬，食采於韓原，因以命氏，代爲晉卿。曾孫厥生起，起生須，須生不信。玄孫景侯分晉，爲諸侯。」《史記·韓世家》：「（景侯虔）六年，與趙、魏俱得列爲諸侯。」相王，交互稱王。啓，開拓。宜陽，戰國韓邑，在今河南宜陽西。《漢書·地理志》：「韓分晉，得南陽郡及潁川之父城、定陵……東接汝南，西接弘農，得新安、宜陽，皆韓分也。」

〔一六〕「漢初」二句：承上「朱英」二句而言。《史記·韓王信傳》：「韓王信者，故韓襄王孽孫（庶孫）也。……從（劉邦）擊破項籍，天下定，五年春，遂與剖符爲韓王，王潁川。明年春……詔徙韓王信王太原，以北備禦胡，都晉陽（今山西太原南）。信上書曰：『……晉陽去塞遠，請治馬邑（今山西朔州市）。』上許之，信乃徙治馬邑。」荒，包有。《詩·魯頌·閟宫》：「遂荒大東，至于海邦。」岱郡，漢無岱郡（有泰山郡，然其地距馬邑甚遠），此處疑當作「代郡」。西漢代郡轄境在今山西陽高、渾源、河北懷安、蔚縣一帶，其地距馬邑頗近。

〔一七〕「曾祖」三句：《舊唐書·韓思復傳》：「祖倫，貞觀中爲左衛率，賜爵長山縣男。」岑仲勉《元和姓纂四校記》卷四：「《千唐·楊正本妻韓氏誌》（卒聖曆二，年五十二）云：『京兆人也，……父倫，金紫光禄大夫、使持節亳州諸軍事亳州刺史、黄金公。』與思復祖同時，或是一人，但《舊傳》只言長山縣男，與《韓朝宗誌》同，則未能決定也。」左衛率，東宫武官，正四品上。《舊唐書·職官志》：「左、右衛率掌東宫兵仗羽衛之政令，總諸曹之事。」縣男，唐九等爵中的最末一等，從五品上。長山，唐淄州有長山縣，在今山東鄒平。此三句宋蜀本、明十卷本俱作「曾祖某某官某乙」。

〔一八〕思復：字紹出。開元十三年卒，年七十四。兩《唐書》有傳。此句宋蜀本、明十卷本俱作「父某」。

〔一九〕御史大夫：御史臺正長官，正三品。太子賓客：東宫屬官，正三品，掌侍從規諫太子。

〔二〇〕縣伯：唐九等爵中的第七等，正四品。《新唐書·韓思復傳》：「遷御史大夫。……徙太子賓客，進爵伯（思復「少襲祖爵」，見《舊書》本傳）。」此句宋蜀本、明十卷本俱作「封長山公」。

〔二一〕善卷、黔婁：見《過沈居士山居哭之》注〔八〕、〔九〕。

〔二二〕倪寬：即兒寬，西漢千乘人，元封元年爲御史大夫。《漢書》有傳。卜式：西漢河南人，元鼎中爲御史大夫。《漢書》有傳。

神言有公侯之徵〔一〕，兒戲陳俎豆之法〔二〕，學成孫叔〔三〕，狀類皋繇〔四〕。年若干，應文以經國〔五〕，舉甲科〔六〕，試右拾遺〔七〕。天禄閣校文，獻子雲之賦〔八〕；白馬生驟諫，稱公高之官〔九〕。拜監察御史〔一〇〕、兵部員外郎。埋輪憲府，奏記劾大將軍〔一一〕；賜筆禮闈，董戎從小司馬〔一二〕。轉度支郎中〔一三〕，除給事中。度錢穀之盈虛，以均九賦〔一四〕；執制詔之可否〔一五〕，以辨五書〔一六〕。置王令於水源〔一七〕，豐國財於天府〔一八〕。尋知吏部選事〔一九〕。興廢繼絶〔二〇〕，不遏前人之光〔二一〕；選賢授能，必當庶尹之任〔二二〕。旌乎淑慝〔二三〕，御以清通〔二四〕。除許州刺史〔二五〕，荆州大都督府長史、山南採訪使〔二六〕，坐南陽令，貶洪州都督〔二七〕，遷蒲州刺史〔二八〕。所履之官，政皆尤異，黜陟使奏課第一〔二九〕。徵爲京兆尹〔三〇〕。外家公主〔三一〕，敢縱蒼頭廬兒〔三二〕；黠吏惡少，自擒赭衣偷長〔三三〕。恥用鈎距得情〔三四〕，好以《春秋》輔義〔三五〕。奏事盡成律令〔三六〕，爲吏飾以文儒〔三七〕。上悦其醇〔三八〕，方委以政〔三九〕。頃坐營谷口別業，貶高平太守；又坐長安令有罪，貶吴興郡別駕〔四〇〕。諸葛田園，未啓明主〔四一〕；華陰傾巧，卒敗名儒〔四二〕。天寶九載六月二十一日寢疾，薨于官舍，享年六十有五。暨國家推五運之紀〔四三〕，按千歲之統〔四四〕，開釋天地，與之更始，宥萬方之未昭蘇，叙百官之喪職秩，苟有位者，咸得與焉〔四五〕，而公冥然不及見也〔四六〕。虚蒙大賚〔四七〕，重以爲哀。

〔一〕「神言」句：謂神言朝宗有得高官獲封爵之徵象。此處疑用晉魏舒事。《晉書·魏舒傳》：「舒嘗詣野王，主人妻夜産，俄而聞車馬之聲，相問曰：『男也，女也？』曰：『男，書之，十五以兵死。』復問：『寢者爲誰？』曰：『魏公舒。』後十五載，詣主人，問所生兒何在，曰：『因條桑爲斧傷而死。』

舒自知當爲公矣。」後舒官至司徒(三公之一),封劇陽子。

〔二〕「兒戲」句:《史記·孔子世家》:「孔子爲兒嬉戲,常陳俎豆,設禮容。」俎與豆都是古代朝聘、祭祀、宴客時用來盛食物的禮器。

〔三〕孫叔:即孫叔敖。春秋楚令尹。相傳他在任期間,「施教導民,上下和合」,「吏無姦邪,盜賊不起」。參見《左傳》宣公十二年、《史記·循吏列傳》。

〔四〕皋繇:亦作咎繇、皋陶,傳説爲舜臣,掌刑獄之事。參見《書·舜典》、《史記·五帝本紀》。

〔五〕文以經國:制科名。《唐會要》卷七六:「景雲二年(七一一),文以經國科,袁暉、韓朝宗及第。」

〔六〕甲科:指甲第,猶言上等。《舊唐書·玄宗紀》:「(開元九年四月)甲戌,上親策試應制舉人於含元殿,謂曰:『古有三道,今減二策。近無甲科,朕將存其上第,務收賢俊,用寧軍國。』」按,唐初明經有甲乙丙丁四科,進士有甲乙兩科,「自武德以來,明經唯有丁第,進士唯乙科而已」,但於及第者,又依成績的高下,分甲第、乙第。參見《通典》卷一五。又應制舉及第者,亦有甲第(科)、乙第(科)之分。如天寶十三載,玄宗御勤政樓,試博通墳典、辭藻宏麗等舉人,時登甲科者三人,登乙科者三十餘人。參見《登科記考》卷九。

〔七〕試右拾遺:《新唐書·韓朝宗傳》:「朝宗初歷左拾遺。」未知孰是。試,試用,職事官尚未實授之稱謂。

〔八〕「天禄」二句：天禄閣，見《京兆尹張公德政碑》第五段注〔七〕。「閣」字底本原無，據宋蜀本、明十卷本補。揚雄字子雲，「文似相如」，曾獻《甘泉》、《河東》、《校獵》、《長楊》四賦，又嘗「校書天禄閣上」。事見《漢書・揚雄傳》。二句承「應文」二句而言，謂朝宗有文才。

〔九〕白馬生：《後漢書・張湛傳》：「光武臨朝或有惰容，湛輒陳諫其失。常乘白馬，帝每見湛，輒言白馬生且復諫矣。」「白」字底本原無，宋蜀本、明十卷本俱作「句」。按，「句」蓋即「白」之形誤字，故據以校改。驟諫：屢諫。《新唐書・韓朝宗傳》載，睿宗詔作乞寒胡戲及傳位太子，朝宗皆進諫。「稱公」句：《後漢書・鮑永傳》載，永性「抗直」，爲司隸校尉，「行縣到霸陵，路經更始墓，引車入陌，從事諫止之，永曰：『親北面事人，寧有過墓不拜！雖以獲罪，司隸所不避也。』遂下拜哭，盡哀而去。……帝（光武）聞之意不平，問公卿曰：『奉使如此何如？』太中大夫張湛對曰：『仁者行之宗，忠者義之主也。仁不遺舊，忠不忘君，行之高者也。』帝意乃釋」。公高，正直高尚之意。二句就朝宗爲諫官而言。

〔一〇〕《舊唐書・張嘉貞傳》：「初，嘉貞作相（嘉貞開元八至十一年爲相），薦萬年縣主簿韓朝宗，擢爲監察御史。」

〔一一〕「埋輪」二句：《後漢書・張綱傳》：「綱字文紀……辟爲御史。……漢安元年，選遣八使，徇行風俗，皆耆儒知名，多歷顯位，唯綱年少，官次最微。餘人受命之部，而綱獨埋其車輪於洛陽都亭，曰：『豺狼當路，安問狐狸！』遂奏曰：『大將軍（梁）冀、河南尹不疑（冀弟）……專爲封豕長蛇，肆其貪叨……多樹諂諛，以害忠良，誠天威所不赦，大辟所宜加也。謹條其無君之心十五事，斯皆臣子所切齒者也。』書御（進），京師震竦。時冀妹爲皇后，内寵方盛，諸梁姻族滿朝，帝雖知綱言直，終不忍用。」憲府，即御史臺。奏記，書事上陳。《漢書・朱博傳》：「文學儒吏，時有奏記。」二句指朝宗爲監察御史，敢於彈劾權貴。

〔一二〕賜筆：見《送崔五太守》注〔一六〕。禮闈：指尚書省。《文選》任昉《王文憲集序》：「出入禮闈，朝夕舊館。」李善注：「《十洲記》曰：崇禮門，即尚書上省門，崇禮東建禮門，即尚書下舍門；然尚書省二門名禮，故曰禮闈也。」董戎：督察兵事。小司馬：《周禮・夏官》有小司馬，爲大司馬之副職。隋以後用爲兵部侍郎的别稱。兵部員外郎爲兵部侍郎之屬吏，故云「從小司馬」。二句指朝宗在尚書省兵部爲郎官。

〔一三〕度支郎中：從五品上，掌全國財賦的統計與支調。

〔一四〕度：計算。九賦：《周禮・天官・大宰》：「以九賦斂財賄：一曰邦中之賦，二曰四郊之賦，三曰邦甸之賦，四曰家削之賦，五曰邦縣之賦，六曰邦都之賦，七曰關市之賦，八曰山澤之賦，九曰弊餘之賦。」此處泛指各種賦税。

〔一五〕「執制」句：執，掌。《新唐書・百官志》：「給事中四人……凡百司奏抄，侍中既審，則駁正違失。詔敕不便者，塗竄而奏還，謂之『塗歸』。季終，奏駁正之目。凡大事，覆奏；小事，署而頒之。」

〔一六〕五書：指各種詔書。蔡邕《獨斷》卷上：「漢天子正號曰皇帝。……其命令：一曰策書，二曰制書，三曰詔書，四曰戒書。」《舊唐書·職官志》：「凡王言之制有七：一曰册書，二曰制書，三曰慰勞制書，四曰發敕，五曰敕旨，六曰論事敕書，七曰敕牒。」皆與「五書」之數不合。此「五書」之名，疑本於《後漢書·應劭傳》之「五曹詔書」。後漢尚書分五曹（三公曹、吏曹、二千石曹、民曹、客曹）治事，每曹皆置侍郎，主起草詔文，參見《通典》卷二二。

〔一七〕「置王」句：語本《史記·管仲列傳》：「下令如流水之源，令順民心，故論卑而易行（《正義》：「言爲政令卑下鮮少而百姓易作行也。」）。」又《管子·牧民》曰：「下令於流水之原者，令順民心也。……令順民心，則威令行。」皆謂政令應以民心爲源。

〔一八〕天府：指朝廷之府庫。

〔一九〕知吏部選事：指任吏部侍郎（吏部副長官，正四品上）。《通典》卷二三：「唐自貞觀以前，（吏部）尚書掌五品選事。至景龍中，尚書掌七品以上選，侍郎掌八品以下選。至景雲元年，宋璟爲尚書，始通其選而分掌之，因爲常例。……自開元以來，宰相員少，資地崇高，又以吏、兵尚書，權位尤美，宰臣多兼領之，而但從容衡軸，不自銓綜，其選試之任，侍郎專之，尚書通署而已，遂爲故事。」按，吏部主要掌管六品以下文官的選授。《舊唐書·職官志》云：「五品已上，以名上中書門下，聽制授其官。六品以下，量資任定。」

〔二〇〕興廢繼絶：指復興衰廢敗落的世家。《論語·堯曰》：「興滅國，繼絶世，舉逸民。」班固《兩都賦》序：「内設金馬、石渠之署，外興樂府協律之事，以興廢繼絶，潤色鴻業。」

〔二一〕遏：斷絶。前人之光：指祖先的功德。

〔二二〕庶尹：衆官之長。《書·益稷》：「百獸率舞，庶尹允諧。」傳：「尹，正也。衆正官之長信皆和諧。」此指百官。

〔二三〕旌乎淑慝（tè忒）：指識别官吏的善惡。《書·畢命》：「旌别淑慝，表厥宅里。」傳：「言當識别頑民之善惡。」

〔二四〕御：進。清通：清明通達之人。王儉《褚淵碑文》：「裴楷清通，王戎簡要。」

〔二五〕許州：治所在今河南許昌。

〔二六〕《新唐書·韓朝宗傳》曰：「累遷荆州長史。開元二十二年，初置十道採訪使（《舊唐書·地理志》、《通鑑》皆稱開元二十一年分天下爲十五道，各置採訪使），朝宗以襄州刺史兼山南東道。」按，《舊唐書·玄宗紀》云：「（開元十八年閏六月）己丑，令范安及、韓朝宗就瀍、洛水源疏決，置門以節水勢。」《通鑑》開元十八年六月下《考異》曰：「按《實録》，是歲閏六月，以太子少保陸象先兼荆州長史。」則朝宗之爲荆州長史，當在開元十九年以後。又張九齡《貶韓朝宗洪州刺史制》稱朝宗之官銜爲「荆州大都督府長史兼判襄州刺史、山南東道採訪處置等使」，《册府元龜》卷一六二稱，開元二十三年二月，「荆州長史韓朝宗爲山南道採訪使」，又卷九二九云：「韓朝宗爲荆州刺史兼判襄州刺史、山南道採訪使，玄宗開元二十四年九月，鄧州南陽令李泳擅興賦役，……泳之爲令也，朝宗所薦，乃貶爲洪州刺史。」是朝宗兼判山南東道採訪使時，固仍爲荆州長史，其時間約在開元二十一年至二十四年。

〔二七〕「坐南」二句：《新唐書·韓朝宗傳》：「坐所任吏擅賦役，貶洪州刺史。」張九齡《貶韓朝宗洪州刺史制》曰：「（朝宗）乃私其所親，請以爲邑，未盈三載，已至兩遷，既殊德舉，自速官謗。及令按事，果驗非才，傷敗實多，矯誣斯甚……仍期後效，且示輕貶，可使持節都督洪州諸軍事，守洪州刺史。」知朝宗乃因所任南陽令有敗政而獲罪遭貶。唐山南東道鄧州有南陽縣，治所在今河南南陽市。洪州（治所在今江西南昌市）唐時置上都督府，例以刺史兼任都督。朝宗貶洪州的時間，在開元二十四年九月。

〔二八〕蒲州：治所在今山西永濟西。《册府元龜》卷二四云：「（開元）二十七年七月己卯，蒲州刺史韓朝宗奏新置靈貞觀有慶雲見。」

〔二九〕黜陟使：唐官名。掌巡行諸道，督察官吏。多係臨時設置。參見《唐會要》卷七八。奏課：奏陳其爲政之考績。

〔三〇〕《新唐書·韓朝宗傳》：「天寶初，召爲京兆尹。分渭水入金光門，匯爲潭，以通西市材木。」《舊唐書·玄宗紀》：天寶元年，「京兆尹韓朝宗又分渭水入自金光門」。《通鑑》天寶二年四月：「時京兆尹韓朝宗亦引渭水置潭於西街，以貯材木。」

〔三一〕外家：指天子之外家（舅家）。

〔三二〕敢：豈敢。蒼頭廬兒：指奴僕。《漢書·鮑宣傳》：「蒼頭廬兒，皆用致富。」注引孟康曰：「漢名奴爲蒼頭，非純黑，以别於良人也。諸給殿中者所居爲廬，蒼頭侍從，因呼爲廬兒。」

〔三三〕赭衣偷長：見《京兆尹張公德政碑》第二段注〔四〕。

〔三四〕「恥用」句：見《張公德政碑》二段注〔五〕。情，實情。

〔三五〕「好以」句：輔義，輔助義的養成、建立。《後漢書·嚴光傳》：「懷仁輔義天下悦，阿諛順旨要領絶。」「義」宋蜀本作「議」。句用漢京兆尹張敞事。《漢書·張敞傳》：「敞本治《春秋》，以經術自輔，其政頗雜儒雅，往往表賢顯善，不醇用誅罰。」

〔三六〕句謂凡奏事天子皆採納，詔定爲律令。

〔三七〕文儒：見《送鄭五赴任新都序》第二段注〔二〕。句謂爲官表現出博學儒者的面貌。

〔三八〕醇：淳厚質樸。宋蜀本、明十卷本俱作「純」。

〔三九〕委，述古堂本作「倚」。

〔四〇〕「頃坐」四句：《新唐書·韓朝宗傳》曰：「出爲高平太守。始，開元末，海内無事，訛言兵當興，衣冠潛爲避世計，朝宗廬終南山，爲長安尉霍仙奇所發，玄宗怒，使侍御史王鉷訊之，貶吴興别駕，卒。」《舊唐書·王鉷傳》云：「(天寶)三載，長安令柳升以賄敗。初，韓朝宗爲京兆尹，引升爲京令。朝宗又于終南山下爲苟家觜(地名。觜，通「嘴」，指山口)買山居，欲以避世亂。玄宗怒，敕鉷推之，朝宗自高平太守貶爲吴興别駕。……四載……(鉷)又遷御史中丞。」《全唐文》卷三二唐玄宗《貶韓朝宗吴興郡别駕員外詔》曰：「高平郡太守……韓朝宗，頃承榮獎，擢在神京，輒薦凶人，超登赤縣，果彰貪穢，大獲贓私。……宜從貶黜，用申懲戒，可吴興郡别駕員外置。」朝宗貶高平太守及吴興郡别駕之時間，據《王鉷傳》所載，似皆當在天寶三載。谷口，指終南山山谷之口。高平，即澤州，天寶元年改爲高平郡，治所在今山西晋城。事實上，朝宗遭貶的真正原因，乃在于李林甫的有意構陷，説見拙作《王維新論》第九一頁。

〔四一〕「諸葛」二句：《三國志·蜀書·諸葛亮傳》：「初，亮自表後主，曰：『成都有桑八百株，薄田十五頃，子弟衣食，自有餘饒。至於臣在外任，無别調度，隨身衣食，悉仰於官，不别治生，以長尺寸。若臣死之日，不使内有餘帛，外有贏財，以負陛下。』及卒，如其所言。」亮之田園，已告後主；此二句反用其意，謂朝宗營别業，未報告天子。啓，報告。

〔四二〕「華陰」二句：疑用後漢張楷被誣陷事。《後漢書·張楷傳》曰：「楷字公超，通嚴氏《春秋》、古文《尚書》，門徒常百人，賓客慕之，自父黨夙儒，偕造門焉。車馬填街，徒從無所止……楷疾其如此，輒徙避之。……司隸舉茂才，除長陵令，不至官。隱居弘農（郡名）山中，學者隨之，所居成市，後華陰（縣名，屬弘農郡，故城在今陝西華陰東南）山南遂有公超市。……性好道術，能作五里霧，時關西（華陰即在關西）人裴優，亦能爲三里霧，自以不如楷，從學之，楷避不肯見。桓帝即位，優遂行霧作賊，事覺被考，引楷，言從學術，楷坐繫廷尉詔獄。」傾巧，狡詐。《漢紀》卷二一：「待詔鄭朋、華龍等者，皆傾巧人也，行汙穢……」二句謂朝宗被誣遭貶。

〔四三〕暨：到，等到。推：推求。五運：謂五行之運行。徐陵《爲陳武帝與周宰相書》：「莫不三靈所祐，五運相推。」古稱金、木、水、火、土爲五行。關於五行運行之順序，舊有二説，一曰五行相生之序：木、火、土、金、水（木生火，火生土，土生金……）；二曰五行相剋之序：水、火、金、木、土（水剋火，火剋金，金剋木……）。陰陽家以五運解釋朝代的更替和人事的變化，如謂夏金德，商代之爲水德（依五行相生之序）；秦水德，漢以土德代之（依五行相剋之序）等。紀：法則。

〔四四〕按：審察。底本原作「接」，此從宋蜀本。統：傳統。

〔四五〕「開釋」六句：指大赦天下。開釋，釋放，赦宥。《書·多方》：「開釋無辜，亦克用勸。」天地，猶言天下。此指天下之人。更始，重新開始。《莊子·盜跖》：「與天下更始，罷兵休卒。」昭蘇，蘇醒。《禮·樂記》：「蟄蟲昭蘇。」此指獲得生機。叙，依等級次第而進用。《晋書·張駿傳》：「陳寓等冒險遠至，宜蒙銓叙。」喪職，宋蜀本作「卒爵」。與，參與；宋蜀本、述古堂本、明十卷本俱作「預」。《舊唐書·玄宗紀》：「（天寶）十載春正月乙酉朔……甲午，有事于南郊，合祭天地，禮畢，大赦天下。」《册府元龜》卷八六載此次大赦之赦令云：「制曰：皇天眷命，必順于五行；哲后馭時，寔遵于三統。……屬獻歲初吉，承時布和……可大赦天下。……其左降官及流移配隸安置、罰鎮効力之類，並稍量移近處。其官已覆資，至叙用之日，不須爲累。……流人及左降官考滿載滿丁憂服滿者，亦準例稍與量移。其亡官失爵放還不齒，其諸色放停解考免與替人等，非犯贓者，宜令所司勘責，量加收叙。」

〔四六〕冥然：無知貌。冥，宋蜀本作「淚」，述古堂本、明十卷本作「泯」。及見，宋蜀本、明十卷本俱作

「見及」。

〔四七〕大賚：大賞賜。《書·武成》：「大賚于四海，而萬姓悦服。」

夫人河東柳氏〔一〕，父某〔二〕，某官。言妃齊侯，實惟宋子〔三〕。人傳夫人之禮〔四〕，家有大家之書〔五〕。以開元五年六月五日先公而卒〔六〕，至是以天寶十載十月二十四日合祔，陪於藍田白鹿原長山公先塋〔七〕，禮也。長子曰某，居憂而卒；次子某，前殿中侍御史，貶晋陵郡司户〔八〕。次子某等，倚廬野次〔九〕，方銜枕塊之哀〔一〇〕；輿櫬歸來〔一一〕，尚抱長沙之痛〔一二〕。公子之輸力王室〔一三〕，公之紀勳太常〔一四〕，言於國，竭情無私；理於家，陳信無愧〔一五〕。降年不永，非命而何？誌則有由，或題季子之墓〔一六〕；宅不改卜〔一七〕，素有滕公之銘〔一八〕。銘曰：

〔一〕河東：即蒲州，天寶元年改爲河東郡。

〔二〕父，述古堂本作「祖」。

〔三〕「言妃」二句：言，助詞，無義。妃，通「配」。《左傳》文公十四年：「子叔姬妃齊昭公。」惟，是。此用齊靈仲子（春秋齊靈公夫人）事。《左傳》襄公十九年：「齊侯娶于魯，曰顔懿姬，無子。其姪鬷聲姬，生光，以爲大（太）子。諸子（天子、諸侯之姬妾的别名）仲子、戎子（杜注：「二子皆宋女。」《列女傳》卷三謂仲子爲宋侯之女），戎子嬖。仲子生牙，屬（囑託）諸戎子。戎子請以爲大子，許之。仲子曰：『不可。廢常（立後之常規。懿姬爲嫡妻，無子，光爲庶出之最長者，依常規當立爲太子），不祥；間（觸犯）諸侯，難（難成事）。光之立也，列於諸侯矣。今無故而廢之，是專黜諸侯，而以難犯不祥也。君必悔之。』公曰：『在我而已。』遂東大子光（廢光，徙之於東鄙）。使高厚傅牙，以爲大子。」後齊侯病危，崔杼復立光爲太子。光遂殺戎子及公子牙。《詩・陳風・衡門》：「豈其食魚，必河之鯉？豈其取妻，必宋之子？」箋云：「宋，子姓。」後以宋子指王侯之女。庾信《周儀同松滋公拓跋競夫人尉遲氏墓誌銘》：「聲超宋子，德茂邢姨。」二句寫柳氏之賢。

〔四〕夫人之禮：見《故南陽夫人樊氏輓歌二首》其一注〔五〕。

〔五〕大家（gū 姑）之書：指班昭《女誡》。《後漢書・曹世叔妻傳》：「扶風曹世叔妻者，同郡班彪之女也。名昭……博學高才。……兄固，著《漢書》，其八《表》及《天文志》，未及竟而卒，和帝詔昭就東觀藏書閣踵而成之。帝數召入宫，令皇后諸貴人師事焉，號曰大家（同「大姑」，對婦女的敬稱）。……作《女誡》七篇，有助内訓。」

〔六〕六月五日：述古堂本作「五月六日」。

〔七〕白鹿原：《長安志》卷一六：「白鹿原在（藍田）縣西五里。……其原接南山，西北入萬年縣界，抵滻水。」長山公：朝宗襲父爵長山縣伯（見張九齡《貶韓朝宗洪州刺史制》），故尊稱之曰長山公。

〔八〕「長子」五句：長子曰某，底本作「長子曰某官」，此從宋蜀本。居憂，居喪。次子某，此三字下宋蜀本、述古堂本、明十卷本俱多「嗣子其（述古堂本作「某」）」三字。殿中侍御史，見《哭孟浩然》注〔一〕。晉陵郡，即常州，天寶元年改爲晉陵郡，治所在今江蘇常州市。司户，見《洛陽鄭少府……宴韋司户南亭序》注〔一〕。《元和姓纂》卷四：「朝宗生賁、賞、質。賁，潤州刺史。賞，給事中。質，京兆少尹、中書舍人。」賞曾官右補闕、兵部員外郎，質嘗任京兆府户曹，説見《元和姓纂四校記》卷四。

〔九〕倚廬：古人居父母之喪時所住的簡陋棚屋。此指居倚廬。野次：野外。

〔一〇〕枕塊：居喪時用土塊作枕頭，表示悲痛之極。《墨子·節葬下》：「處倚廬，寢苫枕凷（塊）。」

〔一一〕輿櫬（chèn 趁）：抬棺。《左傳》僖公六年：「許男面縛，銜璧（示不生），大夫衰絰，士輿櫬。」此處指送葬。

〔一二〕長沙之痛：指遭貶謫之痛。《漢書·賈誼傳》：「（文帝）以誼爲長沙王太傅。誼既以適（謫）去，意不自得，及渡湘水，爲賦以弔屈原。屈原，楚賢臣也。……誼追傷之，因以自諭。……長沙卑濕，誼自傷悼，以爲壽不得長。……迺拜誼爲梁懷王太傅。……梁王勝墜馬死，誼自傷爲傅無狀，常哭泣。」痛，宋蜀本、述古堂本、明十卷本俱作「讁」。

〔一三〕子，述古堂本無此字。輸力王室：《左傳》襄公二十一年：「昔陪臣書能輸力於王室，王施惠焉。」輸力，盡力。

〔一四〕紀勳太常：語本《書・君牙》：「惟乃祖乃父，世篤忠貞，服勞王家，厥有成績，紀于太常。」傳：「言汝父祖……服事勤勞王家，其有成功，見紀録書于王之太常，以表顯之。王之旌旗畫日月曰太常。」疏：「《周禮・司勳》云：凡有功者，銘書於王之太常，祭於大烝。鄭玄云：銘之言名也，生則書於王旌，以識其人與其功也。」

〔一五〕「言於」四句：語本《左傳》昭公二十年：「屈建問范會之德於趙武，趙武曰：『夫子之家事治；言於晉國，竭情（竭盡自己的心意）無私。其祝、史祭祀，陳信不愧（陳述實情不感到内愧）；其家無猜，其祝、史不祈。』」

〔一六〕「或題」句：季子，即吴季札，春秋吴王壽夢少子，封於延陵，號延陵季子，省稱季子。其墓在唐常州晉陵縣（今江蘇常州市）北七十里申浦之西。參見《元和郡縣志》卷二五。相傳孔子嘗題季子之墓，《通志》卷七三云：「孔子書季札墓十字，潤州。」《寶刻類編》卷一謂孔子書「吴延陵季子墓十字篆，大曆十四年重刻，潤」。《大清一統志》卷九一云：「季子祠，在（鎮江府）丹陽縣西南。……《南徐記》云：季子舊有三廟……在丹陽者，則西廟也。廟内有碑，刻『嗚呼有吴延陵季子之墓』十字，相傳孔子所書。」

〔一七〕宅不改卜：見《爲兵部祭庫部王郎中文》注〔一四〕。

〔一八〕「素有」句：《博物志》卷七云：「漢滕公（夏侯嬰，《史記》有傳）薨，求葬東都門外。公卿送喪，駟馬不行，踻（或作「跲」、「掊」）地悲鳴，跑（刨）蹄下地，得石，有銘曰：『佳城鬱鬱，三千年見白日，吁嗟滕公居此室。』遂葬焉。」句用其事，謂葬地素已擇定。

帝周發之苗裔兮〔一〕，受介圭以建侯。中裂土以分晉兮，又王韓以□□〔二〕。紛吾既有此内美兮〔三〕，幼忠信以爲乘〔四〕。登麒麟兮剸白虎〔五〕，冠獬豸兮奮蒼鷹〔六〕。朝含香兮禮闈〔七〕，夕青瑣兮黄扉〔八〕。方大公兮密啓〔九〕，建出牧兮高麾〔一〇〕。俄入守兮京兆，賜黄金兮披皁衣〔一一〕。捐余佩兮江中〔一二〕，隱思君兮不可窮〔一三〕。歌泰山兮不返〔一四〕，夢濟洹兮遂空〔一五〕。素車兮逶遲〔一六〕，宛鄉關兮故時。望國門兮不入，到秦山兮不知〔一七〕。瞻舊域兮松楸〔一八〕，平原夕兮素滻〔一九〕。愁魂兮歸來，江南不可以久留〔二〇〕。

〔一〕周發：周武王名發，故云。韓氏出自武王子唐叔虞之後，故曰「帝周發之苗裔」。

〔二〕「中裂」二句，宋蜀本、明十卷本俱作「中裂土以分晉又王韓兮」。

〔三〕「紛吾」句：《楚辭·離騷》：「紛吾既有此内美兮，又重之以脩能。」紛，盛貌。内美，内在的美德。此句宋蜀本、明十卷本俱作「臣既有此内美」。

〔四〕幼，此字底本空缺，據宋蜀本、明十卷本補。以，宋蜀本、明十卷本俱作「兮」。乘：車乘。比喻運載自己到達目的地的工具。

〔五〕麒麟、白虎：《文選》班固《西都賦》：「清涼宣温，神仙長年，金華玉堂，白虎麒麟，區宇若兹，不可殫論。」李善注：「《三輔黄圖》曰：未央宫有清涼殿、宣室殿……中白虎殿、麒麟殿。」剚（zì 字），同「傳」，插入。此指入。此字宋蜀本、明十卷本俱作「删」。句謂出入宫殿。指朝宗爲拾遺而言。拾遺「掌供奉諷諫」，得出入宫禁，故云。

〔六〕獬（xiè 卸）豸：冠名，御史所戴。見《河南嚴尹弟見宿弊廬訪别人賦十韻》注〔六〕。奮蒼鷹：謂如蒼鷹奮飛，喻執法猛厲。《史記·酷吏列傳》：「（郅）都獨先嚴酷，致行法不避貴戚，列侯宗室見都，側目而視，號曰蒼鷹。」句就朝宗爲監察御史而言。

〔七〕含香：見《重酬苑郎中》注〔七〕。句指朝宗爲尚書郎。

〔八〕青瑣：指宫門或皇宫。黄扉：指給事中等辦公的地方，以黄色塗門上，故稱。宋之問《和姚給事寓直之作》：「寵就黄扉日（指姚爲給事中），威回白霜簡。」句謂朝宗爲給事中。王維《酬郭給事》：「夕奉天書拜瑣闈。」《春日直門下省早朝》：「天書拜夕郎。」皆寫給事中之生活，可與此句相互參證。

〔九〕「方大」句：大公，至公無私。大，宋蜀本、明十卷本俱作「天」，疑當作「山」。《晋書·山濤傳》：「濤再居選職十有餘年（濤嘗任尚書吏部郎、吏部尚書），每一官缺，輒啓擬數人，詔旨有所向，然後顯奏，隨帝意所欲爲先。……濤所奏甄拔人物，各爲題目，時稱《山公啓事》。」唐錢珝《授劉崇望吏部尚書制》：「山公密啓，更廣規模。」密啓，祕密奏事。句謂朝宗方典吏部選事。

〔一〇〕出牧：由京官出任州郡長吏。何遜《哭吴興柳渾詩》：「入朝耿長劍，出牧盛層麾。」建麾：古時建（樹立）大麾（旗幟）以封藩國，後稱出任地方長官爲建麾，《文選》沈約《齊故安陸昭王碑文》：「建麾作牧，明德攸在。」

〔一一〕披皁衣：指爲京兆尹。《漢書·蕭望之傳》載京兆尹張敞曰：「敞備皁衣二十餘年，嘗聞罪人贖矣，未聞盜賊起也。」注：「如淳曰：雖有五時服，至朝皆著皁衣。」皁衣，黑衣，秦、漢時官員所着。

〔一二〕「捐余」句：語本《楚辭·九歌·湘君》：「捐余玦兮江中，遺余佩兮醴浦。」此指訣别。

〔一三〕「隱思」句：《湘君》：「横流涕兮潺湲，隱思君兮陫側。」

〔一四〕「歌泰山」句：《禮記·檀弓上》：「孔子蚤作（早起），負手曳杖，消摇於門（疏：「杖曳於後，示不復用；消摇寬縱，示不能以禮自持，並將死之意狀。」），歌曰：『泰山其頹乎，梁木其壞乎，哲人其萎乎（疏：「以二物比己。」）！』既歌而入，當户而坐。子貢聞之，曰：『泰山其頹，則吾將安仰？梁木其壞，哲人其萎，則吾將安放？　夫子殆將病也。』……蓋寢疾七日而没。」此用其事，言朝宗卒。

〔一五〕「夢濟」句：《左傳》成公十七年：「初，聲伯夢涉洹（水名，即今之安陽河），或與己瓊瑰（美石所製之珠）食之，泣而爲瓊瑰盈其懷（淚珠化爲瓊瑰而滿其懷），從而歌之曰：『濟洹之水，贈我以瓊瑰。歸乎歸乎，瓊瑰盈吾懷乎！』（此爲夢中所歌）懼不敢占也（古人死後，口含石珠。聲伯以爲凶夢，不敢卜問）。還自鄭，壬申，至于貍脤（地名）而占之，曰：『余恐死，故不敢占也。今衆繁而從余三年矣（言從人既多且相隨三年，瓊瑰滿懷或應驗于此），無傷也。』言之，之莫（至暮）

而卒。」空，盡，指人死。

〔一六〕素車：塗以白土的車。一説是未經雕飾油漆的車。古用於凶喪之事。逶遲：行不進貌。《文選》江淹《别賦》：「舟凝滯於水濱，車逶遲於山側。」吕向注：「逶遲，少留貌。」

〔一七〕國門：國都的城門。秦山，底本原作「泰山」，據宋蜀本、述古堂本、明十卷本改。

〔一八〕舊域：指祖先舊塋。松楸：古多植於墓地。

〔一九〕素滻：見《奉和聖製御春明樓臨右相園亭賦樂賢詩應制》注〔一〇〕。

〔二〇〕「愁魂」二句：《楚辭・招魂》：「魂兮歸來，南方不可以止些。……歸來歸來，不可以久淫（淹留）些。」

送高判官從軍赴河西序〔一〕

今上合大道以撫荒外〔二〕，振長策以馭宇内〔三〕，故左言返踵〔四〕，穿胸沸脣〔五〕，膺騰白波〔六〕，騄輪碧砮之貢〔七〕；腹阻赤坂，傳致紫琥之琛〔八〕。辮髮名王，養馬于下廄〔九〕；魋結去帝，獻珠于小臣〔一〇〕。而犬戎不識〔一一〕，蝸角自大〔一二〕，偷安九服之外〔一三〕，謂天誅罕及；自絶四國之後〔一四〕，而王祭不供〔一五〕。天子按劍〔一六〕，謀臣切齒，思以赤山爲城〔一七〕，青海爲塹〔一八〕，盡平其地，悉虜其人。而上將有哥舒大夫者〔一九〕，名蓋四方，身長八尺，眼如紫石稜，鬢如蝟毛磔〔二〇〕。指撝而百蠻不守〔二一〕，叱咤而萬人俱廢〔二二〕。髼髵奮鬣〔二三〕，哮吼如虎；裂眥大怒〔二四〕，磨牙欲吞。不待成師〔二五〕，固將身先士卒〔二六〕；常思盡敵〔二七〕，不以賊遺君父〔二八〕。矢集月窟〔二九〕，劍斬天驕，蹴崑崙使西倒〔三〇〕，縛呼韓令北面〔三一〕，豈直趙人祭其東門〔三二〕，匈奴不敢南牧而已〔三三〕！開府之日，辟書始下〔三四〕，以爲踴躍用兵〔三五〕，健將之事，意氣跨馬，俠少之能；蓋欲謀夫起予〔三六〕，哲士俾我〔三七〕，殲黠虜以無類〔三八〕，舉外國如拾遺〔三九〕。待夷門而不食〔四〇〕，置廣武于上座〔四一〕，始得我高子焉。

〔一〕作于天寶十二載（七五三）五月哥舒翰兼任河西節度使之後。高判官：不詳。或謂即高適。按，兩《唐書·高適傳》及杜甫《送高三十五書記十五韻》等，皆稱適在哥舒翰幕中爲掌書記，未言其嘗任判官。

〔二〕撫：據有。荒外：八荒之外，指極荒遠之地。

〔三〕「振長」句：語出賈誼《過秦上》：「及至始皇，奮六世之餘烈，振長策而御宇内。」長策，長鞭。馭，同「御」，駕御，控制。句蓋以乘馬爲喻。

〔四〕左言：指異國語言，也指異國。左思《魏都賦》：「或魋髻而左言，或鏤膚而鑽髮。」返踵：即反踵，謂腳跟反向；也指反踵之國。《山海經·海内南經》：「梟陽國……其爲人人面長脣，黑身有毛，反踵。」《淮南子·氾論訓》：「丹穴、太蒙、反踵、空同……之民，是非各異，習俗相反。」注：

「反踵，國名。其人南行，武跡北向。」

〔五〕穿胸：傳説中的民族名。《山海經·海外南經》：「貫匈（胸）國……其爲人匈有竅。」《淮南子·墬形訓》有穿胸民，注：「胸前穿孔達背。」沸脣：翻脣。泛指異族。《文選》劉峻《辯命論》：「左帶（左衽）沸脣，乘間電發。」李善注：「王元長《勸給虜書啓》曰：『息沸脣於桑墟。』然齊梁之間通以虜爲沸脣也。」

〔六〕膺騰白波：謂浮水而至。語本《文選》王褒《四子講德論》「故膺（胸）騰撇（擊）波而濟水，不如乘舟之逸也。」

〔七〕驟：屢次。碧砮（nǔ努）：青石製的箭鏃。《文選》王融《三月三日曲水詩序》：「文鉞碧砮之琛，奇幹善芳之賦。」李善注：「徐廣《晉紀》曰：『鮮卑以碧石爲寶。』王沈《魏書》曰：『東夷矢用楛，青石爲鏃。』」梁簡文帝《大法頌序》曰：「金鱗鐵面，貢碧砮之琛；航海梯山，奉白環之使。」

〔八〕腹阻赤坂：《文選》鮑照《代苦熱行》：「赤阪横西阻，火山赫南威。」李善注：「《漢書·西域傳》：『杜欽曰：又歷大頭痛、小頭痛之山，赤土身熱之阪，令人身熱無色，頭痛嘔吐。』」琥：雕成虎形的玉器。琛（chēn嗔）：珍寶。二句謂經歷各種險阻，向朝廷致送珍寶。

〔九〕「辮髮」二句：名王，見《從軍行》注〔七〕。古時邊境少數民族多編髮披於腦後，故曰「辮髮名王」。二句用漢金日磾事。《漢書·金日磾傳》云：「金日磾，字翁叔，本匈奴休屠王太子也。……單于怨昆邪、休屠居西方，多爲漢所破，召其王欲誅之。昆邪、休屠恐，謀降漢，休屠王後悔，昆邪王殺之，并將其衆降漢。……日磾以父不降見殺，與母閼氏、弟倫俱没入官，輸黃門養馬，時年十四矣。」下廄，指宫中的下等馬廄。

〔一〇〕「魋結」二句：用南越尉佗事。《史記・酈生陸賈列傳》：「高祖時，中國初定。尉佗（趙佗爲南越尉，故曰尉佗）平南越，因王之。高祖使陸賈賜尉佗印爲南越王，陸生至，尉佗魋結（同椎髻，《漢書・陸賈傳》顔注：「椎髻者，一撮之髻，其形如椎。」）箕倨見陸生，陸生因進説……於是尉佗迺蹶然起坐謝陸生……留與飲數月。……賜陸生槖中裝直千金（集解：「張晏曰：珠玉之寶也。裝，裹也。」索隱：「案如淳云，以爲明月珠之屬。……謂以寶物裝裹以入囊槖也。」）。」又《南越尉佗列傳》曰：「（高后時）佗乃自尊號爲南越武帝……乘黃屋左纛（漢制，唯天子乘輿得用黃屋左纛），稱制，與中國侔。及孝文帝元年……詔丞相陳平等舉可使南越者，平言好畤陸賈，先帝時習使南越，乃召賈以爲太中大夫，往使。因讓佗自立爲帝，曾無一介之使報者。陸賈至南越，王甚恐，……乃下令國中曰：『……自今以后，去帝制黃屋左纛。』」小臣，即指陸賈。

〔一一〕犬戎：古戎族的一支，殷周時居於我國西部。戰國以降，又曰胡、匈奴。此借指吐蕃。

〔一二〕蝸角：見《兵部起請露布文》注〔一五〕。

〔一三〕九服：見《奉和聖製天長節賜宰臣歌應制》注〔八〕。

〔一四〕四國：《詩・豳風・破斧》：「周公東征，四國是皇。」傳：「四國，管、蔡、商、奄也。」指武王死後，四國反叛，周公征之。四，底本原作「所」，此從《全唐文》。句謂在反叛的四國之後自取滅絶。

〔一五〕王祭不供：指不納貢，參見《送祕書晁監還日本國》注〔一二〕。

〔一六〕天子按劍：指天子發怒。鮑照《代出自薊北門行》：「天子按劍怒，使者遥相望。」

〔一七〕赤山：趙注曰：「《後漢書·烏桓傳》：『赤山在遼東西北數千里。』」按，《烏桓傳》之赤山，爲傳説中山名，且其地理位置與本篇所言不合，此處疑指在今新疆吐魯番東之火山。山爲紅砂岩所構成，色赤，故稱。岑參《優鉢羅花歌》曰：「白山南，赤山北，其間有花人不識。」可證。

〔一八〕青海：即今青海湖，在青海省東北部。古曰鮮水，又曰西海，北魏時始名青海。參見《大清一統志》卷五四六。

〔一九〕哥舒大夫：即哥舒翰。據兩《唐書》本傳及通鑑載，翰爲突騎施首領哥舒部落之裔，世居安西。後仗劍之河西，事節度使王倕、王忠嗣。天寶六載，以累破吐蕃之功，擢授隴右節度使。七載，築神威軍于青海上，自是吐蕃不敢近青海。八載，拔吐蕃石堡城，加攝御史大夫。十二載五月，又擊吐蕃，拔洪濟、大漠門等城，悉收九曲部落，以功兼河西節度使。八月，賜爵西平郡王。大大夫，時翰兼任御史大夫，故云。又《通鑑》卷二一五胡三省注：「唐中世以前，率呼將帥爲大夫，白居易詩所謂『武官稱大夫』是也。」

〔二〇〕「眼如」二句：《晉書·桓温傳》：「温豪爽有風概，姿貌甚偉，面有七星。少與沛國劉惔善，惔嘗稱之曰：『温眼如紫石稜，鬚作蝟毛磔，孫仲謀、晉宣王之流亞也。』」眼如紫石稜，形容目光明亮鋭利。紫石，又名紫石英、紫水晶。其色紫，明澈光亮，有稜。宋錢易《南部新書》戊：「紫石英廣管瀧州山中出。紫石英其色淡紫，真質瑩徹，隨其大小皆五稜兩頭。」磔（zhé 哲），張開。

〔二一〕撝：通「揮」。

〔二二〕「叱咤」句：《史記・淮陰侯列傳》：「項王喑噁叱咤，千人皆廢。」叱咤，訶斥聲。廢，跌倒。

〔二三〕髬髵（pī ér 丕而）：怒獸鬃毛張開貌。《文選》張衡《西京賦》：「及其猛毅髬髵，隅目高眶。」薛綜注：「髬髵，作毛鬣也。……皆謂猛獸作怒可畏者。」「髬」諸本皆誤作「髤」，今校正。奮髯：抖動鬍鬚。《漢書・朱博傳》：「博奮髯抵几。」

〔二四〕裂眥：形容盛怒。眥，眼眶。《史記・項羽本紀》：「頭髮上指，目眥盡裂。」

〔二五〕成師：《左傳》宣公十二年：「且成師以出（整頓軍隊而出動），聞敵强而退，非夫也。」

〔二六〕身先士卒：語出《三國志・吴書・孫輔傳》：「（孫）策西襲廬江太守劉勳，輔隨從，身先士卒，有功。」

〔二七〕盡敵：殺盡敵人。

〔二八〕賊遺君父：把賊寇遺留給天子。《後漢書・耿弇傳》：「是時帝在魯，聞弇爲（張）步所攻，自往救之。未至，陳俊謂弇曰：『劇虜兵盛，可且閉營休士，以待上來。』弇曰：『乘輿且到，臣子當擊牛釃酒，以待百官，反欲以賊虜遺君父邪？』乃出兵大戰。」

〔二九〕月窟：指極西之地。《漢書・揚雄傳》：「西厭月峭，東震日域。」注引服虔曰：「峭，音窟穴之窟。月峭，月所生也。」

〔三〇〕「蹴崑崙」句：《晉書・趙至傳》載至與嵇蕃書曰：「思躡雲梯，横奮八極，披艱掃穢，蕩海夷嶽，蹴崑崙使西倒，蹋太山令東覆，平滌九區，恢維宇宙，斯吾之鄙願也。」句謂脚踩崑崙山使之向西傾倒。

〔三一〕呼韓：即匈奴單于呼韓邪。漢宣帝時，匈奴内部發生嚴重紛爭，呼韓邪與其兄郅支單于據地對抗。呼韓邪爲郅支所敗，遂降漢。後得漢之助，復據有匈奴全部土地。事見《漢書・匈奴傳》。北面：指稱臣。

〔三二〕「豈直」句：《史記・田敬仲完世家》：「（齊）威王曰：『……吾吏有黔夫者，使守徐州，則燕人祭北門，趙人祭西門，徙而從者七千餘家』。」集解：「賈逵曰：齊之北門西門也。言燕趙之人，畏見侵伐，故祭以求福。」趙殿成曰：「此云東門，疑誤。」按，齊在東，趙在西，齊攻趙，當出齊之西門，入趙之東門，此蓋變用《史記》之文，非誤也。直，僅。

〔三三〕「匈奴」句：賈誼《過秦上》：「乃使蒙恬北築長城而守藩籬，却匈奴七百餘里；胡人不敢南下而牧馬，士不敢彎弓而報怨。」

〔三四〕「開府」二句：《晉書・阮籍傳》：「太尉蔣濟聞其有儁才而辟之，籍詣都亭奏記，曰：『伏惟明公以含一之德，據上台之位……開府之日，人人自以爲掾屬；辟書始下，而下走（自稱的謙詞）爲首。』」開府，開建府署設置官吏。此指翰爲河西節度使。辟書，徵召僚佐的文書。

〔三五〕踴躍用兵：語本《詩・邶風・擊鼓》：「擊鼓其鏜，踴躍用兵。」

〔三六〕謀夫：計謀之士。起予：猶言啓發自己。

〔三七〕哲士：足智多謀之人。俾：通「裨」，增益。《説文》：「俾，益也。」

〔三八〕無類：《漢書·竇嬰傳》：「有如兩宫奭將軍，則妻子無類矣。」注：「言被誅戮無遺類也。」

〔三九〕「舉外」句：意本《漢書·梅福傳》：「昔高祖納善若不及……是以舉秦如鴻毛，取楚若拾遺。」注：「鴻毛喻輕，拾遺言其易也。」句謂攻取外國猶如撿拾地上的失物一樣輕而易舉。

〔四〇〕此句用信陵君禮待賢士夷門侯生事，參見《夷門歌》注〔四〕。

〔四一〕「置廣武」句：《史記·淮陰侯列傳》載，韓信、張耳以兵數萬擊趙，趙王、成安君陳餘聚兵井陘口以拒之。廣武君李左車説成安君曰：「今井陘之道，車不得方軌，騎不得成列，行數百里，其勢糧食必在後。願足下假臣奇兵三萬人，從間道絶其輜重。足下深溝高壘，堅營勿與戰。彼前不得鬭，退不得還，吾奇兵絶其後，使野無所掠，不至十日而兩將之頭可致於戲下。」成安君不用其策，信遂大破趙，擒趙王，斬成安君。「信乃令軍中毋殺廣武君，有能生得者購千金。於是有縛廣武君而致戲下者，信乃解其縛，東鄉坐，西鄉對，師事之」。

高子讀書五車〔一〕，運籌百勝〔二〕。慷慨謀議〔三〕，折天口之是非〔四〕；指畫山川〔五〕，知地形之要害。嘗著《七發》，曹王慕義〔六〕；每奏一篇，漢文稱善〔七〕；緣情之製〔八〕，獨步當時〔九〕。主人横挑而有餘，墨客仰攻而不下〔一〇〕。公卿籍甚〔一一〕，遍交歡于五侯〔一二〕；孫吴暗合〔一三〕，將建功于萬里。徵以露版〔一四〕，召見甘泉〔一五〕；衣短後之衣〔一六〕，帶櫑具之劍〔一七〕；象弧彫服〔一八〕，鞭弭橐鞬〔一九〕；目無先零〔二〇〕，氣射西旅〔二一〕。蒼頭宿將〔二二〕，持漢節以臨戎〔二三〕；白面書生，坐胡牀而破賊〔二四〕。然孤烽遠戍，黃雲千里，嚴城落日而閉〔二五〕，鐵騎升山而出，胡笳咽于塞下，畫角發于軍中，亦可悲也。遲子之獻凱雲臺〔二六〕，奏事宣室〔二七〕，紫綬曳地，金印如斗〔二八〕，列居東第，位爲通侯〔二九〕，舊友拜塵〔三〇〕，群公書幣〔三一〕，祁大夫老矣，武安侯問乎〔三二〕？

〔一〕五車：見《戲贈張五弟諲三首》其二注〔一〕。

〔二〕運籌：謀劃，制定計策。《史記·高祖本紀》：「夫運籌策帷帳之中，決勝於千里之外，吾不如子房。」

〔三〕謀議，述古堂本作「聖哲」。

〔四〕折：判斷；述古堂本作「談」。天口：形容能言善辯。《文選》任昉《宣德皇后令》：「辯析天口而似不能言。」李善注：「《七略》：齊田駢好談論，故齊人爲語曰：天口駢。天口者，言田駢子不可窮其口，若事天。」

〔五〕指畫山川：《三國志·魏書·鄧艾傳》：「（艾）每見高山大澤，輒規度指畫軍營處所。」指畫，指點比劃。句謂能指點山川形勢之利害。

〔六〕「嘗著」二句：曹植《七啓》序：「昔枚乘作《七發》，傅毅作《七激》，張衡作《七辯》，崔駰作《七依》，辭各美麗，余有慕之焉，遂作《七啓》。」枚乘爲西漢賦家，所作《七發》載《文選》。曹王，即曹植。植封陳王。慕義，傾慕其辭義。

〔七〕「每奏」二句：《史記·酈生陸賈列傳》：「（高帝）迺謂陸生曰：『試爲我著秦所以失天下，吾所以得之者何，及古成敗之國。』陸生迺粗述存亡之徵，凡著十二篇。每奏一篇，高帝未嘗不稱善，左右呼萬歲，號其書曰《新語》。」此云「漢文」，蓋作者誤記耳。

〔八〕緣情之製：指詩歌。陸機《文賦》：「詩緣情而綺靡，賦體物而瀏亮。」緣情，謂因情而生。

〔九〕獨步當時：《北史·邢邵傳》：「自孝明之後，文雅大盛，邵雕蟲之美，獨步當時。」

〔一〇〕「主人」二句：《墨子·公輸》：「子墨子解帶爲城，以牒爲械，公輸盤九設攻城之機變，子墨子九距之；公輸盤之攻械盡，子墨子之守圉（禦）有餘。」横挑，謂恣意挑戰。墨客，指客人。揚雄《長楊賦》：「雄從至射熊館，還上《長楊賦》，聊因筆墨之成文章，故藉翰林以爲主人，子墨爲客卿以風。其辭曰：子墨客卿問於翰林主人曰……。」賦採用主客問答形式，文中又稱子墨客卿爲墨客、客。仰攻，居低處以攻高處，攻城。《世説新語·文學》：「劉真長與殷淵源談，劉理如（或）小屈，殷曰：『惡！卿不欲作將，善雲梯仰攻。』」二句謂譬如守城，主人恣意挑戰而守城的辦法手段有餘，他人向上攻城却不能攻下。喻指高子才氣横溢，他人莫能挫折之。

〔一一〕公卿籍甚：《史記·酈生陸賈列傳》：「陳平迺以奴婢百人，車馬五十乘，錢五百萬，遺陸生爲飲食費。陸生以此游漢廷公卿間，名聲籍甚。」籍甚，盛大。此言高子在公卿中甚有名聲。

〔一二〕五侯：見《不遇詠》注〔五〕。

〔一三〕孫吴暗合：《晋書·山濤傳》：「吴平之後，帝詔天下罷軍役，示海内大安，州郡悉去兵。……帝嘗講武于宣武場，濤時有疾，詔乘步輦從。因與盧欽論用兵之本，以爲不宜去州郡武備，其論甚精。于時咸以濤不學孫吴，而闇與之合。」孫吴，孫武、吴起，春秋戰國時代著名的軍事家。事見《史記·孫子吴起列傳》。武著有《孫子兵法》，起著有《吴子》四十八篇（見《漢書·藝文志》著録，今傳《吴子》六篇，爲後人依託之作）。

〔一四〕露版：見《送徐郎中》注〔六〕。

〔一五〕召見甘泉：《漢書·楚元王傳》：「（劉）德……有智略，少時數言事，召見甘泉宫，武帝謂之千里駒。」甘泉，見《送崔五太守》注〔五〕。

〔一六〕短後之衣：一種前長後短、便于騎馬的衣服。語出《莊子·説劍》：「吾王所見劍士，皆蓬頭突鬢垂冠，曼胡之纓，短後之衣（王先謙《莊子集解》引唐陸德明《釋文》曰：「爲便于事也。」），瞋目而語難。」

〔一七〕櫑（lěi 磊）具之劍：古長劍名。《漢書·雋不疑傳》：「不疑冠進賢冠，帶櫑具劍，佩環玦……盛服至門上謁。」注引晋灼曰：「古長劍首以玉作井鹿盧形，上刻木作山形，如蓮花初生未敷時。今大劍木首，其狀似此。」

〔一八〕象弧彫服：見《爲崔常侍祭牙門姜將軍文》注〔一二〕。

〔一九〕鞭弭（mǐ米）櫜（gāo高）鞬（jiān尖）：《左傳》僖公二十三年：「若不獲命，其左執鞭弭，右屬（著）櫜鞬，以與君周旋。」弭，不加文飾的弓。櫜，盛箭矢之器。鞬，盛弓之袋。句謂手裏拿着馬鞭與角弓、箭袋和弓袋。

〔二〇〕先零：漢代羌族的一支。最初居今甘肅、青海的湟水流域，後離湟中到西海、鹽池一帶。宣帝時，渡湟水内徙，郡縣不能禁，上令義渠安國赴邊巡視。安國至，召先零首領三十餘人斬之，縱兵擊其種人。先零遂背漢犯塞，後爲趙充國所破。參見《漢書・趙充國傳》、《後漢書・西羌傳》。《趙充國傳》注引鄭氏曰：「零，音憐。」

〔二一〕西旅：《書・旅獒》：「西旅厎貢厥獒，太保乃作《旅獒》。」疏：「西方之戎有國名旅者。」後多用以泛指西方遠國。《後漢書・馬融傳・廣成頌》：「東鄰浮巨海而入享，西旅越葱嶺而來王。」

〔二二〕蒼頭宿將：《宋書・沈慶之傳》：「慶之患頭風，好著狐皮帽，群蠻惡之，號曰蒼頭公。每見慶之軍，輒畏懼曰：『蒼頭公已復來矣。』」此喻指哥舒翰。

〔二三〕持漢節：唐制，節度使受命之日，賜雙旌雙節，出行時即建節，樹六纛。參見《新唐書・百官志》。臨戎：親臨戰陣。

〔二四〕「白面」二句：用謝艾事。《晉書・張重華傳》：「重華以謝艾爲使持節軍師將軍，率步騎三萬，進軍臨河。（麻）秋（後趙石季龍之將）以三萬衆距之。艾乘軺車，冠白帢（白色便帽），鳴鼓而行。

秋望而怒曰：『艾年少書生，冠服如此，輕我也。』命黑矟龍驤三千人馳擊之。艾左右大擾。左戰帥李偉勸艾乘馬，艾不從，乃下車踞胡牀（一種可折疊的輕便坐具），指麾處分。賊以爲伏兵發也，懼不敢進。張瑁從左南緣河而截其後，秋軍乃退。艾乘勝奔擊，遂大敗之。」白面書生，即少年書生之意。《宋書・沈慶之傳》：「陛下今欲伐國，而與白面書生輩謀之，事何由濟！」二句以謝艾喻高判官。

〔二五〕「嚴城」句：語本《文選》沈約《齊故安陸昭王碑文》：「加以戎羯窺窬，伺我邊隙，北風未起，馬首便以南向；塞草未衰，嚴城於焉早閉。」李善注：「《抱朴子》：『鮑生曰：人君恐姦釁之不虞，故嚴城以備之。』」嚴城，指戒嚴之城。

〔二六〕遲：待。雲臺：見《少年行四首》其四注〔一〕。

〔二七〕奏事宣室：《史記・屈原賈生列傳》：「賈生徵見，孝文帝方受釐（禧），坐宣室。上因感鬼神事，而問鬼神之本，賈生因具道所以然之狀，至夜半，文帝前席。」集解：「蘇林曰：未央前正室。」索隱：「《三輔故事》云：宣室在未央殿北。」《漢書・刑法志》注：「晋灼曰：未央宫中有宣室殿。……蓋其殿在前殿之側也，齋則居之。」

〔二八〕「紫綬」二句：漢時丞相、太尉、大司馬、將軍、列侯俱用金印紫綬，見《漢書・百官公卿表》。《舊唐書・輿服志》：「諸珮綬者……二品、三品紫綬，三綵，紫、黃、赤，純紫質，長一丈六尺，一百八十首，廣八寸。」金印如斗，《晋書・周顗傳》載顗曰：「今年殺諸賊奴，取金印如斗大繫肘。」唐無金印，《宋史·輿服志》云：「唐制，諸司皆用銅印，宋因之。」

〔二九〕「列居」二句：《漢書·司馬相如傳·喻巴蜀檄》：「位爲通侯，居列東第。」注：「東第，甲宅也。居帝城之東，故曰東第也。」《漢書·百官公卿表》：「徹侯，金印紫綬，避武帝諱曰通侯，或曰列侯。」通侯爲漢二十等爵位中的最高一等。

〔三〇〕舊友拜塵：謂故交望高子之行塵而拜。《晉書·潘岳傳》：「（岳）與石崇等諂事賈謐，每候其出，與崇輒望塵而拜。……謐二十四友，岳爲其首。」

〔三一〕書幣：書信與禮物。《戰國策·趙策四》：「秦王使使者報曰：『吾所使趙國者，小大皆聽吾言，則受書幣。若不從吾言，則使者歸矣。』」南朝宋袁淑《效子建白馬篇》：「五侯競書幣，群公亟爲言。」此指送書幣。

〔三二〕祁大夫老矣：《左傳》襄公三年：「祁奚請老（告老），晉侯問嗣焉。」按，祁奚是時爲中軍尉，後于襄公十六年，復出爲公族大夫（見《國語·晋語八》韋注）。又《左傳》襄公二十一年載，晉范宣子囚叔向，叔向曰：「必祁大夫（言能救我者必祁奚也）。」「祁大夫外舉不棄讎，内舉不失親，其獨遺乎？」「於是祁奚老矣（是時祁奚已復告老家居），聞之，乘馹（傳車）而見宣子」，宣子遂言於晋侯而赦免叔向。　武安侯：趙注：「成按，漢時田蚡封武安侯（見《史記·魏其武安侯列傳》），三國時曹爽亦封武安侯（見《三國志·魏書·曹爽傳》），然與此俱不合。」按，此無他深意，不過以武安侯喻異日已貴盛之高判官而已。此二句謂異日君貴盛，吾已告老，復相問乎？

祭兵部房郎中文為人作〔一〕

維載月日朔，某官某乙謹以酒脯之奠，敬祭于故兵部郎中房公之靈。嗚呼！君子之才，周而不器〔二〕，苟求行道，未嘗私身，沈静好謀，話言必雅。往歲穀貴，關輔阻饑，眷命自天，發廩以賑〔三〕，中朝乏使〔四〕，屬之鄙夫，不敢自賢，請子爲介〔五〕。匹夫嫠婦〔六〕，黄口之孤〔七〕，鍾釜之施，罔不必當，舉無棄粒〔八〕，野有頌聲。國家厭兵革，苦徵戍，大召浮食〔九〕，以靖國人〔一〇〕。單車諭旨〔一一〕，萬里窮磧，西度赤坂〔一二〕，館于烏孫〔一三〕。形勞者病，神勞則夭，棄成功于末路〔一四〕，未復命而言謝〔一五〕。死不廢命，忠也；尸而加紳〔一六〕，寵也〔一七〕。

〔一〕篇中謂房郎中卒于西域，返葬關東；考安史之亂爆發後，關東長期阻兵，道路難通，故此篇疑當作于安史之亂前，具體時間不詳，姑繫此。房郎中：不詳。《全唐文》篇題作《爲人祭兵部房郎中文》，無題下注語。

〔二〕周：《論語·爲政》：「君子周而不比。」集解：「孔曰：忠信爲周，阿黨爲比。」不器：《論語·爲政》：「君子不器。」謂不像器物那樣，只有某一方面的用途。

〔三〕「往歲」四句：疑是開元二十一年之事。《舊唐書·玄宗紀》：「（開元）二十一年……是歲，關中久雨害稼，京師饑，詔出太倉米二百萬石給之。」關輔，關中與三輔（所轄皆京畿之地）。《文選》

鮑照《代昇天行》：「家世宅關輔，勝帶宦王城。」李善注：「關，關中也。《漢書》曰：右扶風、左馮翊、京兆尹，是爲三輔。」阻饑，《書·舜典》：「黎民阻饑。」傳：「阻，難。……衆人之難，在於饑。」眷命自天，指天子眷愛並下達命令。《書·大禹謨》：「皇天眷命，奄有四海，爲天下君。」

〔四〕乏，底本原作「之」，此從宋蜀本、述古堂本、明十卷本、奇字齋本等。

〔五〕介：副手。《禮記·檀弓下》：「滕成公之喪，使子叔、敬叔弔，進書，子服、惠伯爲介。」

〔六〕嫠（lí梨）婦：寡婦。

〔七〕黄口：謂幼兒。

〔八〕鍾：古容量單位。釜：古量器。舉：皆。粒：穀米之粒。此三句意謂，賑施皆當，無一粒糧食被浪費。

〔九〕召：《全唐文》作「去」，疑非是。浮食：指無業流民。《漢書·溝洫志》：「亦可以事（役使）諸浮食無産業民。」

〔一〇〕以靖國人：《左傳》文公十八年：「公子朝卒，使樂吕爲司寇，以靖國人。」靖，安定。

〔一一〕諭旨：指出使西域宣諭聖旨。

〔一二〕窮磧：窮盡沙漠。赤坂：見上篇第一段注〔八〕。

〔一三〕烏孫：漢西域國名。故地在今伊犁河和伊塞克湖一帶。

〔一四〕末路：最後一段路程。

〔一五〕言謝：去世。言，助詞。

〔一六〕尸：屍。加紳：指着朝服，上加大帶。紳，束在腰間、一頭垂下的大帶，古仕宦者用之。《論語·鄉黨》：「疾，君視之，東首加朝服拖紳。」疏：「拖，加也。紳，大帶也。……以病卧不能衣朝服及大帶，又不敢不衣朝服見君，故但加朝服於身，又加大帶於上，是禮也。」《禮·玉藻》：「凡侍於君，紳垂足如履齊。」

〔一七〕寵：榮。

我盥而撫，子瞑受含〔一〕，求仁得仁〔二〕，其誰不死〔三〕！玉關之下〔四〕，素車威遲〔五〕；愁雲晝聚，白雪春下；絳旐從風，車徒行哭〔六〕。至上京而不駐，將返葬于關東。河活活而東注〔七〕，天慘慘而悲風。道路猶長，子實途窮；人世如舊，子實成空。我有旨酒〔八〕，以歆以餞〔九〕，想像明德〔一〇〕，歔欷出涕。尚饗。

〔一〕「我盥」二句：《左傳》襄公十九年：「（荀偃）卒，而視，不可含（死後眼不閉而口閉。古時以珠玉之類置于死者口中謂之含）。宣子盥而撫之（盥洗然後撫摸尸體），曰：『事吳（荀吳，荀偃指定的繼承人）敢不如事主（指荀偃）！』猶視。欒懷子曰：『其爲未卒事於齊故也乎（爲了伐齊之事未竟全功的緣故吧）？』乃復撫之曰：『主苟終，所不嗣事于齊者（不繼續從事於伐齊之事），有如河(有河神爲證)!』乃瞑,受含。」

〔二〕求仁得仁:《論語·述而》:「求仁而得仁,又何怨?」

〔三〕其,宋蜀本作「而」。

〔四〕玉關:玉門關,漢置,在今甘肅敦煌西北,唐時關址東移至晋昌(今甘肅瓜州縣雙塔堡附近)。《元和郡縣志》卷四〇瓜州晋昌縣:「玉門關在縣東二十步。」同卷沙州壽昌縣(今敦煌西):「玉門故關在縣西北一十八里。」

〔五〕素車:喪事所用之車。威遲:形容道路曲折綿延。同「威夷」、「倭遲」。《文選》顔延之《秋胡詩》:「驅車出郊郭,行路正威遲。」李善注:「《毛詩》曰:『四牡騑騑,周道倭遲。』毛萇曰:『倭遲,歷遠貌。』《韓詩》曰:『周道威夷。』其義同。」

〔六〕絳旐(zhào 趙):旐即出喪時爲棺柩引路的幡旗,上書死者姓名。晋賀循《葬禮》云:「杠,今之旐也。古者以緇布爲之。今以絳繒題姓字而已,不爲畫飾也。」(《太平御覽》卷五五二引)車徒:車馬與僕從。

〔七〕活活(guō 郭):水流聲。《詩·衛風·碩人》:「河水洋洋,北流活活。」

〔八〕我有旨酒:《詩·小雅·鹿鳴》:「我有旨(美)酒,嘉賓式燕以敖。」

〔九〕歆:猶享,用食品祭祀鬼神;述古堂本作「歌」。

〔一〇〕明德:完美的德性。《書·君陳》:「黍稷非馨,明德惟馨。」

汧陽郡太守王公夫人安喜縣君成氏墓誌銘并序〔一〕

夫人字某，某郡人也。其先周成王之後。古之錫姓命氏〔二〕，或以先父之職官，或因始祖之名謚，漢魏以降，史牒詳焉。曾祖休寧，某官；祖某，某官，襲封常山公〔三〕。貳公執帛〔四〕，調護儲闈〔五〕；九伯剖符〔六〕，典司方岳〔七〕。父某，某官〔八〕。漢雄右輔，實拜翁歸〔九〕；周命僕臣，惟茲伯冏〔一〇〕。夫人即太僕府君之第二女也。世有明訓，家無遺德〔一一〕。蕙心紈質〔一二〕，豈曰師成〔一三〕；螓首蛾眉〔一四〕，抑惟天與。同雲降雪〔一五〕，常聞柳絮之詩〔一六〕；獻歲發春〔一七〕，即賦椒花之頌〔一八〕。言事姑舅〔一九〕，宜其家室〔二〇〕。寢門纔闢〔二一〕，笄六珈而問安〔二二〕；擊鐘未晞〔二三〕，具八籩而獻饋〔二四〕。染朱與緑，不愆公子之衣〔二五〕；采藻及蘋，有甚季姜之祭〔二六〕。魚軒翟茀，爲諸侯之夫人〔二七〕；鳴珮垂環，對有國之君子〔二八〕。綺疏寓目〔二九〕，助選賢人；青帳藩身，用酬高論〔三〇〕。善持門户，能睦族姻。誡良人之從畋，不嘗原獸〔三一〕；訓愛子之爲政，遂返池魚〔三二〕。言成大家之書〔三三〕，行爲衆婦之法。至于彈琴製賦，纂組攻書，具舉百事之能，仍居四德之外〔三四〕。嗚呼！降年不永，春秋五十，以某載月日薨于長安平康里之私第〔三五〕，某月日祔于咸陽洪瀆原之先塋〔三六〕，禮也。不獲偕老，空傷奉倩之神〔三七〕；未始有生，誰達莊周之理〔三八〕！長子濡〔三九〕，前某官，次子澄〔四〇〕，某官，次曰某，某官，及女等，漣漣泣血，煢煢在疚〔四一〕。哀纏聖善〔四二〕，痛七子之無依〔四三〕；文叙塞淵〔四四〕，冀九原之可識〔四五〕。乃爲銘曰〔四六〕：

〔一〕汧陽郡：《舊唐書·地理志》：「隴州……天寶元年，改爲汧陽郡。乾元元年，復爲隴州。」治所在今陝西隴縣。王公：即王倕（據其子曰濡、澄可知）。《新唐書·宰相世系表》曰：「倕字靈龜，定州刺史。」又《王倕傳》曰：「倕字靈龜。明經，調莫州參軍，辟范陽節度使張守珪幕府。……安禄山叛，拜博陵（即定州）、常山二太守，副河北招討。卒，贈太常卿。」《通鑑》至德元載（七五六）七月：「河北諸郡猶爲唐守，常山太守王倕欲降賊，諸將怒，因擊毬，縱馬踐殺之。」王倕爲汧陽太守事，史傳失載。但據王倕卒年及本篇所用地名，可知倕出守汧陽，當在天寶年間。本篇之寫作時間同，然具體年代無從確考，今姑繫此。安喜縣君：見《請施莊爲寺表》注〔七〕。安喜，唐縣名，屬定州，治所在今河北定州市。題下底本原無「并序」二字，據宋蜀本、述古堂本、明十卷本補。

〔二〕錫：賜。

〔三〕常山公：當指郡公或縣公。常山爲郡名（治所在今河北正定），又爲縣名（今浙江常山縣）。此處疑指郡公。

〔四〕貳公：指爲三孤。《書·周官》：「立太師、太傅、太保，兹惟三公。……少師、少傅、少保，曰三孤，貳公弘化，寅亮天地，弼予一人。」傳：「副貳三公。」執帛：指爲孤卿（即三孤）。《左傳》莊公二十四年杜注：「公侯伯子男，執玉；諸侯世子附庸孤卿，執帛。」《史記・曹相國世家》：「（楚懷王）於是乃封參爲執帛。」集解：「張晏曰：『孤卿也。』」《漢書・百官公卿表》：「周官則備矣……少師、少傅、少保，是爲孤卿。」按，漢以後無三孤之官（惟王莽時有之），此句實指爲太子少師、少傅、少保（皆掌教諭太子）。

〔五〕儲闈：指太子。《文選》沈約《奏彈王源》：「升采儲闈，亦居清顯。」劉良注：「儲闈，東宫也。」「闈」，宋蜀本作「闥」。

〔六〕九伯：九州之伯。各州諸侯之長曰伯。剖符：分符。謂封諸侯功臣，分剖符節之半與之以爲信物。《史記・高祖本紀》：「乃論功，與諸列侯剖符行封。」漢時亦授郡守以符，《史記・孝文本紀》：「初與郡國守相爲銅虎符、竹使符。」此處指爲地方長官。

〔七〕典司：主管。方岳：指地方或地方長官。《三國志・魏書・滿寵傳》注引《世語》：「寵爲汝南太守、豫州刺史二十餘年，有勳方岳。」趙殿成曰：「典司方岳，顧本作典日方兵，誤，今校正。」按，趙校是，宋蜀本、述古堂本、明十卷本等俱作「典司方岳」。

〔八〕「父某」二句：底本原無，據《全唐文》補。

〔九〕雄：謂居前列。右輔：即右扶風。《漢書・百官公卿表》：「主爵中尉，秦官。……武帝太初元年，更名右扶風。……與左馮翊、京兆尹是爲三輔（注：「服虔曰：皆治在長安中。師古曰：《三輔黃圖》云：『……長安以東爲京兆，長陵以北爲左馮翊，渭城以西爲右扶風也。』」）。……元鼎四年，更置三輔都尉。」又《地理志上》載右扶風轄渭城、郿等二十一縣，「右輔都尉治」郿縣（今陝西眉縣）。趙殿成曰：「右，顧本作左，誤，今校正。」按，趙校是，明十卷本、《全唐文》俱作「右」。實拜翁歸：《漢書・尹翁歸傳》：「以高第入守右扶風，滿歲爲真。選用廉平疾姦吏，以爲右職。……扶風大治，盜賊課常爲三輔最。」按，右扶風三國魏改名扶風郡，唐時曰岐州（治所在今陝西鳳翔），天寶元年改爲扶風郡。此二句指其父嘗爲岐州刺史。

〔一〇〕「周命」二句：《書・冏命・序》：「穆王命伯冏爲周太僕正，作《冏命》。」傳：「伯冏，臣名也。太僕長，太御，中大夫。」疏：「正，訓長也。」此指其父曾任太僕寺卿。《舊唐書・職官志》：「太僕寺，卿一員，從三品。古有太僕正，即其名也。後無正字，唯名太僕。」

〔一一〕遺德：失德。

〔一二〕蕙心紈質：《文選》鮑照《蕪城賦》：「東都妙姬，南國麗人，蕙心紈質，玉貌絳脣。」蕙，香草名，此以之喻美。紈，白色細絹，此以之喻純潔。

〔一三〕「豈曰」句：言本身自有，非師之教誨所成。

〔一四〕螓首蛾眉：語出《詩・衛風・碩人》。螓（qín 秦），似蟬而小，其額廣而方正。蛾，蠶蛾，其眉細長而曲。

〔一五〕同雲降雪：《詩・小雅・信南山》：「上天同雲，雨雪雰雰。」《集傳》：「同雲，雲一色也。」

〔一六〕柳絮之詩：《世説新語·言語》：「謝太傅（謝安）寒雪日内集，與兒女講論文義，俄而雪驟，公欣然曰：『白雪紛紛何所似？』兄子胡兒（謝朗）曰：『撒鹽空中差可擬。』兄女曰：『未若柳絮因風起。』公大笑樂。即公大兄無奕女，左將軍王凝之妻（謝道藴）也。」

〔一七〕獻歲發春：《楚辭·招魂》：「獻歲發春兮，汨吾南征。」獻歲，猶言進入新的一年。獻，進。發春，開春。

〔一八〕椒花之頌：《晋書·劉臻妻陳氏傳》：「劉臻妻陳氏者，亦聰辯能屬文。嘗正旦獻《椒花頌》，其詞曰：『旋穹周迴，三朝肇建。青陽散輝，澄景載焕。標美靈葩，爰採爰獻。聖容映之，永壽於萬。』」

〔一九〕言事姑舅：庾信《周安昌公夫人鄭氏墓誌銘》：「及乎作配君子，言事舅姑，下氣怡聲，承巾奉箒。」言，助詞，無義。姑舅，丈夫之父母。

〔二〇〕宜其家室：見《京兆王氏墓誌銘》末段注〔一〕。

〔二一〕寢門：指内室之門。《儀禮·士喪禮》鄭注：「寢門，内門也。」

〔二二〕笄六珈：《詩·鄘風·君子偕老》：「君子偕老，副笄六珈。」傳：「副者，后夫人之首飾，編髮爲之。笄，衡笄也。珈，笄飾之最盛者。」箋：「珈之言加也。副既笄而加飾，如今步摇上飾，古之制所有未聞。」衡笄，即横簪。古時王后和諸侯夫人編髮作假髻，稱爲副；副需用衡笄别在頭上，笄上加玉飾稱珈。珈數多寡不一，「六珈」爲侯伯夫人之飾。

〔二三〕擊鐘：指鳴晨鐘。未晞：天未明。《詩·齊風·東方未明》：「東方未晞，顛倒裳衣。」

〔二四〕八籩：《周禮·秋官·掌客》：「夫人致禮，八壺、八豆、八籩。」籩，竹編食器，用以盛棗、脯等無羹之物。形如豆。

〔二五〕「染朱」二句：《詩·豳風·七月》：「載玄載黄，我朱孔陽，爲公子裳。」疏：「民又染繒，則染爲玄，則染爲黄，云我朱之色甚明好矣，以此朱爲公子之裳也。」愆，差錯，耽誤。

〔二六〕「采藻」二句：《詩·召南·采蘋》：「于以（何處）采蘋（浮萍）？南澗之濱。于以采藻（水草）？于彼行潦。于以盛之？維筐及筥。于以湘（烹）之？維錡及釜。于以奠之？宗室牖下。誰其尸（主其事）之？有齊（敬貌）季（少）女。」《左傳》襄公二十八年：「濟澤之阿，行潦之蘋藻，寘諸宗室（杜注：「薦宗廟。」），季蘭尸之，敬也。」孔疏：「此意取《采蘋》之詩也。……《詩》言季女，而此言季蘭，謂季女服蘭草也。案宣三年《傳》曰：『蘭有國香，人服媚之。』如是女之服蘭也。」趙殿成曰：「『季姜，恐是季蘭之訛。」按，「姜」疑爲「女」字之訛。

〔二七〕魚軒翟茀：參見《故南陽夫人樊氏輓歌二首》其一注〔二〕、〔三〕。諸侯：指郡太守。漢時郡與國（諸侯王國）地位大致相當，後世因稱郡守爲諸侯。

〔二八〕有國之君子：即「諸侯」。

〔二九〕綺疏：雕飾花紋的窗户。《後漢書·梁冀傳》：「窗牖皆有綺疏青瑣，圖以雲氣仙靈。」寓目：觀看。

〔三〇〕「青帳」二句：《晋書·王凝之妻謝氏傳》：「凝之弟獻之嘗與賓客談議，詞理將屈，道韞遣婢白獻之曰：『欲爲小郎解圍。』乃施青綾步鄣自蔽，申獻之前議，客不能屈。」藩，遮蔽。

〔三一〕「誠良」二句：用春秋楚莊王夫人樊姬事。《列女傳》卷二載：「莊王即位，好狩獵，樊姬諫不止，乃不食禽獸之肉。王改過，勤於政事」。良人，丈夫。從畋，爲田獵之事。原獸，《左傳》襄公四年：「不脩民事，而淫于原獸。」杜注：「原，野。」

〔三二〕「訓愛」二句：《三國志·吴書·孫晧傳》注引《吴録》曰：「（孟）仁字恭武，江夏人也。……除爲鹽池司馬，自能結網，手以捕魚，作鮓寄母，母因以還之，曰：『汝爲魚官，而以鮓寄我，非避嫌也。』」

〔三三〕大家之書：見《韓公墓誌銘》三段注〔五〕。

〔三四〕纂：動詞，編織。組：絲帶。攻書：學書法。四德：《後漢書·后紀·序》：「九嬪掌教四德。」注：「四德，謂婦德、婦言、婦容、婦功也。」又《曹世叔妻傳》云：「女有四行：一曰婦德，二曰婦言，三曰婦容，四曰婦功。」

〔三五〕平康里：據《長安志》卷八載，唐長安有平康坊，在崇仁坊之南、宣陽坊之北。

〔三六〕洪瀆原：《嘉慶一統志》卷二二七云：「洪瀆原，在咸陽縣北二里，東西一岡，闊七里許。」

〔三七〕傷奉倩之神：《三國志·魏書·荀彧傳》注：「何劭爲（荀）粲傳曰：『粲字奉倩……粲常以婦人者，才智不足論，自宜以色爲主，驃騎將軍曹洪女有美色，粲於是聘焉。容服帷帳甚麗，專房歡宴。歷年後，婦病亡，未殯，傅嘏往唁粲，粲不哭而神傷。嘏問曰：「婦人才色並茂爲難，子之娶也，遺才而好色，此自易遇，今何哀之甚！」粲曰：「佳人難再得，顧逝者不能有傾國之色，然未可謂之易遇。」痛悼不能已，歲餘亦亡。』」此指王公神傷。

〔三八〕「未始」二句：《莊子·至樂》：「莊子妻死，惠子弔之，莊子則方箕踞鼓盆而歌。惠子曰：『與人居，長子老身，死不哭，亦足矣，又鼓盆而歌，不亦甚乎！』莊子曰：『不然。是其始死也，我獨何能無概（慨）然！察其始而本無生，非徒無生也而本無形，非徒無形也而本無氣。雜乎芒芴（恍惚）之間，變而有氣，氣變而有形，形變而有生，今又變而之死，是相與爲春夏秋冬四時行也。人且偃然寢於巨室（天地之間），而我噭噭然隨而哭之，自以爲不通乎命，故止也。』」理，底本原作「禮」，據述古堂本、明十卷本、《全唐文》改。

〔三九〕濡：《新唐書·宰相世系表》謂王俌長子曰濡，膳部員外郎、黄州刺史。

〔四〇〕澄：《新唐書·宰相世系表》謂俌次子曰澄，洋州刺史。

〔四一〕漣漣：淚流不止貌。泣血：極度悲傷無聲哭泣時流出的眼淚。惸惸在疚：《詩·周頌·閔予小子》：「遭家不造，嬛嬛在疚。」箋：「遭武王崩，家道未成，嬛嬛然孤特，在憂病之中。」釋文：「嬛，其傾反，崔（譔）本作惸。」按「嬛」通「惸」，謂孤獨無依也。

〔四二〕聖善：指母。《詩·邶風·凱風》：「母氏聖善，我無令人。」此處指父。《文選》楊修《答臨淄侯》：「伏惟君侯少長貴盛……有聖善之教。」吕向注：「聖善，謂植父武帝也。」

〔四三〕七子：《詩・凱風》：「有子七人，母氏勞苦。」

〔四四〕塞淵：《詩・邶風・燕燕》：「仲氏任只，其心塞淵。」傳：「塞，實。淵，深也。」疏：「其心誠實而深遠也。」趙殿成曰：「塞，顧本作寒，誤，今校正。」按趙校是，宋蜀本、明十卷本、《全唐文》俱作「塞」。

〔四五〕九原：《禮記・檀弓下》：「是全要領以從先大夫於九京也。」注：「晉卿大夫之墓地在九原，京蓋字之誤，當爲原。」後世因稱墓地爲九原。

〔四六〕乃爲，底本無此二字，據宋蜀本、述古堂本、明十卷本等補。

齊侯之子兮，衛侯之妻。膚如凝脂兮，手如柔荑〔一〕。奉初之嘉訓兮，淑德日躋〔二〕。供養兮姑舅，簪珥問安兮先夜漏〔三〕。製三繅兮玄纁〔四〕，具五獻兮籩豆〔五〕。翟茀兮錦衣，駕魚軒兮來歸，從如雲兮滿中闈〔六〕。忽形沉兮影絶，夫傷神兮子泣血。悲餘澤兮猶在，怨迴文兮未滅〔七〕。返葬兮咸陽，寒天暮兮渭水長。嗟梧桐兮半死〔八〕，無雙飛兮鳳凰〔九〕。

〔一〕「齊侯」四句：《詩・衛風・碩人》：「碩人其頎，衣錦褧衣。齊侯之子，衛侯之妻。……手如柔荑，膚如凝脂。」齊侯，齊莊公。衛侯，衛莊公。此指莊姜爲齊莊公之女、衛莊公之妻。荑（tí啼），始生的茅草。以上四句以莊姜喻指成氏。

〔二〕日躋：《詩·商頌·長發》：「湯降不遲，聖敬日躋。」疏：「其聖明恭敬之德日升而不退也。」

〔三〕簪珥：髮簪和耳飾。此指戴上首飾。先夜漏：謂在夜漏盡之前，與《榮國夫人墓誌銘》之「先晨簪珥」意近。

〔四〕三繅：即所謂「繅三盆手」。《禮記·祭義》：「歲既單矣，世婦卒蠶，奉繭以示于君，遂獻繭于夫人。……及良日，夫人繅三盆手，遂布于三宮夫人世婦之吉者使繅，遂朱緑之，玄黄之，以爲黼黻文章。」疏：「三盆手者，猶三淹也。手者，每淹以手振出其緒，故云三盆手。」繅，抽繭出絲。三淹，謂三度浸繭以手抽其絲緒。玄纁，見《榮國夫人墓誌銘》首段注〔二六〕。句謂夫人親繅絲製爲玄纁。

〔五〕「具五」句：《左傳》昭公元年：「及享，具五獻之籩豆於幕下。」古代宴饗，先由主人敬酒，曰獻；次由賓客還敬，曰酢；再由主人先酌酒自飲，復勸客隨飲，曰酬。獻、酢、酬合稱一獻。「獻」的次數愈多，所用食品也相應增加。豆，木製食器，用以盛肉類及含湯水食物。

〔六〕中闈：闈中，指門内。陸機《挽歌三首》其一：「殯宫何嘈嘈，哀響沸中闈。」

〔七〕餘澤：指遺留給後人的德澤。迴文：見《吏部達奚侍郎夫人寇氏輓歌二首》其一注〔三〕。

〔八〕梧桐半死：枚乘《七發》：「龍門之桐，高百尺而無枝……其根半死半生。」

〔九〕雙飛鳳凰：喻夫妻相隨。

山中與裴秀才迪書〔一〕

近臘月下，景氣和暢，故山殊可過，足下方温經〔二〕，猥不敢相煩〔三〕，輒便獨往山中〔四〕，憩感配寺〔五〕，與山僧飯訖而去。比涉玄灞〔六〕，清月映郭，夜登華子岡〔七〕，輞水淪漣，與月上下〔八〕。寒山遠火，明滅林外，深巷寒犬，吠聲如豹，村墟夜舂〔九〕，復與疎鐘相間〔一〇〕。此時獨坐，僮僕静默，多思曩昔，攜手賦詩，步仄逕，臨清流也〔一一〕。當待春中，草木蔓發〔一二〕，春山可望，輕鯈出水〔一三〕，白鷗矯翼〔一四〕，露濕青皋，麥隴朝雊〔一五〕，斯之不遠，儻能從我遊乎〔一六〕？非子天機清妙者〔一七〕，豈能以此不急之務相邀！然是中有深趣矣，無忽。因馱黄蘗人往〔一八〕，不一〔一九〕。山中人王維白〔二〇〕。

〔一〕天寶三載之後、安史之亂以前作于輞川别業。山中：即指輞川别業。

〔二〕温經：温習經書。疑指佛經。

〔三〕猥：鄙。自稱的謙辭。

〔四〕獨，底本原無此字，據宋蜀本補。

〔五〕感配寺：在長安東灞陵附近，爲作者自長安赴輞川途中所經。見《過感化寺曇興上人山院》注〔一〕。王維此行當自長安出發，東行至感配寺，在寺中吃過午飯後，復東南行赴藍田。

〔六〕比：等到，底本原作「北」，據宋蜀本、述古堂本改。玄灞：潘岳《西征賦》：「南有玄灞素滻。」玄，天青色。灞，灞水。水出藍田縣藍田谷，北入渭。作者當在藍田縣城南渡過灞水，而後往輞川。

〔七〕郭：指藍田縣城。華子岡：參見《輞川集·華子岡》注〔一〕。自長安至輞川一百餘華里，及維到達輞川，已入夜。

〔八〕輞水：即輞谷水，見《輞川集·孟城坳》注〔一〕。淪漣：謂水起微波。《詩·魏風·伐檀》云：「河水清且淪猗。」傳：「小風，水成文，轉如輪也。」又云：「河水清且漣猗。」傳：「風行水成文曰漣。」與月上下：言水波隨着月光上下起伏。

〔九〕村，宋蜀本作「社」。

〔一〇〕間，宋蜀本、述古堂本俱作「聞」。

〔一一〕「攜手」三句：仄逕，側徑，小路。嵇康《琴賦》：「臨清流，賦新詩。」

〔一二〕草，宋蜀本、述古堂本俱作「卉」。蔓：蔓延，滋長。

〔一三〕鯈（chóu 愁）：又稱鰷，一種銀白色的小魚。《莊子·秋水》：「鯈魚出游從容，是魚之樂也。」

〔一四〕矯：舉。揚雄《解嘲》：「矯翼厲翮。」

〔一五〕青皋：長滿青草的水邊之地。雊：雉鳴。《詩·小雅·小弁》：「雉之朝雊，尚求其雌。」

〔一六〕儻：或許。

〔一七〕天機：猶言天性。《莊子・大宗師》：「其嗜欲深者，其天機淺。」

〔一八〕馱，底本原作「馭」，據述古堂本、明十卷本、《全唐文》改。黄蘗（bò檗）：落葉喬木，俗作黄柏，樹高數丈，經冬不凋，莖可製黄色染料，皮與根入藥。參見《本草綱目》卷三五。此句意謂，借助入山馱藥的人送信去。

〔一九〕不一：不詳説。舊時書信結尾用語。一，底本原作「二」，據明十卷本、《全唐文》改。

〔二〇〕山中人：《楚辭・九歌・山鬼》：「山中人兮芳杜若，飲石泉兮蔭松柏。」

魏郡太守河北採訪處置使上黨苗公德政碑并序〔一〕

五方殊俗，《魏風》婉而其人舒〔二〕；九土異宜〔三〕，冀田壤而其賦錯〔四〕。前政有寬猛之異〔五〕，時令有班藝之差〔六〕。夫非酌舊典于可行，啓新圖于必當〔七〕，多方而不失正，一貫而或從權〔八〕，曲成使人〔九〕，大抵厚俗〔一〇〕，選衆而舉，非公而誰？公先自吏部侍郎，出爲安康郡太守。某載月日，詔以公爲魏郡太守、河北道採訪處置使〔一一〕。公諱某，字某，某郡縣人也〔一二〕。其出處本末，奕世冠冕，國史家牒詳焉〔一三〕。凡邦伯到官〔一四〕，詔使按部〔一五〕，或閉閤思政，或下車作威〔一六〕，或劾吏爲明，或移書示禁〔一七〕。公異于是，可略而言。公素號鮮明〔一八〕，積有治行〔一九〕，宿訟不決之務〔二〇〕，餘地剖分〔二一〕，疑獄自誣之枉〔二二〕，容光立照〔二三〕，故陋其思政也。安全長吏，不逐老丞〔二四〕，成就諸生，光教小吏〔二五〕，導德齊禮，有恥且格〔二六〕，故鄙其作威也。謝亭長之問〔二七〕，勞野次之賢，吏悉謂爲神明，人不隱其毫髮〔二八〕，故無事劾吏也。列郡共職，清節銷其過求〔二九〕，諸曹報簿〔三〇〕，直筆破其巧詆〔三一〕，故不待移書也。

〔一〕約作于天寶末，説見本篇第五段注〔三〇〕。魏郡：見《送魏郡李太守赴任》注〔一〕。河北採訪處置使：治所在魏郡；採訪處置使又曰採訪使，參見《韓公墓誌銘》第一段注〔一〕。底本注：「一本北字下多一道字。」上黨：即潞州，天寶元年改爲上黨郡，乾元元年復舊，治所在今山西長治。苗公：即苗晉卿。字元輔，上黨壺關（今山西壺關）人。官至侍中。永泰元年（七六五）四月卒，年七十七（據李華《苗晉卿墓誌銘》）。兩《唐書》有傳。篇題下注語底本原無，據宋蜀本、述古堂本、明十卷本補。

〔二〕《魏風》婉：《左傳》襄公二十九年：「吴公子札來聘……請觀於周樂。……爲之歌《魏》，曰：『美哉，渢渢乎！大而婉（粗獷而宛轉），險而易行，以德輔此，則明主也。』」舒：安詳。

〔三〕九土：《國語·魯語上》：「共工氏之伯九有也，其子曰后土，能平九土。」注：「九土，九州之土也。」

〔四〕「冀田」句：《書·禹貢》：「冀州（古九州之一）……厥土惟白壤，厥賦惟上上錯。」傳：「無塊曰壤。水去土復其性，色白而壤。」「賦謂土地所生，以供天子。上上，第一。錯，雜，雜出第二之賦。」疏：「壤是土和緩之名，故云無塊曰壤。」「水災既除，土復本性，以作貢賦之差，故云賦謂土地所生，以供天子。……因九州差爲九等，上上是第一也。交錯是間雜之義，故錯爲雜也。顧氏云：上上之下，即次上中，故云雜出第二之賦也。……此州以上上爲正，而雜爲次等，言出上上時多，而上中時少也。……少在正下，故先言上上，而後言錯。」

〔五〕寬猛之異：見《裴僕射濟州遺愛碑》首段注〔八〕。

〔六〕時令：與「前政」對言，指當時的政令。班藝：即班貢藝事，見《裴僕射濟州遺愛碑》第三段注〔三九〕。

〔七〕夫非，述古堂本、明十卷本、奇字齋本等俱作「非夫」。酌：取。二句意謂，不是吸取舊章可行者，而是開建新圖，且使之達到「必當」。

〔八〕多方：多種方法，多種手段。一貫：《論語·里仁》：「吾道一以貫之。」權：權宜，變通的措施。

〔九〕曲成：因時乘變，使有所成。《易·繫辭上》：「曲成萬物而不遺。」注：「曲成者，乘變以應物，不係一方者也。」便，底本原作「更」，據述古堂本、《全唐文》改。

〔一〇〕厚俗：使風俗淳厚。

〔一一〕「公先」五句：《舊唐書·苗晉卿傳》曰：「開元二十三年，遷吏部郎中。二十四年，與吏部郎中孫逖並拜中書舍人。二十七年，以本官權知吏部選事。……二十九年，拜吏部侍郎。前後典選五年……天寶二年春，御史中丞張倚男奭參選，晉卿與（宋）遥以倚初承恩，欲悦附之，考選人判等凡六十四人，分甲乙丙科，奭在其首。衆知奭不知書，論議紛然。……上怒，晉卿貶爲安康郡太守。……天寶三載閏二月，轉魏郡太守，充河北採訪處置使，居職三年，政化洽聞。」安康郡，《舊唐書·地理志》：「金州……天寶元年，改爲安康郡。至德二年二月，改爲漢南郡。乾元元年，復爲金州。」治所在今陝西安康。

〔一二〕以上三句《全唐文》作「公諱晉卿，字元輔，潞州壺關人也」。又後二「某」字底本原無，上字據宋蜀本、述古堂本、明十卷本補，下字據宋蜀本補。

〔一三〕「其出」三句：《舊唐書》本傳云：「世以儒素稱。祖夔，高道不仕，追贈禮部尚書。父殆庶，官至絳州龍門縣丞，早卒，以晉卿贈太子少保。」李華《苗晉卿墓誌銘》云：「祖襲夔，贈太子太師。父殆庶，贈禮部尚書。」韓愈《河南府法曹參軍盧君夫人苗氏墓誌》：「曾大父襲夔，贈禮部尚書。大父殆庶，贈太子太師。」《唐代墓誌彙編》會昌〇三一《上黨苗（縝）府君墓誌銘》：「大王父諱殆庶，皇贈太子太師。王父諱晉卿，相三君。」出處，源頭，來源。本末，原委。奕世，累世。

〔一四〕邦伯：《書·召誥》：「命庶殷，侯甸男邦伯。」傳：「邦伯，方伯，即州牧也。」後因稱州刺史爲邦伯。

〔一五〕按部：巡視部屬。

〔一六〕閉閤思政、下車作威：俱見《送李睢陽》注〔一六〕。

〔一七〕移書：發布公文。示禁：宣布禁令。

〔一八〕鮮明：精明，處事明決。《漢書・馬宮傳》：「三公之任，鼎足承君，不有鮮明固守，無以居位。」鮮，《全唐文》作「賢」，蓋因不明「鮮明」之義而妄改。

〔一九〕治行：治理政務的成績。

〔二〇〕宿訟：積久不決的訟事。《文選》沈約《齊故安陸昭王碑文》：「疑獄得情而弗喜，宿訟兩讓而同歸。」李善注：「《東觀漢記》曰：魯恭爲中牟令，宿訟許伯等爭陂澤田，積年州郡不決，恭平理曲直，各退自相責讓。」

〔二一〕餘地剖分：遊刃有餘地予以剖析。《莊子・養生主》：「以無厚入有間，恢恢乎其於遊刃必有餘地矣。」剖，底本原作「割」，此從宋蜀本。

〔二二〕疑獄：難於判明的案件。自誣：本無罪而被迫認罪。《史記・李斯傳》：「趙高治斯，榜掠千餘，不勝痛，自誣服。」

〔二三〕容光立照：《孟子・盡心上》：「日月有明，容光必照焉。」容光，可以容納光綫的小縫隙。句謂苗明如日月，立時洞悉幽微。

〔二四〕「安全」二句：用黄霸事。《漢書・黄霸傳》：「（霸）爲潁川太守……力行教化而後誅罰，務在成就、全安長吏（注：「不欲易代及損傷之也。」）。許丞老，病聾，督郵白欲逐之，霸曰：『許丞廉吏，雖老，尚能拜起送迎，正頗重聽，何傷？且善助之，毋失賢者意。』或問其故，霸曰：『數易長吏，送故迎新之費，及姦吏緣絶簿書，盜財物，公私費耗甚多，皆當出於民，所易新吏，又未必賢，或不如其故，徒相益爲亂。』」長吏，指縣吏位尊者；丞，謂縣丞。《漢書·百官公卿表》：「縣令、長皆秦官……皆有丞、尉，秩四百石至二百石，是爲長吏。」

〔二五〕「成就」二句：用文翁事。《漢書·文翁傳》：「（翁）爲蜀郡守，仁愛好教化，見蜀地僻陋，有蠻夷風，文翁欲誘進之，乃選郡縣小吏開敏有才者張叔等十餘人，親自飭厲，遣詣京師，受業博士，或學律令，減省少府（注：「少府，郡掌財物之府。」）用度，買刀布蜀物，齎計吏以遺博士。數歲，蜀生皆成就還歸，文翁以爲右職（注：「郡中高職也。」），用次察舉，官有至郡守刺史者。又修起學官於成都市中，招下縣子弟，以爲學官弟子，爲除更徭（注：「不令從役也。」），高者以補郡縣吏，次爲孝弟力田。……數年，爭欲爲學官弟子，富人至出錢以求之，由是大化，蜀地學於京師者，比齊魯焉。」光，大；《全唐文》作「先」。吏，宋蜀本、明十卷本、奇字齋本俱作「史」。

〔二六〕「導德」二句：《論語·爲政》：「道（導）之以德，齊（整齊、約束）之以禮，有恥（有羞恥之心）且格（方正）。」

〔二七〕「謝亭」句：《漢書·趙廣漢傳》：「廣漢（時爲京兆尹）嘗記召湖都亭長（注：「爲書記以召之。」），湖都亭長西至界上，界上亭長戲曰：『至府爲我多謝問（注：「若今人言千萬問訊矣。」）趙君。』亭長既至，廣漢與語，問事畢，謂曰：『界上亭長寄聲謝我，何以不爲致問？』亭長叩頭服實有之，廣漢因曰：『還，爲我謝界上亭長，勉思職事，有以自效，京兆不忘卿厚意。』其發姦擿伏如神，皆此類也。」《漢書・百官公卿表》：「大率十里一亭，亭有長。」

〔二八〕「勞野」三句：《漢書・黄霸傳》：「（霸）爲潁川太守……嘗欲有所司察，擇長年廉吏遣行，屬令周密（注：「周密，不泄漏也。」）。吏出，不敢舍郵亭，食於道旁，烏攫其肉，民有欲詣府口言事者，適見之，霸與語，道此。後日吏還，謁霸，霸見，迎勞之曰：『甚苦，食於道旁，乃爲烏所盜肉。』吏大驚，以霸具知其起居，所問，毫釐不敢有所隱。……其識事聰明如此。吏民不知所出，咸稱神明。」勞，慰勞。野次，在野外止息。

〔二九〕共：通「供」。清節：高潔的節操。過求：過度之求。二句就苗爲河北道採訪使而言。

〔三〇〕句謂各部門上報文書。

〔三一〕巧詆：以巧言詆毁誣陷。《史記・汲鄭列傳》：「刀筆吏專深文巧詆，陷人於罪。」巧，底本原作「污」，據宋蜀本、述古堂本校正。

山東古之七雄〔一〕，河北有其四國〔二〕，地方數千里，人蓋億萬計。獻子三歎之饋〔三〕，滋無舊德〔四〕；平原十日之飲，顧有遺風〔五〕。朱亥袖椎〔六〕，豪雄扼腕〔七〕；曹王拂局〔八〕，輕薄爲心〔九〕。奢泰擬都護之堂〔一〇〕，遲緩學邯鄲之步〔一一〕。公抑末技而敦本〔一二〕，斥浮食以歸業〔一三〕。督課八政〔一四〕，擇良吏以遺行；講求六籍〔一五〕，置學官于便坐〔一六〕。于是横經左塾〔一七〕，力穡先疇〔一八〕，盡業農桑，大興庠序〔一九〕。家知禮義，更式段干之廬〔二〇〕；户有京坻〔二一〕，增修史起之廟〔二二〕。叢臺歌舞成市〔二三〕，鄴郡帝王舊都〔二四〕，袨服靚妝〔二五〕，挾筑跕屣〔二六〕，淇上留客〔二七〕，河間數錢〔二八〕。公課其組紝之庸〔二九〕，制其婚嫁之節〔三〇〕。冶容絶四方之袖〔三一〕，織室致五匹之工〔三二〕。刑于上官〔三三〕，訓及處子〔三四〕。鄭聲衛樂〔三五〕，共棄師襄〔三六〕；趙帶燕裾〔三七〕，思齊漆室〔三八〕。漁陽騎客〔三九〕，奏報本朝，鯷海樓船〔四〇〕，連漕絶域〔四一〕，郊迎館給〔四二〕，不敢淫其芻蕘〔四三〕；水路陸衢，盡若安于枕席。某載月日，詔賜紫袍玉帶、金魚袋〔四四〕，衣若干副。方伯十連〔四五〕，賴其澄清之轡〔四六〕；天子七命，賜以安吉之衣〔四七〕。緹油屏車〔四八〕，璽書增秩〔四九〕，未是過也。

〔一〕山東：指崤山、函谷關以東地區。戰國七雄之中，實際上只有六國在山東。

〔二〕「河北」句：在唐開元天寶時，河北道所轄的州中，懷、衛、相、魏、澶五州，是古魏國之地，洺、邢、趙、恒、定、莫、瀛、深、冀、貝十州，是古趙國之地，易、嬀、營、平、幽、薊、檀七州，爲古燕國之地，博、德、滄、棣四州，爲古齊國之地，故云。

〔三〕「獻子」句：《左傳》昭公二十八年：「冬，梗陽人有獄（訟），魏戊（時爲梗陽大夫）不能斷，以獄上（上於魏獻子）。其大宗（杜注：「訟者之大宗。」宗子所在之宗曰大宗）賂以女樂，魏子（魏獻子）將受之。」魏戊謂閻没、女寬（皆晋大夫）曰：『主以不賄聞於諸侯，若受梗陽人，賄莫甚焉。吾子必諫。』皆許諾。退朝，待於庭（待于魏子之庭）。饋入，召之（召二大夫同食）。比置（及置食也），三歎。既食，使坐。魏子曰：『……吾子置食之間三歎，何也？』同辭而對曰：『或賜二小人酒，不夕食（言昨夕未吃飯，已甚餓矣）。饋之始至，恐其不足，是以歎。中置（上菜之半也），自咎曰：「豈將軍（注：「魏子中軍帥，故謂之將軍。」）食之而有不足？」是以再歎。及饋之畢，願以小人之腹爲君子之心，屬（適）厭（足）而已（止）。』獻子辭梗陽人（謂拒不受賄）。」事亦載《國語·晋語》。饋，食。

〔四〕滋：益，愈加。此言風衰俗弊，益無獻子拒賄之德。

〔五〕「平原」句：《史記·范睢蔡澤列傳》：「（秦昭王）乃詳（佯）爲好書遺平原君曰：『寡人聞君之高義，願與君爲布衣之友，君幸過寡人，寡人願與君爲十日之飲。』」《文選》陸厥《奉答内兄希叔》：「平原十日飲，中散千里遊。」顧：反而。二句謂反有朋友聚飲之風。

〔六〕朱亥袖椎：《史記·魏公子列傳》：「（信陵君）至鄴，矯魏王令代晋鄙。晋鄙合符，疑之……朱亥袖四十斤鐵椎（謂袖藏大鐵錘），椎殺晋鄙。」參見《夷門歌》注〔三〕、〔七〕。

〔七〕扼腕：表示振奮、憤慨。《戰國策·燕策三》：「樊於期偏袒扼腕而進曰：『此臣日夜切齒拊心也。』」注：「勇者奮厲必以左手扼右腕也。」

〔八〕曹王拂局：指曹丕善爲彈棋之戲。《世説新語·巧藝》：「彈棊始自魏宫内，用裝奩戲。文帝於此戲特妙，用手巾角拂之，無不中。有客自云能，帝使爲之，客著葛巾角低頭拂棊，妙踰于帝。」

曹操卒，丕嗣位爲丞相、魏王，故曰曹王。局，指棋局，參見《故人張諲……聊獲酬之》注〔二〕。

〔九〕輕薄：輕佻浮薄。

〔一〇〕奢泰：同「奢汰」，奢侈無度。都護之堂：《文選》左思《魏都賦》：「都護之堂，殿居綺牕。」劉淵林注：「都護者，將軍曹淵也（按，魏有都護將軍）。」吕向注：「都護，宫名。居殿之中，飾爲綺窗。」

〔一一〕「遲緩」句：《莊子·秋水》：「且子獨不聞乎壽陵（燕邑）餘子（少年）之學行於邯鄲（趙都）與？未得國能，又失其故行矣，直匍匐而歸耳！」《太平御覽》卷三九四引《莊子》，兩「行」字俱作「步」。

〔一二〕末技：古指工商業。而，宋蜀本、述古堂本俱作「以」。敦本：注重本業（農業）。《宋書·武帝紀》：「公抑末敦本，務農重積。」

〔一三〕浮食：見《祭兵部房郎中文》第一段注〔九〕。歸業：謂使浮食者復業。

〔一四〕督課：督察考核。八政：《書·洪範》：「三、八政：一曰食，二曰貨，三曰祀，四曰司空，五曰司徒，六曰司寇，七曰賓，八曰師。」疏：「一曰食，教民使勤農業也；二曰貨，教民使求資用也；三曰祀，教民使敬鬼神也；四曰司空之官，主空土以居民也；五曰司徒之官，教衆民以禮義也；六曰司寇之官，詰治民之姦盗也；七曰賓，教民以禮待賓客相往來也；八曰師，立師防寇賊以安保民也。」又《禮記·王制》云：「司徒……齊八政以防淫（疏：「淫謂過奢侈。」）。……八政：飲食、衣服、事爲、異别、度、量、數、制。」注：「飲食爲上，衣服次之。事爲，謂百工技藝也。異别，五方用器不同也。度，丈尺也。量，斗斛也。數，百十也。制，布帛幅廣狹也。」

〔一五〕六籍：即六經。

〔一六〕「置學」句：用文翁事。《漢書·文翁傳》：「（翁）爲蜀郡守……常選學官（學校）僮（童）子，使在便坐受事。每出行縣，益從學官諸生明經飭行者與俱，使傳教令，出入閨閣，縣邑吏民，見而榮之。」注：「便坐，别坐，可以視事，非正廷也。」

〔一七〕横經：見《上張令公》注〔一〇〕。左塾：塾爲古時里中教學之所，居里門邊，在西側曰左塾，東側曰右塾。《禮記·學記》：「古之教者，家有塾，黨有庠。」注：「古者仕焉而已者，歸教於閭里，朝夕坐於門。門側之堂謂之塾。」疏：「《周禮》：百里之内，二十五家爲閭，同共一巷，巷首有門，門邊有塾。謂民在家之時，朝夕出入，恒受教于塾，故云家有塾。《白虎通》云：古之教民，百里皆有師，里中之老有道德者爲里右師，其次爲左師，教里中之子弟以道藝孝悌仁義也。」「案書傳説云：大夫七十而致仕，而退老，歸其鄉里，大夫爲父師，士爲少師，新穀已入，餘子皆入學，距冬至四十五日始出學。上老平明坐於右塾，庶老坐于左塾，餘子畢出，然後皆歸，夕亦如之。」

〔一八〕力穡：盡力耕作。《書·盤庚上》：「若農服田力穡，乃亦有秋。」先疇：祖先的田地。班固《西都賦》：「士食舊德之名氏，農服先疇之畎畝。」

〔一九〕庠序：古代地方所設的學校。《孟子·梁惠王上》：「謹庠序之教。」

〔二〇〕「更式」句：段干，段干木，戰國魏人，隱居不仕。干，底本原作「子」，此從宋蜀本。《吕氏春秋·期賢》：「魏文侯過段干木之閭而軾之，其僕曰：『君胡爲軾？』曰：『此非段干木之閭歟！段干木，蓋賢者也，吾安敢不軾？且吾聞段干木未嘗肯以己易寡人也，吾安敢驕之？段干木光乎德，寡人光乎勢；段干木富乎義，寡人富乎財。』其僕曰：『然則君何不相之？』于是君請相之，段干木不肯受，則君乃致禄百萬而時往館之。于是國人皆喜，相與誦之曰：『吾君好正，段干木之敬；吾君好忠，段干木之隆。』」參見《史記·魏世家》及《正義》。式，通「軾」。古之車多立乘，俯憑車前横木以示敬意曰軾。

〔二一〕京坻：謂糧食堆積如山。《詩·小雅·甫田》：「曾孫之庾，如坻如京。」傳：「京，高丘也。」箋：「庾，露積穀也。坻，水中之高地也。」

〔二二〕史起：《漢書·溝洫志》：「魏文侯時，西門豹爲鄴令，有令名。至文侯曾孫襄王時，與群臣飲酒，王爲群臣祝曰：『令吾臣皆如西門豹之爲人臣也。』史起進曰：『魏氏之行田也，以百畝（注：「賦田之法，一夫百畝也。」），鄴獨二百畝，是田惡也。漳水在其旁，西門豹不知用，是不智也。知而不興，是不仁也。仁智，豹未之盡，何足法也？』於是以史起爲鄴令，遂引漳水溉鄴，以富魏之河内，民歌之曰：『鄴有賢令兮爲史公，決漳水兮灌鄴旁，終古舄鹵（注：「謂鹹鹵之地也。」）兮生稻粱。』」廟，底本原作「貌」，此從《全唐文》。

〔二三〕叢臺：戰國趙築，故址在今河北邯鄲市。《漢書·高后紀》：「趙王宫叢臺災。」注：「連聚非一，故名叢臺，蓋本六國時趙王故臺也，在邯鄲城中。」又《鄒陽傳·上吴王書》云：「夫全趙之時，武力鼎士袨服（注：「盛服也。」）叢臺之下者，一旦成市。」

〔二四〕「鄴郡」句：唐鄴郡（即相州，天寶元年改名，治所在安陽）有鄴縣，戰國魏文侯都此，秦置縣。漢以後爲魏郡治所。漢末曹操爲魏王，定都于此。曹丕代漢，鄴仍爲五都之一。十六國時後趙、前燕、北朝東魏、北齊皆建都于此。

〔二五〕袨服靚（jìng 静）妝：《文選》左思《蜀都賦》：「都人士女，袨服靚粧。」劉淵林注：「張揖曰：靚謂粉白黛黑也。」靚粧亦作靚莊、靚妝，謂塗脂抹粉、妝飾艷麗。袨服，盛服，艷服。

〔二六〕筑：古弦樂器名，形如琴，十三弦。跕（tiē 貼）屣：足尖躡履而行，謂作舞步也。《史記·貨殖列傳》：「中山（在今河北定州一帶）地薄人衆……女子則鼓鳴瑟，跕屣，游媚貴富，入後宮，徧諸侯。」集解：「瓚曰：躡跟（曳履）爲跕也。」《漢書·地理志》：「趙、中山地薄人衆……女子彈弦跕躧，游媚富貴。」注：「躧字與屣同。屣謂小履之無跟者也，跕謂輕躡之也。」

〔二七〕淇上留客：《詩·鄘風·桑中》：「云誰之思？美孟姜矣。期我乎桑中，要（邀）我乎上宫，送我乎淇之上矣！」此變用其意。

〔二八〕河間數錢：言其愛財。《後漢書·五行志》：「桓帝之初，京都童謡曰：『城上烏，尾畢逋。……車班班，入河間（戰國趙地，漢置國，故治在今河北河間西南。句指竇武等人自河間迎立靈帝）。河間姹女（指靈帝之母董太后，她是河間人。姹女，少女）工數錢（擅長查點錢，謂貪財好聚斂），以錢爲室金作堂。……』」

〔二九〕組紝：紡織，編織。《禮記·内則》：「女子十年不出……執麻枲，治絲繭，織紝組紃，學女事，以共衣服。」疏：「組紃俱爲條也，紝爲繒帛。」庸：功。句謂稽查其婦功。

〔三〇〕制，底本原作「開」，此從宋蜀本。節：期。

〔三一〕冶容：妖艷的打扮。《易·繫辭上》：「慢藏誨盜，冶容誨淫。」四方之袖：《後漢書·馬廖傳》：「長安語曰：城中好高髻，四方高一尺。……城中好大袖，四方全匹帛。」此言四方之女妝已絶冶容。

〔三二〕「織室」句：《焦仲卿妻》：「雞鳴入機織，夜夜不得息。三日斷五疋，大人故嫌遲。」致，達到。工，通「功」。

〔三三〕刑：同「型」，榜樣，做榜樣。《孟子·梁惠王上》：「《詩》云：『刑于寡妻，至于兄弟，以御于家邦。』（見《大雅·思齊》）言舉斯心加諸彼而已。」上官：高官。

〔三四〕處子：處女。《孟子·告子下》：「踰東家牆而摟其處子，則得妻。」

〔三五〕鄭聲衛樂：《論語·衛靈公》：「鄭聲淫。」《禮記·樂記》：「鄭衛之音，亂世之音也。」

〔三六〕師襄：亦稱師襄子。《韓詩外傳》卷五：「孔子學鼓琴於師襄子而不進。」《史記·孔子世家》載孔子在衛學鼓琴於師襄子，則師襄當爲衛樂官。《論語·微子》：「少師陽、擊磬襄（皆魯樂官）。入于海。」《孔子家語·辯樂》：「孔子學琴於師襄子，師襄子曰：『吾雖以擊磬爲官，然能於琴。』」清梁玉繩《漢書人表考》卷四謂《家語》誤將師襄與擊磬襄混爲一人。此處泛指樂師。

〔三七〕趙帶燕裾：指燕趙之美女。沈約《洛陽道》：「洛陽大道中，佳麗實無比。燕裾傍日開，趙帶隨風靡。」又《八詠詩·會圃臨春風》云：「開燕裾，吹趙帶。趙帶飛參差，燕裾合且離。回簪復轉黛，顧步惜容儀。」

〔三八〕思齊：思與之齊同。《論語·里仁》：「見賢思齊焉，見不賢而内自省也。」漆室：指漆室女。《列女傳》卷三：「漆室女者，魯漆室邑之女也。過時未適人。當穆公時，君老太子幼，女倚柱而嘯，旁人聞之，莫不爲之慘者。其鄰人婦從之遊，謂曰：『何嘯之悲也，子欲嫁耶？吾爲子求偶。』漆室女曰：『……吾豈爲不嫁不樂而悲哉！吾憂魯君老，太子幼。』鄰婦笑曰：『此乃魯大夫之憂，婦人何與焉？』漆室女曰：『不然，非子所知也。……今魯君老悖，太子少愚，愚僞日起。夫魯國有患者，君臣夫子皆被其辱，禍及衆庶，婦人獨安所避乎？』」

〔三九〕漁陽：唐薊州，天寶元年改爲漁陽郡，治所在漁陽(今天津薊州區)。騎客：騎馬的客人。指自外國前來的客人。

〔四〇〕鯷(tí題)海：東鯷人所在的海外之國。《漢書·地理志》：「會稽海外有東鯷人，分爲二十餘國，以歲時來獻見云。」謝朓《永明樂》之五：「化洽鯷海君，恩變龍庭長。」沈約《從軍行》：「浮天出鯷海，束馬渡交河。」此處泛指海外之國。魏郡有水路直通渤海。

〔四一〕連漕：船接續而行。絶域：極遠之地。

〔四二〕館給：猶言提供住宿之便。

〔四三〕淫其芻蕘：見《裴僕射濟州遺愛碑》第三段注〔二八〕。

〔四四〕「詔賜」句：《舊唐書・輿服志》：「文武三品已上服紫，金玉帶。四品服深緋，五品服淺緋，並金帶。」《新唐書・車服志》：「（高宗）給五品以上隨身銀魚袋。……三品以上金飾袋。垂拱中，都督刺史始賜魚。……景雲中，詔衣紫者，魚袋以金飾之；衣緋者，以銀飾之。開元初……中書令張嘉貞奏致仕者佩魚終身，自是百官賞緋紫，必兼魚袋，謂之章服。」按，唐之章服，不依現任職事官而依散官之官品而定，職事官官階與散官官階的升降，各爲一途，兩者之間常不一致，如張嘉貞爲正三品之中書令而著緋服；由于此種緣故，朝廷對職事官階已及三品而散階未及三品、職事官階已及五品而散階未及五品者，有賜紫、賜緋之特典。凡賜緋紫者例皆兼魚袋。參見岑仲勉《金石論叢》第四六二至四六四頁。魏郡（上郡）太守從三品，句即指天子給苗以賜紫的特遇。

〔四五〕方伯十連：《禮記・王制》：「天子之田方千里。……千里之外設方伯（一方之長）。五國以爲屬，屬有長。十國以爲連，連有帥。三十國以爲卒，卒有正。二百一十國以爲州，州有伯。八州八伯……八伯各以其屬屬于天子之老二人，分天下以爲左右，曰二伯。」注：「屬、連、卒、州，猶聚也。伯、帥、正，亦長也。」此處泛指地方長官。連，底本原作「聯」，此從《全唐文》。

〔四六〕澄清之轡：用「攬轡澄清」之意。《後漢書・范滂傳》：「時冀州飢荒，盜賊群起，乃以滂爲清詔使，按察之。滂登車攬轡，慨然有澄清天下之志。」後因以「攬轡澄清」指官吏初到任即能澄清政治，穩定亂局。《舊唐書・姚璹傳》：「果能攬轡澄清，下車整肅。」

〔四七〕「天子」二句：《詩・唐風・無衣》：「豈曰無衣七兮（傳：「侯伯之禮七命，冕服七章。」箋：「我豈無是七章之衣乎？」）？不如子之衣，安且吉兮！」疏：「晋大夫美武公能并晋國（指武公以孽奪宗滅晋侯緡事），而未得命服，故爲之請於天子之使曰：我晋國之中，豈曰無此衣之七章兮？晋舊有之矣，但不如天子之衣，我若得之，則心安而且又吉兮。天子命諸侯，必賜之以服，故請其衣。……諸侯不命於天子則不成爲國君，武公并晋，心不自安，故得王命服，則安且吉兮。」按，周之官秩，自一命至九命，分爲九等，每等（命）之衣服，各有一定之制，故謂之命服；晋唐叔之封爵爲侯，侯伯七命，當服七章之衣，故請之。此處借用其事，喻天子詔賜苗公著紫服。

〔四八〕緹（tí題）油屏車：用黄霸事。《漢書・黄霸傳》：「上擢霸爲揚州刺史，三歲，宣帝下詔曰：『制詔御史，其以賢良高第揚州刺史霸爲潁川太守，秩比二千石，居官賜車蓋，特高一丈，别駕主簿車，緹油屏泥於軾前，以章（彰）有德。』」緹油屏泥，指車前用赤油布爲擋泥之物。《後漢書・劉盆子傳》：「乘軒車大馬，赤屏泥。」注：「赤屏泥，謂以緹油屏泥於軾前。」

〔四九〕璽書增秩：《漢書・循吏傳・序》：「（宣帝）厲精爲治……故二千石（郡太守）有治理效，輒以璽書勉厲，增秩賜金，或爵至關内侯，公卿缺，則選諸所表以次用之。」璽書，詔書。秩，俸禄。

勝殘之化既成，觀俗之風允穆，優游無事，學宦思歸，況乎父母之邦，近在嬰兒之國，表請拜掃，有詔許焉〔五〇〕。預約守宰，幸無偵候〔五一〕。至郡則投刺上謁〔五二〕，至邑則舍車而徒〔四〕。展禮先塋〔五〕，椎心泣血〔六〕；迴趨長老，稽顙緒言〔七〕。宗人族姻，姑黨姪行，覿以重幣〔八〕，筐篚徧于里閭〔九〕；享有加牢〔一〇〕，牛酒溢于衢陌。朱軒駟馬〔一一〕，耀于衡門〔一二〕；紫綬雙龜〔一三〕，出入編户〔一四〕。蘇公佩印，始歸鄉里盡歡〔一五〕；疏傅散金，不與子孫爲計〔一六〕。迨乎將去〔一七〕，仍以餘資，一置里社〔一八〕，備養生送死之具〔一九〕；一置鄉校〔二〇〕，開説禮敦《詩》之本〔二一〕。相如衣錦，且飛大漢檄書〔二二〕；買臣懷紱，不待長安廄吏〔二三〕。故使巴蜀太守，負弩前驅；會稽守丞，引章下拜〔二四〕。此蓋恨不禮于他日〔二五〕，思釋憾于故鄉〔二六〕，是輕桑梓之人〔二七〕，適騁斗筲之志〔二八〕，豈若公自心而至〔二九〕，率禮無違〔三〇〕，來悦去思〔三一〕，推才降體〔三二〕？平陽傳舍，不許望塵〔三三〕；山陰吏卒，詎聞治道〔三四〕？富貴還鄉，榮之至也；揚名顯親，孝之終也〔三五〕。凡百君子〔三六〕，無一至焉。

〔一〕「勝殘」八句：勝殘，見《裴僕射濟州遺愛碑》首段注〔五〕。觀俗，觀察風俗。允穆，言確實和美。嬰兒之國，《春秋》宣公十五年：「六月癸卯，晉師滅赤狄潞氏（國名，謂赤狄之別種曰潞氏者），以潞子嬰兒（潞氏之君）歸。」《元和郡縣志》卷一五：「潞州……春秋時屬晉，又兼有潞子之國。潞子嬰兒，爲晉所滅。」潞氏故地在今山西潞城縣東北。《舊唐書·苗晉卿傳》：「天寶三載閏二月，轉魏郡太守……會入計，因上表請歸鄉里。既至壺關，望縣門而步。小吏進曰：『太守位高德重，不宜自輕。』晉卿曰：『《禮》：「下公門，式路馬。」況父母之邦，所宜尊敬，汝何言哉！』大會鄉黨，歡飲累日而去。又出俸錢三萬爲鄉學本，以教授子弟。」

〔二〕守宰：郡守縣令。偵候：指偵察苗公何時到來。

〔三〕投刺：遞名帖求見。《梁書・諸葛璩傳》：「璩安貧守道，悦禮敦《詩》，未嘗投刺邦宰，曳裾府寺。」

〔四〕舍車而徒：《易・賁》：「初九，賁其趾，舍車而徒（步行）。」

〔五〕展禮：行禮。《南齊書・樂志・昭夏樂歌辭》：「涓辰選氣，展禮恭祇。」

〔六〕椎心泣血：形容極度悲痛。《文選》李陵《答蘇武書》：「何圖志未立而怨已成，計未從而骨肉受刑，此陵所以仰天椎心而泣血也！」

〔七〕稽顙：古代一種跪拜禮。緒言：《莊子・漁父》：「曩者先生有緒言而去，丘不肖，未知所謂。」《釋文》：「緒言，猶先言也。」此指搶先問候長老。

〔八〕姑黨：姑輩親族。覿：相見。幣：禮物。

〔九〕筐篚：皆竹器，方曰筐，圓曰篚，可用以盛幣帛。《詩・小雅・鹿鳴》序：「《鹿鳴》，燕群臣嘉賓也。既飲食之，又實幣帛筐篚，以將其厚意。」

〔一〇〕享：宴會。牢：牛羊豬等。《周禮・天官・宰夫》鄭注：「三牲牛羊豕具爲一牢。」賈疏：「以牛一羊一豕一稱牢。」加牢，謂非止一牢。

〔一一〕朱軒：紅漆車，古時貴族或朝廷使者所乘。

〔一二〕衡門：見《偶然作》其二注〔一〕。

〔一三〕紫綬：見《送高判官從軍赴河西序》末段注〔二六〕。　雙龜：雙印，指兼任二職。《文選》潘岳《馬汧督誄》：「剔子雙龜，貫以三木。」李善注：「爲督守及關中侯，故雙龜也。」按，漢時除諸侯王金印外，其餘金、銀印皆龜鈕（印鼻刻爲龜形），漢衛宏《漢官舊儀》卷上云：「中二千石、二千石銀印青緺綬，皆龜鈕。」又補遺卷上云：「列侯印黄金龜鈕，文曰印；丞相、大將軍黄金印龜鈕，文曰章。」後因以龜鈕或龜指官印，《後漢書・西域傳・論》：「先馴則賞籝金而賜龜綬，後服則繫頭顙而釁北闕。」「龜綬」即印綬。　苗爲太守，又官採訪使，故曰「雙龜」。

〔一四〕編户：編入户籍的平民。

〔一五〕「蘇公」二句：《史記・蘇秦列傳》：「蘇秦者，東周雒陽人也。……蘇秦爲縱約長，并相六國，北報趙王，乃行過雒陽，車騎輜重，諸侯各發使送之甚衆，擬於王者。……蘇秦喟然歎曰：『……且使我有雒陽負郭田二頃，吾豈能佩六國相印乎？』於是散千金，以賜宗族朋友。」

〔一六〕「疏傅」二句：《漢書・疏廣傳》載，廣爲太子太傅（掌輔導太子），在位五歲，上疏乞骸骨，上以其年老，許之，加賜黄金二十斤，皇太子贈以五十斤。「廣既歸鄉里，日令家共（供）具設酒食，請族人故舊賓客相與娱樂，數問其家金餘尚有幾所（許），趣（促）賈以共具」。居歲餘，費且盡，廣子孫私請廣所愛信丈人，勸説廣買田宅，廣曰：「吾豈老悖不念子孫哉！　顧自有舊田廬，令子孫勤力其中，足以共衣食，與凡人齊，今復增益之，以爲贏餘，但教子孫怠墯耳。　賢而多財，則損其志，愚而多財，則益其過。且夫富者，衆之怨也，吾既亡以教化子孫，不欲益其過而生怨。又此金者，聖主所以惠養老臣也，故樂與鄉黨宗族共饗其賜，以盡吾餘日，不亦可乎？」

〔一七〕迨：等到。

〔一八〕里社：里中祭土神之處。《史記・封禪書》：「民里社，各自財以祠。」此言將餘資一部分置於里社之中。「置里」，底本原作「里置」，據宋蜀本改。

〔一九〕養生送死：《孟子・離婁下》：「養生者不足以當大事，惟送死可以當大事。」養生，在父母生時奉養父母。送死，給父母送終。

〔二〇〕置鄉，底本原作「鄉置」，據述古堂本改。

〔二一〕説禮敦《詩》：《左傳》僖公二十七年：「……作三軍，謀元帥。趙衰曰：『郤縠可。臣亟聞其言矣，説（悦）禮、樂而敦（貴，重）《詩》、《書》。』」説，底本原作「閲」，此從《全唐文》。

〔二二〕「相如」二句：《漢書・司馬相如傳》：「相如爲郎數歲，會唐蒙使略通夜郎、僰中（注：「皆西南夷也。」），發巴蜀吏卒千人，郡又多爲發轉漕萬餘人，用軍興法，誅其渠率，巴蜀民大驚恐，上聞之，乃遣相如責唐蒙等，因諭告巴蜀民以非上意，檄曰：『……』相如還報（注：「使訖還報天子也。」），唐蒙已略通夜郎……是時邛、莋之君長，聞南夷與漢通，得賞賜多，多欲願爲内臣妾……乃拜相如爲中郎將，建節往使。副使者王然于、壺充國、吕越人，馳四乘之傳，因巴蜀吏幣物以賂西南夷。至蜀，太守以下郊迎，縣令負弩矢先驅（注：「導路也。」），蜀人以爲寵。」衣錦，指衣錦還鄉，相如蜀郡成都人，故云。飛，迅速傳送。

〔二三〕「買臣」二句：《漢書·朱買臣傳》：「上拜買臣會稽太守（買臣會稽人）。……初，買臣免（坐事免官），待詔，常從會稽守邸（諸郡在京師設置的住所曰邸）者寄居飯食。拜爲太守，買臣衣故衣，懷其印綬，步歸郡邸。直（值）上計（郡中遣吏至京上計簿）時，會稽吏方相與群飲，不視買臣。買臣入室中，守邸與共食，食且飽，少見（注：「見，顯示也。」）其綬，守邸怪之，前引其綬視其印，會稽太守章也。守邸驚，出語上計掾吏……其故人素輕買臣者，入視之，還走疾呼曰：『實然。』坐中驚駭，白守丞（指至京上計簿的郡丞），相推排陳列中庭拜謁，買臣徐出户。有頃，長安廄吏（驛站掌管馬匹的吏人）乘駟馬車來迎，買臣遂乘傳去。」紱，繫官印的絲帶，也代指官印；《全唐文》作「綬」。「不待」句謂買臣不等長安廄吏駕車，即自步歸郡邸，顯示其綬。待，底本原作「德」，據宋蜀本改。

〔二四〕引章：即指「引其綬視其印」。

〔二五〕不禮于他日：謂昔日不被禮待。按，相如在蜀時，臨邛富人卓王孫女文君奔相如，王孫怒，不分予財，相如家貧，無以爲業，乃令文君當壚，身自「與庸保雜作，滌器於市中」；買臣居會稽，亦家貧爲人所輕，常刈薪樵賣以給食，其妻不堪貧困，捨之而去。

〔二六〕釋憾：猶言解恨，指報復。《左傳》隱公五年：「請君釋憾於宋，敝邑爲道（導）。」

〔二七〕桑梓：故鄉。

〔二八〕騁：展露，放縱。斗筲（shāo燒）：都是容量不大的量器，因用以喻人之才識短淺，器量狹小。《論語·子路》：「斗筲之人，何足算也。」

〔二九〕自心而至：猶言出於本心而行。

〔三〇〕率禮無違：《後漢書·朱浮傳》：「浮復上疏曰：『陛下清明履約，率（遵循）禮無違……』」

〔三一〕來悦：謂來時鄉人歡悦。去思：《漢書·循吏傳·序》：「所居民富，所去見思。」

〔三二〕推才：推獎有才能之人。降體：貶抑自身。

〔三三〕「平陽」二句：《漢書·霍光傳》：「霍光，字子孟，驃騎將軍去病弟也。父中孺，河東平陽（今山西臨汾西南）人也，以縣吏給事平陽侯家，與侍者衛少兒私通，而生去病。中孺吏畢歸家，娶婦生光，因絶不相聞。……（去病）既壯大，迺自知父爲霍中孺。未及求問，會爲驃騎將軍擊匈奴，道出河東。河東太守郊迎，負弩矢先驅，至平陽傳舍，遣吏迎霍中孺。中孺趨入拜謁，將軍迎拜，因跪曰：『去病不早自知爲大人遺體也。』中孺扶服（匍匐）叩頭，曰：『老臣得託命將軍，此天力也。』去病大爲中孺買田宅奴婢而去。」望塵，指望塵而拜。

〔三四〕「山陰」二句：用朱買臣事。《漢書·朱買臣傳》：「上拜買臣會稽太守。……會稽聞太守且至，發民除道，縣吏並送迎車百餘乘。入吴界，見其故妻，妻夫治道。」趙殿成曰：「易會稽爲山陰者，蓋以叶聲之輕重耳。」按，買臣會稽吴人，西漢會稽郡治所即在吴（今蘇州），至東漢順帝時方移治山陰（今浙江紹興），或作者爲避免與上文「會稽」字相重，而易會稽爲山陰耳。二句指苗公還鄉，未聞有令吏卒治道之事。

〔三五〕「揚名」二句：《孝經・開宗明義章》：「立身行道，揚名於後世，以顯父母，孝之終也。」

〔三六〕凡百君子：《詩・小雅・雨無正》：「凡百君子，各敬爾身。」箋：「凡百君子，謂衆在位者。」

公當九伯之官〔一〕，兼八使之任〔二〕，深總大體〔三〕，不求于無虞〔四〕；□□□□〔五〕，□□於草竊〔六〕。政成德舉〔七〕，風動神行〔八〕。頃有勳臣，旁典屬郡，曩者風雲際會〔九〕，攀附騰驤〔一〇〕，貪天之功，以爲己力〔一一〕，謂國不忘，尚嘉迺勳，宋父宣驕〔一二〕，條侯倨貴〔一三〕，當關常從〔一四〕，横恣不法，帷帳狗馬，僭侈踰制〔一五〕。公劾之則重傷國恩，置之則大廢邦典〔一六〕，于是喻以禍福，告之話言〔一七〕：昔有不愛趙城，將蹈滄海〔一八〕，既尊漢室，願遂赤松〔一九〕，功成不居〔二〇〕，道家所韙〔二一〕。至于析珪分組〔二二〕，跨壤連州〔二三〕，懷四術而自疑〔二四〕，見九重而失望〔二五〕，或冤家上變〔二六〕，司敗受辭〔二七〕，朝亨膏粱，寧知獄吏〔二八〕？暮成葅醢，遍賜諸侯〔二九〕。難恃白馬之盟〔三〇〕，徒思黄犬之樂〔三一〕。彫牆峻宇〔三二〕，萬乘猶憚十讐〔三三〕；紫衣狐裘，一朝而數三罪〔三四〕。雖嫌絳、灌等列〔三五〕，不踰梁、楚爲墟〔三六〕。于是翕肩振驚〔三七〕，折節受教〔三八〕，杜門謝絶賓客，終身不紊紀綱。以寬服人，實在有德。厥有挾左道〔三九〕，飛訛言〔四〇〕，南國青珠之符〔四一〕，東海赤刀之術〔四二〕，分風送客〔四三〕，割水飲人〔四四〕，僞辯而納之于邪〔四五〕，善誘而濟之以惡〔四六〕，户外多保汝之屨〔四七〕，恐爲亂階〔四八〕；門前無長者之車〔四九〕，知其惑衆。公奉誅首惡〔五〇〕，悉宥面從〔五一〕。丕蔽要囚〔五二〕，惟良折獄〔五三〕，議事以制，不徵于書〔五四〕，副至仁之納隍〔五五〕，用輕典于平國〔五六〕。刑期不濫〔五七〕，人乃大安；奏課計功，天下小察〔五八〕。責吏以實，則舉其不矜〔五九〕；欲人自新，則貰其宿負〔六〇〕。官以德舉，政以禮成〔六一〕。至于賞善勸能，正源端本〔六二〕，齊風變魯〔六三〕，蓋以悉禮名儒〔六四〕；晋盜奔秦〔六五〕，豈俟多誅惡少？納貢獻賦，則惟恐居後；疇庸命賞〔六六〕，則義不敢先。布以聖恩，奉宣明主之詔〔六七〕；問其理狀，對用議曹之言〔六八〕。邦家之光〔六九〕，其斯謂矣！

〔一〕九伯：《左傳》僖公四年：「五侯九伯，女實征之。」九伯謂九州之伯。各州諸侯之長曰伯。此處指州郡長官。

〔二〕八使：《後漢書·周舉傳》：「時詔遣八使，巡行風俗，皆選素有威名者，乃拜舉爲侍中，與侍中杜喬、守光禄大夫周栩、前青州刺史馮羨、尚書欒巴、侍御史張綱、兖州刺史郭遵、太尉長史劉班，並守光禄大夫，分行天下。其刺史二千石有臧罪顯明者，驛馬上之，墨綬（即黑綬，《後漢書·輿服志》：「千石六百石黑綬。」）以下，便輒收舉。其有清忠惠利，爲百姓所安，宜表異者，皆以狀上。於是八使同時俱拜，天下號曰八俊。」句指苗兼任採訪處置使。

〔三〕總：總領，統管。大體：本質，要點。《三國志·魏書·陳矯傳》：「所在操綱領，舉大體，能使群下自盡。」大，底本原作「之」，此從宋蜀本。

〔四〕無虞：《詩·魯頌·閟宫》：「無貳無虞，上帝臨女。」傳：「虞，誤也。」小誤難免，故曰「不求于無虞」。

〔五〕以上空闕字底本原無，此從《全唐文》。

〔六〕草竊：《書·微子》：「殷罔不小大好草竊姦宄。」傳：「草野竊盜又爲姦宄於内外。」

〔七〕舉：立。

〔八〕風動神行：《文選》沈約《齊故安陸昭王碑文》：「公下車敷化，風動神行。」吕延濟注：「風動神行，言化無所不至也。」

〔九〕屬郡：指河北採訪處置使屬下的州郡。風雲際會：喻遭遇機會。

〔一〇〕騰驤：張衡《西京賦》：「負筍業而餘怒，乃奮翅而騰驤。」薛綜注：「騰，超也。驤，馳也。」此喻發迹。

〔一一〕「貪天」二句：語出《左傳》僖公二十四年：「天未絶晋，必將有主。主晋祀者，非君而誰？天實置之，而二三子以爲己力，不亦誣乎？竊人之財，猶謂之盜，況貪天之功以爲己力乎？」

〔一二〕迺：其。宋父宣驕：《左傳》昭公二十五年：「禂父（魯昭公）喪勞（注：「死外，故喪勞。」），宋父以驕（注：「宋父，定公，代立，故以驕。」）。」宣驕，驕奢。宣，侈大。《詩·小雅·鴻雁》：「維此哲人，謂我劬勞。維彼愚人，謂我宣驕。」此以宋父喻「勳臣」。

〔一三〕條侯倨貴：《史記·酷吏列傳》：「丞相條侯（周亞夫）至貴倨也，而（郅）都揖丞相。」潘岳《西征賦》：「輕棘霸之兒戲，重條侯之倨貴。」倨，傲。

〔一四〕當關：門吏。《文選》嵇康《與山巨源絶交書》：「卧喜晚起，而當關呼之不置，一不堪也。」張銑注：「漢置當關之職，欲曉，即至門呼人使起。」常從：平時的隨從人員。

〔一五〕僭（jiàn 賤）侈：奢侈過度，超越本分。

〔一六〕邦典：國家的法令制度。《周禮·秋官·大司寇》：「凡諸侯之獄訟，以邦典定之。」注：「邦典，六典也。」

〔一七〕告之話言：《詩·大雅·抑》：「其維哲人，告之話言，順德之行。」傳：「話言，古之善言也。」

〔一八〕「昔有」二句：用戰國齊魯仲連事。《史記·魯仲連鄒陽列傳》載，秦兵圍邯鄲，趙求救于魏，魏王畏秦，止兵不進，使新垣衍入邯鄲，説趙尊秦爲帝，以退秦兵，平原君猶豫不能決。魯仲連見新垣衍，言尊秦爲帝之害，新垣衍服其論。會魏公子無忌奪晋鄙軍救趙，秦軍遂引而去。「於是平原君欲封魯連，魯連辭讓，使者三，終不肯受。平原君乃置酒，酒酣，起前，以千金爲魯連壽，魯連笑曰：『所謂貴於天下之士者，爲人排患釋難解紛亂而無取也，即有取者，是商賈之事也，而連不忍爲也。』遂辭平原君而去，終身不復見」。其後十餘年，魯仲連助齊田單收復聊城，田單「歸而言魯連，欲爵之，魯連逃隱於海上，曰：『吾與富貴而詘（屈）於人，寧貧賤而輕世肆志焉。』」趙殿成注謂此處蓋「混二事作一事用」。按，魯仲連説新垣衍曰：「彼秦者，棄禮義而上首功之國也。……彼即肆然而爲帝，過而爲政於天下，則連有蹈東海而死耳，吾不忍爲之民也。」

則此處似非混二事作一事用。

〔一九〕「既尊」二句：《史記·留侯世家》載，張良助劉邦定天下，以功封留侯，乃稱曰：「今以三寸舌爲帝者師，封萬户，位列侯，此布衣之極，於良足矣。願棄人間事，欲從赤松子（傳説中的仙人）游耳。」乃學辟穀，導引輕身。遂，成。

〔二〇〕功成不居：《老子》二章：「功成而弗居。夫唯弗居，是以不去（王注：「使功在己，則功不可久也。」）。」

〔二一〕韙：是。

〔二二〕析珪：析，分。珪，瑞玉。古時封諸侯，按爵位高低，分頒瑞玉，謂之析珪。《史記·司馬相如列傳·喻巴蜀檄》：「故有剖符之封，析珪而爵，位爲通侯，居列東第。」分組：謂分頒官印。古代佩印用組（絲帶），故以組爲官印之代稱。謝朓《隋王鼓吹曲十首·出藩曲》：「雲枝紫微内，分組承明阿。」

〔二三〕跨壤連州：謂封地或轄區之大。

〔二四〕四術：古時有以《詩》、《書》、禮、樂爲四術者（見《禮記·王制》），又有以忠愛、無私、用賢、度量爲四術者（見《尸子·治天下》）。《三國志·吴書·步騭傳》云：「潁川周昭著書，稱步騭及嚴畯等曰：『古今賢士大夫，所以失名喪身、傾家害國者，其由非一也，然要其大歸，總其常患，四者而已。急論議一也，爭名勢二也，重朋黨三也，務欲速四也。急論議則傷人，爭名勢則敗友，重朋黨則蔽主，務欲速則失德，此四者不除，未有能全也。……』」趙殿成以此四者釋「四術」，然《三國志》未嘗稱此四者爲「四術」。自疑：自己懷疑。謂不堅持實行「四術」。

〔二五〕九重：指皇宫。《楚辭》宋玉《九辯》：「豈不鬱陶而思君兮，君之門以九重。」失望：謂因希望未實現而不愉快。

〔二六〕寃，《全唐文》作「怨」。上變：向朝廷密告謀反等非常之事。《史記·淮陰侯列傳》：「舍人弟上變，告信欲反狀於吕后。」

〔二七〕司敗：指主管刑獄的官。《左傳》文公十年：「臣歸死於司敗也。」注：「陳楚名司寇爲司敗。」受辭：接受訟辭。

〔二八〕膏粱：肥美的食物。寧知獄吏：《史記·絳侯周勃世家》：「人有上書告勃欲反，下廷尉，廷尉下其事長安，逮捕勃，治之。勃恐，不知置辭，吏稍侵辱之。勃以千金與獄吏，獄吏乃書牘背示之，曰：『以公主爲證。』……於是（文帝）使使持節赦絳侯，復爵邑。絳侯既出，曰：『吾嘗將百萬軍，然安知獄吏之貴乎？』」

〔二九〕「暮成」二句：《史記·黥布列傳》：「漢誅梁王彭越，醢之，盛其醢，徧賜諸侯。」菹（zū租）、醢（hǎi海）皆謂肉醬，又指把人剁爲肉醬的酷刑。

〔三〇〕白馬之盟：《漢書·高惠高后文功臣表》：「（高帝）八載而天下迺平，始論功而定封……封爵之誓曰：『使黄河如帶，泰山若厲，國以永存，爰及苗裔。』於是申以丹書之信，重以白馬之盟。」注：

「白馬之盟，謂刑白馬歃其血以爲盟也。」

〔三一〕黄犬之樂：《史記·李斯列傳》：「二世二年七月，具斯五刑，論腰斬咸陽市。斯出獄，與其中子俱執，顧謂其中子曰：『吾欲與若（你）復牽黄犬，俱出上蔡（李斯上蔡人）東門逐狡兔，豈可得乎！』遂父子相哭，而夷三族。」

〔三二〕彫牆峻宇：《書·五子之歌》：「内作色荒（謂好女色），外作禽荒（謂好田獵），甘酒嗜音，峻宇彫牆（傳：「峻，高大。彫，飾畫。」），有一于此，未或不亡。」此用其意，謂好峻宇彫牆必亡。

〔三三〕萬乘：謂天子。猶憚十愆：《書·伊訓》：「敢有恒舞于宫，酣歌于室，時謂巫風；敢有殉（求）于貨色，恒于遊畋，時謂淫風；敢有侮聖言，逆忠直，遠耆德，比（親近）頑童，時謂亂風。惟兹三風十愆，卿士有一于身，家必喪；邦君有一于身，國必亡。」疏：「三風十愆，謂巫風二，舞也，歌也，淫風四，貨也，色也，遊也，畋也，與亂風四，爲十愆也。」僁，古「愆」字。此四字底本原空缺，據宋蜀本、述古堂本、《全唐文》補。

〔三四〕「紫衣」二句：《左傳》哀公十七年：「衛侯爲虎幄於籍圃，成，求令名者而與之始食焉。大子請使良夫。良夫乘衷甸兩牡，紫衣（春秋末期似已爲國君之服色，他人不得服）狐裘。至，袒裘（敞開狐裘而露中衣，不敬也），不釋劍而食（與君食而不釋劍，亦不敬也）。大子使牽以退，數之以三罪而殺之（注：「三罪，紫衣、袒裘、帶劍。」）。」

〔三五〕「雖嫌」句：《史記·淮陰侯列傳》載，漢五年正月，徙韓信爲楚王，都下邳。六年，罷其王，改封爲淮陰侯。「信由此日怨望，居常鞅鞅，羞與絳、灌等列」。絳謂絳侯周勃，灌即潁陰侯灌嬰，皆劉邦手下將領。等列，同列。

〔三六〕「不踰」句：謂不能超越身死國滅的結局。梁，西漢初梁王彭越的封國。楚，項羽自立爲西楚霸王。彭越、項羽皆身死國滅，故云「梁、楚爲墟」。

〔三七〕翕（xī西）肩：《文選》揚雄《解嘲》：「范睢，魏之亡命也……翕肩蹈背，扶服入橐。」吕向注：「翕肩，畏懼貌。」翕，歛。振驚：驚動。

〔三八〕折節：改變平日的行爲和作風。《史記·遊俠列傳》：「及（郭）解年長，更折節爲儉。」受，底本原作「度」，據宋蜀本、《全唐文》改。

〔三九〕左道：邪道。多指未經官府認可的巫蠱、方術等。《禮記·王制》：「執左道以亂政，殺。」注：「左道，若巫蠱及俗禁。」《漢書·郊祀志》：「及言世有僊人服食不終之藥，……皆姦人惑衆，挾左道，懷詐僞，以欺罔世主。」注：「左道，邪僻之道，非正道也。」

〔四〇〕飛訛言：飛傳謠言。《詩·小雅·沔水》：「民之訛言，寧莫之懲。」

〔四一〕「南國」句：用嚴道育事。《南史·元凶劭傳》：「元凶劭字休遠，（宋）文帝長子也。……有女巫嚴道育夫爲劫，坐没入奚官。劭姊東陽公主應閤婢王鸚鵡白公主道育通靈，主乃白上託云善蠶，求召入。道育云：『所奉天神，當賜符應。』時主夕卧，見流光相隨，狀若螢火，遂入巾箱化爲雙珠，圓青可愛。於是主及劭並信惑之。……後遂爲巫蠱，刻玉爲上形像，埋於含章殿前。」

〔四二〕「東海」句：《文選》張衡《西京賦》：「東海黄公，赤刀粤祝，冀厭白虎，卒不能救，挾邪作蠱，於是不售。」薛綜注：「東海有能赤刀禹步以越人祝（呪）法厭虎者，號黄公，又於觀前爲之。」《西京雜記》卷三：「有東海人黄公，少時爲術，能制蛇御虎，佩赤金刀，以絳繒束髮，立興雲霧，坐成山河。及衰老，氣力羸憊，食酒過度，不能復行其術。秦末，有白虎見于東海，黄公乃以赤刀往厭之，術既不行，遂爲虎所殺。」事又載《搜神記》卷二。

〔四三〕分風送客：見《贈焦道士》注〔八〕。

〔四四〕割水飲人：《北史·李義徽傳》曰：「靈太后臨朝，屬有沙門惠憐以呪水飲人，云能愈疾，百姓奔湊，日以千數。義徽白（清河王）懌，稱其妖妄。因令義徽草奏以諫，太后納其言。」又，《贈焦道士》有「割酒飲人」事（參見該詩注〔八〕），此句即合二事而言之。

〔四五〕僞辯：猶言表面明察。辯，《全唐文》作「辨」。按，辯、辨通，俱有「明」義。《管子·五輔》：「任官辯事。」注：「辯，明也。」《周禮·天官·小宰》：「六曰廉辨。」注：「辨，辨然不疑惑也。」疏：「謂其人辨然，於事分明，無有疑惑之事也。」納：入。

〔四六〕濟：貫通。

〔四七〕「户外」句：《莊子·列禦寇》載，列禦寇之齊，食於客舍賣漿之家，驚於人皆推敬于己，遂中道而返，遇伯昏瞀人。「伯昏瞀人曰：『善哉觀乎！汝處已（你安處吧），人將保（附）汝矣。』無幾何而往（不多時伯昏瞀人去看），則户外之屨（履）滿矣（古人入門升堂，一定要在門外脱鞋，門外鞋子滿地，可見來依附的人很多）。伯昏瞀人北面而立……不言而出。賓者（有客來，負責通報、接待的人）以告列子，列子提屨，跣而走，暨（至）乎門，曰：『先生既來，曾不發藥（啓導以藥石之言）乎？』曰：『已矣，吾固告汝曰人將保汝，果保汝矣。非汝能使人保汝，而汝不能使人無保汝也，而（汝）焉用之（此）感豫出異（感人歡心自爲表異）也！……』」句用其義，謂依附者多。

〔四八〕亂階：禍亂的來由。《詩·小雅·巧言》：「無拳無勇，職爲亂階。」

〔四九〕「門前」句：《史記·陳丞相世家》：「（陳平）家乃負郭窮巷，以弊席爲門，然門外多有長者車轍。」此處反用其意。

〔五〇〕奉：奉行。首惡：罪魁。《漢書·孫寶傳》：「《春秋》之義，誅首惡而已。」

〔五一〕宥：寬恕。面從：表面順從。《書·益稷》：「汝無面從，退有後言。」

〔五二〕丕蔽要囚：《書·康誥》：「要囚，服念五六日，至于旬時，丕蔽要囚。」傳：「要囚，謂察其要辭以斷獄。既得其辭，服膺思念五六日，至于十日，至于三月，乃大斷之。言必反覆思念，重刑之至也。」丕，大。蔽，斷。要囚，審察囚犯的獄辭。

〔五三〕惟良折獄：《書·呂刑》：「非佞折獄，惟良折獄。」傳：「非口才可以斷獄，惟平良可以斷獄。」疏：「非口才辯佞之人可以斷獄，惟良善之人乃可以斷獄。」

〔五四〕「議事」二句：《左傳》昭公六年：「三月，鄭人鑄刑書。叔向使詒（遺）子産書，曰：『……昔先王議

(儀，度)事以制(斷，謂度量事之輕重，而據以斷罪)，不爲刑辟(刑律)，懼民之有爭心也。……民知有辟(法)，則不忌(敬)於上。並有爭心，以徵於書(言人皆有相爭之心，各引刑書以爲己證)，而徼幸以成之，弗可爲矣。』」

〔五五〕副：符合。至，宋蜀本作「丕」。納隍：張衡《東京賦》：「人或不得其所，若己納之於隍(無水的城壕)。」按《孟子·萬章下》云，伊尹「思天下之民，匹夫匹婦，有不與被堯舜之澤者，若己推而内(納)之溝中」，賦即用其意。後因以納隍指出民於水火之心。《宋書·王僧達傳》：「民有咨瘼之聲，君表納隍之志。」

〔五六〕「用輕」句：《周禮·秋官·大司寇》：「一曰刑新國用輕典(注：「新國者，新辟地立君之國。用輕法者，爲其民未習於教。」)，二曰刑平國用中典(注：「平國，承平守成之國也。用中典者，常行之法。」)，三曰刑亂國用重典。」此變用其意，言用輕典於承平之地區。

〔五七〕刑期不濫：《左傳》襄公二十六年：「善爲國者，賞不僭(過分)而刑不濫。賞僭，則懼及淫人；刑濫，則懼及善人。若不幸而過，寧僭，無濫。」期，希望。《書·大禹謨》：「刑期于無刑。」

〔五八〕奏課：上報官吏考核的成績。課，宋蜀本作「理」。小察：謂苛求細碎瑣屑之事。《呂氏春秋·貴公》：「夫相，大官也。處大官者，不欲小察，不欲小智。」注：「察，苛也。」《北史·韋粲傳》：「不好發擿細事，恒云何用小察，以傷大道。」二句意謂，爲政只講求奏課計功，則天下必當苛求細事。

〔五九〕不矜：不自誇。《書·大禹謨》：「汝惟不矜，天下莫與汝爭能。」疏：「汝惟不自矜誇，故天下莫敢與汝爭能。」

〔六〇〕貰其宿負：見《京兆尹張公德政碑》第二段注〔四〕。

〔六一〕政以禮成：語本《左傳》成公十二年：「共（恭）儉以行禮，而慈惠以布政。政以禮成（政事用禮來完成），民是以息。」

〔六二〕正源端本：端正其本源、根本。端本，正本。《淮南子·主術》：「不正本而反自然，則人主逾勞，人臣逾逸。」

〔六三〕齊風變魯：《論語·雍也》：「子曰：齊一變，至於魯，魯一變，至于道。」集解：「包曰：言齊魯有太公、周公之餘化，太公大賢，周公聖人，今其政教雖衰，若有明君興之，齊可使如魯，魯可使如大道行之時。」

〔六四〕悉禮：一一禮待。

〔六五〕晉盜奔秦：《左傳》宣公十六年：「晉侯請于王，戊申，以黻冕命士會將中軍，且爲大傅（晉主禮刑之官），於是晉國之盜逃奔於秦。羊舌職曰：『吾聞之，「禹稱（舉）善人，不善人遠」，此之謂也夫。』」

〔六六〕疇庸：酬報功勞。疇，通「酬」。陸機《漢高祖功臣頌》：「帝疇爾庸，後嗣是膺。」命賞：朝命行賞。

〔六七〕奉宣：宣述。《後漢書・王渙傳》：「臣奉宣詔書而已。」主，宋蜀本、述古堂本、明十卷本俱作「王」。

〔六八〕「問其」二句：用龔遂事。《漢書・龔遂傳》：「上以（遂）爲渤海太守。……數年，上遣使者徵遂，議曹（漢時郡守屬吏）王生願從，功曹以王生素嗜酒，亡節度，不可使，遂不忍逆，從至京師。王生日飲酒，不視太守。會遂引入宮，王生醉，從後呼曰：『明府且止，願有所白。』遂還問其故，王生曰：『天子即問君何以治渤海，君不可有所陳對，宜曰皆聖主之德，非小臣之力也。』遂受其言。既至前，上果問以治狀，遂對如王生言，天子説其有讓，笑曰：『君安得長者之言而稱之？』遂因前曰：『臣非知此，乃臣議曹教戒臣也。』」

〔六九〕邦家之光：語出《詩・小雅・南山有臺》：「樂只君子，邦家之光。」

年若干，秀才擢第。應制舉，第若干等。授某官，歷某官〔一〕。若夫明眸白皙〔二〕，玉潤珠耀〔三〕，美秀備于儀形，風流發于言笑。行之方也，留如守司；智之圓也，速若發括〔四〕。量包群有〔五〕，思入無間〔六〕。壞壁古文〔七〕，曲臺遺《禮》〔八〕，淮王九師之《易》〔九〕，漢氏三家之《詩》〔一〇〕，《傳》癖書淫〔一一〕，鷹揚學府〔一二〕。比文園入室之武〔一三〕，同丞相登科之策〔一四〕。奏甚平讞〔一五〕，詩窮綺靡〔一六〕，硯燔紙貴〔一七〕，虎視詞林〔一八〕。嘗奉和聖製《雨中春望詩》云〔一九〕：「雨後山川光正發，雲端花柳意無窮。」又奉和行幸詩云〔二〇〕：「接仗風雲動〔二一〕，迎軍鳥獸舞。」時人以爲鮑參軍謝吏部爲更生云〔二二〕。某年月日，詔除公河東太守兼採訪使〔二三〕，官吏百姓等，或守闕乞留〔二四〕，或遮道更借〔二五〕。淚增時雨〔二六〕，思結仁風〔二七〕。親愛之深，諱名而號爲父〔二八〕；歌詠不足，取姓以命其兒〔二九〕。公既去官，多歷年所〔三〇〕，人思愈甚，共立生祠。異邑居而瓦合〔三一〕，無契約而麕至〔三二〕，恐不預于聚財，憚不任乎輸力〔三三〕。棠樹勿翦〔三四〕，何如畫像圖形〔三五〕；桐鄉置祠〔三六〕，豈比耳聞身及〔三七〕！以此觀德，何德之深！仍建豐碑，立于祠宇。匍匐千里〔三八〕，前後百輩，求綴詞之客，爲頌德之文。維也竊比老農〔三九〕，不知舊史，衆心所至，難抑與于輿人〔四〇〕；予病未能，不獲已于求我〔四一〕。乃爲頌曰：

〔一〕「年若」六句：秀才擢第，即進士擢第。唐人每以秀才爲進士之稱。應制舉，李華《苗晉卿墓誌銘》：「公成童好學，弱冠工文，二登甲科（謂應進士試及制舉皆登甲科），三入高等。」按，晉卿於開元七年舉文詞雅麗科，及第。參見《登科記考》卷六。第若干等，唐應制舉及第者，依成績的高下，有甲第（猶甲等）、乙第之分，參見《韓公墓誌銘》第二段注〔六〕。《舊唐書·苗晉卿傳》：「晉卿幼好學，善屬文，進士擢第。初授懷州修武縣尉，歷奉先縣尉，坐累貶徐州司户參軍。秩滿隨調，判入高等，授萬年縣尉。」

〔二〕白晳：膚色潔白。

〔三〕玉潤：謂光潤如玉。

〔四〕「行之」四句：《莊子·齊物論》：「其發若機栝，其司（伺）是非之謂也；其留如詛盟，其守勝之謂也。」機，弩上發箭的裝置。栝，也作「括」，箭末扣弦的部位。「其發」二句意謂，出言如飛箭一般，這叫做專門伺察别人的是非以發起進攻。留，止，不發。詛盟，誓約，訂誓約。「其留」二句説，默默不語，像呪過誓一樣，這叫做以守致勝。此處化用《莊子》之文。方，適宜。趙殿成注：「司字疑是勝字之訛。」留如守勝，謂有時默默不語，似欲以静取勝。圓，圓滿。速若發括，指有時出言迅捷如飛箭。

〔五〕群有：猶言萬物。

〔六〕無間：指至微處。《淮南子·原道》：「出於無有，入於無間。」

〔七〕壞壁古文：孔安國《尚書序》：「至魯共王好治宫室，壞孔子舊宅，以廣其居，於壁中得先人所藏古文虞夏商周之書（即古文《尚書》）及傳《論語》、《孝經》（疏：「漢世通謂《論語》、《孝經》爲傳也。」），皆科斗文字。」

〔八〕曲臺遺《禮》：謂后倉所傳之《禮》。《漢書·儒林傳》曰：「（孟卿）善爲《禮》、《春秋》，授后倉、疏廣，世所傳《后氏禮》、《疏氏春秋》，皆出孟卿。」又曰：「倉説《禮》數萬言，號曰《后氏曲臺記》。」注：「服虔曰：在曲臺校書著説，因以爲名。師古曰：曲臺殿在未央宫。」又《藝文志》禮類著録《曲臺后倉》九篇，注：「如淳曰：行射禮於曲臺，后倉爲記，故名曰《曲臺記》。《漢官》曰：大射于曲臺。晋灼曰：天子射宫也，西京無太學，於此行禮也。」

〔九〕「淮王」句：《漢書·藝文志》載《易》有「《淮南道訓》二篇。淮南王安聘明《易》者九人，號九師説」。淮王，即淮南王。

〔一〇〕三家之《詩》：《史記·儒林傳》：「及今上即位……言《詩》，於魯則申培公，於齊則轅固生（索隱：「申、轅姓，培、固名，公、生其處號也。」），於燕則韓太傅（索隱：「韓嬰也，爲常山王太傅。」）。」《漢書·藝文志》曰：「《詩經》二十八卷。魯齊韓三家。」又曰：「漢興，魯申公爲《詩訓故》，而齊轅固、燕韓生皆爲之傳。……三家皆列於學官。」

〔一一〕《傳》癖：《晉書·杜預傳》：「（預）既立功之後，從容無事，乃耽思經籍，爲《春秋左氏經傳集解》。……預常稱『（王）濟有馬癖，（和）嶠有錢癖』。武帝聞之，謂預曰：『卿有何癖？』對曰：『臣有《左傳》癖。』」書淫：謂嗜書入迷者。《北堂書鈔》卷九七晋皇甫謐《玄晏春秋》：「余學或兼夜不寐，或臨食忘餐，或不覺日夕，方之好色，號余曰書淫。」《梁書·劉峻傳》：「峻好學……自謂所見不博，更求異書，聞京師有者，必往祈借，清河崔慰祖謂之書淫。」

〔一二〕鷹揚：喻大展雄才、超越儕輩。《詩·大雅·大明》：「維師尚父，時維鷹揚。」傳：「鷹揚，如鷹之飛揚也。」曹植《與楊德祖書》：「昔仲宣獨步於漢南，孔璋鷹揚於河朔。」學府：指研究學術的機構。《晋書·儒林傳》論：「范平等學府儒宗，譽隆望重。」

〔一三〕文園：指司馬相如。《史記·司馬相如列傳》：「相如拜爲孝文園令。」索隱：「《百官志》云：陵園令六百石，掌按行掃除也。」入室：喻學識達到精深階段。揚雄《法言·吾子》：「詩人之賦麗以則，辭人之賦麗以淫。如孔氏之門用賦也，則賈誼升堂，相如入室矣。如其不用何！」武：足迹。

〔一四〕「同丞」句：《史記・平津侯主父列傳》：「丞相公孫弘者，齊菑川國薛縣人也。……元光五年，有詔徵文學，菑川國復推上公孫弘。……弘至太常，太常令所徵儒士各對策，百餘人，弘第居下。策奏，天子擢弘對爲第一。召入見，狀貌甚麗，拜爲博士。……卒以弘爲丞相，封平津侯。」

〔一五〕平讞（yàn 彦）：猶平正、公正。讞有「正」意，如以「讞讞」形容清正，謂公正之議論曰「讞議」，皆可爲佐證。

〔一六〕綺靡：華麗。陸機《文賦》：「詩緣情而綺靡。」

〔一七〕硯燔：《晋書・陸機傳》：「機天才秀逸，辭藻宏麗。……弟雲嘗與書曰：『（崔）君苗見兄文，輒欲燒其筆硯。』」紙貴：《晋書・左思傳》載，左思作《三都賦》，「司空張華見而歎曰：『班、張之流也，使讀之者，盡而有餘，久而更新。』於是豪貴之家，競相傳寫，洛陽爲之紙貴」。

〔一八〕虎視：言如虎之雄視。曹植《與吴季重書》：「足下鷹揚其體，鳳觀虎視，謂蕭曹不足儔，衛霍不足侔也。」詞林：文詞之林。也指文壇。蕭統《答晋安王書》：「殽核墳史，漁獵詞林。」

〔一九〕玄宗詩已逸。維集中有七律《奉和聖製從蓬萊向興慶閣道中留春雨中春望之作應制》，當即同和之作。

〔二〇〕此詩今亦不存。

〔二一〕仗：指天子的儀仗。

〔二二〕鮑參軍：即南朝宋詩人鮑照，嘗爲前軍參軍，事見《宋書》本傳。謝吏部：即南朝齊詩人謝朓，曾任尚書吏部郎，事見《南齊書》本傳。

〔二三〕《舊唐書》本傳謂晉卿天寶三載任魏郡太守，居職三年，上表請還鄉里，「尋改河東太守、河東採訪使」，則其遷任河東（治所在今山西永濟西）太守之時間，當在天寶六、七載間。

〔二四〕守闕乞留：《後漢書·種暠傳》：「後梁州羌動，以暠爲梁州刺史。甚得百姓歡心，被徵當遷，吏人詣闕請留之，太后歎曰：『未聞刺史得人心若是。』乃許之。暠復留一年。」

〔二五〕遮道更借：《後漢書·寇恂傳》：「（恂）從車駕擊隗囂，而潁川盜賊群起，帝乃引軍還，謂恂曰：『潁川迫近京師，當以時定，惟念獨卿能平之耳。從九卿（時恂爲執金吾）復出，以憂國可知也。』恂對曰：『……臣願執鋭前驅。』即日車駕南征，恂從至潁川，盜賊悉降，而竟不拜郡。百姓遮道曰：『願從陛下復借寇君一年（注：「恂前爲潁川太守，故曰復借也。」）。』乃留恂長社（縣名，屬潁川郡），鎮撫吏人，受納餘降。」

〔二六〕淚增時雨：形容吏民淚流之多。又隱以時雨喻苗之德澤。《孟子·滕文公下》：「（商湯）誅其君，弔其民，如時雨降，民大悦。」

〔二七〕仁風：仁德之風。《晉書·袁宏傳》：「宏自吏部郎出爲東陽郡……（謝安）臨别執其手，顧就左右取一扇而授之曰：『聊以贈行。』宏應聲答曰：『輒當奉揚仁風，慰彼黎庶。』」由吏民之思，足見其仁風之盛，故曰「思結（凝聚）仁風」。

〔二八〕號爲父：《漢書·召信臣傳》：「遷南陽太守……其化大行……吏民親愛信臣，號之曰召父。」《後漢書·鮑昱傳》：「子德，修志節，有名稱，累官爲南陽太守。時歲多荒災，唯南陽豐穰，吏人愛悦，號爲神父。」《晋書·杜預傳》：「（預）拜鎮南大將軍、都督荆州諸軍事……又修召信臣遺跡，激用滍、淯諸水以浸原田萬餘頃……衆庶賴之，號曰杜父。」

〔二九〕「取姓」句：《後漢書·賈彪傳》：「舉孝廉，補新息長。小民困貧，多不養子，彪嚴爲其制，與殺人同罪。……數年間人養子者千數，僉曰賈父所長，生男名爲賈子，生女名爲賈女。」又《任延傳》：「詔徵爲九真太守。……駱越之民，無嫁娶禮法……延乃移書屬縣，各使男年二十至五十，女年十五至四十，皆以年齒相配。其貧無禮聘，令長吏以下，各省奉禄以賑助之。同時相娶者二千餘人。……其産子者，始知種姓，咸曰使我有是子者任君也，多名子爲任。」《東觀漢記》卷一八云：「（廉范）爲蜀郡太守……百姓皆喜，家得其願，時生子皆以廉名者千數。」又卷二一云：「宗慶，字叔平，爲長沙太守。民養子者三千餘人，男女皆以宗爲名。」

〔三〇〕去官：指離魏郡太守任。年所：年數。《書·君奭》：「故殷禮陟配天，多歷年所。」據此二句，本篇或當作于天寶末。《寶刻叢編》卷六引《訪碑録》稱：「《唐魏郡太守苗晋卿德政碑》，唐王維撰，天寶七載立。」按，此説與本篇「多歷年所」之語不合，當誤。

〔三一〕瓦合：《漢書·酈食其傳》：「足下起瓦合之卒，收散亂之兵，不滿萬人，欲以徑入彊秦。」注：「瓦合，謂如破瓦之相合，雖曰聚合，而不齊同。」句謂爲建生祠，不同居處的人聚合到一起。

〔三二〕麕（qún 群）至：群集而來。《左傳》昭公五年：「求諸侯而麇至，求婚而薦女。」麇、麕字同。

〔三三〕預：參與。 輸力：貢獻力量。 見《韓公墓誌銘》第三段注〔一三〕。

〔三四〕棠樹勿翦：《詩·召南·甘棠》：「蔽芾（小貌）甘棠（木名，即棠梨），勿翦勿伐，召伯（即召公奭，周武王之臣）所茇（止息）。」箋：「召伯聽男女之訟，不重煩勞百姓，止舍小棠之下而聽斷焉。國人被其德，説其化，思其人，敬其樹。」

〔三五〕審像：審察其形貌。《書·説命上》：「乃審厥象，俾以形旁求于天下。」像、象字同。 圖形：圖畫其形。「審像圖形」，指建祠並畫像立于祠中。

〔三六〕桐鄉置祠：《漢書·朱邑傳》：「朱邑，字仲卿，廬江舒人也。少時爲舒桐鄉嗇夫，廉平不苛……所部吏民愛敬焉。……初，邑病且死，屬（囑）其子曰：『我故爲桐鄉吏，其民愛我，必葬我桐鄉。後世子孫奉嘗（祭）我，不如桐鄉民。』及死，其子葬之桐鄉西郭外，民果然共爲邑起冢立祠，歲時祠祭，至今不絕。」

〔三七〕耳聞身及：指生時立祠。

〔三八〕匍匐：勞頓，顛沛。

〔三九〕老農：《論語·子路》：「樊遲請學稼。子曰：『吾不如老農。』」

〔四〇〕與：助詞，無義。 輿人：《左傳》僖公二十八年：「聽輿人之謀。」注：「輿，衆也。」句謂對於衆人之心願，實難加以抑止。

〔四一〕予病未能：《文選》枚乘《七發》：「太子曰：僕病未能也。」此二句言我苦于不能爲文，對於他人之求不得已而應允。

禹別九州〔一〕，漢分八使，實惟方伯〔二〕，且曰連帥，建節乘軺〔三〕，觀風察吏。山東河北，全趙大魏〔四〕，授方任能〔五〕，惟名與器〔六〕，蓋非其才，孰享斯位？天子命我，導揚皇風〔七〕，敬教勸學，通商惠工，法去太甚，政貴得中〔八〕。守丞老病，小吏童蒙，督郵不遂〔九〕，博士成功〔一〇〕，遂安賢者，大啓儒宫〔一一〕。四國之餘，一都之會〔一二〕，平原舊俗，信陵遺態，博塞以遊〔一三〕，椎埋爲害〔一四〕，叢臺淇水，燕裾趙帶；淳化旁屬〔一五〕，貞風俶載〔一六〕，劈纊卷綃〔一七〕，横經秉耒〔一八〕。清節峻邈〔一九〕，碩量弘深，投書置水〔二〇〕，酹酒捐金〔二一〕；樹德滋蔓〔二二〕，持刑不淫〔二三〕，訛言免坐〔二四〕，倨貴懷音〔二五〕；繡衣罷斧〔二六〕，墨綬停琴〔二七〕，既比時雨〔二八〕，當聞作霖〔二九〕。申哀松柏〔三〇〕，展敬桑梓，伏謁公門〔三一〕，徒行故里；椎心馬鬣〔三二〕，啓顙鯢齒〔三三〕，身紆紫綬〔三四〕，禮及童穉〔三五〕；帝賜黄金，盡于筐篚，社養宗人，學招邑子〔三六〕。能事具舉，令問允穆〔三七〕，璽書改印〔三八〕，緹油轉轂〔三九〕；壁挂胡牀〔四〇〕，舍留官櫝〔四一〕，人吏老幼，涕泗號哭；頌德豐碑，圖形華屋〔四二〕，閱實數美〔四三〕，移晷更僕〔四四〕。

〔一〕禹别九州：《書・禹貢・序》：「禹别九州（疏：「禹分别九州之界。」），隨山濬川，任土作貢。」

〔二〕惟：是。

〔三〕連帥：泛指地方高級長官，多指採訪處置使等。建節乘軺（yáo 姚）：《文選》丘遲《與陳伯之書》：「佩紫懷黄，讚帷幄之謀；乘軺建節，奉疆埸之任。」劉良注：「軺，使車也。節，旌節也。」《史記・季布欒布列傳》：「朱家迺乘軺車之洛陽。」索隱：「謂輕車，一馬車也。」建，立，樹起。

〔四〕全：整個，全部。大：超過一半，大半。二句謂河北道包括趙的全部、魏的大部分。古魏國尚有部分轄地唐時屬河南道，故曰「大魏」。

〔五〕授方任能：見《裴僕射濟州遺愛碑》第二段注〔五〕。

〔六〕名器：古時表示等級的名號和車馬服飾禮器等。古時天子任命官吏，必賜予一定的名器。《左傳》成公二年：「唯器與名，不可以假人。」

〔七〕導揚：導達顯揚。見《漢書・叙傳下》師古注。皇風：謂天子之德。《文選》班固《東都賦》：「揚緝熙，宣皇風。」劉良注：「揚光明之德，布天子之風。」

〔八〕中：不偏不倚，無過無不及。

〔九〕督郵：漢制，每郡各分二至五部，每部置督郵一人，掌督察糾舉所領縣的違法之事。此言督郵欲逐老病之守丞（郡守或縣令的佐吏）而不遂，參見第一段注〔二四〕。遂，底本原作「逐」，此從宋蜀本、述古堂本、明十卷本、奇字齋本。

〔一〇〕句謂博士教授童蒙小吏而成功，參見第一段注〔二五〕。

〔一一〕啓：開建。儒宫：猶學宫。

〔一二〕四國：見第二段注〔二〕。一都之會：謂人所聚會之處。《史記·貨殖列傳》：「夫燕，亦勃、碣之間一都會也。」《漢書·地理志》：「宛西通武關，東受江淮，一都之會也。」

〔一三〕博塞以遊：《莊子·駢拇》：「臧（男僕）與穀（童僕）二人相與牧羊而俱亡其羊。問臧奚事，則挾筴讀書；問穀奚事，則博塞以遊。」博塞，即簙簺，猶擲骰子。

〔一四〕椎埋：《史記·酷吏列傳》：「（王温舒）少時椎埋爲姦。」集解：「徐廣曰：椎殺人而埋之，或謂發冢。」

〔一五〕淳化：敦厚的教化。《史記·五帝本紀》：「時播百穀草木，淳化鳥獸蟲蛾。」索隱：「言淳化廣被及之。」《文選》張衡《東京賦》：「淳化通於自然。」薛綜注：「淳厚之化通於神明也。」旁屬：指河北道所轄之郡。

〔一六〕俶載：《詩·小雅·大田》：「以我覃耜，俶載南畝。」俶、載俱有「始」義，言始其事也。此指始生。

〔一七〕劈纊（kuàng 曠）：言毁棄纊（絲綿絮），不復用之。卷：收藏。綃：生絲織成的薄紗、薄絹。句指去奢反樸，民風大變。

〔一八〕横經：横陳經書，言讀儒經。秉耒：持耒而耕，指力農。

〔一九〕峻邈：高遠。

〔二〇〕投書置水：《太平御覽》卷二六八引《魯國先賢傳》曰：「孔翊爲洛陽令，置水於前庭，得私書皆投其中，一無所發。彈理貴戚，無所迴避。」句用其事，謂苗「公廉」。《史記·酷吏列傳》：「（郅都）公廉，不發私書，問遺無所受，請寄無所聽。常自稱曰：『已倍親而仕，身固當奉職，死節官下，終不顧妻子矣。』」

〔二一〕酹酒捐金：用張奐事。《後漢書·張奐傳》：「（奐）遷安定屬國都尉。……羌豪帥感奐恩德，上馬二十匹，先零酋長，又遺金鐻（注：「郭璞注《山海經》云：鐻，音渠，金食器名。」）八枚，奐並受之，而召主簿於諸羌前，以酒酹地曰（注：「以酒沃地謂之酹。」）：『使馬如羊，不以入廐；使金如粟，不以入懷。』（注：「如羊如粟，喻多也。」）悉以金馬還之。羌性貪而貴吏清，前有八都尉，率好財貨，爲所患苦，及奐正身潔己，威化大行。」

〔二二〕樹德滋蔓：《左傳》哀公元年：「樹德若如滋（培植，滋長），去疾莫如盡。」又隱公元年：「無使滋蔓（滋長蔓延）；蔓，難圖也。」

〔二三〕持刑：掌刑。淫：濫，過甚。

〔二四〕坐：獲罪，判罪。

〔二五〕懷音：《詩·魯頌·泮水》：「翩彼飛鴞，集于泮林，食我桑黮，懷我好音。」箋：「懷，歸也。言鴞恒惡鳴，今來止於泮水之木上，食其桑黮，爲此之故，故改其鳴，歸就我以善音，喻人感於恩則化也。」疏：「惡聲之鳥食桑黮而變音，喻不善之人感恩惠而從化。」

〔二六〕繡衣罷斧：《漢書·王訢傳》：「武帝末，軍旅數發，郡國盜賊群起，繡衣御史（《百官公卿表》云：「侍御史有繡衣直指，出討姦猾，治大獄，武帝所制。」）暴勝之使持斧逐捕盜賊，以軍興從事，誅二千石以下。」此用其事，謂境内大治，無盜賊之患。

〔二七〕墨綬：指縣令，見《送鄭五赴任新都序》第一段注〔三〕。停琴：《吕氏春秋·察賢》：「宓子賤治單父，彈鳴琴，身不下堂而單父治。」此反用其意，言無須彈琴而自治也。

〔二八〕比，底本原作「此」，此從宋蜀本。

〔二九〕作霖：喻爲輔弼之臣。《尚書·説命上》載，殷高宗立傅説爲相，命之曰：「若歲大旱，用汝作霖雨。」傳：「霖，三日雨，霖以救旱。」

〔三〇〕松柏：指祖先的墳墓。古時墓地多植松柏，故云。丘遲《與陳伯之書》：「將軍松柏不翦，親戚安居，高臺未傾，愛妾尚在。」

〔三一〕伏謁公門：即上文所謂「至郡則投刺上謁」。公門，衙門。

〔三二〕椎心：見第三段注〔六〕。馬鬣：指墳上的封土。《禮記·檀弓上》：「子夏曰：『……昔者夫子言之曰：「吾見封（墳上封土）之若堂者矣，見若坊者矣，見若覆夏屋者矣，見若斧者矣，從若斧者焉。」馬鬣封之謂也。』」疏：「又見封如斧之形，其刃嚮上長而高也。既言四墳之異，夫子之意從若斧者焉。……子夏既道從若斧形，恐燕人不識，故舉俗稱馬鬣封之謂也以語燕人。」此指「先塋」。

〔三三〕啓顙：即「稽顙」，叩頭。《孔子家語・曲禮子貢問》：「子張有父之喪，公明儀相焉，問啓顙於孔子。」鯢齒：謂老壽之人。《文選》張衡《南都賦》：「於是乎鯢齒眉壽鮐背之叟，皤皤然被黃髮者。」李善注：「《爾雅》曰：黃髮鯢齒，鮐背耇老，壽也。」按，「鯢齒」今本《爾雅・釋詁》作「齯齒」，《釋名・釋長幼》：「九十曰鮐背……或曰齯齒。大齒落盡更生細者如小兒齒也。」

〔三四〕紆：縈，垂。

〔三五〕穉：同「稚」。

〔三六〕筐篚：指盛黃金的竹器。邑子：同邑之人。《史記・張耳陳餘列傳》：「中大夫泄公曰：『臣之邑子，素知之。』」

〔三七〕令問：好名聲。蔡邕《郭林宗碑》：「令問顯乎無窮。」

〔三八〕改印：指改授河東太守、河東道採訪使。

〔三九〕緹油：見第二段注〔四八〕。轉轂：車輪轉動。指乘車離魏郡赴河東之任。

〔四〇〕「壁挂」句：用裴潛事。《三國志・魏書・裴潛傳》注引《魏略》曰：「（潛）清省恪然，每之官，不將妻子，妻子貧乏，織藜芘以自供。又潛爲兗州時，嘗作一胡牀，及其去也，留以挂柱。」胡牀，交椅。

〔四一〕「舍留」句：《三國志・魏書・常林傳》注：「《魏略》以林及吉茂、沐並、時苗四人爲清介。……（苗）出爲壽春令。……其始之官，乘薄軬車，黃牸牛，布被囊。居官歲餘，牛生一犢，及其去，留其犢，謂主簿曰：『令來時本無此犢，犢是淮南所生有也。』群吏曰：『六畜不識父，自當隨母。』苗不聽，時人皆以爲激，然由此名聞天下。」又《晉書・羊祜傳》曰：「（羊）篇歷官清慎，有私牛於官舍産犢，及遷而留之。」

〔四二〕華屋：指所立生祠。

〔四三〕閲實：審察核實。《書・吕刑》：「閲實其罪。」數美：多種美事。

〔四四〕移晷：日影移動，言時間長久。晷，日影。蕭統《文選序》：「未嘗不心遊目想，移晷忘倦。」更僕：《禮記・儒行》：「遽數之不能終其物，悉數之乃留，更僕未可終也。」疏：「若急而説，則不能盡事也。……留，久也。……更僕者，更，代也；僕，大僕也，君燕朝則大僕正位掌擯相也。言若委細悉説之，則大久，僕侍疲倦，宜更代之，未可終也。」此用其意，言美事多，閲實之甚費時。

工部楊尚書夫人贈太原郡夫人京兆王氏墓誌銘并序〔一〕

夫人諱某，京兆霸城人也〔二〕。晋出三家，公子尊于魏國；秦亡六國，時人謂之王家〔三〕。河南則分虎臨人〔四〕，華陰則老熊當道〔五〕。高祖德真，皇左僕射〔六〕；祖九思，京兆府三原縣令〔七〕；父潛，河南府告成縣令〔八〕。大名之後〔九〕，重光不替〔一〇〕。夫人令儀淑德〔一一〕，發于天姿〔一二〕；閑禮明詩〔一三〕，傳乎世業〔一四〕。言成女誡〔一五〕，可著于縑緗〔一六〕；行爲女師〔一七〕，詎資于行待〔一八〕。豈止彈琴吐論，誦賦吟詩而已！及乎有行〔一九〕，嬪于君子〔二〇〕，事姑至孝，旁穆六姻〔二一〕；爲母深慈，均養七子〔二二〕。男以無雙令德，降帝子于鳳樓〔二三〕；女則第一解空〔二四〕，歸法王之象教〔二五〕。閨門之訓，朝野稱多〔二六〕。既而家列公侯，地連妃主〔二七〕，珠翠滿座，不御采衣；方丈盈前〔二八〕，唯甘素食。同德大師大照和尚〔二九〕，覩如來之奧〔三〇〕，昭群有之源〔三一〕，夫人一入空門，便蒙法印〔三二〕。牛車紺幰〔三三〕，無復餘乘〔三四〕；龍藏寶經〔三五〕，悉通至義〔三六〕。惠用圓滿〔三七〕，誠力堅嚴〔三八〕。藥藉茹葷〔三九〕，雖愈疾而不受；心已久淨，縱没齒而常安〔四〇〕。以某年月日，奄歸大寂于長興里之私第〔四一〕。

〔一〕工部楊尚書：即楊玄珪。篇中謂楊之子爲駙馬，《新唐書·宰相世系表》云，「玄珪，工部尚書」，子「錡，太僕卿、駙馬都尉」。又《舊唐書·后妃傳上》云：「玄宗楊貴妃……叔玄珪，光禄卿。再從兄銛，鴻臚卿；錡，侍御史，尚武惠妃女太華公主。……玄珪累遷至兵部尚書。」按《唐文拾遺》卷二八賈文度《楊迥墓誌銘》云：「公曾大父玄珪，任銀青光禄大夫，守工部尚書，贈太子少保。」則《后妃傳上》作「兵部」當誤。玄珪官工部尚書和王維寫作此文的時間，大抵當在天寶末，説見嚴耕望《唐僕尚丞郎表》卷二一。太原郡夫人：《舊唐書·職官志》：「三品以上母、妻，爲郡夫人。」工部尚書，正三品。題下「并序」二字底本原無，據宋蜀本、述古堂本、明十卷本補。

〔二〕霸城：漢置霸陵縣，在今陝西長安縣東；晋改爲霸城縣，北周廢，併入萬年縣。參見《漢書・地理志上》、《晋書・地理志》、《太平寰宇記》卷二五。趙殿成注：「唐時無此縣久矣，右丞蓋本其舊族望而言耳。」

〔三〕「晋出」四句：《新唐書・宰相世系表》：「京兆王氏出自姬姓。周文王少子畢公高之後，封魏，至昭王彤，生公子無忌，封信陵君。無忌生閒憂，襲信陵君。秦滅魏，閒憂子卑子逃難于太山，漢高祖召爲中涓，封蘭陵侯。時人以其故王族也，謂之王家。卑子生悼，悼生賢，濟南太守，宣帝徙豪傑居霸陵，遂爲京兆人。……卑子九世孫遵，字子春，後漢河南尹，上樂莊侯。遵生魴……魴别孫景，生均、忠。均八世孫羆。」晋出三家，指韓、趙、魏三家分晋。公子，即指信陵君。

〔四〕分虎：《後漢書・宦者傳・序》：「苴茅分虎，南面臣人者，蓋以十數。」注：「分銅虎符也。」古時虎符分爲兩半，右半留中，左半授與統兵將帥或地方長官，以爲信物。臨人：臨民，治民。句指王遵爲河南尹。

〔五〕老熊當道：《北史・王羆傳》載，羆爲華州刺史，修州城未畢，梯在城外，神武遣韓軌等從河東宵濟襲羆，羆不覺。「比曉，軌衆已乘梯入城。羆尚卧未起，聞閤外洶洶有聲，便袒胸露髻徒跣，持一白棒，大呼而出，謂曰：『老羆當道卧，貉子那得過！』敵見，驚退」。「熊」疑當作「羆」。華州治今陝西華縣，其地在華山之北，故曰「華陰」。

〔六〕「高祖」二句：《新唐書·宰相世系表》載，德真爲王忠七世孫直之後，相高宗、武后。又《宰相表》載，永隆元年（六八〇）四月，中書侍郎王德真同中書門下三品，同年九月，德真罷爲相王府長史；光宅元年（六八四）二月，太常卿王德真爲侍中，垂拱元年（六八五）五月丁未，德真罷爲同州刺史，其日流象州。左僕射，尚書省長官，從二品。德真爲左僕射事，未見他書記載。又，據《宰相世系表》，德真當爲王氏曾祖，作「高祖」似誤。

〔七〕九思：《宰相世系表》謂，德真子九思，三原令。三原：唐縣名，屬京兆府，在今陝西三原縣。

〔八〕潛：《宰相世系表》謂，九思子潛，告成令。告成：唐縣名，屬河南府。秦置陽城縣，唐萬歲登封元年，則天封中岳，改名告成，在今河南登封縣東南。參見《元和郡縣志》卷五、《讀史方輿紀要》卷四八。

〔九〕大名之後：指魏之後。《左傳》閔公元年：「（晋侯）賜畢萬（魏之始祖、畢公高之後）魏，以爲大夫。……卜偃曰：『畢萬之後必大。萬，盈數也；魏，大名也。以是始賞，天啓之矣。天子曰兆民，諸侯曰萬民。今名之大，以從盈數，其必有衆。』」

〔一〇〕重光：日月星辰齊放光明。喻功德之盛。《文選》班固《典引》：「宣二祖之重光，襲四宗之緝熙。」《南史·王筠傳》：「七葉之中，名德重光，爵位相繼。」替：衰敗。

〔一一〕令儀：善美之儀容。《詩·小雅·湛露》：「豈弟君子，莫不令儀。」淑德：美德。《後漢書·崔寔傳》：「母有母儀淑德，博覽書傳。」

〔一二〕天姿：天然的資質。《史記·伏生傳》：「(徐)襄其天姿善爲容，不能通禮經。」

〔一三〕閑禮明詩：曹植《洛神賦》：「嗟佳人之信修，羌習禮而明詩。」閑，通「嫻」，熟習。宋蜀本作「閲」。

〔一四〕乎，《全唐文》作「於」。世業：先人之事業。

〔一五〕女誡：見《韓公墓誌銘》第三段注〔五〕。

〔一六〕縑緗：供書寫用的細絹。緗，淺黄色。

〔一七〕女師：《詩·周南·葛覃》「言告師氏」毛傳：「師，女師也。古者女師教以婦德、婦言、婦容、婦功。」孔疏：「女師者，教女之師，以婦人爲之。」

〔一八〕詎：豈。資：憑借，依託。行待：指待師而行。《左傳》襄公三十年：「甲午，宋大災。宋伯姬卒，待姆也(杜注：「姆，女師。」此言伯姬之舍失火，而姆適不在，伯姬拘守婦人之禮，堅不下堂，遂葬身火窟)。君子謂宋共姬(即伯姬)女而不婦(未嫁曰女，已嫁曰婦。言其行乃女道，非婦道)。女待人，婦義事也(言女應待姆而行，婦則可以便宜行事)。」此二字《全唐文》作「麻枲」。

〔一九〕有行：指出嫁之年。《詩·邶風·泉水》：「女子有行，遠父母兄弟。」箋：「行，道也。婦人有出嫁之道，遠於親親。」

〔二〇〕嬪：嫁。《書·堯典》：「釐降二女于嬀汭，嬪于虞。」

〔二一〕穆：通「睦」。六姻：猶六親。《北史·楊椿傳》：「于親姻知故，吉凶之際，必厚加贈襚，來往賓寮，必以酒肉飲食，故六姻朋友無憾焉。」

〔二二〕均養七子：《詩·曹風·鳲鳩》：「鳲鳩在桑，其子七兮；淑人君子，其儀一兮。」傳：「鳲鳩之養其子，朝從上下，暮從下上，平均如一。」曹植《上責躬應詔詩表》：「七子均養者，鳲鳩之仁也。」

〔二三〕「降帝」句：言爲駙馬。參見《贈東嶽焦鍊師》注〔六〕。帝子，帝女。《通鑑》天寶四載：「八月，壬寅，册楊太真爲貴妃。……以其叔父玄珪爲光禄卿，從兄銛爲殿中少監，錡爲駙馬都尉。癸卯，册武惠妃女爲太華公主，命錡尚之。」《新唐書·諸帝公主傳》云：「太華公主……下嫁楊錡，薨天寶時。」又云：「萬春公主（玄宗女）……下嫁楊朏，又嫁楊錡，薨大曆時。」按，朏爲楊國忠之子，安史之亂爆發後「陷賊被殺」（見《舊唐書·楊國忠傳》）；蓋太華先卒，楊朏繼亡，故錡復尚萬春。

〔二四〕第一解空：《注維摩經》卷三：「（僧）肇曰：須菩提，秦言善吉，弟子中解空第一也。」須菩提爲佛十大弟子之一。解空，悟解諸法皆空之理。

〔二五〕法王：謂佛。象教：見《爲僧等請上佛殿梁表》注〔四〕。

〔二六〕稱多：稱許。多，贊許。

〔二七〕「既而」二句：《舊唐書·后妃傳上》謂楊貴妃之父玄琰（玄珪之兄），「累贈太尉、齊國公」。又謂楊錡尚太華公主，「賜甲第，連於宫禁」。妃主，嬪妃、公主。

〔二八〕御：穿戴。方丈盈前：見《與魏居士書》首段注〔四八〕。

〔二九〕同德：當爲東都寺名。《景德傳燈録》卷四載「嵩山普寂法嗣」中，有「洛京同德寺幹和尚」，又

《佛祖歷代通載》卷一四有「衡嶽智覺、同德義盈」之語，皆可證。同，宋蜀本作「問」。普寂長期居于洛陽，同德或是其嘗住持之寺。大照：即普寂，見《爲舜闍黎謝御題大通大照和尚塔額表》注〔一〕。

〔二〇〕奥：深祕之處。

〔二一〕昭：明。群有：猶言萬物。《文選》王巾《頭陀寺碑文》：「行不捨之檀，而施洽群有。」李善注：「群有，謂有色無色，有想無想，以其不一，故曰群有。」

〔二二〕法印：識别是不是真正佛法的標準，也即佛教的基本教義。《大智度論》卷二二：「得佛法印，故通達無礙，如得王印，則無所留難。問何等是佛法印？答曰：『佛法印有三種：一者一切有爲法，念念生滅皆無常；二者一切法無我（一切事物皆無獨立實在的自體）；三者寂滅涅槃（超脱生死輪迴，進入涅槃境界）。』」

〔二三〕牛車，底本原作「朱簾」，據宋蜀本、明十卷本改。紺（gàn 幹）幰：天青色車幔。《隋書・禮儀志五》：「犢車（牛車），三品以上，青幰朱裏；五品以上，紺幰碧裏，皆白銅裝。」

〔二四〕餘，宋蜀本作「飾」。按，以上二句含雙關之義，又指王氏只信奉大乘。《法華經・方便品》：「舍利弗，如來但以一佛乘故，爲衆生説法，無有餘乘。……無有餘乘，唯一佛乘。」一佛乘，謂引導教化衆生成佛的唯一途徑或教説，即指大乘。《法華經・譬喻品》又有三車（羊車、鹿車、牛車）之喻，以牛車喻菩薩乘（大乘）。參見《浄覺禪師碑銘》首段注〔一三〕。又佛書謂佛之毛髮爲紺青色，佛國土之色亦然，故佛教重紺青色，有紺宇、紺殿、紺園之稱，此處「紺幰」亦含此義。

〔三五〕龍藏：佛經。《廣弘明集》卷一九沈約《内典序》：「足蹈慧門，學通龍藏。」傳説大龍菩薩引龍樹入海，於龍宮中發七寶華函，以諸方等深奥之經典授之，故稱佛經爲龍藏。參見《龍樹菩薩傳》。

〔三六〕至，宋蜀本作「了」。

〔三七〕惠用：見《青龍寺曇壁上人兄院集》注〔五〕。

〔三八〕誡力：即戒力，指持戒之功力。堅嚴：堅固嚴整。

〔三九〕茹：食。句謂藥須借助食葷，以使身體得到滋補。

〔四〇〕没齒：終身，亦指老年。《論語·憲問》：「飯疏食，没齒無怨言。」集解：「齒，年也。」趙殿成曰：「没，舊作設，非。」按，趙校是，宋蜀本、《全唐文》正作「没」。

〔四一〕奄歸：遽然而逝。大寂：即涅槃，通常也作爲死亡的代稱。《大般涅槃經》卷三〇：「我於此間娑羅雙樹（佛入滅之所）入大寂定，大寂定者名大涅槃。」長興里：據《長安志》卷七載，唐長安城有長興坊，在崇義坊之南、永樂坊之北。

厥初寢疾〔一〕，彌曠旬時〔二〕，駙馬上人〔三〕，柴毁骨立〔四〕。揮淚嘗藥，身不解衣；泣血持經，手不釋卷。晝夜懺悔，非止六時〔五〕；身命供養，寧唯七寶〔六〕？御醫繼踵，中使重跡〔七〕。魂兮不反，空焚外國之香〔八〕；生也有涯〔九〕，非無上天之樂〔一〇〕。某月日，有詔追贈太原郡夫人。襄城石窌〔一二〕，增寵其榮名〔一三〕；翟茀魚軒〔一三〕，空悲于象設〔一四〕。以某月日，安厝于某原〔一五〕，禮也。功德之至，散花天女不留〔一六〕；釋梵之筵〔一七〕，勝鬘夫人何在〔一八〕？嗚呼哀哉！乃爲銘曰：

〔一〕寢疾：卧病。

〔二〕彌曠：遠隔，久别。《文選》劉楨《贈五官中郎將四首》其二：「自夏涉玄冬，彌曠十餘旬。」旬時：猶「時日」。旬亦「時」義，《文選》左思《魏都賦》：「量寸旬，涓吉日。」李善注：「旬，時也。」

〔三〕上人：指王氏之女。古時僧尼俱可謂之上人。

〔四〕柴毁骨立：《晋書·許孜傳》：「俄而二親没，柴毁骨立，杖而能起。」柴毁，瘦損如柴。骨立，亦指人極消瘦。

〔五〕「晝夜」二句：菩提流支譯《佛名經》卷八云：「若比丘、比丘尼、優婆塞、優婆夷欲懺悔諸罪，當净洗浴，著新净衣，净治室内，敷設高座，安置佛像，懸二十五枚旛，種種華香供養，誦念此二十五佛名，日夜六時懺悔，滿二十五日，滅四重八禁之罪。」懺悔，佛教脱罪祈福的一種宗教儀式。六時，見《燕子龕禪師詠》注〔八〕。

〔六〕「身命」二句：謂以身命供養、侍奉其母，非僅以財物供養也。《法華經·藥王菩薩本事品》：「捨所愛之身，供養於世尊。」七寶，指金、銀、琉璃、瑪瑙等七種寶物。

〔七〕重跡：足跡相重，意同「繼踵」。

〔八〕外國之香：指傳説中的反生香。舊題漢東方朔《海内十洲記》云：「聚窟洲上有大山，形似人鳥之象，因名之爲神鳥山。山多大樹，與楓木相類，而花葉香聞數百里，名爲反魂樹。……伐其木根心，于玉釜中煮取汁，更微火煎，如黑餳狀，令可丸之，名曰驚精香，或名之爲震靈丸，或名之爲反生香，或名之爲震檀香，或名之爲人鳥精，或名之爲却死香，一種六名，斯靈物也。香氣聞數百里，死者在地，聞香氣乃却活，不復亡也。以香薰死人，更加神驗。征和三年，武帝幸安定，西胡月支國王遣使獻香四兩，大如雀卵，黑如桑椹。帝以香非中國所有，以付外庫。到後元元年，長安城内病者數百，亡者大半，帝試取月支神香，燒之于城内，其死未三月者皆活，芳氣經三月不歇，于是信知其神物也。」

〔九〕生也有涯：《莊子·養生主》：「吾生也有涯，而知也無涯，以有涯隨無涯，殆已！」

〔一〇〕「非無」句：用趙簡子病，數日不省人事，後寤，自言嘗至鈞天聞廣樂事。詳見《奉和聖製十五夜燃燈繼以酺宴應制》注〔六〕。句謂上天之樂也不能使王氏復活。

〔一一〕襄城：用梁冀妻被封爲襄城君事。《後漢書·梁冀傳》：「弘農人宰宣，素性佞邪，欲取媚於冀，乃上言大將軍有周公之功，今既封諸子，則其妻宜爲邑君，詔遂封冀妻孫壽爲襄城君。」石窌：見《故西河郡杜太守輓歌三首》其二注〔二〕。此句就天子追贈王氏爲太原郡夫人而言。

〔一二〕寵：光耀。

〔一三〕翟茀魚軒：見《故南陽夫人樊氏輓歌二首》其一注〔二〕、〔三〕。

〔一四〕空：只。象設：指遺像。《楚辭·招魂》：「像設君室，静閒安些。」朱熹《楚辭集注》：「像，蓋楚俗人死則設其形貌於室而祠之也。」按，「象」同「像」。庾信《周驃騎大將軍開府儀同三司冠軍伯柴烈李夫人墓誌銘》：「寂寞虚奠，荒涼象設。」

〔一五〕安厝：安葬。

〔一六〕功德：見《讚佛文》二段注〔三〇〕。散花天女：參見《能禪師碑》首段注〔一〇〕、《西方變畫讚》二段注〔一二〕。此喻指王氏。

〔一七〕釋梵之筵：見《繡如意輪像讚》首段注〔一七〕。

〔一八〕勝鬘夫人：見《西方變畫讚》二段注〔一〇〕。此亦指王氏。

天生淑德，實俾宜家〔一〕。特能柔順，深棄嬌奢。詎離環珮〔二〕，不御鉛華〔三〕。其一。婦道允諧〔四〕，母儀俱美〔五〕。每出誡夫〔六〕，停飡訓子〔七〕。賦掩《西征》〔八〕，書教内史〔九〕。其二。門容高幰〔一〇〕，庭列長筵〔一一〕。男乘翠鳳〔一二〕，女比紅蓮〔一三〕。繁華貴里，寂寞安禪〔一四〕。其三。食必簞笥〔一五〕，衣無重采〔一六〕。已度愛河，長游法海〔一七〕。石舄虚封〔一八〕，玉顏如在。其四。繁霜密雪，碎菊摧蘭。山花喜静，□□春寒。平原松柏〔一九〕，誰忍迴看？其五。

〔一〕俾：使。宜家：指家庭和順。《詩・周南・桃夭》：「之子于歸，宜其室家。」《左傳》襄公三十一年：「故能守其官職，保族宜家。」

〔二〕詎：曾。

〔三〕御：用。鉛華：婦女化妝用的鉛粉。鉛，底本原作「其」，據宋蜀本、明十卷本改。

〔四〕婦道：爲婦之道。允諧：《書・益稷》：「庶尹允諧。」傳：「衆正官之長信皆和諧。」

〔五〕母儀：見《爲王常侍祭沙陁部國夫人文》注〔一〇〕。

〔六〕每出誡夫：見《故南陽夫人樊氏輓歌二首》其二注〔三〕。

〔七〕停飡訓子：《漢書・雋不疑傳》：「每行縣，録囚徒還，其母輒問不疑：『有所平反，活幾何人？』即不疑多有所平反，母喜笑，爲飲食語言，異於他時。或亡所出，母怒，爲之不食。故不疑爲吏，嚴而不殘。」飡，同「餐」。

〔八〕《西征》，宋蜀本作《西京》。晋潘岳有《西征賦》，後漢張衡有《西京賦》，均載于《文選》。此處疑當作《東征》。《文選》曹大家《東征賦》李善注：「《大家集》曰：子穀爲陳留長，大家隨至官，作《東征賦》。」曹大家即班固之妹班昭，《後漢書》有傳。

〔九〕書教内史：唐張懷瓘《書斷》卷中：「衛夫人名鑠，字茂猗……汝陰太守李矩之妻也。隸書尤善，規矩鍾公，云碎玉壺之冰，爛瑶臺之月，婉然芳樹，穆若清風。右軍（王羲之）少常師之。」内史，即王羲之。羲之嘗官會稽内史，參見《晋書・王羲之傳》。此以衛夫人喻王氏。

〔一〇〕門容高幰：《漢書·于定國傳》：「始定國父于公，其閭門壞，父老方共治之，于公謂曰：『少高大門閭，令容駟馬高蓋車，我治獄多陰德，未嘗有所冤，子孫必有興者。』」高幰，上有高幰（車幔）之車，即高蓋車，爲貴顯者所乘。《南史·鮑泉傳》：「常乘高幰車，從數十左右，繖蓋服玩甚精。」趙殿成曰：「幰，顧本作憲，誤。」按趙校是，述古堂本、《全唐文》俱作「幰」。

〔一一〕長筵：指排成長列的宴飲席位。曹植《名都篇》：「鳴儔嘯匹侶，列坐竟長筵。」

〔一二〕男乘翠鳳：以蕭史喻楊錡，謂其爲駙馬。

〔一三〕紅蓮：見《大唐大安國寺故大德淨覺禪師碑銘》第四段注〔三〕。

〔一四〕繁華：猶榮華。安禪：見《過香積寺》注〔五〕。

〔一五〕簞笥（sì似）：《禮·曲禮上》：「凡以弓劍苞苴簞笥問人者，操以受命，如使之容。」注：「簞笥，盛飯食者，圜曰簞，方曰笥。」疏：「簞圓笥方，俱是竹器，亦以葦爲之。」句謂食必用竹器（言其生活儉樸）。自此句以下至篇末，底本原作：「朝含香兮禮闈，夕青瑣兮黄扉。方天公兮密啓，建出牧兮高麾。俄入守兮京兆，賜黄金兮被皁衣。其四。捐余珮兮江中，隱思君兮不可窮。歌泰山兮不返，夢濟洹兮遂空。素車兮逶遲，宛鄉關兮故時。望國門兮不入，到秦山兮不知。瞻舊域兮松楸，平原夕兮素滻。愁魂兮歸來，江南不可以久留。」按，「朝含香兮」以下十八句，乃《韓公墓誌銘》篇末之銘文誤竄入本篇者，今據宋蜀本、明十卷本校正。尋其致誤之由，係因顧氏奇字齋據以刊刻之本有脱葉。舊本《韓公墓誌銘》一文皆置于本篇之後（宋蜀本、明十卷本皆如此），奇字齋本自本篇之「食必簞笥」句以下，至《韓公墓誌銘》之「冠獬豸兮奮蒼鷹」句（此句下接「朝含香兮」句），俱脱去（計其字數，適爲兩頁），遂致「朝含香兮」以下十八句，誤與本篇之「寂寞安禪」句連爲一文。趙殿成作《箋注》時，未曾見過奇字齋本以外的其他本子，因此沿襲了奇字齋本的錯誤。

〔一六〕衣無重采：《史記·越王句踐世家》：「（句踐）食不加肉，衣不重采。」重采，指多種顏色的華美衣服。

〔一七〕愛河：佛教謂愛欲能溺人，譬之爲河。《楞嚴經》卷四：「愛河枯乾，令汝解脱。」法海：佛法廣大，故譬之以海。《無量壽經》卷上：「深諦善念，諸佛法海。」

〔一八〕石舄虚封：用晉僧人佛圖澄事，謂王氏成佛而去。《太平御覽》卷六九七引《趙録》：「佛圖澄卒，葬後郭，門吏報石季龍云：『是師攜一履西去。』季龍發其墓，惟見一履與一石。」石舄，石與舄（鞋）。封，聚土爲墳。尸已不在，唯餘石舄，故云「虚封」。

〔一九〕松柏：指其墳上所植之樹。

給事中竇紹爲亡弟故駙馬都尉于孝義寺浮圖畫西方阿彌陀變讚并序〔一〕

《易》曰：「游魂爲變〔二〕。」傳曰：「魂氣則無不之〔三〕。」固知神明更生矣〔四〕，輔之以道〔五〕，則變爲妙身，之于樂土。大覺曰聖〔六〕，離妄曰性〔七〕，克修其業〔八〕，以正其命〔九〕。得無法者〔一〇〕，即六塵爲浄域〔一一〕；繫有相者〔一二〕，憑十念以往生〔一三〕。

〔一〕竇紹：《元和姓纂》卷九：「（竇）紹，給事中，荆州長史。」（《新唐書·宰相世系表》同）岑仲勉《元和姓纂四校記》卷九云：「玄宗幸蜀，以少府監竇紹爲永王傅，見《英華》四六二。……同書（《全唐文》）三六七賈至制，永王傅竇紹可江陵防禦使。同書四四七《述書賦》下注：『族兄紹，給事中。』《宋僧傳》一七《神邕傳》言禄山亂後，給事中竇紹在荆南。」《通鑑》至德元載七月：「永王璘充山南東道、嶺南、黔中、江南西道節度都使，以少府監竇紹爲之傅。」少府監、王傅俱從三品，給事中正五品上，紹似當先官給事中，後爲少府監。《宋高僧傳·神邕傳》曰：「倏遇禄山兵亂，（神邕自長安）東歸江湖，經歷襄陽。御史中丞庾光先出鎮荆南，邀留數月，時給事中竇紹、中書舍人苑咸，鑽仰彌高，俱受心要。」按，庾光先爲荆州長史、山南東道採訪使約在至德元載或二載（七五七），見《唐刺史考》卷一九五。時竇紹爲江陵（治所在今湖北荆州）防禦使，故得與神邕往還；《神邕傳》稱竇紹之官號爲「給事中」，當指其出任江陵防禦使前在朝時的官職（時間當在天寶末）。又，據新出土《苑咸墓誌》，咸天寶五載爲考功郎中兼知制誥（見《年譜》），尋拜中書舍人。諸弟犯法，貶漢東郡司户。後復除中書舍人。天寶末，「出守永陽郡，又移蘄春，旋拜安陸郡太守。屬羯胡構患……分命永王都統江漢，安陸地亦隸焉。永王全師下江，强制于吏，公因至揚州」。至德三載正月，卒于揚州。參見《苑舍人能書梵字兼達梵音》詩注〔一〕。苑咸與神邕往還，當在其官安陸（治所在今湖北安陸）太守時，時間在至德元載。《神邕傳》稱咸之官號爲「中書舍人」，亦指其出任地方長官前在朝時的官職（時間亦當在天寶末）。另，至德元載六月，安禄山陷長安，王維爲賊所獲，故此文之寫作，大抵即當在天寶末。紹亡弟，即繹。《新唐書·宰相世系表》謂紹有弟七人，三曰繹，爲駙馬都尉、衛尉卿。《元和姓纂》卷九亦曰：「繹，駙馬、衛尉卿。」又《新唐書·諸帝公主傳》：「常山公主（玄宗第六女），下嫁薛譚，又嫁竇澤。」《唐會要》卷六：「常山，降薛譚，後降竇澤。」《元和姓纂四校記》卷九：「澤乃繹之訛。」孝義寺：不詳。西方阿彌陀變：見《西方變畫讚》注〔一〕。

〔二〕游魂爲變：《易·繫辭上》：「精氣爲物，遊魂爲變，是故知鬼神之情狀。」疏：「云精氣爲物者，謂陰陽精靈之氣，氤氳積聚而爲萬物也。遊魂爲變者，物既積聚，極則分散，將散之時，浮遊精魂，去離物形，而爲改變。則生變爲死，成變爲敗，或未死之間，變爲異類也。」

〔三〕「魂氣」句：《禮記·檀弓下》：「骨肉歸復于土，命（性，自然之性）也。若魂氣則無不之也，無不之也。」疏：「若神魂之氣則遊於地上，故云則無不之適也。……上或適於天，旁適四方，不可更及。」

〔四〕神明：指人的精神、靈魂。更生：再生。

〔五〕道：指佛教之道。

〔六〕大覺：徹底、圓滿之覺悟。《楞嚴經》卷六：「空生大覺中，如海一漚發。」聖：《大乘義章》卷一七：「初地（見《登辨覺寺》注〔二〕）以上，息妄、契真、會正，名聖。」《涅槃經》卷一一：「以何等故，名佛菩薩爲聖人耶？如是等人有聖法故，常觀諸法性空寂故。」

〔七〕妄：佛教認爲世間一切事物在空性上没有差别（諸法平等），若以爲諸法真實存在，有各種差别，即是「妄」。能擺脱此種世俗之見，謂之「離妄」。《大乘起信論》：「一切衆生，以有妄心，念念分别。」性：亦曰自性，指諸法固有的、永不可變的本性、本體。《大智度論》卷三一：「性名自有，不待因緣。」《成唯識論述記》卷九：「性者體義，一切法體，故名法性。」于衆生而言，則指他們本身具有的佛性（大乘認爲一切衆生悉有佛性）。《傳心法要》卷上云：「諸佛菩薩與一切蠢動含靈同此大涅槃性，性即是心，心即是佛，佛即是法。一念離真，皆爲妄想。」

〔八〕克修其業：謂能修養其身心活動。參見《讚佛文》第二段注〔一九〕。

〔九〕正其命：謂使其命正。佛教有所謂「八正道」（八種通向涅槃解脱的正確方法或途徑），其五爲「正命」，指使身、口、意三業清净，順於正法而活命，即過符合佛教戒律規定的正當生活。參見《俱舍論》卷二五、《大乘義章》卷一六末。

〔一〇〕無法：即法無我、法空。「得無法」指能認識到世間一切事物皆虚而不實。

〔一一〕六塵：見《西方變畫讚》第一段注〔六〕。净域：即净土。句指不離開世間另尋净土，而以世間爲净土。參見《西方變畫讚》第一段注〔四〕。

〔一二〕繫有相：指爲世俗的有相認識所束縛。參見《西方變畫讚》第一段注〔一四〕。

〔一三〕「憑十」句：謂憑十念而往生於西方極樂世界。十念，《法苑珠林》卷一五：「《彌勒發問經》云：若欲樂生安養國（西方極樂世界之異名）者，當修十念，即得往生。何等爲十？一者于一切衆生，常生慈心。二者于一切衆生，不毀其行，若有毀者，終不往生。三者于一切衆生，深起悲心，除殘害心。四者發護法心，不惜身命，于一切法，不生誹謗。五者于忍辱中，生決定心。六者深心清淨，不染利養。七者發一切種智心，日日常念，無有廢忘。八者于一切衆生，生尊重心，除憍慢心，謙下言説。九者于諸談話，不生染著心，近於覺意，深起種種善根因緣，不生憒鬧散亂心。十者常念觀佛，除去諸相。彌勒，當知如是十念，一一次第，相續而起，不生彼國，無有是處。」又《釋氏要覽》卷下曰：「稱十念者，即是念十聲阿彌陀佛。」《佛説觀無量壽佛經》曰：「下品下生者，或有衆生，作不善業，五逆十惡，具諸不善……如此愚人臨命終時，遇善知識種種安慰，爲説妙法，教令念佛……具足十念，稱南無（歸命）阿彌陀佛；稱佛名故，於念念中，除八十億劫生死之罪。……如一念頃，即得往生極樂世界。於蓮花中滿十二大劫，蓮花方開，當花敷時，觀世音、大勢至以大悲音聲，即爲其人廣説實相，除滅罪法，聞已歡喜，應時即發菩提之心。」

西方變者，給事中竇紹敬爲亡弟故駙馬都尉某官之所畫也。天理之愛〔一〕，加人數等。悲讓侯而無所〔二〕，痛殞身而莫贖〔三〕。傾無長之工〔四〕。不平分于我生〔五〕，將厚貸于泉路〔六〕。尚兹繪事，滌彼染業〔七〕。寶樹成列〔八〕，金砂自映〔九〕。迦陵欲語，曼陀未落〔一〇〕。墜此中年，登乎上品〔一一〕。池蓮寶座，將踰棠棣之榮〔一二〕；水鳥法音〔一三〕，當悟鶺鴒之力〔一四〕。讚曰〔一五〕：

〔一〕天理：天性。理，《全唐文》作「倫」。

〔二〕讓侯：《後漢書·丁鴻傳》載，鴻父綝，封陵陽侯，及綝卒，鴻當襲封，憐弟盛幼小而共寒苦，上書請讓爵於盛。又《鄧彪傳》載：「（彪）父邯，中興初以功封鄳侯。……父卒，讓國於異母弟荆鳳，顯宗高其節，下詔許焉。」又《劉愷傳》載，愷父般，封居巢侯，般卒，愷當襲爵，而稱父遺意，致國于弟憲，遁亡七年，後和帝下詔褒美，許愷讓爵。侯，底本原作「侫」，《全唐文》作「仁」，俱非是，此據宋蜀本、述古堂本校正。無所：無處，謂弟已卒，無人可讓。

〔三〕莫贖：見《西方變畫讚》第二段注〔一八〕。

〔四〕無長：《舊唐書·霍王元軌傳》：「霍王元軌，高祖第十四子也。少多才藝，高祖甚奇之。……在徐州，唯與處士劉玄平爲布衣之交。人或問玄平王之長，玄平答曰：『無長。』問者怪而復問之，玄平曰：『夫人有短，所以見其長。至於霍王，無所不備，吾何以稱之哉？』」按，此句之上或下當脱一句，故文意不明。

〔五〕不平分：《漢書·卜式傳》：「卜式，河南人也，以田畜爲事。有少弟，弟壯，式脱身出，獨取畜羊百餘，田宅財物盡與弟。」又《王商傳》曰：「商少爲太子中庶子，……父薨，商嗣爲侯，推財以分異母諸弟，身無所受。」我生：《詩·大雅·桑柔》：「我生不辰，逢天僤怒。」句謂我生於世時，財物多讓與弟，不平均分之。

〔六〕厚貸：厚施。泉路：地下，陰間。

〔七〕滌：清除。染業：指世俗的身心活動。參見《青龍寺曇壁上人兄院集》注〔二八〕。

〔八〕寶樹成列：見《西方變畫讚》第二段注〔二六〕。

〔九〕金砂：《佛説阿彌陀經》曰：「極樂國土有七寶池，八功德水充滿其中，池底純以金沙布地。」

〔一〇〕迦陵、曼陀：見《西方變畫讚》第二段注〔二八〕、〔二九〕。

〔一一〕上品：佛書謂業有差别，故往生西方浄土，凡分九種品類：上品上生、上品中生、上品下生、中品上生、中品中生、中品下生、下品上生、下品中生、下品下生。《佛説觀無量壽佛經》曰：「佛告阿難及韋提希，凡生西方有九品人。上品上生者，若有衆生願生彼國者，發三種心，即便往生。何等爲三？一者至誠心，二者深心，三者迴向發願心。具三心者，必生彼國。復有三種衆生，當得往生。何等爲三？一者慈心不殺，具諸戒行，二者讀誦大乘方等經典（謂諸大乘經），三者修行六念，迴向發願，願生彼佛國。具此功德，一日乃至七日，即得往生。生彼國時……即悟無生法忍（通達佛教的無生之理）。……上品中生者，不必受持讀誦方等經典，善解義趣，于第一義，心不驚動，深信因果，不謗大乘，以此功德，迴向願求生極樂國。行此行者……即生彼國七寶池中。……經一小劫，得無生忍。……上品下生者，亦信因果，不謗大乘，但發無上道心，以此功德，迴向願求生極樂國。行者命欲終時……即得往生七寶池中。……經三小劫，得百法明門（菩薩入於歡喜地所得之智慧），住歡喜地（大乘菩薩十地中之第一地）。」

〔一二〕池蓮寶座：佛書謂極樂國七寶池中有無數蓮花，諸佛菩薩及往生者以之爲坐床。《佛説阿彌陀經》曰：「極樂國土有七寶池……池中蓮華，大如車輪，青色青光，黄色黄光……微妙香潔。」《佛説觀無量壽佛經》曰：「極樂國土有八池水，一一池水，七寶所成。……一一水中有六十億七寶蓮華，一一蓮華團圓正等十二由旬。」棠棣：《詩·小雅·常棣》：「常棣（唐以前人多引作「棠棣」）之華，鄂（花萼）不（豈不）韡韡（光明貌）；凡今之人，莫如兄弟。」以花同萼的交相輝映，喻兄弟之間的關係。《詩》序：「《常棣》，燕兄弟也。」後因以棠棣喻指兄弟。二句意謂，往生極樂國，超過在世時兄弟並居高位的榮耀。

〔一三〕水鳥法音：《佛説觀無量壽佛經》謂極樂國土八池水中，「如意珠王（如意珠中之最勝者，故曰王）涌出金色，微妙光明，其光化爲百寶色鳥，和鳴哀雅，常讚念佛念法念僧」。《佛説阿彌陀經》亦謂極樂國土「常有種種奇妙雜色之鳥……晝夜六時，出和雅音。其音演暢五根、五力、七菩提分、八聖道分如是等法，其土衆生聞是音已，皆悉念佛念法念僧。……是諸衆鳥，皆是阿彌陀佛欲令法音宣流變化所作」。

〔一四〕鶺鴒：《詩・小雅・常棣》：「脊令（鳥名，亦作「鶺鴒」）在原，兄弟急難。」後遂以鶺鴒喻兄弟。

〔一五〕讚，述古堂本作「偈」。

生因妄念〔一〕，没有遺識〔二〕，憑化而遷，轉身不息〔三〕，將免六趣〔四〕，惟此十力〔五〕。哀此仁兄，友于後生〔六〕，不知世界〔七〕，畢意經營〔八〕，傍熏獲悟〔九〕，自性當成〔一〇〕。

〔一〕生因妄念：佛教認爲，由于有世俗的欲求、妄念，便有了種種世俗的行爲，結果必然招致來世的果報和再生，永遠處于無從擺脱的生死輪迴之中。因，由于。

〔二〕識：即「識支」，爲十二因緣（十二支）之一。《俱舍論》卷九：「于母胎等正結生時一刹那位五蘊名識。」亦即「四有」中的「生有」，指「中有」（即中陰，指此世死後、彼世生前中間存在之自體）于「結生刹那」之自體，含有靈魂之意。

〔三〕「憑化」二句：憑，仗，依。化，變化，指死。轉，佛教指依物之因緣而生變化。按，佛教「三世輪迴」的理論認爲，任一有生命的個體，在未獲「解脱」前，均須依十二支的因果循環鏈條，在「三世」（過去、現在、未來）、「六趣」中生死流轉，永無終期。二句即指此而言。

〔四〕六趣：又稱六道，佛教所説根據衆生生前的善惡行爲而有的六種輪迴轉生趨向。即：地獄、餓鬼、畜生、人、天（指世間最高最優越之有情及其生存的環境——三界諸天）、阿修羅（古印度神話中的惡神名。佛教沿用其説）。參見《大乘義章》卷八末。「免六趣」指擺脱生死輪迴、十二因緣的束縛。《涅槃經》卷二五：「以心因緣故，輪迴六趣具受生死。」

〔五〕十力：見《西方變畫讚》二段注〔一八〕。

〔六〕友于：《書·君陳》：「惟孝友于兄弟。」後常以「友于」稱兄弟間的友愛。後生：謂紹之弟。

〔七〕不知世界：即指西方極樂世界。彼處世人未嘗知見，故云「不知」。

〔八〕畢意：盡心。

〔九〕傍：旁。熏：即熏習，指熏染影響。《大乘起信論》：「熏習義者，如世間衣服實無於香，若人以香而熏習故，則有香氣。此亦如是，真如淨法實無於染，但以無明（愚癡，指不懂佛教之理的世俗認識）而熏習故，則有染相。」句謂在西方變旁受熏染而獲得佛教悟解。

〔一〇〕自性：指佛性，亦曰如來藏、自性清淨心，大乘佛教認爲它是衆生先天具有的，然被煩惱（一切世俗的欲求、情緒和思想活動的總稱）所隱覆，故不顯，若能排除煩惱，獲得佛教悟解，則自性可成。《大乘起信論》：「自性清淨，名如來藏。」《傳心法要》卷下：「天真自性，本無迷悟。」説詳世親《佛性論·如來藏品》。

宋進馬哀辭并序〔一〕

宋進馬者，中書舍人宋公之子也〔二〕。公無弟兄，子一而已。文則有種〔三〕，德亦惟肖。

忽疾倏逝，醫不及視。宋公哀之，他人悲之。故爲詞曰：

〔一〕宋進馬：西安碑林藏一九五二年西安南郊新開門村出土的唐陳章甫撰《唐故殿中省進馬宋應墓誌銘》，謂宋應爲朝議大夫、中書舍人昱之子，卒于天寶十四載四月八日，同月十一日葬，年始十九；天寶十三載，「以父掌綸掖垣，天恩特拜進馬。」據此，本篇當作于天寶十四載。墓誌又載於《唐代墓誌彙編續集》天寶一〇四，可參閱。進馬，唐殿中省置「進馬五人，正七品上。掌大陳設，戎服執鞭，居立仗馬之左，視馬進退。天寶八載……省進馬，十二載復置。乾元後又省，大曆十四年復」（《新唐書·百官志》）。

〔二〕宋公：即宋昱。天寶十載，以中書舍人知吏部選事（此據《唐會要》卷七四，《通鑑》作天寶十二載）。十三載，仍官中書舍人（據兩《唐書·韋見素傳》）。十四、五載同。《新唐書·楊國忠傳》稱，天寶十五載六月國忠既誅，「其黨翰林學士張漸、竇華，中書舍人宋昱，吏部郎中鄭昂，俱走山谷，民爭其貲，富埒國忠。昱戀貲産，竊入都，爲亂兵所殺」。

〔三〕有種：能傳給子孫後代，有嗣。《史記·陳涉世家》：「王侯將相寧有種乎！」《晉書·劉頌傳》：「聞（張）華子得逃，喜曰：『茂先（華字），卿尚有種也！』」此句宋蜀本、明十卷本、奇字齋本俱作「交則有擇」。

背春涉夏兮，衆木藹以繁陰〔一〕，連金華與玉堂兮〔二〕，宮閣鬱其沉沉〔三〕。百官並入兮，何語笑之啞啞〔四〕！君獨靜默以傷心。草王言兮不得辭〔五〕，裁悲減思兮少時〔六〕。僕夫命駕兮〔七〕，出閶闔歷通逵〔八〕。陌上人兮如故，識不識兮往來，眼中不見兮吾兒，驂紫騮兮從青驪〔九〕。低光垂彩兮〔一〇〕，怳不知其所之〔一一〕。闢朱户兮望華軒〔一二〕，意斯子兮候門，忽思瘗兮城南，心瞀亂兮重昏〔一三〕。仰訴天之不仁兮，家惟一身，身止一子，何胤嗣之不繁〔一四〕，就單尠而又死〔一五〕！將清白兮遺誰？問《詩》禮兮已矣〔一六〕！哀從中兮不可勝〔一七〕，豈暇料餘年兮復幾〔一八〕？日黯黯兮頹曄〔一九〕，鳥翩翩兮疾飛，邈窮天兮不返〔二〇〕，疑有日兮來歸。靜言思兮永絶〔二一〕，復驚叫兮沾衣〔二二〕。客有弔之者曰：觀未始兮有物〔二三〕，同委蜕兮胡悲〔二四〕？且延陵兮未至〔二五〕，況西河兮不知〔二六〕。學無生兮庶可〔二七〕，幸能聽于吾師〔二八〕。

〔一〕藹：樹木茂密。

〔二〕金華、玉堂：《文選》班固《西都賦》：「金華玉堂，白虎麒麟，區宇若兹，不可殫論。」李善注：「《三輔黄圖》曰：未央宫有……金華殿、太玉堂殿、中白虎殿、麒麟殿。」此借指唐皇宫。

〔三〕鬱：盛貌。沉沉：《史記・陳涉世家》：「夥頤！涉之爲王沉沉者！」集解引應劭曰：「沉沉，宫室深邃之貌也。」

〔四〕啞啞：笑聲。《易·震》：「笑言啞啞。」《釋文》：「烏客反。馬（融）云：笑聲。鄭（玄）云：樂也。」

〔五〕草王言：中書舍人掌草詔，故云。《唐六典》卷九：「中書舍人……掌侍奉進奏，參議表章。凡詔旨敕制，及璽書册命，皆按典故起草進畫。」

〔六〕裁：節制。少時：片刻。

〔七〕僕夫：御者。《詩·小雅·出車》：「召彼僕夫，謂之載矣。」傳：「僕夫，御夫也。」命駕：命人駕車。謂立即動身。

〔八〕閶闔：皇宫之正門。通逵：四通八達的大道。謝靈運《君子有所思行》：「密親麗華苑，軒甍飾通逵。」

〔九〕驂紫騮：以紫騮（赤色駿馬）爲兩驂（位於車兩旁的馬）。從青驪：後面跟隨着青驪馬（黑色馬）。漢樂府《陌上桑》：「何用識夫婿？白馬從驪駒。」句指其兒之車兩旁套着紫騮馬後面跟隨着青驪駒。

〔一〇〕低光：指荷花。王嘉《拾遺記》卷六：「昭帝始元元年，穿淋池，廣千步。中植分枝荷，一莖四葉，狀如駢蓋，日照則葉低蔭根莖，若葵之衛足，名低光荷。」參見《三輔黄圖》卷四。又謝朓《雜詠三首·燭》云：「暧色輕幃裏，低光照寶琴。」以「低光」謂燭光。此處亦可能指夕陽。

〔一一〕悦：失意貌，精神恍惚貌。

〔一二〕華軒：指華美的房屋。

〔一三〕瘞(yì亦):埋葬。城南:《宋應墓誌銘》曰:「權瘞於咸寧縣延興門外龍首鄉之原,禮也。」按,龍首鄉在咸寧縣東一十五里(見《類編長安志》卷一),則非在「城南」;然墓誌曰「權瘞」,或後來又曾遷葬於城南?瞀(mào冒)亂:昏亂。《楚辭·九辯》:「慷慨絶兮不得,中瞀亂兮迷惑。」重昏:《楚辭·九章·涉江》:「余將董道而不豫兮,固將重昏而終身。」王逸注:「昏,亂也。」朱熹注:「重復暗昧,終不復見光明也。」

〔一四〕胤嗣:子孫,後代。胤,底本原作「引」,據宋蜀本、述古堂本、明十卷本等校正。

〔一五〕單尠(xiǎn鮮):單少,單獨一個。

〔一六〕「問《詩》」句:《論語·季氏》載,一日,孔子嘗問其子鯉曰:「學《詩》乎?」他日,又問曰:「學禮乎?」已矣,逝去,已成過去。鯉先於孔子而卒(參見《論語·先進》),情況正與宋公之子同。

〔一七〕哀,宋蜀本作「變」。

〔一八〕餘,明十卷本作「天」。

〔一九〕頽:墜落,失去。宋蜀本、明十卷本作「稹」,奇字齋本作「隕」,注:「一作餘。」按,「稹」即「隕」之形誤字。曄(yè頁):光。

〔二〇〕邈:遠。窮天:高入天際。鮑照《凌烟樓銘》:「重樹窮天,通原盡目。」句謂鳥兒遠飛入天不復回返。

〔二一〕静言思:《詩·邶風·柏舟》:「静言思之,寤辟有摽。」言,助詞。

〔二二〕驚，宋蜀本、明十卷本、奇字齋本俱作「號」。

〔二三〕未始有物：未曾有物，一切虚無。《莊子・庚桑楚》：「古之人，其知（智）有所至矣。惡乎至？有以爲未始有物者，至矣，盡矣，弗可以加矣！其次以爲有物矣（以上文字又見于《齊物論》），將以生爲喪也（生是從無變有，由虚無之道觀之，即有所喪失），以死爲反也（把死看作是從有還原爲無），是以分已（這已經是有生死之分了）。」又《則陽》曰：「夫聖人未始有天，未始有人，未始有始，未始有物。」

〔二四〕委蜕：《莊子・知北遊》：「舜曰：『吾身非吾有也，孰有之哉？』曰：『是天地之委形也（這是天地付給的形體）。……子孫非汝有，是天地之委蜕也（這是天地付給的蜕變）。故行不知所往，處不知所持，食不知所味（謂行動、居處、飲食都不由自主）。』」句謂宋公之子的死，同於天地賦予的蜕變，爲何悲傷？

〔二五〕延陵未至：《禮記・檀弓下》：「延陵季子適齊，於其反也，其長子死，葬於嬴、博之間。孔子曰：『延陵季子，吴之習於禮者也。往而觀其葬焉，其坎（墓穴）深不至於泉，其斂以時服。既葬而封，廣輪（從）揜（掩）坎，其高可隱也（注：「隱，據也。封可手據，謂高四尺。」）。既封，左袒，右還（圍繞）其封，且號者三，曰：「骨肉歸復于土，命（性，自然之性）也；若魂氣則無不之也，無不之也。」而遂行。』孔子曰：『延陵季子之於禮也，其合矣乎！』」此處反用其意，謂延陵季子處理其子之喪，未能達到最高境界。

〔二六〕西河不知：《史記·仲尼弟子列傳》：「孔子既没，子夏居西河（戰國魏地）教授，爲魏文侯師。其子死，哭之失明。」此指子夏哭其子，至于失明，非智也。

〔二七〕無生：見《登辨覺寺》注〔八〕。

〔二八〕幸：希望。吾師：謂吾所學習、效法者。《左傳》襄公三十一年：「其所善者，吾則行之；其所惡者，吾則改之，是吾師也。」句謂希望您能够接受我所師法的這一佛教的義理。